U0445867

Unicorn
独角兽书系

Void of Light

光渊
欧菲亚战记
OUFEIYAZHANJI

The battle of Ophea

中国科幻「更新代」
代表作家
江波 / 著

重庆出版集团
重庆出版社

图书在版编目(CIP)数据

欧菲亚战记 / 江波著 . —重庆：重庆出版社，2020.10
（光渊）
ISBN 978-7-229-15155-3

Ⅰ.①欧… Ⅱ.①江… Ⅲ.①长篇小说—中国—当代 Ⅳ.①I247.5

中国版本图书馆CIP数据核字(2020)第118977号

光渊：欧菲亚战记
GUANGYUAN：OUFEIYA ZHAN JI
江 波 著

责任编辑：邹 禾 唐弋淄 许 宁
装帧设计：谢颖设计工作室
责任校对：陈 琨

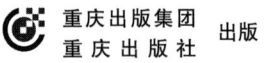

重庆出版集团 出版
重庆出版社

重庆市南岸区南滨路162号1幢 邮政编码：400061 http://www.cqph.com
重庆出版社艺术设计有限公司 制版
成都国图广告印务有限公司 印刷
重庆出版集团图书发行有限公司 发行
E-MAIL:fxchu@cqph.com 邮购电话：023-61520646
全国新华书店经销

开本：890mm×1230mm 1/32 印张：11.5 插页：12 字数：290千
2020年10月第1版 2020年10月第1次印刷
ISBN 978-7-229-15155-3
定价：74.00元

如有印装质量问题，请向本集团图书发行有限公司调换：023-61520678

版权所有 侵权必究

目录
Contents

引子 —— 天穹城的黄昏 ……………………………… 1

第一章　最强勇士 …………………………………… 16

第二章　大爱无疆 …………………………………… 31

第三章　疑云初现 …………………………………… 46

第四章　怪兽突袭 …………………………………… 60

第五章　绝处逢生 …………………………………… 75

第六章　赛忒之魇 …………………………………… 92

第七章　飞瀑噩梦 …………………………………… 108

第八章　直上云霄 …………………………………… 124

第九章　天空之城 …………………………………… 140

第十章　微晶诱惑 …………………………………… 155

第十一章　重回天穹 ………………………………… 170

第十二章　肘腋之变 …………………………186

第十三章　铁林异象 …………………………202

第十四章　冷酷杀场 …………………………218

第十五章　风暴之眼 …………………………236

第十六章　钢铁狂飙 …………………………254

第十七章　死亡阴影 …………………………272

第十八章　重兵围城 …………………………286

第十九章　罪恶之魂 …………………………303

第二十章　梦断天穹 …………………………322

尾　声 …………………………………………343

引子 —— 天穹城的黄昏

"那时，天地被笼罩在黑暗之中，终极撒壬遮蔽了太阳，欧菲亚暗淡无光，地狱之门洞开，灾难迫在眉睫。然而，光明的力量无可阻挡，瑟利的英雄们登场……"

舞台上，报幕人正铿锵有力地朗诵着开场词。

忒弥西坐在高处，居高临下，台上的一切尽收眼底。

报幕结束，演出开始。

演员们在台上各自就位，她看见了扮演自己的演员，那是一个年轻的姑娘，眉清目秀，举手投足间，真有几分自己当年的影子。她不禁微笑起来。

这是剧情的高潮部分，英雄们终于克服重重障碍，一起面对最后的敌人，演员们表演得激情四射。舞台上，终极撒壬仿佛一只巨大而丑陋的机器蜘蛛，张牙舞爪，而英雄们拿着各式各样的武器，或者从远处射击，或者贴近肉搏，很快，就把撒壬的躯体打得百孔千疮，不成形状。最后，扮演忒弥西的演员站在舞台中央，指着几乎散架的撒壬躯壳，朗声说："欧菲亚是我们的家园，入侵者一定会被击败。"话语掷地有声，借助剧场巧妙的传声设计在空中回响，余音缭绕不绝。欧菲亚之歌恰到好处地响了起来，孩子们被这场景感染，纷纷站起身，热烈鼓掌。

表演很精彩，相比真实的情形，则显得简陋而夸张，然而孩子们却投入其中，毫不吝惜自己的掌声。他们为了那些名字而着迷。

塞拉斯，山多忒，秋明，洛克……每一个英雄的名字都会引起雷鸣般的掌声。

然而所有的这些名字，并不包括那个人。

忒弥西默默起身，拾级而上，穹顶的门自动打开，她跨出门去。

巨大的穹顶平台上空无一人，因为她要来，秋明长老为她预留了这个空中花园。她并不想有如此排场，只是一场演出而已，她想和这些孩子们一起观看。然而长老坚持如此，并且将她的座位放在穹顶，这是最尊贵的坐席。为了避免无谓的打扰，从剧院内部看不到这个坐席。这一切和她的想法相去甚远，然而，秋明长老也是好意，他也有他的顾虑。在政治运作中，妥协才是最伟大的艺术，于是她同意了。

忒弥西走向平台边缘，她的脚步轻柔，裙裾摆动，仿佛行走在云端。她在平台边站定。

天穹城在脚下展开，时近黄昏，太阳红彤彤地挂在天际，飘浮在白云之上，一个个巨大的圆形基盘隐没云中，若隐若现，橘红色的阳光洒向城市，给各式各样的高楼披上一层暖融融的色调。

忒弥西的视线落在不远的前方。天空之钥高高矗立，直刺苍天，仿佛支撑着天空的巨塔。这个传说时代遗留的造物焕发着浅浅的蓝色光辉，它连接着钢铁经线，给欧菲亚提供最完美的防护罩，将一切可能的太空入侵阻挡在外。它让天穹城成了瑟利文明当之无愧的核心。这个奇迹般的建筑，象征着先人们的高超智慧和巨大魄力。忒弥西抬头向上，极目远望，在天空之钥的尽头，钢铁经线的赤道主轴仿佛细细的线条，露出微白的颜色，若隐若现。夜里的时候，它会变得很醒目，就像天宇的中分线一般，横亘在天穹城上空。

如果早一年恢复天空之钥，激发出欧菲亚之光，赛忒就无法轻易地扫荡所有星域，欧菲亚星球就不会付出如此巨大的牺牲。

忒弥西有些自责，她是那个被选中的人，她应该为此而承担责任。只要早一点点，抢在赛忒军团抵达之前启动天空之钥，这是一场可以避免的悲剧。

然而入侵发生之前，谁又能知晓？各个家族之间的纷争没完没了，在危险没有变为现实之前，天空之钥是一件可有可无的事，没有人在乎。它曾经被荒废了几百年，如果不是因为赛忒的入侵，它还会继续荒废下去，直到再也不能恢复。入侵倒是让一切争斗都停了下来。然而威胁消退，纷争又会开始。这仿佛一个打不破的魔咒，紧紧地套着瑟利文明的一代又一代。

忒弥西静静地凝视着远方的高塔，仿佛听到心底的一声叹息。千百年来，瑟利文明内争不断，和平也许是被各个家族提到最多的一个词，然而，和平从未真正到来。在有据可查的一千多年历史上，真正没有战争的时间加在一起，不过是短短的六十年。

眼下正是历史上从未有过的格局，为了对抗赛忒兽的突然入侵，议会的权力被大大加强，所有家族空前团结，瑟利文明从未比此刻更像一个整体。然而，这样的局面又能持续多久？真的像长老所说，她有能力创造历史吗？

忒弥西的视线从远方的高塔挪移到近处，街上的行人熙熙攘攘，从高处望下去，人头攒动，一股蓬勃的生命力荡漾其间，仿佛随时可以呼之而出。

这不是她的城市，而是翰亚的城市。翰亚就是从这熙熙攘攘的街上走出来，在那黑暗的时刻，用他的勇气拯救了天穹城，拯救了欧菲亚，拯救了所有的人。一个毫无背景的平民，让所有的家族蒙羞。一个该被所有瑟利人铭记的名字，却在任何地方也找不到，这真是一个巨大的讽刺！但至少，他活在忒弥西心底。我会找到你！忒弥西默念。

忽然，手镯闪动起来，微弱的红光蓝光交替。

远方出现两个小小的黑点，突勒司·特德和突勒司·洛克，他们很准时！当今突勒司家族最有权势的人正带着他的接班人飞奔而来，忒弥西远远地望着，目光如水般沉静。

这将是一场艰难的对话。

特德和洛克从空中进入天穹城，很快降落在平台上。两个人都身穿黑甲，厚重的盔甲将身体包裹得严严实实，让他们显得比常人高大许多。特德在任何公开场合都身穿黑甲，他是黑骑军统帅和突勒司家族首席代表，突勒司家族酷爱厚实的装甲并把它当作家族的标志。如果说突勒司堡是这个星球上最坚固的装甲堡垒，有人还会提出异议，那么宣称突勒司黑骑军是瑟利文明所有的家族中防护最强的突击卫兵，则不会招来任何非议。

忒弥西微笑着迎上前去。两个人正在解开他们的头盔，一层又一层的甲片缩回到盔甲中，露出两颗长满蓬松栗色头发的脑袋。

洛克站在叔叔身后，冲着忒弥西眨眼，露出一个戏谑的微笑。忒弥西没有理睬，向着特德伸出手去。"欢迎来到天穹城参加议会讨论，突勒司·特德阁下。"

特德轻轻握着忒弥西的手，非常礼貌地轻吻。

"这是我的荣幸，忒弥西。"特德俯身，雕刻在盔甲上的家徽正好落在忒弥西的眼前，漆黑的底色上，花纹繁复，线条汇聚，形成一朵盛开的百合花，花瓣经过精细的雕琢，栩栩如生。在落日余晖的照映下，黑色的花瓣诡异中带着几分艳丽。

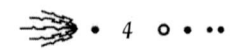

特德抬头看着忒弥西。他的眉毛和胡子也是栗色，茂盛得几乎遮住了整张脸，浅绿色的眸子里精光四射。

他站在忒弥西面前，就像一尊黑塔。

"忒弥西，你是议会历史上最年轻的召集人。我必须恭喜你！"特德说，他的声音雄浑高亢。

"这是秋明长老的安排，我也只是昨天刚到这里。您是洛克的叔叔，也就是我的叔叔，还请您多关照！"忒弥西不疾不徐地说，保持着长老所教导的仪态。

特德转过身，看了看洛克。"我倒是忘了，你们是战友。那很好，我这个叔叔就不见外了。"他向着一边走了两步，和忒弥西拉开距离，"这一次，议会的议题是选举下一任议长，所有的家族都派了代表来，难得一见。这个议会原来名存实亡，一下子这么热闹，还真让人感到意外。"

忒弥西含笑不语。

特德话锋一转："本来，这种事就是优岚家和飞洛寒家的事，这一次，优岚甘心退出竞选，而推举你来参选。这里没有旁人，是否能够听听你的说法？"

"这是优岚家族的决定，秋明长老认为我能够胜任这个位置。我很感激他的赏识，也很敬佩他能够把家族利益放在一边。我们需要的是真正的联合，一个真正的瑟利联盟。"忒弥西回答。

"瑟利文明中各个家族之间的联盟。"特德纠正她的说法。忒弥西并不争辩。

洛克站在一旁，听着两人的对话，露出兴味索然的神情，便自顾自走到一边，在一堵矮墙上坐了下来。

特德看了他一眼，眉头微蹙。

"你们谈，我怕打扰你们。我看看太阳。"洛克见叔叔有些不满，慌忙解释。说着,他便扭头看着太阳,一动不动。

洛克的古灵精怪一点没变,如果没有那身黑色的重甲和浓密的栗色头发,人们很难把他和突勒司家族联系起来。忒弥西微笑着看着他,忽然间,笑容凝固,她看见洛克背着的东西,尽管它已经不成形状,她还是一眼就认了出来。

那是翰亚铠甲的一块残片!

他找到了!忒弥西感到一阵激动,她想马上跑到洛克身边,把它拿过来端详。然而她看了特德一眼,很快克制住冲动。

"好,"特德拉回话题,"既然优岚家愿意让你参加竞选,我们突勒司家乐观其成。不过,在议会选举的历史上,我们给飞洛寒投了十五次票,而只给优岚家族投过两次。众所周知,飞洛寒更合我们的脾气。"

"这一次是匿名投票,没有人会知道您投给了谁,除非您自己说出来。"

"如果你当选议长,那肯定得到了我们的三张选票。"

"多谢能支持我。"忒弥西笑了笑,露出洁白整齐的牙齿,衬着白里透红的肌肤,仿佛玉石般圆润。

特德看着她,稍稍沉默之后接着说:"你是一个魅力无穷的美人,很多人会因此给你投票的。不过我们突勒司家不这样。你曾经救过卡贡的命,但是洛克也救了你的命,这笔账我们两清了。"

洛克仿佛突然间回过神来。"叔叔,不是我救了忒弥西,是翰亚,我和你说过很多遍了。这事就不要再提了。"

特德转过头去,脸上浮着一层怒意。"一码归一码,如果不是你把她从飞船上拉出来,她哪里能有命在?谈正事,不要随便插嘴。"

"特德叔叔,我承认那一次是洛克救了我们大家。"忒弥西接过话茬,"不过我们的选举不要掺入太多的个人色彩。我们要选出一个最合适的人。"

"当然，我们不会牵涉个人感情色彩。所以我想知道，如果你想让我们放弃飞洛寒而支持你，你愿意用什么代价来交换？"

"您希望得到什么？"忒弥西反问。

特德耸耸肩。"我想先听听你的想法。"

"我给不了你们任何承诺。"忒弥西坚定地说，"我只想让联盟变得更团结有力，纷争可以透过内部机制来解决，而不是武力。战后我们需要一个新联盟，公平公正，把我们的力量都投入在该做的事情上。"说着，忒弥西望了望天空之钥。"就像这天空之钥，我们的先人建成了它，可是它一直荒废在那里，从来没有人去启动它，直到撒壬出现。"她转身正对着特德，"就因为我们一直争斗不断，结果死掉了很多无辜的人。这一次我们幸运地击败了赛忒，然而它的老巢究竟在哪里？没人知道。更没有人知道下一次赛忒的攻击会发生在什么时候。我们不能依靠奇迹，我们要靠自己。一个坚实的联盟才能更好地保护欧菲亚和所有的人民。"

忒弥西盯着特德。"突勒司家族一直置身纷争之外，虽然你们给飞洛寒投票，也并没有和他们走得太近。我知道你们赞同飞洛寒公平共享的原则，我也同意这一点，除此之外，我不知道我还能说什么。我不能给你什么特殊承诺，突勒司家族也不会因此而获得特殊利益。我只能说，我们在为欧菲亚博取一个更美妙的未来，这难道不是突勒司家族能获得的最好回报吗？"

特德咯咯地笑了起来。"你的口才不错。好吧，突勒司有恩报恩，有仇报仇，你给我讲大道理，我们也讲大道理，你会得到支持的。"

话音刚落，细小的甲片从盔甲里伸出，飞快而恰到好处地形成头盔，将特德的头部包裹起来。

"那就到此为止了。明天见！"特德的声音从面具后边传来，显得有些模糊。

"我们走！"他对洛克说。

"叔叔您先走吧。我还有些事要和忒弥西说。"

"什么事，要背着我说吗？"

"那是小孩子的事。您真想留下来听一听也没问题，就是怕耽误了您的时间。"洛克嬉笑着说。

"别耽误了晚上的会。"特德严肃地正告一句，"别忘了，你是突勒司代表之一。"说完，他启动盔甲，两个小小的动力圈从肋部弹出，带着他徐徐上升。

他向忒弥西致意，突然间加速，掠过高高的城市建筑，奔着天空之钥而去。他很快变成远方的一个黑点，从天空之钥的一侧掠过，奔向无限绚丽的红色云彩。

两人目送着特德远去。

"我叔叔一直是这样，他说这叫雷厉风行。"洛克扭头看着忒弥西，"我不喜欢这样。"

"你得尊敬你的叔叔，"忒弥西告诫他，"他是你们家族的代表，就算你不喜欢他，你也得尊敬他。"

"他不喜欢我。"洛克漫不经心地说，"如果我不是卡贡之子，他早就把我扔一边去了。"

他从这个话题里退出。"别说我的家事了。你要我帮忙找的东西，我找到了。"说着，他从背上取下，递给忒弥西。

"我找到了它。"洛克的脸上笑容灿烂，"运气不错，我从一个埃萨克人手里拿来的。"

忒弥西伸手接过。她的心狂跳了几下。

"据那个埃萨克人说，他从一堆赛忒化石里边把这件东西刨了出

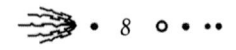

来。它露出一个小小的角,结果就被埃萨克人发现了。这是一个意外的惊喜,否则我们得要刨开欧菲亚的每一寸土地才能找到它。"洛克继续说。

忒弥西捧着这暗灰色的残片,目不转睛地看着。

真的是它!这件不成形的残片上,微晶体仍旧完好,她能感觉到翰亚特有的微晶体。真的是它!忒弥西抚摸着那粗糙的表面,思潮涌动。

洛克站在一边,饶有兴趣地看着忒弥西,突然间开口问:"你怎么没有掉眼泪?"

忒弥西的思绪被打断,有几分嗔怒。"你胡说些什么!"

"好吧,我不说,我不说!"洛克边说边往后退了几步,"那我走了。"

"等等。"忒弥西叫住他,似乎有几分犹豫,最后,她还是说了出来,"你说他还活着吗?"

洛克回过头来,眨了眨眼。"我想他命大,还活着。"

"你不用说我想听的,我想知道你真正的想法。"

"我们没有找到尸体,然而终极撒壬解体,他跟着赛忒兽的碎块掉下来。虽然他是一个强大的瑟利战士,但是终极撒壬威力无穷,也许他们同归于尽了。这盔甲碎片损伤得厉害,而且其他的碎片也没有找到……"洛克停顿一下,"我还是直说吧,凶多吉少。"

忒弥西抬头看着洛克,露出一个微笑。"我欣赏你的坦率。不过,他还活着。"

洛克不以为然。"我也希望他还活着。你一直说,是他拯救了整个欧菲亚,我相信你,但更想亲眼看看一个瑟利战士,单枪匹马,怎么能把终极撒壬做掉。"

也许那对所有人都是一个秘密。人们都不愿意相信那是翰亚的胜利，他们宁愿相信，这是忒弥西的英雄团队所创造的奇迹。她想起了舞台上那些惟妙惟肖的人物和童话木偶般的终极撒壬。英雄们围殴终极撒壬，这就是人们愿意承认的事实。这事实并没有大错，只是没有翰亚最后的拼死一击，同样的经历就会有一个截然不同的结局。所有的勇士们都为战役做出了巨大的贡献，然而没有翰亚，一切的努力都会被归零。

"你就在那里，在现场。"忒弥西说。

"是的，但是不在翰亚的现场。我忙着砍赛忒兽，我可没有看见翰亚把刀刺进撒壬的心脏。"

"撒壬没有心脏。"

"只是一个比喻。"

"你不相信我？"

"我当然相信你。但是，眼见为实。所以我也希望翰亚还活着，我可以当面向他求教。"

忒弥西举起手中的盔甲残片。"你拿着这盔甲的碎片，难道感觉不到吗？"

"什么？"

"微晶。"

"我对别人的微晶从来没有兴趣。"

"这不是别人的，而是撒壬的，独一无二。"忒弥西换上一种严肃的神色，"这就是翰亚。他是一个瑟利人，却能利用赛忒兽的武器来武装自己，他能渗入到它们内部。这就是全部秘密。这就是为什么是翰亚，而不是其他任何人完成了致命一击。你知道那个时候，如果终极撒壬没有死掉，我们的战线很快就会崩溃。"

"也不全是这样。"洛克并不服气。

"是的，你们的突勒司堡在地面上，没有和赛忒正面交手。但是看看那些落掉在星球上的赛忒兽碎块，看看它们在星球上扎下的巢穴，你就能明白它们到底有多么强大。硬碰硬，我们还不是对手。"

"欧菲亚之光已经瓦解了赛忒军团。"洛克仍旧试图争辩。

"没错，但是欧菲亚之光并不能瓦解撒壬，依附于它的赛忒也没有被破坏，如果不是翰亚完成最后一击，被削弱的撒壬仍旧能打败我们，欧菲亚星球还是会被彻底毁灭。"

洛克沉默不语。

忒弥西笑了笑。"好吧，不谈这些了。我要谢谢你帮我找到这个，想看看我的微晶控制术吗？"

"不胜荣幸！"

忒弥西将残破的碎片夹在手掌间，这是一件纯粹的微晶盔甲，每一个微晶体都携带着记忆。她小心翼翼地阅读着那储存在微晶之中的信息，让每一个颗粒回到它该在的地方。这是一件耗神的事，然而值得做。翰亚不知所踪，无论他是死是活，他的名字终究有一天会被世人所知，这盔甲的残片将是一个很好的证物。

她也能感觉到赛忒微晶夹杂在瑟利微晶之间，这些微晶仿佛死物，不会产生任何响应，然而，这却是翰亚能够击败终极撒壬的关键。她小心翼翼地避开这些特殊的微晶，在掌握它们的特性之前，最好避开它们，虽然它们对绝大多数指令毫无反应，但谁也不知道它们是否会对某个指令做出出人意料的响应。

残片在忒弥西手中逐渐改变了形状。它离开忒弥西的双手，悬浮空中，缓缓地变化，仿佛流动极慢的液体。原本暗淡无光的表面出现闪亮的金属光泽。

洛克目不转睛地看着，露出赞叹的神色。

最后，一个崭新的头盔出现在眼前，旋转半圈，忽然间落下，恰到好处地落在忒弥西手中。

忒弥西显得不堪重负，但她端详着头盔，露出欣慰的微笑。这是一个铅灰色的头盔，没有任何徽饰，朴实无华，看上去属于一个普通的自由民。头盔原本有两个耳，断了一个，断口光亮如新。忒弥西在断口上轻轻抚摸，眼中似乎带着无限的遐思。

"忒弥西，你才是我们几个当中最厉害的那个……"洛克站起身，边说边走上前来，"你能控制别人的微晶，你就能控制别人的一举一动，是这样吗？"

"谁也不能这么做！"忒弥西警觉地抬头，虽然洛克是个可信赖的伙伴，并没有什么恶意，然而这样的流言只会让其他家族感到恐惧。微晶控制正是当初欧菲亚内战的根本原因，正是那场战争导致了欧菲亚星球政治版图天翻地覆的变化，瑟利人在地面上的城市几乎被毁灭得干干净净，埃萨克人趁机大肆扩张。从那以后，通过微晶控制别人被禁止，任何与此有关的研究都会被视为对整个瑟利文明生存的挑战。

"我只能控制一些零散的微晶体。控制别人的思想，那太危险了，我们绝对禁止任何人做这样的事。"

洛克嘻嘻一笑。"我又不是议会的人，不要这么紧张嘛！我只是觉得这件事很有趣。这当然很危险。我们都知道那场内战是怎么发生的，为了摆脱控制，那些疯子甚至不惜排除微晶，制造出纯粹肉体的埃萨克人。虽然我相信你没有这样的想法，但是事实就在我的眼前，你能控制盔甲，也许稍稍改动，你就能控制他人体内的微晶，你就能最终控制人的身体和思想。"洛克边说边用手捧着脑袋，十指深深地埋入头发，装模作样地用力拉扯，"神啊，拯救我吧，看我都在想些什么！"

忒弥西微微一笑。"看来我不该在你面前展示这个。"洛克恢复平静的模样，"非常有必要。这个事实说明只要我们依赖微晶，就有这样的风险。忒弥西你是一个好人，但是谁也不知道掌握微晶控制的另一个人是什么样的人。我得瞪大眼睛，小心地看着。"

"议会有专门的机构负责监督。"

"当然了，"洛克耸耸肩，"我只是随口说说而已。不过看了你的控制艺术，我得小心了，翰亚的盔甲和你没有任何关系，你却能操纵它，每个人都要担心你会夺走属于他们的东西。"洛克说着笑了笑。"所以，我可不能让你拿我的武器，你的手有魔力。"突然间他想起了什么，话题一转，"我想知道，你是不是能让它具有特别的功能，比如，让它变得更坚固一些。"

忒弥西摇摇头。"我只是让它恢复了原本的模样。"

"你能把它变成武器吗？比如速射枪？"洛克继续问。

忒弥西露出一个无奈的表情。"要我说多少遍才行？我不是魔术师。给你展示微晶控制术，可不是让你胡乱猜疑。"

洛克撇撇嘴。"好吧，我不问了。不过，我父亲对你的微晶控制术很感兴趣，他要我告诉他，我可以照实说吗？"

"当然要照实说。我可以修复这盔甲，可以触摸别人的微晶，但我不能控制任何人，哪怕一个最初级的平民也不行。"

"也许我该请你去突勒司堡作客。你可以自己和他说。"

忒弥西笑了一笑。"改日吧。议会的事很忙。"

洛克眼睛里的光彩一黯。"这么说你已经决定要在议会做事，不会再亲自战斗了。我可不想这样，我还想着跟你一道，再来一次冒险。"

忒弥西咧嘴笑了起来。"你已经经历了瑟利历史上最伟大的冒险，我们并肩作战，击败了终极撒壬。这歌剧院里每天都在给你唱赞美歌。谁的青年时代能有这样的风光？洛克，你又是我们中间最小的一个。"忒弥西走上前，伸手搭在洛克盔甲的胳膊上，"你看见了，欧菲亚经历了战火，一切都要重来。这些事，我们不得不做。你是突勒司家族的继承人，在地面上，你们就是瑟利文明的代表。埃萨克人和埃蕊人，我们也需要他们的支持，你可以做到很多。"

洛克开始封闭头盔。他猛然一跳，升到一人高的位置，两个动力环稳稳地托住他。

"忒弥西，为什么你说的总是对的？我真希望，你什么时候能错一次。"洛克居高临下，挥手致意，"有事再找我吧！"

不等忒弥西说什么，他已经向外飞去，很快落在对面的楼顶，回身招招手，又快速起飞，向着夕阳的方向而去。

忒弥西目送着洛克的身影消失在云端。她默默站立，望着远方。

大半的太阳已经没入云中，将天边的云彩染成一片血红。远方，天穹城的几个卫星城漂浮在赤红的云海之上，仿佛停泊在港湾的小舟。天空之钥巍然耸立，直指天穹，被夕阳染上一层淡淡的红色，仿佛涂抹了彩釉般光亮。

这情形让忒弥西心中感到暖暖的。

她低头看看头盔，轻轻抚摸着。这混杂着赛忒微晶的头盔引起了她许多回忆。她想起那个高大的身影，冷酷无情的外表掩饰着一颗火热的心；她也想起两人并肩作战的时刻，漫天飞舞的赛忒兽成了美妙的伴奏；她忘不掉那最后的时刻，所有的人都失去了勇气，只有他勇往无前，将剑深深刺入终极撒壬的身体。她看见终极撒壬的身体和翰亚的剑一起瞬间变得雪白透明，仿佛成了一尊石像，然后分崩离析，变成碎片，每一块碎片分裂成更小的细碎，更小的细碎继续不断地碎裂，最后成了肉眼不可见的微尘——终极撒壬的躯体仿佛消失在虚空中，而翰亚则被巨大的赛忒机器吞没。

翰亚是对的，终极撒壬是赛忒世界的灵魂，也是整个赛忒军团的支柱，它甚至能够抵挡住欧菲亚之光的威力，让环绕在它身旁的赛忒军团仍旧保持着强悍的战斗力。当终极撒壬灰飞烟灭，残存的赛忒军团突然之间便失去了动力，在欧菲亚之光的照射下土崩瓦解，纷纷坠落，侵入星球的基地也转眼间成了化石。

翰亚拯救了星球，然而他真的死了吗？洛克虽然毛糙，说的话却总是在理，翰亚即便不死，也凶多吉少。只是她一直不愿意去想。在心底，她希望翰亚仍旧活着，终极撒壬并没有杀死他，只是把他送到了宇宙的某个角落。

如果不是如此，哪怕只活在她的心底，也是好的。

忒弥西重重地呼出一口气，将飘忽的思绪从脑子里排除出去。她有更现实的事要做。

赛忒军团被击败了，并不意味它们不会再来。

赛忒世界是一个谜。根据古老的传说，一艘巨船把瑟利的祖先送到了欧菲亚，没有人知道是谁送出了巨船，瑟利文明真正的起源在哪里？只知道那是一个叫做地球的地方。几千年来，传说只是传说而已，直到终极撒壬带着它的赛忒军团到来。它们的躯体由纯粹的微晶组成，而赛忒微晶居然能影响瑟利人。虽然它们穷凶极恶，是最危险的敌人，然而，确定无疑，它们和瑟利有着共同的起源！也许它们也源自地球。

她抬头望着天空，星星隐约显露。

秘密就在那里！

那是一个无穷深邃的所在，无数的秘密在其中隐藏。瑟利人从群星之间而来，终究将回到星星中去。

一切都会从明天开始！

第一章　最强勇士

外边的人群已经沸腾，卡利纳姆仍旧坐在冰冷的铁椅子上，低头把玩着匕首。匕首有着锋利的刀刃，两道深深的血槽触目惊心。这不是距离遥远的狙击，也不是威力强大的爆炸，这是面对面的厮杀，充满着原始的野性。他会感受到对方的气息，听到粗野的喘息，看见凶恶的目光。对方的手上也有匕首，会用尽一切办法来结果他的性命。

他仿佛看见鲜血从对手身上飞溅而出的情形。

卡利纳姆感到一丝兴奋。那残忍的情形仿佛有一种致命的吸引力，让他充满渴望。在决斗中结果对手，是每一个埃萨克人渴望的荣誉。更何况，这是为了保护飞瀑镇。绝不许失败！

卡利纳姆用匕首在食指上轻轻一划，指尖一顿时现出一条血线。他抬手将手指放进嘴里，微咸的血腥味直冲大脑。

他豁然起身，向着门洞走去，长长的马尾辫在腰间跳动。

"卡利纳姆，卡利纳姆……"围观的人群发出热烈的呼喊。卡利纳姆抬眼望去，临时搭建的看台上，黑压压一片，挤满了人，看台顶层，一面巨大的金色旗帜正迎风飘扬，猎猎作响。塔西亚姆带着埃可姆、西多姆、迪姆几个重要人物端坐在旗杆下。他扭头望向另一边，对方的看台上，人群同样拥挤，他们簇拥在白底红边的方旗下，正向着自己指指点点。

各种各样的奚落从看台上飘来。

"看见了吗？就是这个小子。据说他是埃蕊娘们养大的，是个杂种。"

"一巴掌就打发了，怎么可能是塔卢库布姆的对手？"

"臭小子，回家去找妈妈要奶吃！"

"看见他那头长发了吗？比娘们还娘们，就是个埃蕊杂种！"

……

声音遥远而轻微，然而仿佛长了翅膀一般钻进卡利纳姆的耳朵。他默默承受着各种不堪入耳的话语。战斗的渴望被讥讽和羞辱浇灌得更为旺盛，全身的每一块肌肉都紧绷起来，随时准备冲上前去，将对手击倒在地。

塔卢库布姆就在对面站着，高大的身躯像巨石般敦实。他上身赤裸，一块块肌肉隆起，似乎要将皮肤撑破。相比之下，卡利纳姆就像一个婴儿般脆弱。

卡利纳姆缓缓走上前。塔卢库布姆睥睨着对手，不屑一顾。

观众们再次狂呼起来。

"塔卢库布姆，捏死他！"

嘈杂而不堪入耳的叫喊在场地上回荡，卡利纳姆深吸一口气，收敛心神，全神贯注。嘈杂的声音变得遥远，再也进不了他的耳朵。

对手的力量比他大得多，然而战斗并不仅仅是力量的游戏。一个人的力量有限，关键是用对地方，就像水！

是的，就像水，无孔不入！他仔细打量着高大强壮的对手，寻找一切可能。

塔卢库布姆耍着匕首，摆出一副漫不经心的样子。他冲着卡利纳姆努努嘴，用匕首在自己的脖子上比画出一个"杀"的动作。

"铛……"铜锣的巨响在斗场上空缭绕。决斗正式开始，看台上观众的狂热瞬间到了沸点。

"卡利纳姆！"金光族的人们嘶声竭力地喊叫。

"塔卢库布姆！"狂风族的人们同样竭尽全力。

排山倒海般的呐喊涌来，似乎要将人掀翻。卡利纳姆纹丝不动，凝神屏气，只是注视着对手。他留意到塔卢库布姆挪动了脚步。脚步很稳，却很慢。

卡利纳姆缓步向前，塔卢库布姆仍旧站在原地不动。突然间，卡利纳姆跑起来，飞快地向塔卢库布姆冲去。塔卢库布姆露出一丝冷笑，原地不动，甚至连脚步也没有挪动一丝一毫，他高高举起右手，手上的匕首闪着寒光。

顷刻间，卡利纳姆便冲到塔卢库布姆眼前。那一丝匕首的寒光正向着头顶落下。卡利纳姆身子向后一仰，躺倒在地，借着惯性向前，从塔卢库布姆的两腿之间穿了过去。塔卢库布姆落了空，身子前倾，一个趔趄。

灰黄色的地面上，洒下点点血花。

卡利纳姆划伤了塔卢库布姆的小腿。

观众们发出一声惊呼。这是一个危险的突袭，然而他成功了。卡利纳姆迅速翻身，半弓着腰，摆出战斗姿势。

塔卢库布姆转过身来。小腿上，伤口汩汩流血，顺着脚跟流下，凝结在土地里。血流很快被止住。匕首只是划破了他的皮肤，然而却让塔卢库布姆暴怒。"狡猾的埃蕊杂种！凭这样的伎俩就能赢得胜利吗？想要保住飞瀑镇？别做梦了。我要杀光他们的男人，玩死他们的女人。臭小子，你死定了！"

踏入花坛山

卡利纳姆

露西

忒弥西

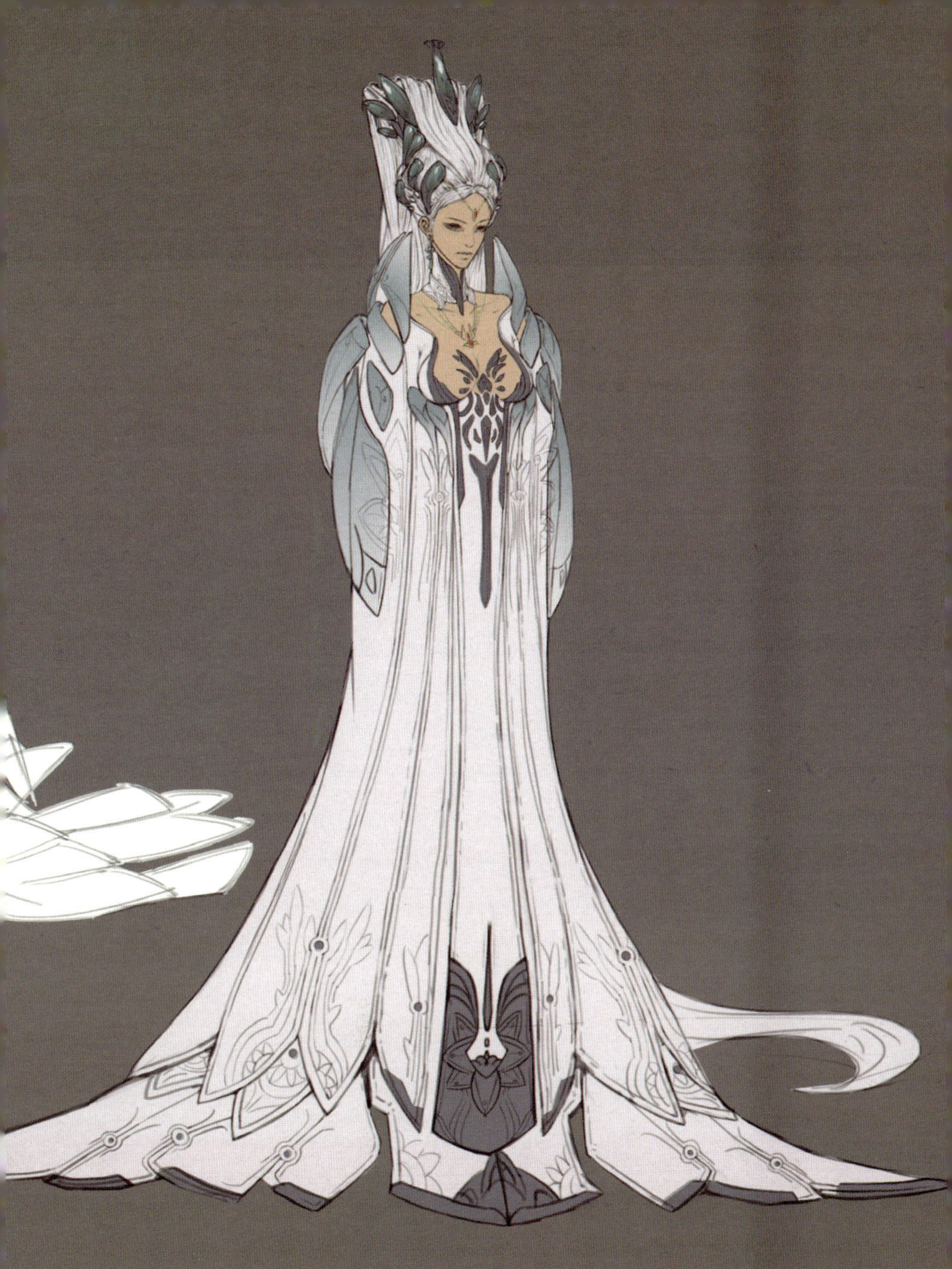

飞瀑镇

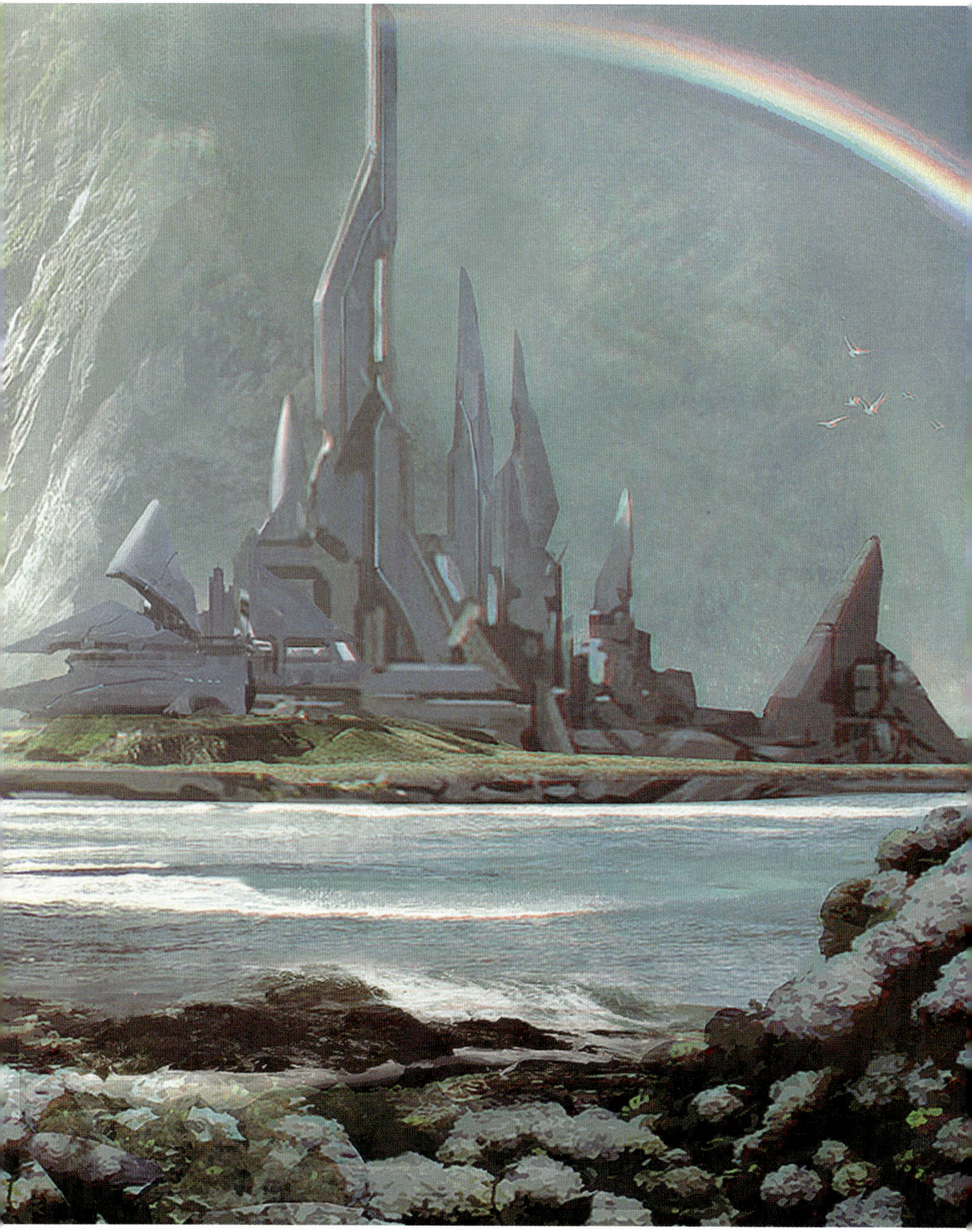

卡利纳姆与塔卢库布姆的决斗

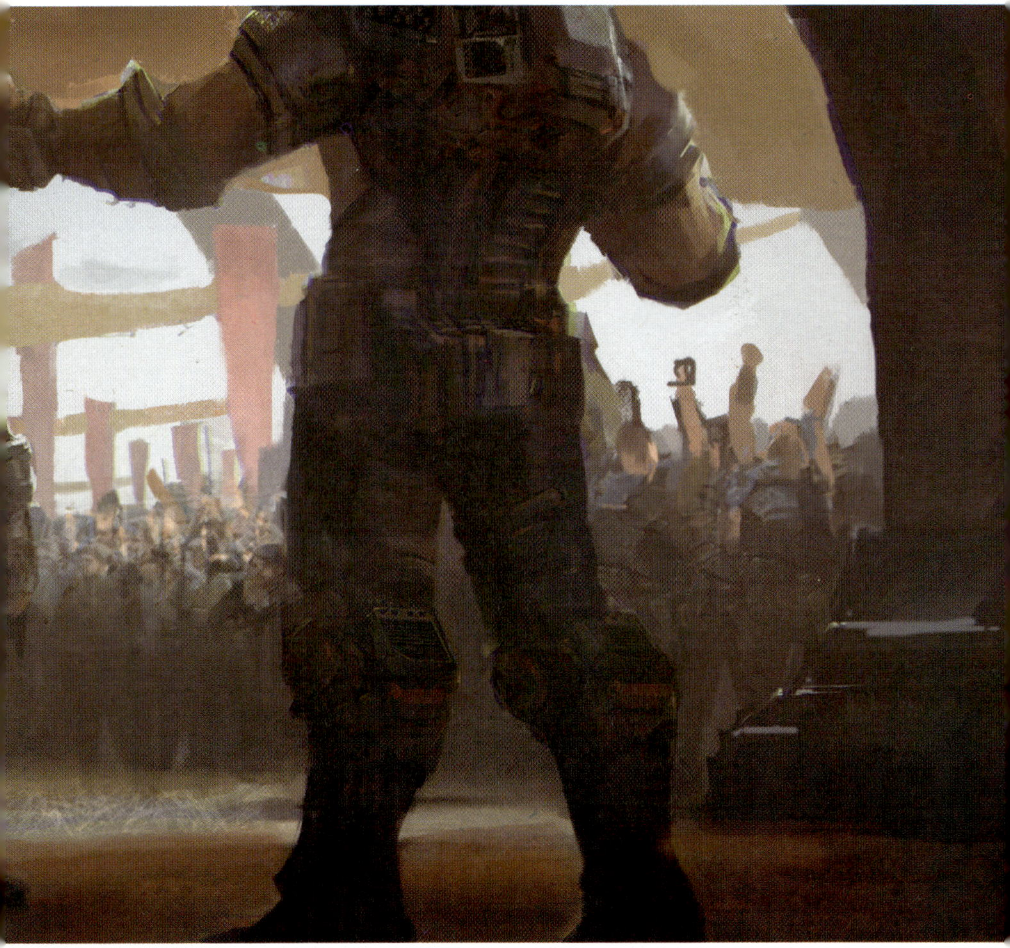

欧菲亚忒弥西

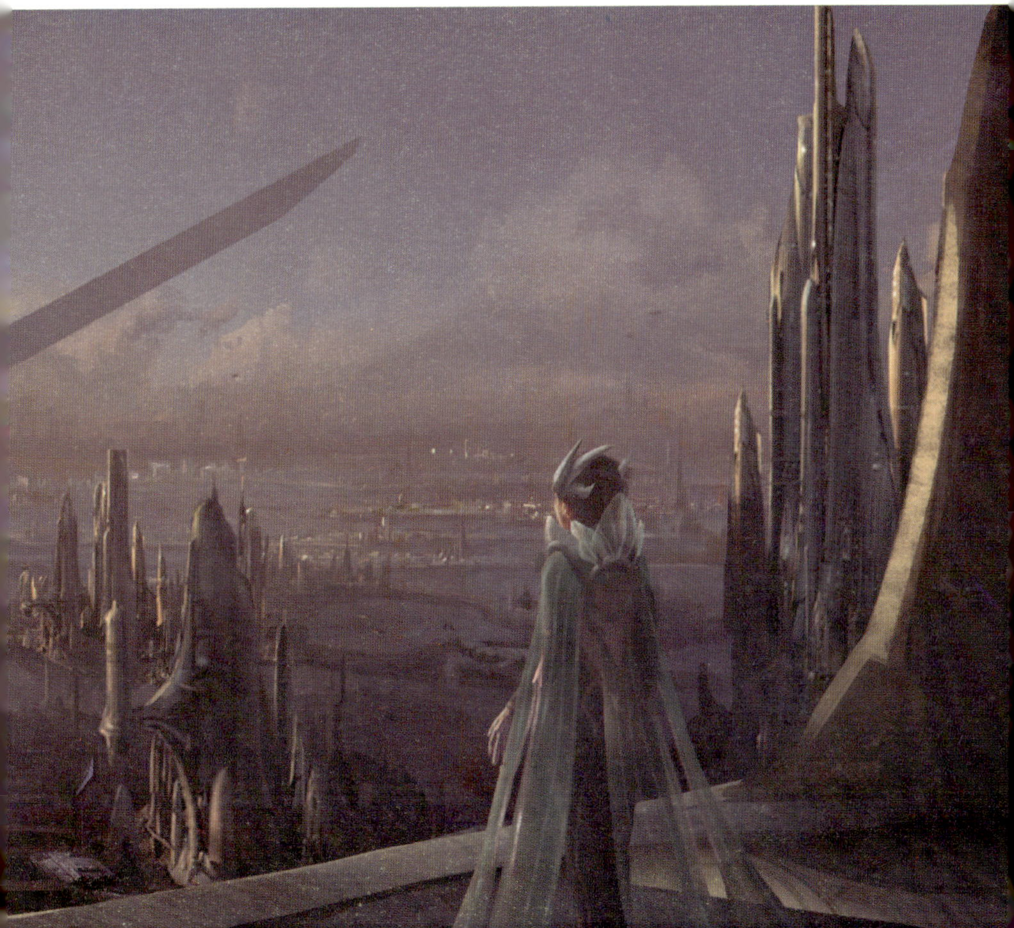

机械兽来袭

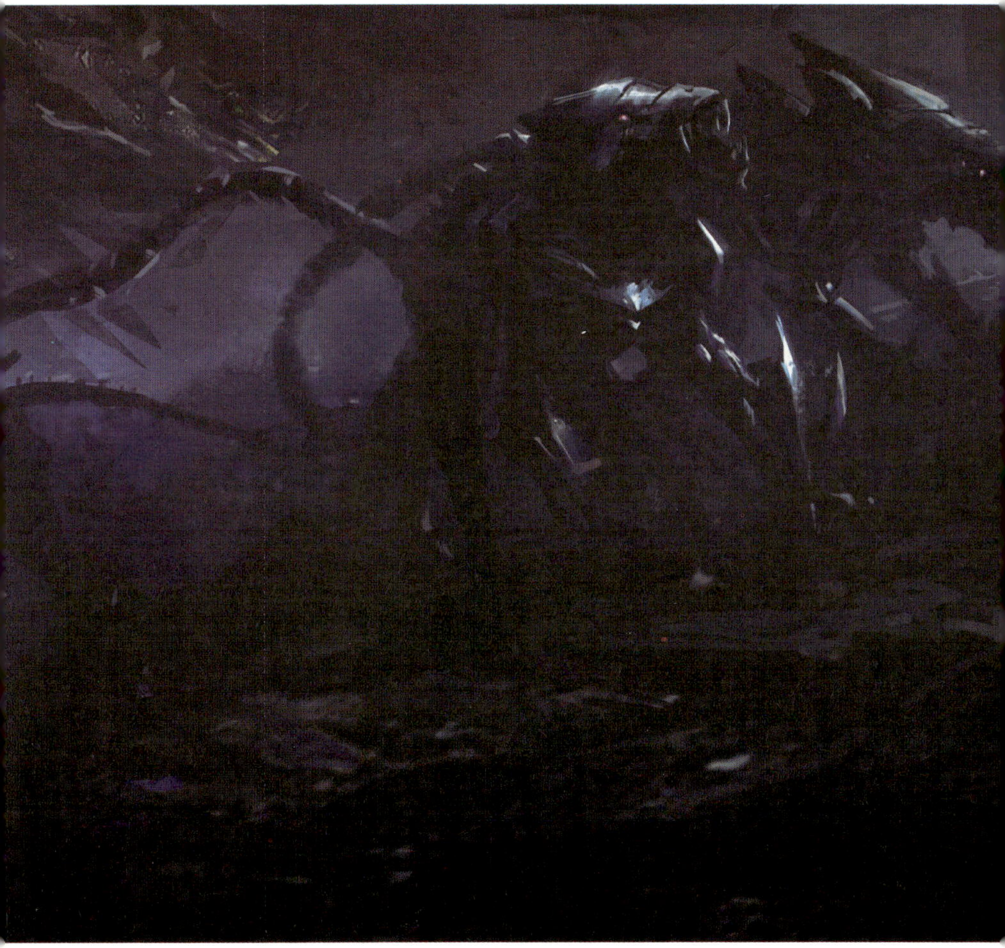

奥拉德斯的力量

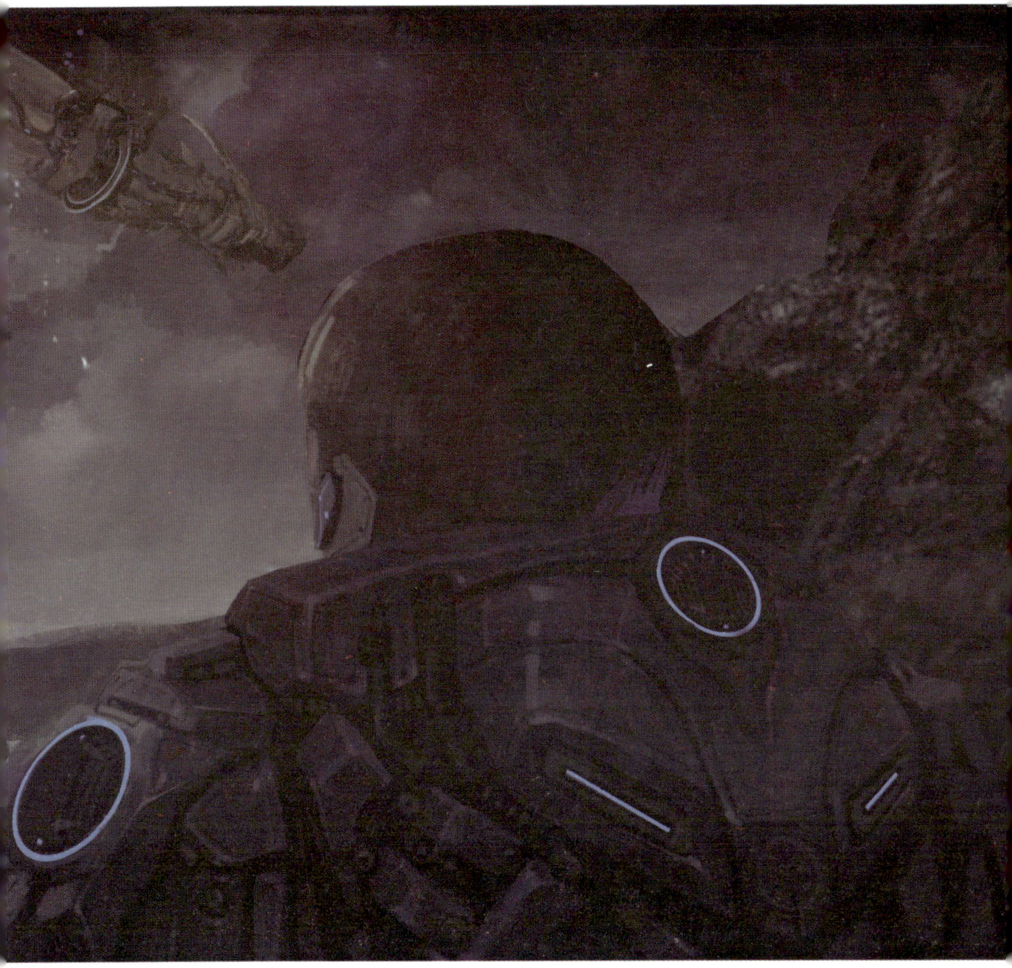

铁林城

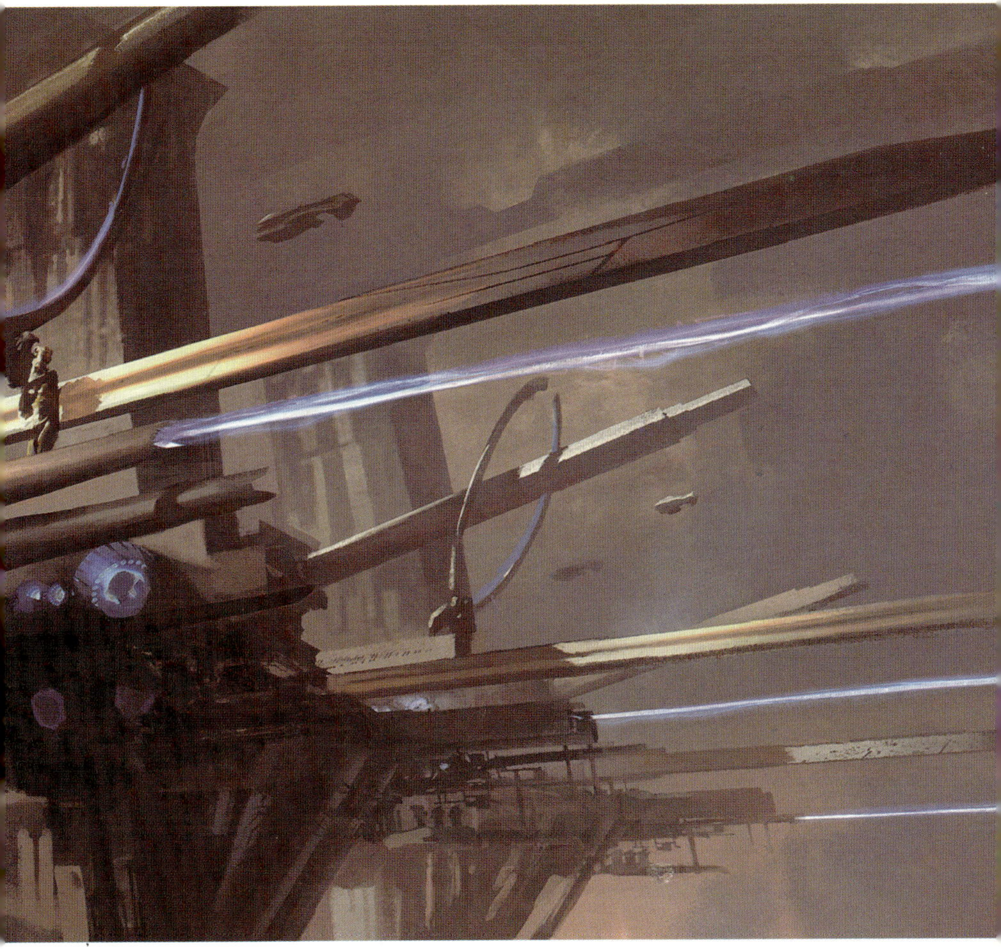

突破枷锁

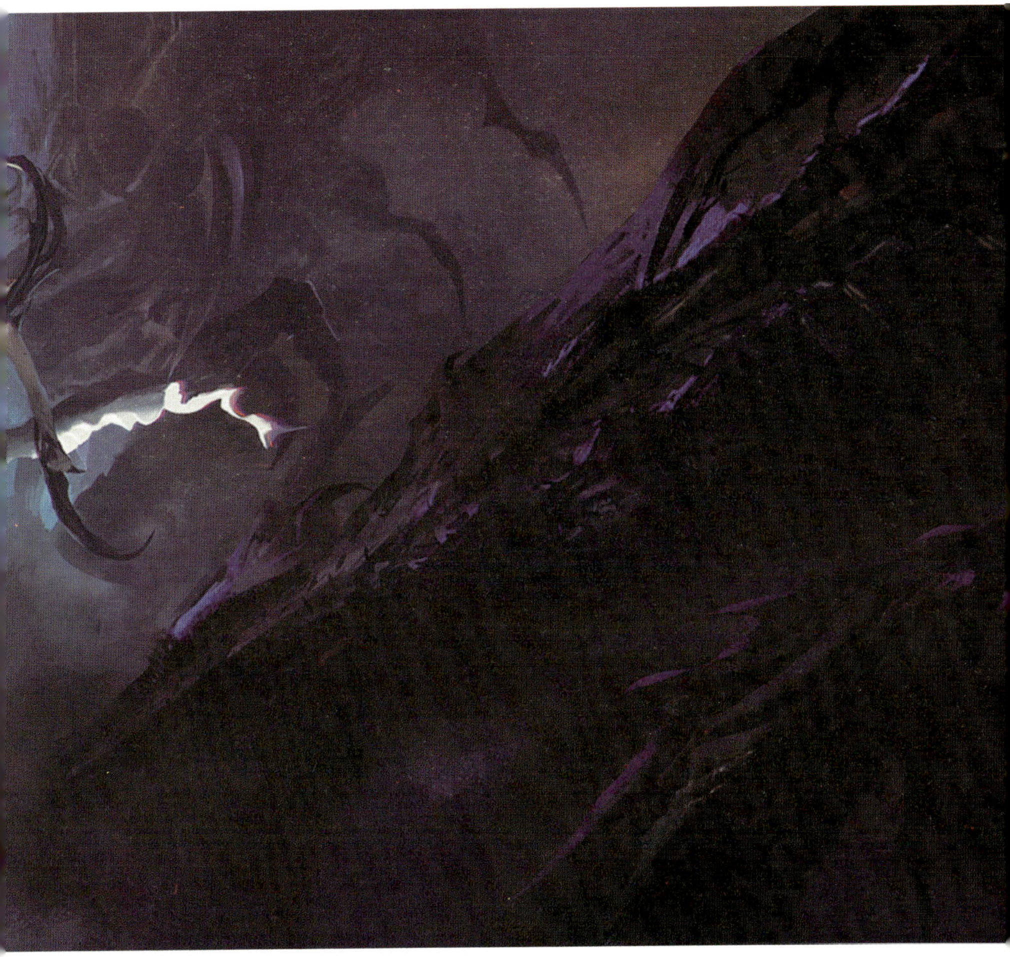

诀别天空之钥

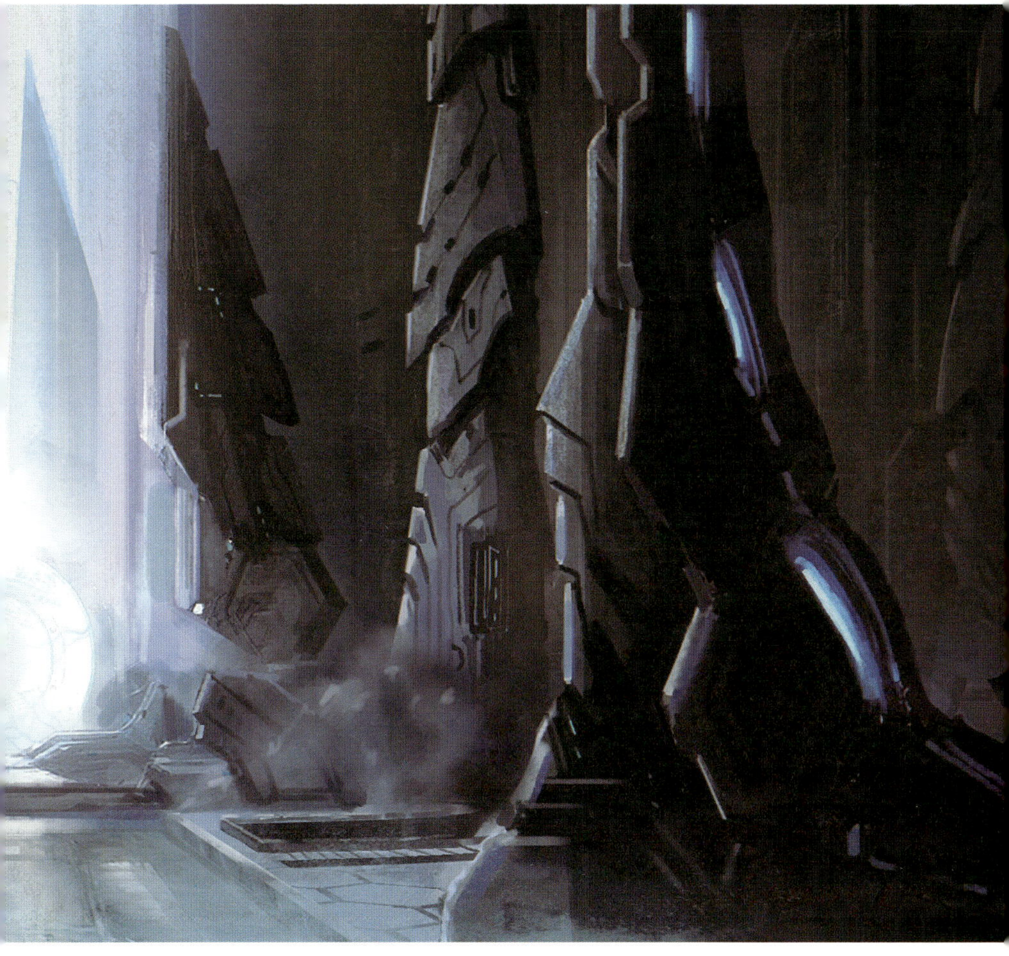

天穹城的黄昏

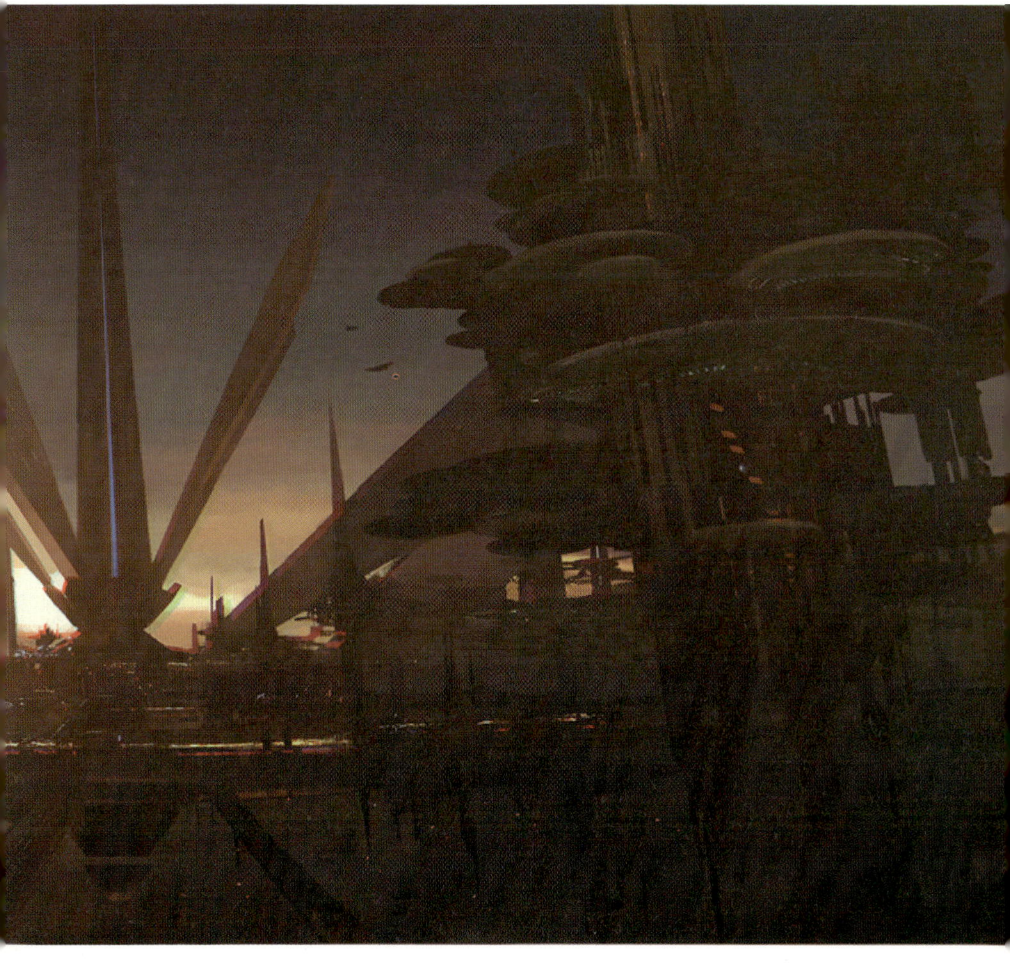

花坛山苏醒

一个愤怒的对手是可怕的,却更有机可乘。卡利纳姆等待着对手犯错。塔卢库布姆扑了上去,虽然块头高大,但身手仍旧灵活,接连不断地用匕首捅刺卡利纳姆。

卡利纳姆不断后退闪避。对手的每一次攻击都带着雷霆万钧的气势,只要挨上一次,就会完蛋。他不断后退,寻找机会。

嘘声响起。狂风族的看台上哗声大作,而金光族的人们则陷入沉默。

这不像一场势均力敌的决斗,倒像是猫抓老鼠的游戏。一方穷追猛打,另一方却东躲西藏,甚至连像样的反击都没有。

勇士是不该如此的。勇士可以被击败,可以被杀死,却不可以逃,逃,逃……

卡利纳姆能够感受到场上气氛的变化。刀碰刀,肉碰肉,那是人们想看到的情形,然而那不是他想要的情形。

没有人能够把流水砍作两段,因为水是软的,会流动,能将雷霆万钧的力量消解于无形。然而水并非软弱,惊涛巨浪转眼就能要人的性命。

力量不是战斗中唯一的因素,如何使用力量更为重要。机会总会来的,在机会到来之前,需要耐心和韧性。

他一步步地后退,敏捷地躲开塔卢库布姆的每一次攻击。每一次腾挪都是成功的,最危险的一次,刀锋顺着腹部划下,划破了衣服。

然而塔卢库布姆并不傻,他正利用自己的优势,逼迫着卡利纳姆退向角落。卡利纳姆慢慢地落在死角里,而塔卢库布姆却慢了下来,这个高大的巨人连续攻击了一百多次,已经感到疲惫。

忽然间,他停滞了一下,大大地喘了口气。

就是此刻!卡利纳姆猛然一蹿,从塔卢库布姆身侧滑过。塔卢库布姆觉察到他的动作,挥动匕首阻拦,但仓促之间,他迟了半拍。

卡利纳姆站在塔卢库布姆身后，其后是一片广阔场地。

看台上一阵哗然。

塔卢库布姆失去了最后的机会，他不再会有机会。卡利纳姆仍旧警惕地盯着对手，丝毫没有松懈。

在胜负没有判定之前，任何事都有可能发生。

卡利纳姆悄然移动脚步，让自己和对手之间的距离增加了半米。

塔卢库布姆的胸腔急剧起伏，大口喘气，他的眼中不再有鄙夷的神色，却多了几分困惑。

"哈！"他大声干笑一声，"臭小子！逃命的本事不错啊。据说你在战场之外从不杀人，是不是真的？"卡利纳姆并不应声，只是保持着进攻的姿态不动。

"据说你从来不玩女人，是不是真的？"

卡利纳姆仍旧沉默。

"别以为这样就可以躲过去，我可不会同情弱者。你喜欢埃蕊女人，我要把她们挨个玩过去，再挨个杀掉。你不杀人，我杀人从不眨眼，在哪里都一样。"

塔卢库布姆说着有些得意忘形，两手挥动，胸腹完全暴露。

就是此刻！卡利纳姆毫不犹豫跳向前，像猎豹般迅捷。头，胸，腹……他估量着塔卢库布姆可能的反击速度和轨迹，飞快选择了目标。

他刺向塔卢库布姆的小腹。那不会是致命伤，却也风险最小。

眼前掠过一道白光，那是塔卢库布姆本能地挥动匕首保护自己。他只感到肩头掠过一丝痛楚和凉意。与此同时，匕首结结实实地刺入了对手的小腹。

卡利纳姆飞快地向外撤步，再次拉开距离。

塔卢库布姆仍旧如铁塔般站着，小腹上一个鲜明的血窟窿，鲜血正汩汩地流着。他低头看了看,伸手捂住伤口。塔卢库布姆抬起头:"小子,你找死!"他怒吼一声,左手捂着伤口,右手持匕首,向着卡利纳姆扑上去。

狂怒中的塔卢库布姆爆发出惊人的战斗力,甚至比没有受伤之前还要矫捷。卡利纳姆迅速后退,躲避锋芒。看台上再次响起嘘声。人们在为卡利纳姆如此逃避而喝倒彩。

卡利纳姆不为所动,对手的身体厚实,方才的仓促攻击刺入并不深,甚至没能刺穿腹肌。看上去是得到了便宜,其实并没有让对手的战斗力降低。他冷静地躲避锋芒,寻找下一个机会。

战斗从场地的一边移动到另一边,卡利纳姆再次陷落在困境中,可以退避的余地越来越小。

但塔卢库布姆的速度也慢下来。一个小小的动静引起了卡利纳姆的注意,当塔卢库布姆试图挥动匕首,他的左手会不由自主地挥动,然而他又试图摁着伤口,于是整个身体会有些扭曲。

扭曲的身体让他很难快速转身。

水无孔不入。

塔卢库布姆又一次挥出匕首。卡利纳姆躲过匕首的锋芒,这一次他没有退后,反而一矮身子,向塔卢库布姆冲过去。他抓住对手的左手,一脚踩在对手的右脚上,借着巨大的冲劲,全力拉扯。

人群中爆发出一阵惊呼。

场地里,塔卢库布姆重重地摔倒在地,尘土飞扬。卡利纳姆同样倒地,只是身在塔卢库布姆上方,快速地转身,摁住塔卢库布姆的右手,匕首狠狠地扎下去。塔卢库布姆一声惨叫,匕首掉落,被卡利纳姆一脚踢开,落到远处。

塔卢库布姆试图翻身爬起,却被卡利纳姆用力一脚踩在胸口,死死地踩在地上。

卡利纳姆俯身向前，匕首贴在塔卢库布姆的脖子上。塔卢库布姆怒目圆睁，狠狠地瞪着卡利纳姆，随即却闭上了眼睛。他并不服气，然而认输。胜负已分。

卡利纳姆单手握拳，高高举起。他并没有发出叫喊，甚至没有发出一丝声音，只是高举着手，等待着回应。

"卡利纳姆，卡利纳姆！"金光族的观众们都在狂叫。

"特鲁西！特鲁西！"他们开始喊叫。（特鲁西是某些埃萨克部族给最强勇士的荣誉称号）

卡利纳姆仍旧踩着塔卢库布姆的胸口，匕首贴在他的脖子上。

"杀！"所有人都在狂叫，甚至连狂风族的人们也加入到这狂呼中来。

"杀！"整齐划一的喊声震天。

"杀！杀！……"所有的埃萨克人似乎都陷落在狂欢中，此刻他们没有族群的分别，只希望看见鲜血满地，一个新的特鲁西从鲜血中诞生，没有什么比这样的情形让他们更感到兴奋。嗜血的种子埋藏在埃萨克人的基因之中。

卡利纳姆看着脚下的巨人。塔卢库布姆闭着眼睛，全然不再抵抗，就像一只待宰的羔羊。他听着海啸一般的呼喊，能感觉到身体里的血液在沸腾。他要像火一样燃烧起来！

杀死一个人并不能征服一个人，杀死他，你便永远不能再征服他！另一个声音在他的心头呼喊。控制心头的狂暴，别让鲜血蒙蔽你的理智。

他将杀戮的念头压制下来，挪开匕首，离开塔卢库布姆，站在几步之外。

场内顿时安静下来。这出乎意料的举动让他们从嗜血的狂热中回过神来，感到万分迷惑。

塔卢库布姆趁机站起来。

"杀死他!"一个声音突然打破了寂静。

卡利纳姆抬头望去,金色旗帜下,埃可姆正站起来大声叫喊。

这喊声迅速得到响应。"杀死他!"金光族的勇士们随着埃可姆叫喊。狂风族保持沉默,如果他们的首领不能在特鲁西的诞生仪式中死去,那么仍旧是他们的领袖。他们开始做最坏的打算,全体默契地起身,警惕地注视着场地内的动静,几个人去拉扯旗帜,准备带着上路,人群正从看台上往场地里涌,他们想保护他们的首领。决斗已经结束,战斗还得继续,埃萨克人就是为战斗而生。

卡利纳姆感觉到局面的突然变化。风暴一触即发,而他正是那风暴的中心。他把事情搞得复杂了!

他高举双手,让金光族狂热的人们停止呼喊。

狂风族的勇士陆陆续续站在塔卢库布姆身后,场地里,卡利纳姆一人面对着十多个,对方所有的人都比他更高大,一个个虎视眈眈,眼露凶光,似乎随时可能冲上来将他撕碎。卡利纳姆扭头向看台上望去,几个金光族勇士正准备跳下看台,来支援自己。"谁也不许动!"埃可姆站起身来,大声叫喊。勇士们看了看塔西亚姆。塔西亚姆一声不吭,沉默地注视着场内。勇士们停了下来。

埃可姆俯身在他父亲耳边细语。塔西亚姆仍旧沉默着,丝毫不予理会。

塔西亚姆是想让他自己解决问题。

卡利纳姆回过头来,看着眼前凶神恶煞似的狂风族战士,毫无惧色。"塔卢库布姆,这是我们之间的决斗,可不是两个部族间的战斗。"

"卡利纳姆,你让我活着,是什么打算?"塔卢库布姆松开捂着腹部伤口的手,看了看满手的血迹,抬眼看着卡利纳姆,"你们不想打，我们也不会打。"

"你输了，那就离飞瀑镇远点！"卡利纳姆回答。

"我不会动飞瀑镇，你喜欢那些埃蕊娘们，就留着吧。"塔卢库布姆维持着勇士之王的尊严，"我问你，你为何没有杀死我？你可以合情合理地杀了我，你没有这么干，是想要什么？"

"和平，停止战争。"卡利纳姆看着塔卢库布姆。

塔卢库布姆发出一阵桀桀怪笑。"和平?！你真是一个吃埃蕊人奶水长大的杂种。难道你不知道埃萨克人是为战争而生的吗？停止战争，不如要了埃萨克人的命。"他抬头看着看台上金色旗帜下的几个人，"塔西亚姆，你的人在呼唤和平。你是不是该教教他埃萨克的规矩？你们金光族，都是被阉了吗？"说着他自顾自哈哈大笑起来。

埃可姆正想回应，塔西亚姆抬手阻止了他。

"卡利纳姆，了结这件事。"塔西亚姆并不理会塔卢库布姆的挑衅，向着卡利纳姆大声发话，然后一挥手，"其他的人，都撤了。"

埃可姆追着塔西亚姆，急急地说些什么。塔西亚姆置若罔闻，只是反身向看台下走去。金色的大旗降落下来，一个金光勇士手擎大旗，退出了决斗场的大门。看台上，金光族的勇士们缓慢地退场。

一场肉搏战消弭于无形之中。

塔卢库布姆显得有些烦躁。决斗失败，他显然想靠一场混战来找回点面子，然而塔西亚姆根本不理睬。他狠狠地盯着卡利纳姆。

只要自己在这里站着，狂风族人就无法动手。卡利纳姆的脚下就像生了根，稳稳地站在场地中央。他仿佛一颗钉子，钉在两个部族之间。

对方渴望着一场混战，决不能让他们如愿。

埃萨克一群人和一个人在场地中央僵持着。

金光族的人走得没剩几个。

"说，你到底想要什么？别告诉我是那个该死的和平。"塔卢库布姆打破僵持，"女人，武器，军队，我还有两个兵工厂，你想要什么？"

"和平。"卡利纳姆仍旧不动声色地说出这两个字。

"该死的杂种！"塔卢库布姆大骂。

一个勇士靠近塔卢库布姆，悄声细语，然而没有躲过卡利纳姆的耳朵。"塔卢库布姆，金光族的人走了，我们是不是赶紧走？不然他们杀过来，我们就吃大亏了。"

"卡利纳姆，埃蕊的杂种，听着，你放过了我的性命，我会还给你。但是，不要指望我会在战场上留情。狂风族会遵守赌约离开此地，小心点别挡着我们的道。"塔卢库布姆说着转身，向着场外走去。

"塔卢库布姆。"卡利纳姆喊住他。

"什么事，小杂种？"塔卢库布姆回头。

"你是一个勇士，勇士只挑战比自己更强大的对手，而不是滥杀无辜。"

"轮不到你来教训我。埃蕊娘们的奶水让你软弱得像一根面条，我可是真正的埃萨克人。要是你不喜欢，那就滚回你的埃蕊娘们那里去。"塔卢库布姆说完大笑，仿佛那是一件多么让人感到开心的事。在笑声中，他转身离去。

狂风族勇士跟着他们的塔西亚姆首领离开。卡利纳姆一动不动地站着，目送这些杀人不眨眼的恶魔走出决斗场。埃萨克人永远都在杀戮，他们永远都停不下来！

场地里空荡荡的。

"卡利纳姆！"有人在喊他。卡利纳姆转身，斯土姆正在看台上招呼他。他是整个场地里剩下的唯一观众。卡利纳姆向他走过去。

斯土姆从看台上翻身而下，迎着卡利纳姆，给他了一个热烈的拥抱。"卡利纳姆，今天本来是你的加冕礼，你可以成为特鲁西。"

卡利纳姆放开斯土姆，露出一个微笑。"可是我把一切都搞砸了，不是吗？"

斯土姆点点头，"你拒绝成为特鲁西，你拒绝了塔卢库布姆的鲜血，这可不是塔西亚姆希望看到的事。"

"我得按照自己的内心去做。"

"但也许你的想法是错的。"

"那么我得做好准备承担后果。"卡利纳姆并不动摇，"哪怕所有的人都要求杀了他，我还是会放过他。我只相信我的内心。"

"那是因为你的头足够硬，如果我这么做，命早没了。"

卡利纳姆笑了笑，伸手摸了摸斯土姆的头。"不会的，我会保护你。"

斯土姆也咧嘴笑了。"只要我的个子一直比你矮。"

卡利纳姆不由开心地笑起来。斯土姆是唯一一个个子比他还要矮的埃萨克成年人。他们的个头只和八岁的少年相当，比成年人整整矮过一头。这样的相似让斯土姆成了他的朋友，也许是唯一的朋友。也许这算是两个有缺陷的人相互依偎取暖。

"走吧。"卡利纳姆拍拍斯土姆的肩，"我们回去，看看塔西亚姆怎么说。"

决斗场外，一片荒芜。到处是弹坑和尸体，漆黑的土地寸草不生。这里几天之前还是战场，金光族和狂风族的战士们殊死拼杀。数以千计的战士死在这片战场上，他们的尸体还没来得及被收拾掩埋。狂风族的人要走了，他们甚至不准备收拾自己同伴的尸骸。而金光族，会把战场上捡来的尸骨都埋进一个大坑，一把大火烧掉草草掩埋了事。在埃萨克人看来，最没有价值的东西，就是生命本身。昨日的同伴，今天的尸骨，明日地下的一抔土，埃萨克人从不留恋这注定要腐朽的生命，他们迷恋威力巨大的武器，炮火纷飞的战场。激烈的搏杀，疯狂地在女人身上播撒种子留下后代，然后在战场上光荣地死去，这才是他们渴望的生活。

卡利纳姆能够理解这样的生存哲学，他身上流淌着埃萨克的血。然而将他抚养长大的埃蕊人却是另一个极端，他们平和、崇尚平静的生活。卡利纳姆不无困惑，自己到底像埃萨克人多些，还是像埃蕊人多些。

前方，烟尘滚滚，金光人的大队正在离开。

卡利纳姆四下张望，一辆车都没有留下，他们不得不徒步穿越十多公里的战场才能抵达前线哨所。

"你犯了众怒。"斯土姆望着远去的车队，"他们把我的小车也带走了。"

"那就走吧。"卡利纳姆说着上了路。

十多公里的路走了两个小时，天快黑的时候，他们远远地看见营地。

有人在等着他们。

"是塔西亚姆！"斯土姆小声说。

卡利纳姆早已看清那站在最前面的，就是塔西亚姆本人，他穿着金色的华服站在华盖下。金色的盖顶在落日余晖中闪闪发亮。西多姆和迪姆站在左右，卫士们簇拥在两旁。两门巨大的轰雷炮摆放在队伍前，炮管交错，形成一个拱门。

卡利纳姆有些疑惑，他从未见过这样的阵势。这看上去仿佛一个欢迎仪式，可人们把他抛弃在决斗场，又在这里欢迎他……他感到无从揣测。

斯土姆小心地躲在卡利纳姆身后。卡利纳姆继续向前走。忽然，他发现了另一种异样。

不远处的地面上,黑压压一片,都是枪。大大小小的枪,长长短短,各种式样,从不远处一直铺到大炮拱门。这是枪道!这是埃萨克人最高的致敬。他们的确是在欢迎他!

卡利纳姆深吸一口气,走上枪道。这不是普通的枪,这是部族勇士们的心爱之物。他们献出枪来,让他在上面行走。他们以这样的行动承认他的勇武。

忽然,他听到背后有声音,扭头一看,斯土姆正向旷野里远遁,找条迂回的路回去。他笑了笑,踩着冰冷的武器低一脚高一脚往前走,很快,他站在了塔西亚姆面前。

塔西亚姆站在拱门下,当卡利纳姆站在眼前,他忽然振臂高呼:"特鲁西!"

"特鲁西!"在场的埃萨克人都咆哮起来,整个营盘的埃萨克人都跟着咆哮起来。数万人的叫喊声震天动地。

"哒哒哒……"两门机枪吐出火舌,向着旷野中扫射。这是最悦耳的庆贺声,埃萨克人的欢呼声此起彼伏。

"塔西亚姆,我……"卡利纳姆正想说些什么,却被塔西亚姆挡回去。

"你是今天的英雄。虽然你没有杀死塔卢库布姆,他也是一条失败的狗,再也不能和勇武的雄狮相提并论。"塔西亚姆说着拉过卡利纳姆,把一条金光灿烂的肩带披在他肩上。卡利纳姆感到肩头一沉,这厚重的肩带上嵌满巨大的子弹,分量不轻。

塔西亚姆拉起他的手,高高举起,转身向着众人高呼:"特鲁西!"

狂欢的气氛再一次达到高潮,这高尚的称谓仿佛一剂兴奋剂,让所有人兴奋无比。所有人都在狂吼,啸声时高时低,隐约间,仿佛一曲大合唱。

卡利纳姆望着眼前的一切，感到自己的血液也沸腾起来。

"啊……"他仰天长啸，加入到这洋溢着躁动和热血的合唱中。

入夜，所有的人都在肆意地喝酒狂欢，嘈杂的人声在各个帐篷之间飘来飘去。

只有一个帐篷里寂然无声。卡利纳姆站在门外，稍稍犹豫之后掀开帘子，走进去。

这里仿佛一个小型军械库，摆满各种武器，只在帐子中央摆着一张小小的床和一块垫子。埃可姆盘腿坐在垫子上，他的面前放着一个大铁罐，罐子里的酒仍旧是满的。

埃可姆抬眼看着卡利纳姆。"你来做什么？"他发问，语气生硬，充满挑衅的意味。

"塔西亚姆要我来的。"卡利纳姆回答，"他要我告诉你，因为我没有杀死塔卢库布姆，虽然他承认我特鲁西的称号，但我必须要做一些事来补偿。"

埃可姆的眼里露出一丝阴冷的光。"他让你去做什么？"

"离开金光城三个月，杀死五十个敌人，带着他们的耳朵回来。"

"那你得准备好盐，别让耳朵发臭了。"

"我拒绝了。"

埃可姆目光一闪。"你拒绝？你敢拒绝塔西亚姆的命令！"

"所以他惩罚我。"卡利纳姆看着埃可姆，"他让我来告诉你，我将被剥夺一切财物，只允许保留特鲁西肩带，而且，要被放逐三个月。三个月后回来，从头开始。"

埃可姆冷笑一声。"这听上去不像是什么惩罚。你本来就是一个穷光蛋。"

"他还让我带一句话给你。"卡利纳姆接着说，"问你要不要听。"

"父亲的话，当然要听。"埃可姆显得有些阴阳怪气，"说出来听听，乡巴佬。能替我父亲传话，这也是莫大的荣耀。"

"勇武不仅仅是巨大的杀伤力，更是决心和勇气。"

卡利纳姆说完微微鞠躬，退了出去。埃可姆愣愣地坐着，忽然端起铁罐，大口大口地灌起酒来。

帐篷外，卡利纳姆深深地叹了口气。营盘仍旧无比喧嚣，而他仿佛从这喧嚣中脱离了出来，悄然独立。他是一个埃萨克人，然而，却不属于这里。

他摸了摸身上的肩带，沉重的肩带上，子弹冰冷。他被放逐了，在给了他莫大的荣耀后，又夺走一切，塔西亚姆仿佛跟他开了一个巨大的玩笑。

然而，谁说这不是他咎由自取呢？他要做一个与众不同的埃萨克人，就要准备好承受代价。

三个月，无家可归，去哪里呢？也好，那就回飞瀑镇去吧。梅尼会欢迎他回去。

卡利纳姆心里有了计较，变得踏实起来。

抬起头，天空中一颗巨大的星星无比耀眼，那是瑟利人的城市，高高在上，遥不可及。卡利纳姆愣了愣，忽觉这孤独的星星在天空中正有些像自己。他傻傻地笑起来。

第二章　大爱无疆

　　卡利纳姆正在赶路。这是他熟悉的道路，从金光城到飞瀑镇，每一年他都要在这条路上来回奔波几次。正是春天，到处是黄色的野花，散布在绿茸茸的原野上，仿佛缀满花纹的绒毯。绿色的绒毯中还夹杂着点点斑驳，仿佛一个个锈迹斑斑的铁山岗，那是赛忒化石。据说三十年前一场大战，这些碎块从天而降，留下一堆堆乱石般的小山，把原本美丽如画的风景搞得乱糟糟。不过事情也有例外，远处能看见一个小小的山尖，尖顶五颜六色，就像画上的美丽天堂，在乱糟糟的小山堆中分外醒目。那是花坛山。那座美丽的山岗其实也是一块巨大的赛忒化石，只不过埃蕊人把它开辟成了花圃，从山脚到山顶，一年四季都有开不败的花，成了飞瀑镇郊外一道最著名的风景。卡利纳姆向着花坛山的方向眺望几眼，不由加快了脚步。

　　身后响起沉闷的马达声，有车子开来。卡利纳姆在路边一站，等着车子过去。这是一辆小型装甲车，看上去破破烂烂，不知道经过了多少次改装，完全看不出原本的模样，引擎的声音听上去仿佛一个人在大口喘气——这车要不了多久就会报废。它像一头笨拙的老牛一般挣扎着向前。

车里坐着一个埃萨克人。

卡利纳姆心头一紧,是塔卢库布姆!他一定是来找场子的。卡利纳姆警惕地盯着他,暗自戒备。

装甲车缓缓地开过来,突然加速,然后一个急刹车,几乎就在卡利纳姆的跟前停下。

塔卢库布姆魁梧的身子从车上一跃而下。

"小子,找到你了!怎么,想埃蕊娘们了?"他边说边走到卡利纳姆跟前,居高临下地看着他。

卡利纳姆冷冷地回视,并不言语。

"哑巴了?不说话?"塔卢库布姆挑衅似的看着卡利纳姆。

卡利纳姆仍旧沉默着。

塔卢库布姆似乎被卡利纳姆轻蔑的态度激怒,挥舞起拳头,象征性地威胁:"没有人能在我面前摆臭架子,就是你们塔西亚姆来了也要对我恭恭敬敬的。"他放下拳头,"如果你不是好小子,我早把你砸成肉酱喂狗了。"

"有什么事吗?"卡利纳姆终于开口说话,"我还要赶路呢。"

塔卢库布姆一听,哈哈大笑。"我知道你没处去,所以来给你提一个建议。你可以到我这边来,我可以让你做副手,我死之后,你就是狂风族的战酋,只要你能对付得了那几个家伙。"他四下瞧瞧,"这里就我们两个人,面对面,像个埃萨克男人,我说出的话从来算数。来不来,就一句话。"

"我留在这里,哪儿也不去。"卡利纳姆回答。眼前的勇士之王给了他一个诱饵,他不想吞下去。狂风族是一个游荡部族的联盟,塔卢库布姆带领的这一族人算是其中不大不小的一个,他们居无定所,四处劫掠,在血与火的荣耀中过完短促的一生。这是充满刺激的生活,然而卡利纳姆眼下还不想要。

塔卢库布姆的脸色顿时阴暗下来。"你一定会后悔！后悔了也别死给我看！"他说着转身，准备离开，却又站住，"这东西给你。既然你没有要我的命，我就欠了你。拿着这个，我们两不相欠。"

一件黑乎乎的东西向着卡利纳姆飞来。卡利纳姆伸手接住。

这是一个牛皮袋，硬硬的牛皮上带着岁月的痕迹，不知经过了多少人的手。卡利纳姆掂了掂，沉沉的，是把枪。他伸手从袋里把它掏出来。

"好枪！"他忍不住赞叹。这是一把大口径短枪，枪把上刻着一朵精致的花，枪身精钢打造，雕着精细的纹路，泛着黝黑的光泽，一眼看上去便不同凡响。这是瑟利人造的枪。瑟利人是埃萨克的死敌，然而他们的武器却非常精致，是顶级的收藏品。

"这东西很贵重，我不能要。"卡利纳姆说。

塔卢库布姆跳上装甲车。"让你拿着就拿着，这是你的战利品。这种软弱的枪，正合适你。记住，我们两不相欠！你也从来没有把我踩在脚下。要是我听人说你到处炫耀，我就打爆你的头！"话音刚落，战车已经原地打了个转，冲进旷野中。机器轰鸣，像一头莽撞的野牛般狂奔。老迈的机器居然有这么大的能量！

忽然间，一声炮响，远处腾起一团火光，青烟随之而起。塔卢库布姆向着无人处开了一炮，然后放声大吼。狂放的吼声随着轰鸣的机器一道远去。

塔卢库布姆驾驶的装甲车成了远方的一个小黑点，卡利纳姆收回视线，低头看了看手中的枪，冰冷的金属光泽透出诱人的魅力。这是一件威力巨大的武器，一定是塔卢库布姆的心爱之物。这是一件意外的珍贵礼物。从一个决斗场上的对手那里得到这样一件东西，相比之下，被塔西亚姆驱逐三个月算不上什么高昂的代价。卡利纳姆小心地将它收回牛皮包里,挎在肩上。他从未见过瑟利人制造的枪,只听说过那是制作精良,威力巨大的武器,很少有埃萨克人能够拥有。埃萨克人不喜欢瑟利人的行头,却喜欢他们的枪。

这是一件很好的礼物,可以送给梅尼妈妈。虽然梅尼不喜欢武器,但是如果是一把来自瑟利人的枪,梅尼一定会喜欢。卡利纳姆这样想,不觉间有些高兴。

越过一个小山岗,花坛山的全貌出现在眼前。哪怕见过一百次,再一次见到它也会感到强烈的冲击。它就像一座流淌着色彩的高塔,纷繁美丽得无法形容,片刻之间,能让人忘了呼吸。卡利纳姆驻足观望,一种到家的温暖洋溢在心头。

他看见武强溪。正是涨水的季节,溪水欢快地流淌,隔着很远也能听见。飞瀑镇就在武强溪的上游,溪水从山里流出来,在断崖飞落而下,形成小小的瀑布。飞瀑镇绕着瀑布而建,因此得名。埃蕊人喜水,总是临水而居,他们也有很好的水性,在水里就像鱼一样灵活。

卡利纳姆快步走下山岗。

几个人头在溪水间起落,那是几个埃蕊儿童在嬉戏。卡利纳姆走近溪边,在一株巨大的涷柳树下站定,远远地看着水中嬉戏的孩子。阳光照在水面上,水波荡漾,仿佛细碎的镜子,孩子们起伏的身影仿佛镜中的影子,勾起他的回忆。他也曾和小伙伴们一道在这里游泳,比赛谁能把水底的石头摸上来,或者谁能最先游到某个秘密基地。他身高臂长,总是能赢得胜利。然而,慢慢地,他越来越高,越来越强壮,总把小伙伴们远远地甩在后头。不知不觉,他发现自己孤独一人,没有朋友。哪怕曾经最亲密的伙伴,也开始远远地躲着他。不过,每次从金光城回来,孩子们总是很欢迎他。

"卡利纳!"水中的孩子发现了他,发出一声惊叫,喊出他的名字。卡利纳,这是他的埃蕊名字。

几个孩子迅速地向着他游过来。

"卡利纳,你怎么回来了?"一个孩子钻出水面,走上岸来,赤条条的身子湿漉漉的,水珠顺着身子滑落,仿佛身体和水绝缘。埃蕊人的皮肤光滑得仿佛珍珠,往那儿一站,不用擦干,稍稍一动,不消一分钟,就水迹全无。这是一个明显的特点,让卡利纳姆从小就知道自己并不属于这里,他没有如珍珠般光滑的皮肤。

卡利纳姆微笑地看着眼前的孩子。"不欢迎我回来吗?我现在无家可归。"这些孩子们并不惧怕他。他是埃萨克人中的矮个子,却是飞瀑镇上绝对的巨人。孩子们喜欢他就像喜欢神话中那些力大无穷的英雄。当然,他们更喜欢每一次他回来都会带着一些糖块。

"有什么好吃的吗?"孩子们陆续围上来,其中一个问。

卡利纳姆摇摇头。"没有。"

孩子们都显露出失望的神情,有几个转身走开,最早上岸的那个孩子仍旧站他身边。"要回镇上去吗?"孩子问道,语气很成熟,一点也不像孩子说话。

"没错。"卡利纳姆仔细看了看这孩子,他认得这是利尼阿姨的第三个孩子。孩子湿湿的长发贴着身子披下来,直达腰部,完全已经是一个大人的样子,个头却只到成人的胸口。这是一个小大人。

"利尼阿姨好吗?"卡利纳姆回问他。

"她一直很好。"孩子似乎有些担心地看着他,"只是她一直担心埃萨克人会来。据说最近有很多埃萨克流浪汉在镇子周围,大人们都很担心。"

卡利纳姆伸手拍了拍他的头。"别担心,金光族一直保护着飞瀑镇呢。"

"可是你现在回来,金光族是不是有别的想法?"

卡利纳姆笑了笑。"你还小呢,别担心大人的事,玩去吧!"

孩子似乎不相信他的话，歪着头看着他。"真的没事？"

卡利纳姆微笑着挥挥手，让他回到水中去。小伙伴们也在水里喊他。他迟疑地看了卡利纳姆几眼，最后迈开步子，向着水中而去，一个跟头扎进水里，就像一条鱼没入水中，再露出头来，已经在小溪中央。

卡利纳姆又看了一会儿，迈步沿着溪边的小道向前。

很快，他便看见中央神殿那碧青的圆顶，几座绿顶小屋也出现在视野中，就在不远处，坐落在花园中间。他看见一个熟悉的身影，正在花园里忙碌着，给灌木剪枝。

卡利纳姆很快靠近院子。他小心地打开花园的篱笆，不弄出一点声响。花园里是一条石子小径，直直通向房门。卡利纳姆放轻脚步，弯下腰，从石径绕到灌木间。梅尼正在剪修她的花圃，他想给她一个惊喜。

"卡利纳。"她却转过身来，一眼便看见卡利纳姆，平静地喊了他一声。

卡利纳姆只得直起身来，向梅尼迎上去。"妈妈！"他大声叫着，和梅尼拥抱在一起。梅尼的个子只到他的胸腹间，两只手也无法抱住他粗圆的腰身，只得在他的肋部轻轻地拍了拍。

"进屋里休息吧！"梅尼抬头望着他，"你的头发脏透了，去洗个澡，换身衣服，睡个痛快觉。"

梅尼总是这样，什么也不问。在外边，他是一个响当当的埃萨克人，在这里，他只是孩子，一个需要被关心照顾的孩子。卡利纳姆点了点头。

梅尼微微一笑，轻轻摆头。"去吧！厨房里有些面包和咸鱼干，如果饿，先吃点。"

"妈妈，我这次被赶出来了。"卡利纳姆说。

"先去洗澡吧,有什么事等你的头发干透了再说。"

卡利纳姆顺着母亲的意思走进屋子,从窗户里望出去,梅尼重新弯下腰,继续裁剪枝丫。屋子里的一切都没有变,仍旧那么熟悉,只是每一次回来,都会觉得这里的空间似乎变得更小。

不是空间变小了,而是他越来越像一个埃萨克人。和埃萨克相比,埃蕊世界的一切,都显得那么小巧玲珑,甚至有些袖珍。然而,无论事情如何变化,这里是他的家,梅尼是他的母亲。

卡利纳姆弯腰走进自己的房间。床上的铺盖整整齐齐,看起来梅尼似乎知道自己要回来。

卡利纳姆打开窗户,探出头去。"妈妈,你知道我要回来吗?"

梅尼从灌木中直起身子。"我只是预备着,也许你哪天就回来了。"

这不算真正的答案,梅尼一定知道些什么。卡利纳姆并不追问,他要在这里住上三个月,有足够的时间和母亲聊天。

他打开柜子,拿出些衣物,这些特制的巨大的衣物,在飞瀑镇独一无二。对他而言,也独一无二,这是梅尼亲手给他缝制的。衣物上有淡淡的香气,那是晒干的香草味,这是一种家里才有的气味,让他感到格外舒心。

卡利纳姆带上衣物,从后门离开,去溪边洗澡。回到家里,已经是晚饭时分。才到门口,他便闻到浓浓的鱼汤香味,馋虫立即爬上来,他感到无法控制地想喝上一口。

梅尼坐在桌旁等他,看见卡利纳姆走进来,向着他点头。"怎么去了那么久?晚餐已经备好很久了。"

"遇到几个人,随便聊了聊。"卡利纳姆一边回答,一边在桌边坐下。他小心地避开吊灯,以免磕破头。刚坐稳,他便端起两盆鱼中的一盆,凑在鼻子前,深深地吸气,似乎想把所有的香味都吸进肺里去。"真香!"他赞叹一声,把盆子微微倾斜,浓郁的鱼汤流进嘴里,咂吧咂吧有声。整盘的鱼汤居然被他一口气喝完,只剩下一条完整的鱼。

卡利纳姆拿起筷子,开始挑鱼肉吃,动作飞快,转眼间,整条鱼只剩下一副骨架。

"真好吃!"他用手擦擦嘴,"妈妈,你做的鱼是世界上最好吃的东西。"

梅尼微笑地看着他。"还有一份呢。"

"你不吃吗?"

"我已经吃过了。"

卡利纳姆并不客气,拿过盆子,一样风卷残云般吃得干干净净。

"别光吃鱼,还有面包呢,这个才垫肚子。"卡利纳姆顺从地拿过面包也不切开,直接塞进嘴里开始咬。他抬眼看了看,梅尼一直看着他狼吞虎咽,脸上挂着笑意。他不由心中一动。

"妈妈,我有礼物给你。"

"吃完再说。"

"我吃饱了。"他把手上剩下的面包塞进嘴里,模糊不清地说着,"我去给你拿。"然后起身,不小心在吊灯上碰了一下,慌忙低头,转身离开餐座。他从自己的屋子里回来,手中拿着牛皮袋。

"这是给你的。"

梅尼接过来,掂了掂,脸上露出一丝疑惑。"这是一把枪?"

"没错,是枪。"

"给我枪做什么?你知道我不喜欢武器。"梅尼仍旧感到困惑。卡利纳姆开心地笑起来,是的,梅尼从未想到过有人会送一把枪给她。"打开看看,你会喜欢的。"

梅尼半信半疑地打开牛皮袋,伸手进去,她的脸色骤然间变得凝重。

"这是瑟利人的东西,你怎么得到的?"

卡利纳姆并不回答。"拿出来看看,你还没有拿出来呢,它可漂亮了!"

梅尼把枪抽出来,乌黑的枪身在灯光下闪着光。枪在她的手中显得巨大沉重。她抚摸着枪把上的花纹,若有所思。

"怎么样,是不是很漂亮?而且这是瑟利物品,你一定喜欢。"

梅尼抬头看着他。"其实这不是瑟利人的东西。"

卡利纳姆有些意外,脱口而出:"不是?怎么可能?"随即,他意识到梅尼对瑟利物品懂得很多,因此马上改口,"为什么说它不是?"

梅尼把枪放在桌上,她试图轻轻放下,然而枪身沉重,落在桌上还是发出一声闷响。梅尼注视着黑黝黝的枪身,缓缓开口:"我和你说过当初的欧菲亚内战发生前,这个世界上本没有埃蕊人,也没有埃萨克人,只有瑟利人。"

"是的,为了战争,瑟利人制造了埃萨克人和埃蕊人。"

"没错,埃萨克人是战斗的种族,那么埃蕊人呢?"

"你是说这东西是埃蕊人制造的?"卡利纳姆恍然大悟,埃蕊人是当初瑟利世界分裂的时候为了进行生产制造而改良的人种,生产制造最主要的目的自然是武器。战争之后,虽然埃蕊人取得独立地位,不再依附瑟利人,然而,擅长制造武器却一直是他们的种族特征。他们制造的某些武器和瑟利人制造的一样精致。只是在飞瀑镇上,从来没有人从事武器生产,这里是一个和平的小镇,远离和战争有关的一切。以至于卡利纳姆产生了一种错误的印象,忘掉了埃蕊人也曾是战争中的一部分。

"这么说这是埃蕊人的东西?那正好送给你,也是一件挺合适的礼物。"

梅尼微微一笑，抬手放在枪上。

忽然间，卡利纳姆惊讶地睁大了眼睛。枪把的底部，竟然出现了两行光亮，那是一些字码。

"突勒司堡，编号1754。桑德纳，第三军械局制造。"

梅尼挪开手掌，枪把上的光亮瞬间消失。枪把仍旧是黑漆漆的模样，看不到任何异样。卡利纳姆把枪拿过来仔细察看，找不到任何痕迹。突勒司堡，他倒是听说过这个家族，据说这是唯一一个居住在地面的瑟利家族，他们经常会雇佣埃萨克人打仗。

"这是突勒司堡的东西？"

"没错，这是突勒司堡为埃萨克人特制的武器，也许曾经属于某个雇佣兵。"

"真不赖！"卡利纳姆抚摸着枪把上显示字迹的部位，"我从没见过你有这样的本领。这是什么？这就是微晶吗？"他问，语气中带着惊诧。

"这把枪使用微晶技术制造，它不使用任何机械进行加工，而是通过微晶来控制每一个部件的形状。这是瑟利人特有的本领，他们制造埃蕊人的时候，也把这种本领赋予埃蕊人，当然，埃蕊人这方面的本领大大不如瑟利人。我更比不上那些战争期间的埃蕊先祖，但是从枪里边读出微晶信息还是可以的。"

她的视线落在枪上。"这把枪是一件古物，微晶信息告诉我，它有一千多年的历史，正好是内战时期。它可能是当初突勒司家族防卫军的标准装备。你怎么得到它的？"

"我赢来的！"卡利纳姆把枪放回母亲面前，"我赢了决斗，那人把枪送给我。"

"你为了飞瀑镇和狂风族的战酋决斗，说的是这一场吗？"

梅尼果然知道这件事。卡利纳姆点头。"就是这一场。我赢得很难，但是我赢了。"

梅尼看着卡利纳姆。"你最后没有杀他，按照埃萨克的传统，你应该杀死他，是这样吗？"

"是的，我没有杀他。这是你教给我的，我一直记得牢牢的。"

"我教给你什么？"

"不要随便杀人。"

"我不是这么说的。"

"意思差不多。"

"那么，在决斗场上的时候，你犹豫过是不是该杀死他吗？"

"我犹豫过，"卡利纳姆回想着，"我的确想杀死他，那么多人呼喊着让我杀死他，我不能不心动。不过，我最后还是没有杀他。"

"后悔吗？"

"说不清。塔西亚姆为了这件事把我赶了出来。如果我想在埃萨克人那里长久待下去，也许会有一些改变。"卡利纳姆看着母亲，"有时候，我不得不杀更多的人，他们就是这样。我也是一个埃萨克人，我能够理解他们，有时候，我很想和他们一样。"他越说声音越小，仿佛做了什么亏心事。

梅尼站起身，走到卡利纳姆跟前。"卡利纳，让我亲亲你。"卡利纳姆弯腰低头，梅尼仰头在他的额头上轻轻一吻。

"战斗是埃萨克人的天性，你无法违抗。但是我只想让你记住，这个世界上最有力量的东西不是暴力，而是心。"

"心？"

"心，源自你内心的爱。"梅尼反身拿起枪，"只有热爱生命的人，才能得到这样的荣誉。这是来自对手的珍贵礼物。如果你没有放过他，他会赠送给你这把枪吗？"

"但是我也不会被塔西亚姆赶出来。"

"你得到了狂风战酋的友谊。埃萨克人忠诚于友谊,但是他们从来没有想过如何去获得它。他们崇拜力量,然而从来没有意识到真正的力量源泉。如果你想成为一个令人生畏的武士,那你已经是一个勇武的武士。然而,只有被爱所凝聚起来的力量,才能让你成为一个真正的英雄。"

卡利纳姆沉默着。类似的话他听梅尼重复过许多次,母亲讲的总是有道理的,但他总觉得缺少点什么。爱是一种毫无形迹的东西,它隐藏在别人的心中,无法辨别。力量和服从则简单得多,可以把握。

在金光城,他严格地按照母亲所教给他的原则行事,哪怕引起一些麻烦,然而,在母亲这里,他只想把埋藏在心底的疑虑倾倒出来,让心灵变得轻松一些。

"妈妈,我明白。只是有时候,我真的不确定自己能坚持多久。"

梅尼拉着他的手。"来,先坐下。有一件事我从来没有告诉你,今天想让你知道。"

卡利纳姆感觉有些异样。母亲郑重其事,看上去很严肃。

"你知道为什么你会在我这里长大?"梅尼问。

"我是你从战场上捡来的。"

"没错,但这不是全部。"梅尼平静地说,"你从狂风族那里拯救了飞瀑镇,所有的人都很感谢你,他们知道你为飞瀑镇做了许多。但这不是第一次,你从前也救过我,救过飞瀑镇的人。"

卡利纳姆感到困惑不已。他赢下一场决斗,化解了飞瀑镇的危机,然而,这事绝无仅有。他不记得自己还曾经做过什么。他困惑地看着梅尼。

"你当然不记得,因为你只是一个婴儿而已。"梅尼继续说,她看着卡利纳姆,眼神却失去了焦点,似乎沉浸在对往事的回忆中,"那是飞瀑镇的大劫难。之前我们在这里生存已久,金光族也并不理睬,在他们看起来，消灭飞瀑镇只是举手之劳，只是他们不想动手，也就任由我们。"

"但是另一个部族来了，他们不是针对飞瀑镇来的，他们和金光族火拼，最终被打败。那场战斗死了很多人，其中还有很多女人和孩子。我被派去查看情况，到了金光族的一个营地。那并不是兵营，都是妇女儿童，然而敌人没有放过他们，突然袭击，杀了精光。到处都是尸体，然后我听见了哭声，我走过去，你被盖在一个大盆下边，我揭开那个大盆，就看见你躺在血泊里大声啼哭。"

梅尼说着眼神收拢起来，她看着卡利纳姆笑了笑，笑容中带着些忧伤。"我把你带回来。那天晚上发生了悲惨的事。一队金光族士兵突然袭击了我们。往常，他们会索要一些财物，然后走人，这一次，也许是白天的血腥刺激了他们，他们到处杀人。我的两个孩子都死在那次袭击中。几个埃萨克人闯进屋子，其中一个埃萨克人用刀顶着我的脖子。我想自己肯定要死了，等着他结束我的生命。这时他看见了你。我当时紧紧抱着你，埃萨克人的刀扎在我的脖子上，血滴下来，落在你脸上，你放声大哭起来。"

梅尼稍稍沉默一下。"也许这是命中注定的事。那个埃萨克人放开我，他盯着我，又看看我怀中的你。然后他就走了。埃萨克人很快走得干干净净，他们杀死了我们三十多个人。第二天，金光族派人来，宣布他们将保护飞瀑镇，作为交换，我们提供最好的技师帮他们维护武器。从那时到现在，我们一直过得很安宁。"

卡利纳姆从来没有听过这段故事，他突然感到心中沉甸甸的。飞瀑镇上的人们生活在埃萨克人的包围中，埃萨克人曾经欠下多少条人命已经无可考证，梅尼的两个孩子被埃萨克人残忍地杀死却是确定无疑的事实。梅尼却把自己保护了下来。这是一种多么不对等的交换。

"这就是你第一次挽救飞瀑镇的事。"梅尼说完笑了笑，"你命中注定是飞瀑镇的救星。"她露出脖子，白皙的脖子上，有一道浅浅的疤痕。"这就是那个晚上留下的痕迹，你能看见。"

是的，卡利纳姆一直知道母亲的脖子上有伤痕，然而从来没有想到是这样的来历，他不由发愣，过了半晌后，问："为什么现在告诉我？"

"我不想让你对爱的力量有所怀疑。绝对的暴力可以征服一切，但不能征服人心。它其实是一样很脆弱的东西，只要有一个更强大的暴力，它就会破碎。而从来没有一样东西能够长久地成为最强大的暴力，从来没有。哪怕曾经的瑟利统治者，他们似乎强大得不可一世，也在欧菲亚内战中被打得支离破碎。爱却很坚韧，它存在人们心中，绝不是暴力可以摧毁的。它一旦成长起来，暴力也要接受它的支配。你和狂风战酋的事，正是一个很好的例子，而你婴儿时的遭遇，是另一个例子。它们都告诉我们，暴力并不是人们内心深处的需求，爱才是。"

梅尼拉起卡利纳姆的手，轻轻在他的手心里比画着。"卡利纳，记住，所有人的心中都藏着爱，问题在于你如何才能激发它，让它显露。只有大爱，才是真正能够持久的东西。"

卡利纳姆感受着掌心的划痕，梅尼不断地绘出一个又一个圆，在埃蕊人的信仰中，那代表一个又一个祈福。

"留在这里，想留多久就多久，直到你想离开。"梅尼说。

梅尼拿起枪，郑重地放在卡利纳姆手上。"这是你的战利品，如果你有机会把这东西还给狂风族战酋，那么就还给他。你的胜利除了带给你虚荣之外一钱不值，忘掉它。真正的征服在于内心，在于爱。"

卡利纳姆觉得鼻子有些发酸。梅尼是这个世界上最爱他的人，他深刻地相信这一点。他们是世界上最特别的母子，没有任何亲缘关系，却是彼此间最可信赖的人。从小到大，再到将来。

他甚至想到，埃蕊人的寿命比埃萨克人要长久得多，他们至少可以活上两百年。那么将来他死了，梅尼仍旧可以好好地活着。他暗暗发誓，要在有生之年，给梅尼一个绝对安全的所在，也许把她送到天上的瑟利城市，或者将她送回埃蕊人的圣城——据说那是在海洋深处的某地。

"妈妈，我明白。"他这样回答，"你放心，我不会变成一个嗜血的埃萨克人，没有人能把我变成那样，即便我的血管里流淌着埃萨克的血。"

梅尼点点头。"你早已是一个英勇的武士，你要给自己选择道路，我无法再帮你什么。只是这里是你的家，大门随时为你敞开。"

卡利纳姆探过身子亲吻母亲的额头。"我出去走走，放心，我不会去人多的地方。"

"早点回来。"

卡利纳姆走出屋子。今晚的星空璀璨，银河仿佛一条大蛇般在天宇上盘旋，夜色下，一切都清晰可见。远处，中央神殿的灯已经点亮，照得圆顶闪闪发光。一切沉浸在夜色中，宁静安详。这平和的小镇，散发着让人轻松愉快的气息，和埃萨克军营里肆意的喧闹形成鲜明的对比。

这是他长大的地方，只有在这里，心灵才能找到归属。

卡利纳姆信步向着河边走去。

忽然间，他停下脚步。他看见那浮在天上的城市里出现了几道闪光，一颗细小的星星从城市脱离，向着西边而去。

那会是谁呢？他不由有了念头，想去看看那些在天上飞来飞去的到底会是怎样的人物。瑟利人浑身闪闪发亮，就像精致的瓷娃娃。这些瑟利人，凭什么住在高高的天上？

第三章　疑云初现

忒弥西等待着议会最后的投票结果。在结果出来之前，她必须待在这主席厅里等待，由秋明长老主持投票程序。作为议案的发起人，她将最后一个知道结果，尽管她是议长。

结果并没有什么可担心，投票并不是现场的临时决定，忒弥西对获得过半的支持有绝对的信心。然而……投票之后呢？奥拉德斯会服从议会的征召吗？

她不断站起来，走到窗前，向着窗外望一眼，然后回到座椅上坐下。过不了几分钟，又走到窗前……

她下达了紧急召集令，这是她第一次使用这样的职权，如果奥拉德斯不来，这将是赤裸裸的公开挑衅。她不相信飞洛寒家族会这样公然不服从议会，然而奥拉德斯一向自视甚高，特立独行，甚至连族长都不放在眼里……她不确定，因此忐忑不安。

门"吱呀"一声打开，忒弥西猛然回头，一个侍者走进来。"忒弥西议长阁下，秋明长老请您重返会场。"

忒弥西点点头。"我知道了。"说话间，她恢复了庄严的气度，伸手理了理衣领，向着大门走去。

宽敞的会场里，来自各个家族的议员代表正襟危坐，座椅层层叠叠，从地面延伸到空中，就像一座高高的大山。在数百双眼睛的注视下，忒弥西泰然自若地向主席台走去。

秋明长老站在主席台旁，见她走过来，点头示意，让她站上表决台。按照议会的流程，所有的议案被表决时，议案的主要提议者都要站上表决台。这是一个象征，提议者必须能够承受众目睽睽的压力。表决台缓缓上升，在会场中巡回飞舞，一边的议会发言人宣读决议稿，语速缓慢，吐字清晰。

"根据瑟利联合会议议长忒弥西的提议，经过全体议员表决，同意如下议案：……"

忒弥西并没有听进去一个字，表决台在会场上空巡回，人们的视线集中在她身上，她也审视着每个人的表情。优岚家族的派克扬着脸庞，露出真诚的笑脸，向她挥手致意；年轻的春华则一脸严肃，默默地看着她；珀斯家的肯迪亚对表决心不在焉，只是把玩着手中的长笔，饶有兴趣地扫视着场内的人们，似乎每个人的脸上都带着些让他感兴趣的东西；金家的寇文则半躺在座椅中，闪亮的眉毛下目光无精打采，似乎感觉到忒弥西的视线，漫不经心地向她投来一瞥……议会里有形形色色的人，他们有各种各样的心思，虽然议会最后能够重开，她也顺利当选议长，但一切仿佛仍旧是一团捏不起来的沙子，每一次她试图用劲，就会从指缝间滑落。一切都仿佛偶然，背后却总有飞洛寒的影子。

她把视线投向议会山最高处的几个位置。飞洛寒的几个代表正冷冷地看着她。她和飞洛寒并没有什么过节，然而，既然是优岚的秋明长老把她推到了议长的位置上，飞洛寒对优岚的敌意便自然地转移到她身上。

她看见了克雷诺斯。飞洛寒的首席代表端坐在象征特殊地位的金色巨椅上,刀子一般的目光迎着她的视线。忒弥西挪开视线。她不想示弱,然而在议会山上这样做是自找麻烦。她是议长,应该有议长的举止,而不是逞强斗气。

"第五项,召集六百人的机动军团,对出现不明武装攻击的异常地区进行排查。决议七十四票通过,十三票反对,十六票弃权。附加条款:机动军团由西部空骑兵军校学生组成,由三到四名资深教官带队……"

发言人读到了这项提议。这是一个妥协的条款,各个家族都不愿意派遣精锐,骚乱发生在地面上,和天空中的城市无关。如果真要有家族需要付出代价,那么突勒司家族首当其冲。然而,突勒司堡距离事发地点有三千公里,他们也并不认为这事需要突勒司的人出马。

是的,受伤的只是一个平民而已,而且并不是什么严重的伤害事件,人们都认为她有些大惊小怪。忒弥西也怀疑自己是不是真的有些过于敏感。

然而,小心为上。那是赛忒的怪兽,无论怎么小心,都是对的!她最终还是说服了秋明长老,说服了克雷诺斯。"就把这当作是学生们的一次野外训练课。"秋明长老这样说。"我不会反对这样的训练行动,但你不能走得更远。"克雷诺斯用告诫的口吻和她说。学生也行,在强有力的队长带领下,学生军也可以有很强的战斗力。

忒弥西在半空中不断地盘旋,思绪飘得很远。

她向西部空骑兵军校的两名一级教官发出了召集令,突勒司·洛克早已经赶到,而奥拉德斯还没有来。奥拉德斯是赛拉斯的儿子,他和赛拉斯很像,本领超群却桀骜不驯。他是飞洛寒家族第二大城铁林城的领主,虽然并不是飞洛寒家族的主脉,却是最大的旁支,因此,他不仅是军校教官,还占据了飞洛寒的一个代表名额,按照常理,他应该在议会山上,然而他从不出席。放弃议会代表投票权,虽然人们都认为这是一种抵制的态度,却并不是那么严重,但如果他拒绝服从召集令……

忒弥西微微皱眉。如果奥拉德斯真的拒绝执行召集令,她必须想出法子让克雷诺斯摆平这件事。

"所有表决通过!"发言人结束了冗长的宣读,会场里响起掌声。

表决台缓缓地降落在地。

"奥拉德斯来了,和洛克在一起。"当她走下台子,秋明长老在她耳边轻轻说了一句。

终于来了,她不由松口气。一切都向着好的方向发展。这将是议会第一次派遣军队,虽然只是一支学生军。然而,这再清楚不过地表明了议会存在的价值。

她感到踏实了许多,脚步也轻快起来。她走上讲台,早已经酝酿好的讲稿飞快地在脑子里翻动,她定一定神,开始演说,向这些瑟利世界里最有权势的精英们再一次陈述重复了几十次的联盟构想。不停在同一个会场里不断重复同样的东西让人厌烦,然而重复本身也是一种姿态,她不得不这么做。

演讲像往常一样在热烈的掌声中结束,忒弥西走下讲台,走向第二贵宾室。议会的流程告一段落,她的心思全部转移到奥拉德斯身上。奥拉德斯,赛拉斯之子,铁林城领主,从来特立独行,自视甚高,不和其他人来往,就像一块又冷又硬的铁。要让这样一个人服从指令,去地面上执行一件看起来微不足道的任务,这是一个挑战。然而,事情就发生在铁林城的控制区,无论按照奥拉德斯的级别,还是军职安排的常例,他是当仁不让的候选人。

克雷诺斯突然出现在眼前,就像从地下冒出来一样,突兀地挡住了去路。忒弥西吃了一惊,身子不由向后一退。"克雷诺斯阁下,有什么指教?"

克雷诺斯并没有立即回答她的提问,而是向不远处望了望。顺着他的视线,忒弥西看见了秋明长老。秋明长老向她点头致意,转身随着人流走开。

"忒弥西议长,"克雷诺斯收回视线,盯着她,"有几句话,你必须要明白,联盟的阻碍不是飞洛寒,而是优岚。他们不愿意和其他家族分享科技,这才是问题的关键。"克雷诺斯看着她,似乎等着她的回应。

忒弥西清了清嗓子:"联盟的建设需要从长计议,我认为做好议会的每一项事务是目前的关键。"他们在重复进行过无数次的对话。克雷诺斯并不指望得到建设性的意见,这几乎是他每一次对话的开场白。他不厌其烦,忒弥西也只有不厌其烦地用同样的话语来回答。接下来才是正题,忒弥西等着克雷诺斯说出来。

克雷诺斯点点头。"这一次派遣机动队,能得到六成以上的同意,说明我们飞洛寒家都是赞同的。"

"我明白。"

"所以,以家族代言人的身份来说,我不希望你有所误会。"

"什么误会?"

"我告知奥拉德斯一定要赶来,所以他来了。"

告知是一个很平淡的词,从克雷诺斯的口中说出,却带上一种别样的意味。也许他用族长的身份警告了奥拉德斯,然而,这是飞洛寒家族内部事务,克雷诺斯完全不需要说出来。为什么他要这样说?一个巨大的疑窦在忒弥西心中滋生,然而她保持着平静。"多谢您,克雷诺斯阁下。感谢您对议会的全力支持。"

克雷诺斯点点头,也不多说,转身走开。几个飞洛寒议员正等着他,克雷诺斯拾级而上,几个人跟在他身后,从上方通道离开。

忒弥西目送飞洛寒议员离开后，才转身扫视一眼，偌大的议会山空空荡荡，议员们走得干干净净，寥寥几个侍者在收拾桌椅。她突然觉得有些心力交瘁。她只身一人来到这里，虽然拥有撒壬之战的巨大声望和一些忠诚的战友，然而也仅此而已，瑟利世界的政治和从前一般无二，她毫无根基，就像踩在云朵上，随时可能掉下去。

她深吸一口气，把这种负面的念头压下去。一切都需要从长计议，做好眼前的每一件事才是关键。她向第二贵宾室走去。

厚重的大门打开，屋子里的两个人霍然回过头来。

洛克一身黑甲，栗色头发在黑色的盔甲上散开，很是醒目。两年前，他开始蓄须蓄发，成了长发披肩的美男子，满脸的栗色胡须充满男性的魅力。他再也不是当初那个跟随在众人身后的半大孩子，作为突勒司家族的第一继承人，作为少数能在三十五岁之前成为天骑士的特例，他是潜力无穷的军界新星。然而，他对政治毫无兴趣，这让忒弥西感到遗憾。巨大的沙发为了穿盔甲的人特制，洛克几乎横躺在沙发上，看见忒弥西进来，起身挥了挥手。

奥拉德斯靠窗站着。他穿着银灰色的战甲，那不是家族制甲，而是西部军校的训练服，普通得不能再普通。轻薄的训练服正好衬托出他干瘦挺拔的身材。他的脸背着光，又恰好站在灯光照不到的位置，有些晦暗不清。他喜欢把自己隐藏在暗处。

"两位将军，有劳你们久等了。"忒弥西走上前。

"议长的紧急征集，怎么敢不等？"奥拉德斯一边说一边从窗户边走到屋子中央，站在沙发前。灯光照亮他的脸。忒弥西有一种异样的感觉，她很快找到了原因——奥拉德斯脸上缺少光彩，尽管他原本就是蜡黄面孔，然而脸上总透着股威严，此时，他看上去似乎刚生了一场大病，无精打采，声音嘶哑，透着疲惫。

"奥拉德斯，很遗憾打扰了你，不过这件事事关重大，必须要由有力的人出马。"

"这事在铁林城的控制区内,我出马也是应该。"奥拉德斯直截了当地说,"不过那些脏兽,都已经处理完了。还要我和洛克将军做些什么呢?"

"脏兽?你说的是赛忒兽?"

"没错,那是赛忒兽。但战斗力低下,没有灵魂,比垃圾稍好一点,叫它们脏兽再合适不过。"

"脏兽。"忒弥西念了一遍这个名词,"这倒是个挺有意思的名词。好吧,不管它叫什么,这是撒壬之战后赛忒世界的力量第一次出现在这个星球上,我们必须严肃看待它!"她看了看奥拉德斯和洛克,"现在是脏兽,说不定就有更可怕的赛忒兽,如果不知道原因所在,我们就必须小心行事。所以要请你们二位承担巨大的责任。寻找蛛丝马迹,找到真正的原因。希望那只是一个偶然。"

奥拉德斯轻轻地哼了一声,并不回应。

"忒弥西,你担心什么呢?钢铁经线已经完全封锁了星球,欧菲亚之光照亮光域,赛忒是不会来的,就算来了,它们也无法突破钢铁经线的封锁。至于欧菲亚星球,地面上只有一些赛忒化石罢了,难道你担心这些化石?"洛克问。

"对,我担心这些化石。当初我们杀死了终极撒壬,它死了,围攻欧菲亚的赛忒都失去了控制,坠落在星球上。既然我们启动了钢铁经线,没有任何赛忒可以从外部进入欧菲亚而不被我们发现。那么唯一合理的解释就是这些化石,也许它们还有活性,某种条件下能够活化。"她扫了奥拉德斯一眼,"你们知道赛忒是纯粹的微晶体,它们并不会真正死去,而且赛忒兽可以自我复制,只要有一个,很容易就能有第二个。只要有一个……"忒弥西加重语气。"只要有一个留下来,也许它就能把所有的赛忒化石都复活成赛忒兽。"

"不用这么悲观。"奥拉德斯说,"这些东西不成气候,它们根本没有任何攻击力。我也没看到有脏兽会自己分裂成两个。这只是一次偶然。优岚的微晶实验室不是发布过报告吗?赛忒化石毫无危险,它们是一堆微晶粉末,完全没有活性。"

"我们可以继续讨论这个问题。但作为特别行动,议会需要你们的支持。"忒弥西果断地终止了讨论,"议会授权你们俩从西部空骑兵军校挑选学生,组成两支队伍,对事发地点周围三百公里范围内彻底调查,不要放过任何痕迹。特别是赛忒兽,哦,脏兽出现的痕迹。对此有什么疑问吗?"

"我不需要军校学生。"奥拉德斯生硬地说。

"这是议会的决定,如果你觉得自己的武装更可靠,也没有什么问题,只是你还是要把学生们带上,议员们都觉得这样的任务可以让学生们接受锻炼。"

"如果他们要接受训练就在学校里待着,没有任何必要去地面上。那里有埃萨克人,学生们只会制造不必要的麻烦。"奥拉德斯似乎打定了主意要拒绝学生军。

忒弥西感到不快,这不是野营,而是军事行动,学生们做什么,教官完全可以控制。奥拉德斯居然指责学生可能会带来麻烦,这真是一个无来由的指控。她抿了抿嘴唇,正想着如何才能把奥拉德斯的无理要求驳回去,洛克突然开口:"如果奥拉德斯不想要学生军,那就都给我好了。"

忒弥西和奥拉德斯都扭头看着他,洛克耸耸肩。"这是一个提议,反正奥拉德斯喜欢单干,我正喜欢训练学生。"

"军校规定,一个教官的带队不能超过二百人。"奥拉德斯冷冷地说。

"没错。所以我们可以再找一个人来带队。"

奥拉德斯冷哼一声,瞥了洛克一眼,一脸漠然。

忒弥西立即有了计较。"你说去哪里找这个教官?"她问洛克,"我要在十二小时内签署任命书。"

"屋子外边正站着一个,本来我让他跟来开开眼界,但既然有这个机会,不妨让他参加行动。"

"谁?"

"桑·鲁修。"

"桑·鲁修,这是一个优岚人?他是谁?"

"没错,是个优岚人,他是个高材生,军校史上成绩最好的人……之一。"洛克看了看奥拉德斯,"奥拉德斯是最好的那个。"

奥拉德斯没有丝毫反应,仿佛洛克在谈论的是一个他从不认识的人。

忒弥西看着奥拉德斯。"你们两个是议会商议确定的人选,如果变更,我要和秋明长老、克雷诺斯阁下商议。你没有任何意见吗?"

"我自己能搞定,学生完全是多余的。"奥拉德斯冷冷地说。

奥拉德斯和克雷诺斯之间必然发生了些什么,如果飞洛寒的族长仍旧不能让奥拉德斯服从议会,那一定是一次对抗激烈的争吵。忒弥西望着奥拉德斯,沉默了几秒钟,希望他能够重新考虑。然而奥拉德斯默然地看着她,用沉默表达了坚定的意向。

忒弥西很快下了决心。

"让鲁修进来,让我看看他是一个怎样的人物。"她对洛克说。

洛克起身,走向通向议会山的门。

"走错了,是另一边。"忒弥西示意他。

"哦,是错了。你们该让人来把门上的标志弄得醒目些。"洛克一边说着,一边向着大门走去。不一会儿,带着一个人回来。

"这是鲁修。"洛克只是简单地说了一句,便把来者撂在忒弥西面前，不再说话。忒弥西上下打量这个叫做鲁修的年轻人。

鲁修没有穿盔甲，站在洛克身边显得格外瘦小。他穿着一身银白的空骑兵军校制服，黑色的短发整齐干净，两道浓黑的眉毛衬得一双眼睛格外有神。当他看见奥拉德斯，眼神一亮，不由惊叫起来："奥拉德斯将军！"他站得笔直，抬手敬礼。

奥拉德斯随意地摆摆手。

年轻人随即向忒弥西鞠躬，起身后说："议长阁下，很荣幸能见到您！我从小就喜欢看撒壬之战的故事，您是我最崇拜的英雄人物。想不到真能见到您本人！"他很兴奋，语速飞快。

忒弥西淡淡一笑。"过去的事已经是过去。将来的事要靠你们新一代去做。"

"是，为了欧菲亚联盟。"鲁修响亮地回答。

这是忒弥西经常提到的一句口头禅，从鲁修的口中说出来，透着一股阻挡不住的豪情壮志。忒弥西不由多看了他两眼，奥拉德斯冷冷地瞥了鲁修一眼，而洛克已经懒洋洋地半躺在沙发上，漫不经心地看着鲁修和忒弥西。

"洛克！"忒弥西向洛克喊叫，看着他懒洋洋的样子，恨不得将他揪起来，"你的主意，该怎么办？"

"我带两百名学生，鲁修带另两百名学生，奥拉德斯将军可以带着他的卫队，这样我们就有三支队伍同时行动，比你的计划更好，对吧？"洛克仍旧躺着，一动不动，看见忒弥西瞪着他，便挪开视线，望着天花板，"鲁修刚毕业，他获得了一个派遣资格，要进优岚守护队做一个见习护卫。但是打理脏兽这种事，他一定更有兴趣。他是个闲不住的……"

随着洛克的介绍，忒弥西观察着鲁修。

鲁修听着洛克说话，露出诧异的神情，他似乎很想说话，最终却没有开口。

这孩子虽然不够成熟,却还能明白轻重。一支巡逻队,也许他能够胜任。

然而仅仅让鲁修加入是不够的。

忒弥西看看奥拉德斯。"奥拉德斯将军,你怎么看?"

"既然你有了两个人,我就不用参与了。"奥拉德斯并不反对。

"不,你必须参加。"忒弥西坚定地说,"我可以允许你使用自己的卫队,但是你必须在议会的框架内行动。你本人必须行动。这是一个原则问题!"说完她直直地盯着奥拉德斯。如果这个冷漠的天骑士对政治还有一点点敏感,他应该知道这是无法拒绝的任务,鲁修来自优岚,虽然籍籍无名,只是一个刚毕业的学生,却是一个如假包换的优岚人。议会第一次以联盟的名义进行军事行动,优岚参与其中,飞洛寒却缺席,这便成了一个政治事件。

奥拉德斯垂下眼,似乎在权衡利弊,最后他抬头。"我同意。"他扫了鲁修一眼,"我也想看一看,洛克看中的最优秀的学生是不是真能合格。我的极限战斗课你得了多少分?"

鲁修昂首挺胸,用标准的军姿站立。"报告将军,我的分数是十二。"

奥拉德斯面无表情,然而微微扬起的眉头还是暴露出内心的惊诧。"你就是得了十二分的那个学员?很不错。"

忒弥西暗暗松了口气。"很好,看来我们都同意这个解决办法。"

没有人表示反对。

她转身走向一侧的小门。"跟我来。"

"恕我冒昧,"她听见鲁修低声的话语,鲁修仍旧困惑不已,正向洛克发问,"这到底是要做什么?"忒弥西转过身,洛克正从沙发上起身。"别问那么多了,你一定会很高兴。"他拍拍鲁修的头,"跟着来吧，我们有事做了。"说着看着忒弥西，眨眨眼。"这可是忒弥西女王阁下的邀请，难道你不想去？"

"洛克！"忒弥西在门边站住，向洛克喊了一声，脸上带着一层嗔怒。

"遵命，女王阁下。"洛克仍旧是一副似笑非笑的样子，"乐意为您效劳。"

忒弥西伸手摁在门上，青铜色的大门上亮起一道辉光，然后倏然间缩入墙内。

一行人走进门内。这是一个特别的会议室，站立其中，仿佛置身于一个巨大的白色球体中，屋子中央是一个欧菲亚星球模型，一人多高，离地半米，悬在空中，静静旋转。

忒弥西站在星球模型前，等着其他人跟上去。猛然间，球形空间变化了颜色，从白色蓦然转黑，一颗颗星星闪亮，这是模拟黑夜的情景。

谁触动了开关？忒弥西向着来路望去，洛克和奥拉德斯也正回头张望，鲁修有些尴尬地站在门边。

"对不起，我不知道……"

忒弥西抬手，她的意念透过手臂，形成一束电波向着墙壁射去。仿佛夜幕一般的球形空间瞬间变成了蓝天白云。

"这样好些。"她说了句，然后招呼几个人来到自己身边。她轻轻碰触星球模型，一些隐藏的东西显露出来。这是一张三维图，每一座瑟利城市都是一个小点，漂浮在半空中。几个大陆分散在地图两旁，中央是广阔的海洋。当中两片大陆上，到处都是黑色小点，尤其在南端，密密麻麻连作一片，把大陆染成了黑色。那是埃萨克人聚集的地方，也是危险的所在，必须小心行事。

忒弥西把这片黑色区域展示在众人眼前，一座城市悬浮在黑色大陆上空,忒弥西指着它。"铁林城。"顺着铁林城向下,地面上的一片区域显示出些微红色,形成一个隐约的圆,圆的中央有一个更为显著的红点。忒弥西将手伸入到图景中,摁在这红点上,看了看奥拉德斯,"赛忒兽就是在这儿被发现的。"

"脏兽。"奥拉德斯不动声色地纠正她。

忒弥西并不介意。"我们的任务就是搜索这片区域,如果发现赛忒兽,要找出它们的源头。"她用指尖在红色区域画了个圈。

"赛忒兽?"鲁修有些惊讶,"欧菲亚星球上有赛忒兽?"

"没有赛忒兽,只有脏兽。而且已经被消灭了。"奥拉德斯看了眼地图,"飞洛寒是优秀的维护者,我们发现异常,就消灭了它们。"他漠然地看着忒弥西,"什么也找不到,除了化石。如果你想进行一次化石清除活动,那么靠着几百个学生可不行。"他望着地图,"数以百万计的埃萨克人,你能想象吗?这是一个马蜂窝,可不好办。"

"但必须去查看。"忒弥西坚定地说,"不能放过任何痕迹。"

奥拉德斯嘴唇紧抿,不再说话。

"我想问一下……"鲁修再次提问。

"好了,鲁修,"洛克打断他,"不要问为什么,只问要做什么,这才符合为女王陛下服务的要点。"

"别开玩笑!"忒弥西瞪了洛克一眼,然后看着鲁修,"你想问什么?"

鲁修看看洛克,有些迟疑。

"说吧!洛克只是开玩笑。"忒弥西对洛克造成的后果有些气恼,不分场合,不知轻重,洛克能成为天骑士也是一件奇事。她盯了他一眼,洛克咧嘴一笑。

"我想问如果脏兽出现,难道埃萨克人没有反应吗?他们一定立即就把它们消灭了!"鲁修还是问出了他的问题。

"没错。埃萨克人的确发现了脏兽,只是在他们动手之前,我已经处理了这些垃圾。"奥拉德斯接过话头,"埃萨克人是一群傻大个,除了会操作笨重的原始武器,一无是处。"奥拉德斯撇撇嘴。"当然,他们人多,不怕死。"

"但是如果我们不去处理,埃萨克人一定会处理掉它们,那样我们就不用派人实地察看。除非埃萨克人无法收拾……"

"这不是埃萨克人能解决的问题。"忒弥西打断鲁修。放任自流,这是一个危险的想法。赛忒兽是共同体,它们比人们想象的还要危险得多,可惜没有几个人真正认识到这点。

"赛忒兽拥有特别的微晶,"忒弥西斟酌着如何才能尽量简明扼要,"它们和我们不同,它们是纯粹的微晶体,有无限的生命力。微晶不会死,只是休眠,微晶可以组成新的赛忒兽。你们看到的赛忒化石,都是一些死物,然而哪怕是化石碎片,微晶也并没有死,如果被合适地激发,它们就能活过来。但是撒壬之战已经过去三十年,从来没有一个赛忒化石曾经活过来。现在我们居然发现了成群的赛忒兽……脏兽,"她看了奥拉德斯一眼。"显然这是一件蕴藏着巨大风险的事。"

"是什么激发了它们?"鲁修试探性地反问。

"对,是什么激发了它们,这就是诸位要探查的问题。"忒弥西看着眼前的三个人,眼神坚定。星球上的某种异常物体能够和赛忒微晶产生共鸣,那会是什么?

欧菲亚星球模型静静旋转。四个人在这巨大的球体前站着,陷入沉默。

第四章　怪兽突袭

"机器兽？你说机器兽？"卡利纳姆有些不相信自己的耳朵，"什么机器兽？"

斯土姆跑得上气不接下气。"就是一群……机……器兽，塔西亚姆让我……来找你，喊你回去。"

"塔西亚姆叫你来的？"卡利纳姆有些疑惑，驱逐令才下达三天，塔西亚姆没有任何理由收回成命。机器兽，这听上去像是一种可怕的东西。也许那真是一种可怕的东西，不然塔西亚姆不会让斯土姆来喊自己回去。然而，才来到这里三天就要回去，似乎有些仓促。"我还想在这里多待些时间呢！"

"快要打起来了，"斯土姆有些焦急，"赶紧走吧，说不定就错过了这机会。这可是机器兽，你连见都没见过，你不是最喜欢打仗吗？又不想杀人，这可是最好的机会。"

卡利纳姆不再犹豫。"你等我。"他掉头走进屋里。

梅尼正在编织一条裙裙。卡利纳姆轻手轻脚地走过去，他感到有些难于启齿，然而还是说了："妈妈，我要回金光城。他们在准备打仗。"

梅尼停下手中的活计，看着他。"去吧，我知道了。你要自己小心。"

"我明白。"卡利纳姆走上前，弯下腰，轻轻地吻了吻梅尼的额头。

"把这个带上，正好做完了。"梅尼把手中的褡裢披在卡利纳姆肩上，"我找到了些子弹，适合这把枪，数量不多，但威力挺大。"

卡利纳姆伸手在褡裢的口袋里按了按，硬硬的，是那把瑟利手枪，还有一颗颗的子弹。他有些意外。"这是给你的礼物，怎么能又还给我呢？"

"枪对我没什么用处，但可以帮你防身。武器会带来毁灭，也能让人幸存。带上它，也许会有帮助。"

细碎花纹的褡裢从肩头垂下，仿佛一条巨大的围巾，卡利纳姆摩挲着这柔软的织物，心头一阵温暖。在这个世界上，还有哪个人能像梅尼一样关心他？然而，埃萨克的血脉在召唤他，他无法像一个真正的埃蕊人那样在这个和平的小镇上，平平淡淡地享受漫长而悠久的生命，那简直是一种折磨。

他钻进里屋，很快便出来。换上来时的衣服，他变成了一个虎虎生威的埃萨克武士。像每一次告别一样，他低下头，伸手在额头上画圈。愿你永远不老，长寿健康！默默地给梅尼祈福之后，他转身走出门，甩开步子，头也不回地向前。

梅尼就在门口望着他。他看不见，然而知道。

斯土姆跨在摩托上，在路旁等着。摩托锈迹斑斑，仿佛从垃圾堆里捡回来的古董。一群埃蕊儿童远远地围观，对这个大个子和他的摩托很感兴趣，却因为害怕而不敢靠近。看见卡利纳姆走来，孩子们发出一阵欢呼，围了上去。斯土姆开始发动摩托。

"卡利纳,真的没什么事吗?"在孩子们的喧闹中,他听见一个熟悉的声音,扭头一看,还是利尼阿姨的第三个孩子,这一次,他想起这孩子的名字,"利德思亚,别担心,这事和飞瀑镇没关系,是埃萨克人自己的事。"

话音刚落,摩托车引擎发出巨大的声响,仿佛一个老人用钢铁的肺在大声咳嗽,一下子把孩子们的注意力吸引过去。卡利纳姆趁机快步向前,一屁股坐在摩托车后座上。

摩托车向下一沉,似乎要被卡利纳姆庞大的身躯压垮。

"这样不行!"斯土姆叫起来,"你得等车发动了再跳上来,不然它启动不了。"

卡利纳姆下车,斯土姆缓缓地向前移动摩托车,不断尝试着调节引擎阀门。忽然间,引擎的声音变得轻快连贯,"快!"斯土姆催促,卡利纳姆一个箭步,稳稳地落在后座上。摩托车发出突突突的响声,仿佛机关炮的声音,沿着马路一路向前,扬起巨大的烟尘。

卡利纳姆回头张望,孩子们跟着跑了一小段便停了下来,利德思亚站着不动,一直望着他。这孩子的眼神很忧郁,他突然对这个想法感到不安。埃蕊的孩子大都天真烂漫,根本不知道什么叫做忧愁。也许,世界变化得太快,让孩子们也开始担忧未来。

不会的,哪怕外边战火连天,这里也会是安全的。他这样想。

摩托车拐过一道弯,飞瀑镇的绿色屋顶消失在道路的尽头。

眼前的道路变得宽敞平坦。

"卡利纳姆,抓紧,我要加速了!"斯土姆高叫着。

卡利纳姆抓紧斯土姆背上的皮带,摩托车轰鸣,他仿佛正坐在一个沸腾的锅盖上。嘣的一声,摩托车带着两个人如离弦之箭般飞驰而去。

奔驰了半个小时,布满赛忒化石的原野进入视野。忽然间,卡利纳姆觉察到一丝异样，扭头看去，一只面目不清的动物正站在不远处的山顶，也正望着他们。

这不是任何一种他认识的动物。狗，狼，熊……它的体态有些像一只熊，然而浑身漆黑，甚至脸部也漆黑一团，就像一只从煤堆里爬出来的熊。

"斯土姆，看见了吗？那里有奇怪的东西。"卡利纳姆示意斯土姆。

"我看见了。没什么好看的，等会儿你会看见更多。那就是机器兽！"斯土姆大声喊着，声音随着风灌进卡利纳姆的耳朵里，"军营外边，成千上万，数都数不过来。"

机器兽？这就是机器兽？卡利纳姆有些意外，他努力睁大眼睛，试图看得清楚一点。然而摩托车飞驰而过，转眼间，黑色怪物被挡在一个小山丘后，再也看不见。

"你确定那就是机器兽？"卡利纳姆问。

"没错，它们都长得一样。"

"它们从哪里来的？"

"谁知道！一夜之间突然冒了出来。塔西亚姆让我把你找回去就是为了这事，我们得找到它们的巢穴才行。"

卡利纳姆没有继续问。到了军营，自然就会知道。空气中传来一丝硝烟味，他们已经接近战场，卡利纳姆的心情突然迫切起来。机器兽，这是怎样一种敌人？

摩托飞快地驰入营门，突突突的引擎声在寂静的军营里格外突兀。卡利纳姆有一种说不出的怪异感觉，很快他意识到是什么让他感觉别扭——没有喧嚣！失去喧嚣的埃萨克军营变得有几分陌生。一群战士在栅栏边沉默地站着，手中拿着武器，脸色沉重。他们正望着栅栏外，斯土姆的摩托声引得几个人回头一瞥，随即又转过头去，继续向着栅栏外张望。

不等摩托停稳,卡利纳姆从车上一跃而下,挤到人群中,想看看他们到底在张望什么。

他个头矮小,几下子便钻到前边。当他看清眼前的一切,不由心中一凛,再也无法挪开目光。

不远处的山坡上,黑色的机器兽漫山遍野。从山脚到山顶,仿佛一片片黑云密布。眼前也有三五成群的机器兽走动,最近的距离栅栏不过十来米。一只机器兽走出兽群,向着栅栏走来,隔着几步远站定,似乎正在打量栅栏后的人们。卡利纳姆也打量着它。这是一只四足兽,前腿长后腿短,极不协调,全身漆黑,肌肤表面闪烁着细碎的金属光泽,仿佛包裹着一层精心打造的铁鳞甲。头部像狼,吻部突出,锋利而凌乱的黑色牙齿外露。眼睛细小,中央发红,这是全身唯一一处并非黑色的地方。头顶盘着造型奇特的两根角,仿佛一顶王冠。

卡利纳姆还看到两具尸体。两个埃萨克战士的尸体躺倒在兽群中间。机器兽视而不见,不时从他们的尸体上踏过。两具尸体血肉模糊,不成形状。

"为什么不把它们赶走,把尸体抢回来?"卡利纳姆问。

"我们等着塔西亚姆的命令呢!"有人回答他。

斯土姆钻进来,拉着卡利纳姆。"塔西亚姆说过让你一回来马上去见他,先去见他吧!"

"对,告诉塔西亚姆,我们等着他的命令,这些该死的杂碎竟然杀了我们的人,我们要复仇,别让我们等太久!你是特鲁西,特鲁西的话,塔西亚姆爱听。"

卡利纳姆循声望去,一个高大的战士举着巨大的榴弹枪,正盯着他。战士的手指摁在扳机上,随时可能触动扳机。

这些战士心中燃烧着怒火。兽群践踏的尸体是他们中的一员，塔西亚姆一定下达了很严厉的命令，才能让他们勉强将怒火压抑下来。

"我去找塔西亚姆。"卡利纳姆简单地回应。

塔西亚姆的巨型帐篷前挂着庞大的地图。地图早已破旧不堪，用牛皮纸裱糊了一道又一道。地图上画了些东西。卡利纳姆走过去端详起来。金光城的周围，新添了几个鲜艳的红色圆圈，其中一个，就在军营边。卡利纳姆猛然意识到这些红色的小圈就代表着黑色兽群。整整六群！其中最大的一个圈在中央，五个小圈依附在周围。卡利纳姆伸手在地图上比画，丈量距离。从军营到最大圈的中央是二十五公里，而从金光城量过去，只有二十公里。两个小兽群正好将金光城夹在中间，而军营则落在另两个小兽群的包夹中。

局面很紧张。

"卡利纳姆。"塔西亚姆的声音传来，卡利纳姆转身望去，塔西亚姆身着华服，正挑开厚实的帘子，站在营帐门口。卡利纳姆低头致意，塔西亚姆一摆头，示意他跟着，然后便放下帘子，消失在帘后。

卡利纳姆挑开帘子走进塔西亚姆的帐篷。

天窗全开，帐子里光线明亮。十多个人正围着中央的方形大桌坐着，一个个表情肃穆，金光族的高级将领都在这里，所有人都正盯着自己。埃可姆坐在父亲右边，目光阴郁，盯着他的眼神，似乎带着一股恨意。

"坐！"塔西亚姆伸手，指着桌边的一个座椅。这是桌子末端的座椅，和塔西亚姆正好面对面，而其他人都坐在桌子的两侧。

这不是一个好位置！卡利纳姆心想，不动声色地走到桌前，坐下来，向着两边的显贵们各扫一眼，然后盯着塔西亚姆，等待着下文。

"就等着你了，卡利纳姆。"塔西亚姆敲了敲桌子，"我们要有大行动，你来负责中央突破。"

中央突破？卡利纳姆有些意外，两个小时前，他还在飞瀑镇上享受悠闲时光，此刻，眼前剑拔弩张，世界似乎在一瞬间颠倒过来，而他还没有搞清状况。

"在哪里突破？我们要做什么？"卡利纳姆问。

"当然是清除机器兽，我们要摧毁一切拦路的东西，杀回金光城去。"坐在塔西亚姆左手边的西多姆开口说话。西多姆是塔西亚姆的智囊，如果有什么计划，那一定是他的主意。卡利纳姆望着他，等着他说出作战计划。

西多姆却没有继续讨论作战计划。"塔西亚姆决定让你来带领尖牙突击队。"他抛出一句没头没脑的话，然后便看着卡利纳姆。

尖牙突击队?! 尖牙突击队汇聚了金光族最勇武的战士，统领尖牙突击队是一个莫大的荣誉。

卡利纳姆将信将疑。"突击队在哪里？"

"我们得先回金光城去，在城里重新组织队伍。回到城里之前，我们只有三千人，你带领五百人开路，中央突破。"西多姆看着卡利纳姆说，"回到城里，你将成为尖牙突击队的统领。"

这是一个很有分量的承诺。统领尖牙突击队，意味着他将成为金光城最有力量的将领之一，有足够的资格坐在塔西亚姆的左右，决断重大事务。荣誉需要用生命去获取，这张长桌上的人们愿意承认他的勇武，给他荣誉和力量，然而这需要他用性命去博取，也许他无法见到明天的太阳。

"谁知道怎么对付这些机器兽？"卡利纳姆问。所有人都沉默着，最后还是西多姆开口："它们很难被杀死。"西多姆露出一丝犹豫，"一般的伤害很难让它们停下来，我听过一些传说，是关于赛忒兽的。"

"赛忒兽？你说这些机器兽是赛忒兽？"

"我不知道,也许不是。但我父亲曾告诉我,杀死赛忒兽最有效的办法是找到它们的头领,杀死头领,这一群赛忒兽就会失去战斗力。"

"也许我们可以试试。怎么分辨它们的头领?"卡利纳姆接着问。

"头领长得不一样。"西多姆有些计拙,"它和别的赛忒兽不一样。但这是对付赛忒兽的方法,我们不知道这些东西是不是赛忒兽。所以最直接的办法,你得让它受重伤,打爆它的头或者打断它的肢体,这得在很近的距离上开枪才行。"

"或者用刀砍它试试。"卡利纳姆接上一句,"有人杀死过它吗?"

"当然有。"一个冷冷的声音传来。是埃可姆!

埃可姆站起身,卡利纳姆注意到他的腰上缠了一圈纱布,血迹从纱布里渗出来。他的伤不轻。埃可姆拔出枪,比画着向下。"那条狗就在我跟前,我用枪对准它的脑袋。哪——"他做出开火的样子,然后拿起枪,在枪口亲吻,"它的脑袋就在我的眼前开了花。没有血,没有肉,它是一坨铁东西,但是它也死了。"说完,埃可姆挑衅似的盯着卡利纳姆。枪口停留在他的唇边,一动不动。

卡利纳姆正想说话,帐篷外突然传来一阵喧哗。围坐在桌前的人们彼此交换着眼神,谁也不知道发生了什么。

"迪姆,你去看看。"塔西亚姆发话。

迪姆正想起身,一个人影猛然间闯进来。卡利纳姆一看,进来的人是斯土姆,他跟着自己到了塔西亚姆的营帐前又折了回去,应该在兽群前看热闹。斯土姆连滚带爬,仓促间被厚重的门帘一带,险些跌倒。他的额头上有血迹,神色张皇。

"塔西亚姆,不好了,"斯土姆惊慌地叫喊,"机器兽!机器兽冲进来了。"

塔西亚姆冷冷地看了斯土姆一眼,站起来,转身从背后的架子上取下一杆大枪，不慌不忙地上子弹。"准备武器。既然来了，就让它们尝尝厉害。"

人们纷纷掏出武器，等待着塔西亚姆的号令。塔西亚姆上完子弹，又随手将一大串子弹搭在肩头，甩开大步向外走去。人们全副武装，紧紧跟着。

塔西亚姆经过斯土姆身边，突然伸手，狠狠地劈在他头顶。斯土姆像一团泥土般瘫软下来，塔西亚姆连看也没看一眼，径直走出门去。

权贵们鱼贯而出。卡利纳姆走在最后，一把将斯土姆拉起来。

"没事吧？"卡利纳姆关切地问。

"没事。"斯土姆垂头丧气，似乎要哭出来。卡利纳姆拍拍他的头。"带上武器，跟我来。"说完迈开大步，向外走去。他从褡裢里取出枪和子弹。枪色黑沉，子弹却银白发亮。他不慌不忙地推上五发子弹。

站在营帐前，他警惕地四下张望。

军营里一片混乱，人们奔跑，叫喊，间或传来枪声。

黑色的机器兽四处乱窜，遇到有人挡住去路，立即变得疯狂，扑上去凶悍地撕咬。正像西多姆所说的一样，它们很难被杀死，而且动作迅速。埃萨克战士还来不及杀死它们，就已经被它们扑到眼前。几声惨叫从远处的营帐间传来，那是被机器兽扑倒的战士发出的。

卡利纳姆猫着身子，快速移动到另一个帐篷，借着帐篷的掩护向前探视。

塔西亚姆正站在营帐之间，战士们簇拥在他身边。他端着枪，向不断出现的机器兽射击。塔西亚姆的枪法很准，每一次都能准确地击中机器兽，然而机器兽并不会立即倒下，相反，它会向着塔西亚姆扑来。塔西亚姆不慌不忙，不断射击，数枪之后总能击中要害，将机器兽击倒在地。而身旁的战士们也弹如雨下，很快将这凶猛的异类打成筛子一般。

垂死的机器兽发出奇怪的哀鸣。塔西亚姆脸上没有丝毫表情，他的枪口马上转向另一只机器兽。

忽然间一声惊叫，站在塔西亚姆不远处的一个战士被掀翻在地。一个黑色的身影飞快地从他身上跃过，近在咫尺。它隐藏在暗处，突然间蹿出，让所有人猝不及防，怒斥声此起彼伏。它高高跃起，向塔西亚姆扑来。塔西亚姆并不慌乱，调转枪口，扣动扳机，枪口几乎挨着机器兽的肚子，一声巨响，黑色的身躯飞了出去，重重地落在地上。机器兽挣扎着起身，埃可姆跨上一步，枪口贴着它的脑袋，一声闷响之后，机器兽的脑袋被削掉半个，躯体抽搐几下，不再动弹。

"好样的！"塔西亚姆夸奖埃可姆，随即脸色一变，"小心！"一个黑影从帐篷后跃起，直指埃可姆，相距不过三米，只是它一扑的距离。枪击连连，然而机器兽速度飞快，没有人击中它。埃可姆抬起枪口，对准机器兽。他扣动扳机，却没有发生任何事，他的脸上露出一丝惊诧。

埃可姆的枪卡壳了！刹那间，机器兽已经到了埃可姆身前，张开大口，露出黑森森的牙齿向着埃可姆的腿肚子咬下去。

卡利纳姆扣下扳机，一股强劲的后坐力让枪差点脱手。当他从这强劲的后坐力中回过神来，看清眼前的一切，不由微微张开嘴。

子弹威力惊人，直接将机器兽的身体炸成两段，只剩一个头颅连着两条前腿在埃可姆跟前。失去躯体的脑袋还在不断地张合巨嘴，似乎仍旧想咬上一口。埃可姆一脚将它踢飞。几个战士凑过去，用一块巨石将它砸得稀烂。

埃可姆扭头看过来，眼神凌厉。"我一脚就可以将它踢飞，你在那边起什么劲？"他斥责卡利纳姆。

塔西亚姆向卡利纳姆瞥了一眼。"这是一把瑟利枪！"他扫了一眼四周，"埃可姆，把弟兄们都召过来，别乱纷纷的，没几只机器兽！"

埃可姆应诺一声，转身向战士们呼喝，号令在人群中传递，战士们开始聚过来。

塔西亚姆又向着卡利纳姆发令："卡利纳姆，你带几个兄弟，到后营小心搜索，进了军营的机器兽都要消灭掉。"

卡利纳姆点点头，用手势指定几个带枪的战士跟着他，从塔西亚姆营帐边悄悄地潜入后营搜索。

冲进军营的机器兽不算太多，在前营的混乱中，大部分都已经被杀死。卡利纳姆在后营找到三只，一只被乱枪打死，另两只则被粗大的铁棍直接敲倒。几个战士用石头和棍子把它们的脑袋敲得粉碎。

零星的机器兽容易对付，成千上万的机器兽却是一个完全不同的问题。如果带着五百人冲进兽群……回去复命的路上卡利纳姆反复盘算，只觉得万分凶险。这些机器兽都不怕死，它们只要不断向前冲，挤也把人挤死了。

主营帐前，塔西亚姆站在一块高台上，将领们簇拥在他身旁。军营里几乎全部的人都集中起来，列成十多个纵队，听塔西亚姆讲话。卡利纳姆走到台前，队列的前方，两个战士被捆着，跪在那儿。塔西亚姆正宣布着他们的罪状。

他们突然攻击兽群，结果导致兽群冲进军营。冲进来的机器兽咬死了六个埃萨克战士，他们俩却安然无恙。他们闯了祸，却让别的勇士送了命，这样的行为令人不齿，他们必须用生命来宽慰死去战士的灵魂。

塔西亚姆说完，挥手示意。一个高大的埃萨克战士走上前，举起手中的大刀。

两个犯下罪行的埃萨克人低着头等死。大刀高高扬起，其中一个抬起头,挺直脖子。他的嘴倔强地闭着,眼里闪着坚定的光。卡利纳姆认出他正是那个在栅栏前守卫的大个子。似乎心有灵犀,那人也向卡利纳姆看来。他无所畏惧,一心求死。

卡利纳姆心中一动。

"塔西亚姆,我有话说!"卡利纳姆高举右手,"我请求不要杀死他们。"

塔西亚姆扭头看着他,还没有说话,埃可姆抢先开口:"卡利纳姆,你要违抗塔西亚姆的命令吗?"

卡利纳姆并不理会,大步跨上前,拉住刽子手的胳膊,让他把刀放下。

"动手!"埃可姆一声暴喝,刽子手一个激灵,慌忙重新举刀。

"塔西亚姆,他们是战士,外边还有成千上万的机器兽。让他们多杀死几只机器兽,在战场上赎回他们的罪。"卡利纳姆一边拉着刽子手,一边大声说。塔西亚姆盯着他,并不言语,其他埃萨克人都沉默下来,一时间,营帐前寂然无声。

"埃萨克没有这样的规矩,"西多姆缓缓开口,"没有任何理由让罪人在战场上得到战神的光荣。如果真的要免除死罪,只有赎身,谁来给他们赎身?你吗?"西多姆向着卡利纳姆摇头,"别太冲动,卡利纳姆!"

"我来给他们赎身。"卡利纳姆沉声回答。

埃可姆露出轻蔑的微笑。"凭什么呢?你什么都没有!"

塔西亚姆抬手制止了埃可姆。"你想让他们去对付机器兽?"他向着卡利纳姆发问。

"他们是优秀的战士,这里不是他们该死的地方。"

"这个主意很好,但他们是罪人,不能坏了埃萨克的法度。"塔西亚姆说完望着卡利纳姆,等待回应。

埃萨克人没有怜悯。力量或者财富，只有这两样东西才有价值。

卡利纳姆看了看自己浑身上下，褡裢里的瑟利枪也许能值几个钱，还有便是那裹住了整个肩部的子弹带，象征着特鲁西荣誉的子弹带。

他解开这沉重的子弹带，把它放在两个跪着的战士身前，抬头看着塔西亚姆，"我用特鲁西的荣耀来赎买他们。"

身后一阵哗然，战士们窃窃私语。

埃萨克人可以放弃生命，却从不放弃荣誉。为两个不相干的人而放弃特鲁西的荣耀，这超出了他们的理解。埃可姆和西多姆都看着他，埃可姆的眼中流露出憎恶，而西多姆的眼神深邃得像一个深潭。塔西亚姆脸色发青，金光族的特鲁西肩带被放在地上，像一件物什一样被用作交换，这在一个战酋的眼里，当然不是什么好事。

然而，救下两个战士的生命，这是值得的。卡利纳姆坦然地等待着将要发生的事，哪怕是最坏的结果。

西多姆侧过头，和塔西亚姆耳语几句。塔西亚姆点头，站直身子，开口说话："谁也不能用特鲁西的荣耀来换取两条有罪的命。你不是有瑟利枪吗？不舍得？"

卡利纳姆毫不犹豫，默默地拾起子弹肩带，重新披挂在身上，又从褡裢里掏出枪，双手捧着。

塔西亚姆向西多姆使了一个眼色，西多姆跳下高台，走到卡利纳姆身边。他盯着卡利纳姆的眼睛，把枪拿了过去。

"突勒司堡的枪，没错！"西多姆快速将枪翻来覆去看个仔细，回头向塔西亚姆交代。塔西亚姆点点头，看着卡利纳姆，"为什么？"他继续问，"这件犀利的武器，可以杀死无数的敌人，难道不比这两个混球的命更值钱？"

"普通的武器一样有威力，犀利的武器在别人手中同样犀利，这两个人的命失去了，我们就失去两个勇敢的战士。"卡利纳姆朗声回答，用坚定的语调回应着战酋的质疑。众目睽睽，他仿佛感觉自己正站在那天的决斗场上，满场的观众都在叫喊着杀，而他却放下了武器。一个声音在他的内心回响，让他能够抵抗那些灼人的目光。他坦然地望着塔西亚姆。

良久的沉默。

塔西亚姆和西多姆交换着眼神，最后转过头来看着卡利纳姆，脸上露出微笑。"很好，特鲁西。我以勇士之王的名义，准许你用这把枪赎回他们的生命。"

战士们的窃窃私语变成了一种乱哄哄的响声在广场上空回响。一把宝贵的枪，换回两个战士，这似乎并不是一桩划算的买卖。武器才是埃萨克人的生命。

然而武器不是卡利纳姆的生命。他并不理会身后的喧嚣，只是静静地看着塔西亚姆，等待着勇士之王的最后判决。

塔西亚姆高举双手，广场上顿时安静下来。

塔西亚姆向卡利纳姆点头。"你是金光族最耀眼的勇士，因此我要把枪赐回予你。只有真正的勇士才配拥有这把枪。"

"呜噢——！！！"这意外的转折让战士们爆发出热烈的呼喊。他们用嘶声竭力的叫喊来表达发自内心的拥戴。仁慈而慷慨的勇士之王，还有什么比这样一个领袖更让人振奋？

卡利纳姆有些意外，当西多姆把枪交回到他手中，他迟疑着没有去接。

"拿着吧。"西多姆低声说，"你还要带领尖牙突击队杀出去。"

卡利纳姆一愣，西多姆已经把枪塞在他手中。他向台上望去，塔西亚姆在众人的簇拥下正转身离开，周围的战士们都在热烈地呼喊。他看见埃可姆置身人群中，仿佛沸腾的海洋中一座冰冷的孤岛。他的眼神怨毒而忧伤，甚至有一些绝望。卡利纳姆迎着这异样的目光，一切的喧嚣都被排除在外，整个世界仿佛只剩下他们两个。

卡利纳姆忽然觉得很冷。军营外，刚才的小冲突让兽群涌了过来，将整个军营团团包围。要回到金光城，除了杀开一条血路别无选择。军营就像陷落在狂风巨浪中的一叶小舟，船上的人哪怕彼此憎恨，也只有同舟共济。

埃可姆转身消失在人群中。

"跟我来。"西多姆招呼他，"我们来商量一下该怎么办。"

卡利纳姆回过神来。兴高采烈的战士们簇拥过来，把两个被绑着的战士推到卡利纳姆面前，卡利纳姆飞快地解开绳索，把他们向着战士们一推。"拿起武器，我们有仗要打。但别去招惹机器兽，我们得先想出法子。"

在一阵欢呼声中，卡利纳姆走向西多姆。

"准备好了？"西多姆突然问。

卡利纳姆坚定地点点头。

第五章　绝处逢生

向西向西，一路向西！

火炮发出一声怒吼，前方燃起一团巨大的火焰，烟尘滚滚而起。这是第十发炮弹，也是最后一发炮弹。

炮弹在地上炸出一个大坑，兽群仿佛炸了窝的蚂蚁，四处奔逃。

"跟我来！"卡利纳姆大喊一声，向前走去。装甲车缓缓地开出军营，向着前方炮火轰出的空隙开去，卡利纳姆率领六百名战士，分作两队，在装甲车两侧前进。车上架着一挺重机枪，一个机枪手神情紧张地站在机枪后，向着前方的兽群张望。

"蒂姆，不要紧张。"卡利纳姆向着他大喊，"机器兽没有冲过来，就不要开枪。"

蒂姆回头，向着卡利纳姆点头。他紧张得说不出话来。

"听我的命令开枪就行了。"卡利纳姆安慰这个年轻的机枪手，"没事的。"

装甲车只是一个空架子，机枪只有六百发子弹而已，几分钟就能打光。和狂风族的战争结束后，物资都被送回金光城，剩下的武器弹药少得可怜。兽群隔断了金光城和军营,又把军营团团包围起来。除了强力打开通道,没有别的办法可想。而且要尽快,因为军营里已经没剩下多少吃的了。

没有人知道金光城是否派出援军。卡利纳姆的任务就是充当箭头,进行侦察和试探,还要把塔西亚姆的求援指令送到金光城。按照西多姆的计划,他们至少要突破兽群二十公里,进入金光城的防卫圈。仅存的几枚炮弹被用来开路,后边发生的一切则要看队伍的造化。幸运的是,这些机器兽虽然强悍,却弱点明显,它们的腿部并不粗壮,容易被折断,而脑袋也经受不住埃萨克战士的强力打击。

被爆炸驱赶开的兽群重新聚拢起来。队伍缓缓推进,很快就陷入包围之中。兽群并没有立即发动攻击,靠近埃萨克人的几只机器兽停下脚步,抬头向眼前的这支队伍张望,它们并不畏惧,也许它们并不懂得害怕。卡利纳姆握紧手中粗大的铁棍,伸出左手向蒂姆做出一个准备射击的手势。

蒂姆挺直腰杆,枪口对准队伍前方的机器兽。

"散开,准备好武器!"卡利纳姆低声向队伍下令。命令迅速地扩散,战士们聚集成三人一组的小群,彼此间拉开距离。子弹上膛的响声此起彼伏。

装甲车继续向前,阻挡在车前的机器兽警觉地盯着装甲车,似乎对这个庞然大物的出现感到困惑。卡利拉姆观察着机器兽的动静。距离不过短短的二十来米,他能看清机器兽暴露在外的牙齿,尖锐锋利,闪着寒光。

它们都是不怕死的怪兽,随时可能冲过来。

卡利纳姆高举的手握成拳,狠狠地挥动,车顶的机枪突突突地响起来,前方几只机器兽被打倒在地。兽群刹那间沸腾起来,骚动的机器兽越过同伴的尸体,向着埃萨克人的队伍扑来。早已严阵以待的队伍一边开火一边继续前进,不断向前扑来的机器兽被强大的交叉火力阻挡,纷纷倒下。不一会儿,前方的战场上到处都是机器兽的尸体。埃萨克人的队伍向前挺进,魁梧的埃萨克战士挥舞粗大的铁棍,一路敲碎任何还能动的东西,无论那是头还是残断的躯体。

这是一次小小的胜利,然而这连一盘小菜都算不上。卡利纳姆望了望远方,黑压压的机器兽群连绵不断。

忽然,他感觉到身边的动静,低头一看,一只倒地的机器兽挣扎着向他爬过来。这黑色的凶猛怪兽并没有死,只是一条腿被打飞,身体无法平衡。它并不痛苦,没有一丝哀号,努力地爬着,只为靠近卡利纳姆咬上一口。它们像是一种没有生命的东西!然而它们活着!卡利纳姆感到一阵厌恶,挥舞铁棍,重重地打在它的嘴上。机器兽的半个头颅被砸得稀烂,身体一阵抽搐,眼里的红光消退,成了一堆死物。死去的机器兽飞快变了颜色,不再漆黑一团,而是透着些枯黄,仿佛生命力消逝之后,成了一堆干燥的黑土,看上去和漫山遍野的赛忒化石无异。

这些机器兽真是赛忒化石变的,卡利纳姆心想。这样的结论令人有些心惊,欧菲亚星球上到处都是赛忒化石,那意味着到处都有机器兽?一夜之间,它们从死神那里回到人间,难道赛忒军团真的会复活?

抬头,他看见另一群机器兽正从远方奔来。

"蒂姆,控制好你的机枪,只有我下命令,才能开枪。不能浪费子弹,明白吗?"卡利纳姆向蒂姆喊话。

蒂姆信心满满地点头。开局过于顺利,让他有些掉以轻心。卡利纳姆再次叮嘱:"记住,不要浪费子弹。"

"卡利纳姆,我们被包围了,左右都有机器兽。"斯土姆从装甲车里探出头来,"我们要继续向前吗?"

卡利纳姆望向前方，前方的兽群距离不过百米，而更多的兽群根本没有动作。它们并没有统一行动，只是凭着本能对攻击做出反应。这让情况显得不是太糟。

"各自就位，一队向左，二队向右，就地准备火力。其他人注意前方，等它们近了再打。"卡利纳姆下令。

战士们迅速行动，围绕着装甲车布置完毕，等着这些蠢家伙们上来送死。

前方的兽群距离他们只剩五十米。突突突的机枪响起来，冲锋的兽群倒下一片，剩下的并不畏惧，仍旧快速向前，它们突然间加速，一下子奔到队伍前沿。

几个战士被迫起身迎击。

"一队，二队不动。其他人跟我上，用铁棍！"卡利纳姆大喊，猛地冲了上去。上百个埃萨克人和数十只机器兽混战起来。机器兽虽然灵巧凶悍，但是埃萨克人身高力大，铁棒势大力沉，一下就能把机器兽打飞出去，如果敲在脑袋上，可以直接将脑袋砸得粉碎。战斗很快见了分晓。冲入到队伍中的机器兽被全部消灭，十多个战士受了轻伤，一个战士被咬中腿部，重伤。还有两个战士倒在地上，被咬中脖子，机器兽的尖牙深深扎入，把血管拔起，他们的头几乎被咬断，身上全是血迹。

他们是在战场上倒下的，他们的灵魂属于战神。

默默祈祷之后，卡利纳姆走向重伤的战士。

"伤怎么样？"卡利纳姆问。

"还行，就是不能走了。"战士回答。

卡利纳姆看了看，小腿肚几乎被撕烂，一段白骨暴露出来。这个战士凶多吉少，哪怕能活着离开兽群，也要靠好运气才能避免感染。

他弯下腰，一把将他拉起，背在背上。

"特鲁西,你要干什么?"战士有些慌乱。

"把你放到装甲车里去。"卡利纳姆回答。

"不,我能战斗。"战士试图挣脱卡利纳姆,卡利纳姆紧紧抓着他,走到装甲车边,"斯土姆,开门!"

装甲车门打开,卡利纳姆侧身把战士让进去。"他受伤了,让他在车里呆着,小心点,他站不住。"

斯土姆在里边拉住战士,战士却挣扎着拉住门框。"我可以战斗,我还可以开枪,我没事!"

"你得留在车里坚守,这里就是你的岗位。"卡利纳姆边说边放下他,"快进去,不然门关不上,机器兽来了就糟了。"

他推着战士。"枪还在你手里,这里有射击孔。你躺在那里什么都做不了,在这里可以射杀很多机器兽。这是给你的命令。"

战士勉强留在车里。

"特鲁西,机器兽来了。"有人向卡利纳姆发出警告。

卡利纳姆抬头远望,一群机器兽正向队伍的左侧奔来。这一群机器兽数量很多,至少有三百以上,黑压压一片。刚才不到上百的机器兽已经突破防线,这一次的数量让他感到不安。

"全部火力,准备。"

随着卡利纳姆的指令,所有的战士都把枪口朝向机器兽袭来的方向。

还有两百米。

"开火!"卡利纳姆沉着地下令。

奔跑的兽群突然被阻截,跑在前头的机器兽被击中,在地上翻滚,然而兽群毫不退避,反而加速向前。

"卡利纳姆,"斯土姆从装甲车里探出头,"那边,距离三百米。"他焦急地指着右侧。另一群机器兽正从山坡上冲下来,借助陡坡,来势凶猛。

"收拢队形!"

战士们一边开火,一边移动,彼此间靠近。向前狂奔的机器兽距离他们不到五十米,有将近两百只。

卡利纳姆注视着另一群机器兽的移动,它们也突进到了两百米的距离,数量也大约是两百。队伍陷落在两个兽群的夹击中。

"特鲁西!"头顶上突然传来一声大喊,抬头一看,蒂姆正略带惊慌地看着他,"子弹打光了!"

"带上你的铁棍,到右边去。"

"是。"蒂姆抓起铁棍,翻身跳下车子,站在弟兄们中间,紧张地看着快速逼近的兽群。

"一队向左,狠狠地打!"卡利纳姆急急地下令。两百名战士调转枪口,向着另一边的兽群开火。从右边来的机器兽转眼间到了队伍前。

"大家上,狠狠打。速战速决,那边还有一群。"

在一队兄弟急促的枪声中,二队和前队的战士们紧紧地握着铁棍准备迎击,他们的背后就是一队的兄弟,如果让机器兽冲入,正端着枪的兄弟会损失惨重。他们也知道另一群机器兽很快会突破防线,因此必须在最短的时间内解决问题。

数以百计的机器兽带来强烈的冲击,最前边的几个战士被围攻,很快被扑倒在地。卡利纳姆挥舞着沉重的铁棍冲上去,他很快冲在了最前,一边奔跑,一边大喊。埃萨克战士们都跟着大声喊叫。喊声震天,整个战场似乎都沸腾起来。一只机器兽向着卡利纳姆扑来,卡利纳姆并没有停下脚步,他冲向前,铁棍舞动,正正地击中机器兽的腹部。机器兽飞出去,刚一落地,就被一个战士一棍砸在后腿上,咔嚓一声,后腿硬生生地被打断。

这一次厮杀比前一次惨烈得多。至少有上百的机器兽冲进埃萨克人的队伍,虽然参与到战斗中的埃萨克战士有两百多,然而在最前线,数量上的优势并不明显。机器兽快速灵活,很多时候,会发生两三只兽围攻一个埃萨克战士的情形。埃萨克人受伤的惨叫时不时传来。

卡利纳姆有些焦急,然而,到了这个地步,唯一能做的事就是拼命搏杀。他奋不顾身,冲向每一处出现险情的地方。

一队的枪声始终响着,战士们竭尽全力把子弹倾泻出去。节约子弹的命令早已被抛到脑后,只要能拖延兽群进攻的步伐,哪怕只有一分钟也是好的。

枪声突然停下。

一队也陷入混战中了。卡利纳姆的念头油然而生。他正好砸碎一只怪兽的脑袋,匆忙中向一队瞥了一眼——埃萨克战士纷纷起身,挥舞着铁棍和冲过来的机器兽厮杀在一起。

两面受敌,必须速战速决。

右侧的机器兽剩下的不多,卡利纳姆决定调动二队支援一队,他大声喊着,下达命令,让二队的战士们转身去对付刚冲进阵地的机器兽。他边喊边转身,突觉脑后一阵凉风。他本能地向一边躲闪,滚倒在地。

一只机器兽落下来,趴在地上,脑袋耷拉着,眼中的红光正变得微弱。它正在死去。卡利纳姆抬头一看,蒂姆正神情紧张地站在一边,手中握着粗大的铁棍。看见机器兽抖动了一下,他立即扑上去,用棍子狠狠地杵它的脑袋,直到脑袋变得不成形状。

卡利纳姆站起身,还没有来得及说话,黑影一闪,蒂姆发出一声惊叫。卡利纳姆猛地抡起棍子,正正地击中机器兽的腰腹,怪兽飞了出去。蒂姆躺在地上,没有起来,他大口大口地喘息,脖子上是一个血淋淋的窟窿,他颈上的血管被咬断了,鲜血正汩汩地向外冒。他望着卡利纳姆,露出哀求的眼神。

蒂姆正在死去,鲜血流尽,他的生命火花会缓缓熄灭,那将是一个漫长而痛苦的过程。他乞求般地望着卡利纳姆,卡利纳姆明白他的心思,失去战斗力的埃萨克人,等于失去生命,他不想挣扎,只希望痛痛快快地闭上眼睛。

卡利纳姆突然感到一阵惶恐,他从来没有经历这样的情形,一名战士在向他乞求死亡。他从来不曾杀死任何一个手无寸铁的人,更何况蒂姆刚刚救了他的命。可他是特鲁西,是战场指挥官,他必须拥抱埃萨克的铁与血。

战神保佑!他一边在心头祈祷,一边挥舞铁棍,砸向蒂姆的脑袋。

转过身,卡利纳姆发出一声怒吼,他冲向机器兽最多的地方,狂怒地挥舞着铁棍,无比神勇。埃萨克的战士们仿佛被狂暴的特鲁西所感染,跟着怒吼起来,片刻工夫,坡地上的机器兽就被清除得干干净净。

战斗结束,清点战场。死去了十六位战士,受伤的有上百人。方圆五百米内,到处都是机器兽的尸体。远处,兽群游荡,并没有冲过来的迹象。

战场上暂时平静下来。

卡利纳姆走到蒂姆的尸体边。蒂姆的脑袋被打瘪了,眼睛却还睁着。卡利纳姆单膝跪地,伸手替蒂姆合上眼。他感到有些内疚,这个年轻的机枪手是为了他才死的。

"你的灵魂安息于战场,勇气长留世间。大地会接纳你的躯体,英灵与星星同在。"他喃喃而语,背诵着埃萨克族古老的祷词。

埃萨克战士们默默地看着他,卡利纳姆站起身。"去和死去的勇士告别吧。我们马上就要继续战斗。"

战士们有些困惑。这不是埃萨克战士的习惯,人若死去,那便是死去了,成了一堆没有知觉的死物。埃萨克人从不告别,那是软弱的表示。他们彼此间观望着,谁都没有动。

"这是命令吗?"有人问。

"对,这是一个命令。"卡利纳姆回答。

战士们三三两两分开,每一具尸体边都站着告别的人。卡利纳姆甚至听见了哭泣。哀伤会让他们变得软弱吗?不,哀伤会让他们更坚强。

卡利纳姆回到装甲车边,一动不动地站着,突然用拳头狠狠地砸向装甲车的铁板。

"特鲁西,我们该怎么办?"一个战士走过来,站在卡利纳姆身边问。

卡利纳姆抬头望向前方。机器兽群正在游荡,逐渐地向着队伍靠近。离开军营不过一公里,前面至少还有十九公里的路。他又望了望一片狼藉的战场,这样的战斗无法持续下去,再来几波攻击,所有人都会死在这里。

然而,无法冲出包围,回去也是等死。他看着军营,塔西亚姆和西多姆还在等着他的消息。该怎么办?心头闪过几个念头,他很快下了决心。

"集合!"他向着所有人大声叫喊。战士们迅速跑过来,排成整齐的队伍。

"你们要回到军营去。如果回程遇到任何机器兽,就消灭它们。"

一路上的机器兽都已经被清理干净。回程没有任何风险。

队伍一阵哗然,有人高声问:"特鲁西,那你呢?"

卡利纳姆指了指金光城的方向。"我要去传达塔西亚姆的命令。"

所有人都安静下来。

"这不行！我们是跟着你来执行任务的，怎么能空手回去？"有人叫喊起来。卡利纳姆的决心很坚定，"这是命令，立即执行。回去见到塔西亚姆，告诉他这是我的命令。你们两个，负责带领大家回去。"他指着站在队伍前列的两个战士。

埃萨克战士们服从了特鲁西的命令，沿着来路撤离。他们保持着三人一组的战斗队形，高度戒备，向着军营撤退。很快，远处传来密集的枪声，撤退的队伍遭遇了机器兽，那只是游荡到队伍后方的零星几只，卡利纳姆并不担心。

他翻身爬上装甲车顶，这是刚才蒂姆所站的位置。

"斯土姆，向前开进。"他大声招呼。斯土姆执意要留下来，驾驶装甲车，这是他的拿手好戏。有轮子的家伙总比人的两条腿要跑得快些。卡利纳姆接受他的建议，用装甲车往前冲。车里还有两个人，一个是受伤的那个，另一个人则是卡利纳姆在营帐前救下的大个子。装甲车需要两个射击手，大个子坚持要上车，哪怕卡利纳姆命令他撤退，他也执意不肯。

他救下两个人的命，这两人就追随他一道赴死，埃萨克人从来都这样恩怨分明。

装甲车冲进了兽群中。斯土姆灵活地闪避着，避开机器兽，这是一个成功的策略，机器兽并不主动进攻，车子在黑色的海洋中向前，再向前。机器兽越来越多，车子越开越慢，最后终于停下来。前后左右都是机器兽，没有地方可以走。

卡利纳姆前后张望，他们正好停在一个下坡上。这是一个赛式化石形成的山坡，呈现出掺杂着浅浅黄色的深黑。坡下边是绿色的大地，一块巨大的石头横在那里，像一堵赭红的巨墙突兀地出现在荒原上。卡利纳姆认得这块石头，从金光城到军营，经常能看见它，就像一个地标。人们把它叫做避难所，因为石头有些地方深陷下去，能够容身，又能遮挡太阳，是徒步行走时最好的休息地。

"至少我们向前多走了五公里。"卡利纳姆对斯土姆说。

"现在怎么办？"斯土姆问。

卡利纳姆望了望天色，太阳正当头，大概还有八个小时才日落。他掏出瑟利手枪，把子弹一颗颗地压进去。十八颗子弹全部装进了弹夹里。这是最后关头才能使用的武器，他把手枪别在腰带上，随时可以抽出来。他又背上了两杆大枪，可能用处不大，但是带着枪总会好些。最后他抓起铁棒。事实已经证明，这最简单的武器，对付机器兽很有效，甚至比枪还要好使，因为它不需要子弹。

"你们留在这里，会有大部队来支援你们。"卡利纳姆叮嘱车里的伙伴。

"我跟你一起去。"大个子试图从座椅上起身，空间狭小，他无法伸直腰，于是就顶着钢板，歪着头和卡利纳姆说话。

"我答应你们跟着我来，你们答应留在车里。现在就到此为止。"卡利纳姆严厉地说，"不要再跟着我，我会想办法把塔西亚姆的指令送到城里。你们的任务是等待援军。"

大个子有些愤愤不平，然而还是坐回到位置上。突然，他推了推斯土姆："矬子，你的车难道不能从这些杂碎身上压过去？"

卡利纳姆正拿着水袋，大口喝水，听到这个提议险些呛了出来。

"矬子，快，我们冲过去。"大个子使劲地拍了拍斯土姆的肩。

卡利纳姆还来不及说话，装甲车发出轰鸣，开足马力向前冲去。机器兽倒在车轮下，引得车子不断颠簸。

兽群的注意力马上被吸引过来，开始攻击装甲车。哒哒哒……车里的两个射手开火，扫荡那些靠近车子的机器兽。这有限的抵抗很快被粉碎，一只机器兽高高跳起，咬住枪管，一瞬间，枪管爆炸，机器兽被炸开，而大个子失去了武器。

装甲车歪歪扭扭地向前开着，冲下坡去。兽群前仆后继地向着装甲车扑来，它们紧紧地抓住车头，用钢牙撕咬，在被卷到轮子底下前，顽强地向车身上攀爬。更多的机器兽从侧后方攻击，钢牙和利爪在车身上发出令人心悸的响声。车子就像一叶小舟，在惊涛骇浪中被围攻。

突然装甲车猛然倾斜，卡利纳姆伸手抓住机枪，才没有被甩出去。探头一看，右边的车轮被机器兽咬破，轮胎飞了出去，钢铁的车轴滑在地上，不断擦出火花。

车速慢下来，一只机器兽趁机跳上车顶，向着卡利纳姆扑来。卡利纳姆狠狠挥动铁棍，将它从车上扫了下去，落进兽群中。与此同时，装甲车发出爆裂声，一只机器兽被卷到车轮里，车轴被绞断。车子剧烈一震，完全停了下来。

"特鲁西，你没事吧？"大个子从车里关切地向他张望。

"别惹事！"卡利纳姆有些气恼，虽然他们是一片好心，然而除了多死几个人，没有什么别的后果。"你们待在车里，不到万不得已不要攻击它们，这是命令，明白吗？"

不等斯土姆和两个战士回答，机器兽已经从四面涌来。卡利纳姆自顾不暇，随时可能被撕成碎片。他拔出枪，向着前方开了一枪。威力巨大的子弹洞穿正面的机器兽，又击中它身后一只。趁着这个机会，卡利纳姆跳下车子，冲进兽群中。铁棍挥舞，击飞两只机器兽。他快速地向前方的巨石靠拢——靠着那块石头至少可以避开被四面包围的窘境。

机器兽包围过来，到处都是闪亮的尖锐牙齿和凶残的红色眼珠。他不断挥舞铁棍，挡住身后的机器兽，又不断向前开枪，一只又一只机器兽在近在咫尺的地方被打爆。他踩着残断的兽体向巨石靠近。

避难所就在眼前，赭红的石块看上去让人感到分外亲切。他打出手枪中最后两发子弹，挡在眼前的机器兽飞了出去，撞在石头上，掉落下来。卡利纳姆几步跨上去，贴着石头，迅速回身，铁棍横扫。他听到金属肢体折断的声音，一只紧跟着他的机器兽被打翻在地。卡利纳姆毫不犹豫，反手一棍，将它的头砸得粉碎。

一切暂时安定下来。卡利纳姆把枪插回皮带里。他的身后是可靠的巨墙，身前则是机器兽的海洋。机器兽虎视眈眈，似乎正等待他露出破绽。他望了望那边的情形，机器兽已经不再攻击装甲车，兽群在车子周围游弋。

"斯土姆，"卡利纳姆一边警惕地盯着眼前兽群的动静，一边向着那边大声叫喊，"还活着的话，把枪从射击孔里伸出来看看！"

射击孔里伸出一杆枪。他们还活着！

"就待在那里，什么都别做。"卡利纳姆高声叫了一句，引得手臂微微一动，这个动作引起了机器兽的反应，一只机器兽猛地蹿上来，狠狠地向着卡利纳姆咬去。卡利纳姆一挥手，将它击飞。一连串的机器兽扑过来。卡利纳姆左右抵挡，铁棍舞动，一只只机器兽不断地被击飞。几只机器兽被打落在地，肢体残断，再也起不来，更多的一落地便翻身而起，又向卡利纳姆扑来。

无休止的攻击让卡利纳姆气喘吁吁。打斗中，他瞥见一旁黑森森的洞口。避难所！那里是巨石的凹陷处，一个浅浅的山洞，比这样完全敞开的所在要有利得多，至少，一次只需要对付一两只就行了。他开始缓慢地挪动位置，向着洞口移动。

最后，他终于挪到洞口。还好，洞里并没有机器兽出没，他用力挥动铁棍，驱开挡在洞口的几只机器兽，一步跨进洞里。四面受敌的威压顿时消失。机器兽群聚在洞口，其中一只蹿进来，被他轻松打碎脑袋。后边的兽群不再鲁莽向前，双方在洞口对峙起来。

突然间,身后有细微的动静,卡利纳姆警觉地回头,正准备狠狠地抽上一棍,却不由一愣。他看见一个女孩,正蜷着身子,缩在角落里。一双大眼睛望着他,充满惶恐和无助。

"你是谁?怎么会在这里?"卡利纳姆不由问。来不及等到回答,他感觉到了身后的危险,身子一侧,铁棍挥出,机器兽掉落在女孩面前,女孩不由缩了缩身子。卡利纳姆跨步向前,一把拉住机器兽的后腿,向外甩去,正好击中向前扑来的另一只机器兽。他跨步上前,几棍将两只机器兽打残,甩了出去。

"没事的。"他安慰女孩,"有我在,没事的。"说完这句,他突然想起出发的时候,他也是这么和蒂姆说的,而蒂姆却死了。

"没事的。"他继续对女孩说,心里却感到说不出的难受。

机器兽持续不断地发动进攻。慢慢地,洞口堆满尸体。卡利纳姆把尸体叠起来,将洞口堵得严严实实,机器兽似乎放弃了进攻,不再试图从缝隙中钻进来。

做完这一切,他感到浑身疲惫,连续两个小时的战斗,已经撑到了极限。还好有这个山洞。

他坐倒在地,靠着洞壁,长长地吐出一口气。

女孩就在他对面坐着,脸上仍旧是一副惶恐无助的表情。

"没事的。"卡利纳姆再次说,等了一小会儿,他问,"你是谁,怎么会在这里?"

"我叫露西。我路过这里。"女孩说。她的声音透着一股迷惘。

"然后被这些机器兽给困住了?现在没事了。"卡利纳姆望着这个叫做露西的女孩,她看上去很瘦小,显然不是埃萨克人,也不像埃蕊人。一个迷路的瑟利女孩。他这样想。

"你住在天上?"卡利纳姆问。

"天上?"露西有些困惑。

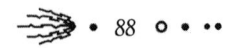

"你们瑟利的城市,不都是在天上吗?"卡利纳姆指了指上方,"你从哪个城市来的?"

"我……不知道。"露西回答。她显然忘记了一些重要的东西,或者她并不愿意回答。

"会好起来的。"卡利纳姆随口安慰她。

他想起曾经有一段日子,他也像这个女孩一样无助困惑惶恐,甚至不知道自己是谁。

"会好起来的。"他又说了一遍。然而,被困在山洞里,除了等死,不会有更好的结果。卡利纳姆站起身,从堆积如山的尸骸缝隙中向外张望。

"你很厉害。"露西突然说。

卡利纳姆一愣。"什么?"

"你很厉害。"

她说的是和机器兽战斗的事,卡利纳姆微微一笑。"这算不了什么。我会保护你的,放心。"

露西直直的目光让他感到不安。

"你不相信?"卡利纳姆问。

露西的脸上露出微笑。"相信。"

她的笑容真美!尽管在暗处,那笑容比太阳花还要灿烂。卡利纳姆怦然心动。

"你是来找这个的吗?"露西从身后取出一样东西来,双手捧着,"你可以拿去。"

"这是什么?"卡利纳姆伸手接过。东西落在手中,沉甸甸的。借着尸骸堆缝隙中透过来的光,卡利纳姆仔细打量。这看起来曾经是一件盔甲的一部分,然而上面没有任何铆接的痕迹,也没有任何花纹,就像是一片厚实的铁。他翻来覆去看了几遍,这扁平的东西像是一面盾牌，正面微微隆起，异常光亮，背面粗糙，仿佛没有经过打磨的钢坯，边缘有一个类似把柄突出部，正好可以持握，护住手臂。这像是瑟利人的物品。

"这是一块胸甲？"他一边问一边把东西还给露西，露西却没有接。

突然间，卡利纳姆支起耳朵。他听到某种异常的声音。是枪炮轰击的声音！他听见了爆炸声，而且此起彼伏，地面传来持续不断的震动。这是大规模的炮击。

"我们有救了！"他兴奋地对露西说，"是我们的队伍，得去找他们。"

露西只是定定地看着他，微笑着。

卡利纳姆愣了愣。"你不高兴吗？"

"高兴。"露西回答，缓缓地站起身，"我可以跟你一起走吗？"

"当然可以！"卡利纳姆忙不迭地答应，"我说过会保护你。有我在，这些垃圾别想伤到你一根指头。"

"这个还给你。"他把胸甲递给露西。露西摇头。"这是你的。"她伸手推开胸甲，正好碰触到卡利纳姆的手。她的手指冰凉。

卡利纳姆感到一阵心跳加速。他并非没有接触女人的机会，那些妖娆的埃萨克女人，用性感的姿态诱惑他，用热辣的言语挑逗他，他从来不曾有半分心动，也不能引起丝毫生理上的反应。然而此刻，只不过是手指相碰，他的心却狂跳不已。他望着露西，露西的眸子仿佛清澈的水，映着他的倒影。她是一个瑟利人，却让他心动不已。

他咽下一口唾液。"好！"他将胸甲当作盾牌握在手中，试了试，"这是一块很好的盾牌。"

说完，他附身在机器兽的尸骸堆上，观察着外边的动静。"等会儿你留在这里，我出去把援军找来。别乱动，等我回来。"

露西并没有回应。卡利纳姆回头，看见露西正迎着他的目光微笑。

还有什么比这样的一个微笑更动人？卡利纳姆不由握紧拳头。他走上前，牵起露西的手，露西的手心都是冰凉的。

可怜的姑娘！

"你的手真凉！"他怜惜地说。

无论如何，也不能让露西留在机器兽群中！她是一个瑟利人，属于天上的城市。

归属于天上的，就让她回到天上吧！

第六章　赛忒之魔

　　鲁修俯瞰着地面上成群结队的脏兽。

　　奥拉德斯说得没错，这些脏兽不堪一击。它们没有远程攻击的能力，只会撕咬，它们就像一群真正的野兽，在瑟利的战士面前，只是一群毫无抵抗能力的垃圾。然而到底是什么让这些垃圾复活过来，漫山遍野地活蹦乱跳？撒壬之战后，赛忒兽坠落星球，变成化石，它们沉寂了三十年，却突然之间苏醒过来。从东大陆到西大陆，甚至海洋深处，赛忒化石无处不在，如果有某种神秘的力量可以让全球的赛忒都复活过来，即便没有撒壬，那也将是一次大灾难。

　　那会是灭顶之灾。

　　忒弥西一直强调这事故背后潜藏的风险，然而眼前的现实让鲁修觉得议长阁下是否有些危言耸听。相比之下，奥拉德斯的结论似乎更靠谱些——这只是一些无关紧要的东西，不值得大惊小怪。也许忒弥西只是利用这个事件增强她的影响力。

　　然而无论事态会如何发展，无论忒弥西是否有别的考虑，对于一个空骑兵而言，忠实地履行职责就是全部。

鲁修全力以赴打击这群本不该存在的东西。

两百名空骑兵学院的学生们散布空中，从各个方向攻击下方黑沉沉一片的脏兽群。爆炸的火光在兽群中不断闪过，学生们沉浸在狂欢中，他们从未被允许这样毫无忌惮地大开杀戒，这就像一场欢乐的狩猎。

地面上，脏兽不断被强大的火力掀翻，炸得粉碎，幸存的脏兽带着求生的本能四处乱窜，毫无章法。没有任何人为控制的迹象。

忽然间，鲁修留意到兽群中异样的动静——一个小小的浅色圆点正在黑色海洋中起伏。那是一个人！一个埃萨克人。

一个埃萨克人在脏兽群中厮杀，这引起了鲁修的兴趣，他仔细观察。

埃萨克人身躯高大，孔武有力，手中挥舞着粗大的铁棍，轻轻一拨，脏兽就直直地飞出去。他的头发很长，捆成一束，随着他的动作在身后摆动，飘扬而洒脱。他的身上有几处伤，一些伤口仍在渗血，他几乎已经成了一个血人。他在兽群中前进，向着这边靠拢。他不断地抬头，向这边呼喊些什么。

埃萨克人在向自己呼救！

埃萨克人粗鲁而勇猛，数量庞大，酷爱武力，然而原始落后，一盘散沙。让他们自生自灭。鲁修记得学院老师们的教导，不要去招惹他们，更不要帮助他们，他们是这个星球的野草，自生自灭是他们该得的命运。

这是一个带着几分神秘的族类。

能看见一个埃萨克人在战场上如何厮杀，这个机会很难得。

鲁修继续观察着下方的形势。埃萨克人左支右挡，他的左手有一个护盾般的东西，挥舞起来很有力，提供了良好的保护，而右手的铁棍则无比凌厉，挨上的脏兽都飞出很远。他身上只穿着简单的铠甲，并无助力,全凭力气,手中的武器则仿佛肢体的延伸,无比灵活又力大无穷。让人印象深刻!然而,他显然不能支撑太久,对付疯狂围攻的脏兽,埃萨克人再勇敢善战,也很难幸存下来。他的动作变得迟钝,而身上的血迹则越发明显。

这个人也许能提供点线索。

鲁修驱动铠甲,向着那人降落下去。几次准确的点击,正攻击埃萨克人的脏兽倒下几只,埃萨克人精神一振,高举手臂,大声呼叫。学生们立即跟上,火力倾泻在埃萨克人四周,爆炸此起彼伏,浓密的烟尘升腾,埃萨克人转眼间消失在烟尘中。这样很可能伤了他,这些学生过于鲁莽!鲁修不由皱了皱眉头。

停止攻击!他用微晶密语向学生们发布命令。

烟尘散去,埃萨克人正趴在地上,用盾牌状的武器护住头部。他觉察到爆炸停止,探出头来四下张望。

这是一个够机灵的埃萨克人!

鲁修降落地面。埃萨克人从地上一跃而起,站在鲁修身前两米的位置。他大口喘气,发达的肌肉随着呼吸起伏,身上的衣服几乎已经没有完整的地方,全身上下都是血迹。脏兽没有血,那只能是他自己的血。虽然浑身是血,模样狼狈,然而眼神锐利,一条棍和一副盾分持在左右手,保持着战斗的姿势,浑身洋溢着一股逼人的气势。

这是一个真正的战士。鲁修不由有几分好感。

"你好,我叫鲁修,来自优岚。"鲁修按照瑟利的礼节将右手放在心脏的位置,开口介绍自己。埃萨克人个子高大,鲁修身穿盔甲,正好和他一般高。

"卡利纳姆,金光族的卡利纳姆。"埃萨克人回应,他并没有施礼,只是点了点头。他的声音很浑厚,语调平和,语气坚定。

"你受伤了!"鲁修上下打量卡利纳姆,他浑身血迹斑斑,凡是没有铠甲覆盖的地方,都渗着血迹。

"一点小伤,不碍事。"埃萨克毫不在意,看上去也的确没有伤到要紧处。

"你一个人在这里?"鲁修一边问一边四下张望,他看见了不远处的装甲车,一辆老旧的车子,破烂不堪。

"你是乘着这车子来的?"鲁修又问。

卡利纳姆点点头。"这里有一个瑟利女孩,需要你的帮助。"说完,他掉头就走。鲁修跟了上去。几只脏兽扑过来,鲁修抬手,一道细微的光击中扑来的脏兽,猛烈爆炸,将周围几只也掀翻在地。

卡利纳姆回头,看着他的手,露出惊异的表情。"你的武器在哪里?威力这么大!"

鲁修笑了笑,并不言语,他留意卡利纳姆手中的武器,那的确是一根棍子,纯粹的棍子,除了又粗又重,没有任何特别。

几个学生聚集过来,从空中向着兽群开火。顿时周围一片火海,脏兽成片倒下,没有被烧到的脏兽眨眼间跑得干干净净。

鲁修注视着这个叫做卡利纳姆的埃萨克人,这显然是他从未见识过的巨大威力,他却并不惊慌,只是沉着地看着火焰在周围燃烧,似乎在考虑着什么。当一切平静下来,他点了点头。"你们瑟利人果然厉害。"

不等鲁修回应,他已经继续向前走。他走向红色的巨石,巨石下方,脏兽的尸骸堆积如山。卡利纳姆用棍子挑开尸骸。

"这都是你杀死的?"鲁修问。

"是的。"卡利纳姆简短地回答,手中一刻不停地将脏兽的尸骸拨在一边。

鲁修感到几分惊异,一个人仅仅凭着肉搏,杀死如此多的脏兽,虽然埃萨克人力大无比,然而如此多的脏兽尸骸,看上去触目惊心。

实在有些不可思议。

不要接触他们,他想起老师的告诫。此刻,他多少有点明白这告诫背后的真实,当瑟利人隔着火光,远远地毫不费力地杀戮,一切看上去仿佛游戏,而此刻,面对着堆积如山的尸骸和充满原始野性的埃萨克武士,一种本能的彷徨呼之欲出。一切的杀戮都是血腥的,直抵人心深处,哪怕是脏兽的尸骸,也能引起本能的反感。站立在尸骸当中的埃萨克武士,则仿佛一具神祇,充满暴虐的力量,让人感到恐惧。鲁修将这样的念头压制下去。

当卡利纳姆最后抓起两具脏兽的尸体,抛得远远的,一个洞口出现在鲁修面前。

"露西,出来吧!"卡利纳姆向着洞里喊,"你的族人在这里,已经没有机器兽了。"

片刻之后,一个女孩出现在鲁修面前。她的衣服上没有任何家族的标记。鲁修走上前去:"你好,我叫鲁修,来自优岚。"说完他看着这个叫做露西的女孩。

露西却茫然地看着他,并不说话。

"你是哪个家族的?"鲁修问。

"我……不知道。"露西回答。

鲁修皱了皱眉头。眼前的女孩看上去无疑是一个瑟利人,然而她居然不记得自己的家族。

"你怎么会在这里?"鲁修继续问,他跨上前去,想拉住女孩的手,如果她真的不记得任何事,至少可以验证一下身份[①]。

女孩却猛地缩到卡利纳姆身后。

鲁修和卡利纳姆面对着面。埃萨克人的眼中透着一股凌厉的气

[①] 对于瑟利人来说,每个人体内的微晶都有独特的特征,这也成为每个瑟利人身份的基础,并储存在各自的家族信息库之中。

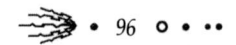

势,鲁修不由一怔。

"她可能有些失忆,不要逼迫她。"卡利纳姆说。

鲁修凝视着卡利纳姆的眼睛,他从未在任何瑟利人的眼中见过这样的眼神,像刀一般锋利,充满睥睨一切的气概。一个赤手空拳的人,面对着可以随手毁灭他的对手,居然也能拥有这样的自信。

远处的装甲车上传来动静,两个埃萨克人从车里钻出来,向着这边跑来,一边跑一边叫喊:"卡利纳姆,你没事吧!"

两个人很快跑到卡利纳姆身边,一个体型巨大,居然比卡利纳姆还要高出一个头,另一个比卡利纳姆更矮。他们站在卡利纳姆身边,充满敌意地看着鲁修。

这些埃萨克人也许有些不自量力,却很有勇气。鲁修并不坚持:"如果露西愿意留在这里,我不反对。"他澄清自己的立场。一个普通的瑟利女孩在地面上活动,如果她没有提出保护要求,也没有迫在眉睫的危险,那么军事行动就不该涉及她。

他打量着眼前的三个埃萨克人,忽然间意识到,并不是所有的埃萨克人都有卡利纳姆同样的气质,一高一矮两个人伴随在卡利纳姆身边,不用说话,也不用任何动作,卡利纳姆也显得卓尔不群。一刹那间,埃萨克人显得不是那么可怕。只有他们当中最杰出的那些才能给人带来天然的恐惧感吧!鲁修感到心情放松一些。

"我们到这里来,是为了清理脏兽。"他接着说,"你们知道这些脏兽从哪里来吗?"

"脏兽,你说的是这些机器兽?"卡利纳姆问。

"没错,它们就是脏兽。"鲁修回答。

"可我们的智者说,它们可能是赛忒兽。"

"它们算不上赛忒兽。"鲁修把奥拉德斯的话重复了一遍,"最多只能算是没有成形的赛忒兽,如果你见过真的赛忒兽,就知道它们差得远了。"

"你见过？"

"没有。"鲁修坦然回答，"不过我见过战胜了赛忒兽的那些人。"他不无自豪。"他们告诉我，这些东西只配被叫做脏兽。"忒弥西和洛克都向他展示过赛忒兽的威力，他们并不是简单地把事情告诉他，而是把记忆展示给他，让他身临其境，虽然一切并不是真实，却也足够逼近。他理解赛忒兽的威力，他能真正地感受到它。然而这一切对一个埃萨克人来说难于理解，他也并不想解释。

卡利纳姆默默点头。

露西从卡利纳姆身后探出头来，一双清澈的大眼睛望着鲁修，眨也不眨。

她和平时见到的那些女孩截然不同。她的眼睛里没有任何期待，也没有任何企图，纯净得一无所有，清澈的瞳仁仿佛直达心底。鲁修突然感到心跳加速。这是怎么了？他不由垂下视线，稳了稳心神，又重新抬头看着露西。

第一眼看见她，身上衣服破烂，浑身肮脏。衣服也许是最容易迷惑人的东西。他居然没有注意到那双如此清澈透明的眼睛。此刻，她躲藏在卡利纳姆身后，只有脸部露出来，令人心动的一面才引起注意。

"露西，你不要回去吗？"鲁修问。

露西并不回答，只是眨了眨眼。

至少她在听。

"如果你需要帮助，我可以帮你。"鲁修继续说，作为一个优岚贵族，他显示了无比谦卑的姿态。露西也许有些特别的身份，但绝不是贵族，她的身上没有一丝贵族气。她就像一朵一尘不染的云，自在地飘浮，了无牵挂，既没有贵族女子身上的矜持，也没有平民女子的惶恐卑下。

这让鲁修着迷。

露西仍旧不回答。

鲁修没有继续追问下去，穷追猛打不是优岚贵族的作风，他的视线回到卡利纳姆身上。"回到刚才的话题，你知道这些脏兽从哪里来吗？"

卡利纳姆摇摇头。"我今天早上才见到这些东西。"

"你为什么会在这里？"

"我要去送信。"

那不是鲁修感兴趣的内容，他扫了一眼遍地的脏兽尸骸。"你能杀死这么多脏兽，让人钦佩。"

"你们更厉害。"卡利纳姆回答，"瑟利人的武器很凶。"说着他从腰上拔出枪来。"你有子弹吗？我的子弹用光了。"

卡利纳姆手中的枪通体漆黑，有点像突勒司堡的东西。鲁修伸手，卡利纳姆毫不犹豫地把枪交到他的手中。这的确是突勒司堡的东西。鲁修感觉到它的微晶信息：突勒司堡，编号1754，桑德纳，第三军械局制造。然而这不是一件真正的微晶武器，它并不依靠微晶工作。

鲁修把枪递回去。"我可以帮你看看是不是能找到子弹。"

说话间，远方传来一声巨响。有学生在使用飞船主炮轰击，威力巨大的集束武器引得地面微微震颤。脏兽太多，这些学生有些耐不住性子了。

鲁修顿了顿，等爆炸引起的震颤过去。"我把你们从脏兽的包围中解救出来，帮你们清理了这些脏兽，还会帮你找子弹。为了我做的这一切，你是否能帮我一个小忙？"

"你说吧，埃萨克人一向公平合理。"卡利纳姆回答。

"我们想知道这些脏兽是怎么出现的。如果……"鲁修正说着,小个子的埃萨克人突然打断他,"快看!"

顺着埃萨克人所指的方向望去,不远处黑色的赛忒化石山上,石头仿佛水一般流动,如有灵性一般聚集成一个个团块,然后像塑泥般蠕动,自动塑成形状。顷刻间,仿佛魔术一般,山头上站满成群结队的脏兽,死去的赛忒化石重新聚集,形成活的东西。

鲁修一时怔住。脏兽从化石复活而来,这是一个显而易见的事实,然而,当亲眼目睹这一切,他还是有些不敢相信自己的眼睛。

赛忒化石是沉睡的微晶,微晶永远不会死,然而只要没有人触动它,它也永远不会复活。赛忒微晶和瑟利微晶截然不同,没有一个瑟利人能够触发赛忒微晶,因此它们对于瑟利人来说,和沙土没有什么分别。然而眼前活生生的现实明确无误地告诉他,某种神秘的力量能够触动赛忒微晶,它们不再是沙土,而是随时可能复活的大军。

忒弥西的担心不无道理!

他马上接通洛克的频段。"洛克,我看见它了。"

"怎么了,不要这么紧张。有什么大不了的?"洛克懒洋洋的声音传来。

"我看见脏兽从化石变过来,我看见赛忒化石变成了脏兽。"鲁修目不转睛地盯着山头上的兽群,"它们好像长得和之前的有些不一样。"

洛克陷入长久的沉默,好一会儿才说:"我在突勒司堡,一时也过不去,你记录下来,我们去找忒弥西。另外,你可以抓两只刚成形的脏兽,看看它们到底有什么不一样。"

通话结束,鲁修试图呼叫奥拉德斯。

奥拉德斯却没有应答。

鲁修抬头,铁林城高高在上,是云端一个发亮的白点。奥拉德斯就在那里，也许他不想理睬脏兽这么无足轻重的事。但如果他看见脏兽是从赛忒化石转变而来，也许会改变主意。赛忒复活，忒弥西所担心的事很有可能成真。

片刻后，鲁修放弃了寻找奥拉德斯的努力。他驱动盔甲，升上半空，准备靠近去观察这新出现的脏兽群。

兽群的异常动静让他停了下来。

山上的脏兽群过于拥挤，它们彼此挤压，突然开始内讧。内讧从一两只脏兽开始，很快蔓延开，整个兽群陷落在不分青红皂白的彼此攻击中。这些刚刚从沙土中诞生的机器生灵，丝毫不明白生命的意义所在，凭着本能，试图消灭掉一切妨碍它的东西。它们冲撞，撕咬，咬死了一个同伴，便冲向下一个，直到自己也被咬死或躺在地上，再也不能动弹。它们就像一间堆满了爆炸品的屋子，被点燃之后，只有烧掉最后一点残余，才能完全停下来。

鲁修在一旁看着，感到几分错愕。起初整个山头都是彼此攻击的脏兽，慢慢地能够活动的脏兽越来越少，然而仍旧彼此间不死不休地纠缠着，最后，他看见一只脏兽在尸骸间打转，它已经没有同伴。山头上留下成千上万的脏兽尸骸，它们来到这个世间，不过短短的十多分钟，便以一种出人意料的方式回归尘土。

孤零零的脏兽四处打转。忽然间，它抬头发出一声哀号。

"捉住它。"鲁修向着几个学生下令。学生们靠了过去。

"它感到孤独！"鲁修听到细微的说话声，低头一看，露西正站在卡利纳姆身边，望着山头上的脏兽，眼里流露出一丝悲悯。他对这样泛滥的同情心不以为然，然而话从露西的口中说出来，却再自然不过。之前她躲在卡利纳姆身后的时候，看上去无比清纯，仿佛一个天真烂漫的女孩，此刻站在卡利纳姆身边，望着那些自相残杀后剩下的尸骸和孑然而立的脏兽，她又自然流露出悲天悯人的情感，仿佛经历了人间各种沧桑，洞悉了生命的全部奥秘。这两种截然不同的气质混杂在同一个人上，鲁修不禁感到有些疑惑。

卡利纳姆抬手搂住露西的肩头。他的手臂上仍旧挂着那造型奇特的盾牌。

盾牌上掠过不易被觉察的光。

那是一件瑟利的装备。鲁修感到奇怪，他降落在地，面对着卡利纳姆。"你的盾牌能给我看看吗？"

卡利纳姆把盾牌递给他。露西站在一边，静静地看着。

鲁修抚摸着盾牌，仔细地观察它，感受它。

这的确是瑟利的物件，它曾是某个铠甲的一部分，看上去像是胸甲。他试图阅读其中的微晶，然而触摸到一些不熟悉的东西，完全无法辨认。这像是一件掺着杂质的微晶作品，并不纯粹，使用这样的盔甲会很困难，因为微晶无法形成有效结构，也就无法随心所欲。然而杂质本身和微晶紧密结合，形成一种特殊结构，他从未见过。也许这是一件特异盔甲，有迥然不同的使用方法。

鲁修有一种尝试的冲动，想试试看是否能激发这盔甲。然而他最终没有动手，贸然激发别人的武器是一件很失礼的行为，他不想做出这样有失风度的事。

"这是一件瑟利盔甲的一部分，你怎么得到它的？"他问卡利纳姆。

卡利纳姆看了看露西。

鲁修的目光随即转移到露西身上。

露西只是望着他，并没有回答。

"露西，这是你的东西吗？"鲁修又问了一遍。

"不是。"露西简短地回答。

她终于开口了。鲁修感到几分欣悦。

"那究竟是谁的？"鲁修看了看卡利纳姆，卡利纳姆正疑惑地看着露西。

"是我找到它的。"露西接过话头。

"我在那里找到它。"露西指着不远处的山坡，"它塞在赛式化石的石缝里，我捡到它。这是一样特别的东西，对吗？"

"是的，非常特别，能借给我吗？我带走它，只要六个小时，保证交还给你。"

露西摇头。"不行。"

鲁修更感到奇怪。"为什么？"

"我送给他了。"露西指指卡利纳姆。

鲁修看着卡利纳姆，这个埃萨克人无疑得到了露西的好感。这样一件盔甲碎片，也许是一件有价值的历史文物，有很多人会感兴趣，能够卖出大价钱。露西却把这送给了一个埃萨克人。埃萨克人怎么可能明白这东西的价值所在，又怎么可能使用它？他只是把它当作一面盾牌。一个什么都不懂的野蛮人！鲁修突然意识到自己的内心怀着一丝嫉妒，不由感到羞愧，慌忙把东西递给卡利纳姆。"这是你的，收下。"

卡利纳姆伸手接过，欲言又止。

山坡上传来一声爆炸。几个人的注意力都被吸引过去。

三个学生围住那只仅剩的脏兽，却没办法活捉它。无奈中，一个学生发射了爆裂微晶，在距离脏兽不远处爆炸。气浪将脏兽掀翻，另两个学生趁机围上去，想抓住脏兽。脏兽却迅捷无比地起身，跑到一边。

"要活捉它！"鲁修有些气恼，"不要攻击。"

学生们面面相觑，几个人对付一只四足动物，不能杀死，也不能伤害，只能活捉，他们从来没有经历过这样的科目。

"炸一个坑,把它先赶到坑里去困住它,然后把它直接吸入飞船。"鲁修给学生们下达了指令,话音刚落,卡利纳姆站在了他眼前。"我来吧。"卡利纳姆说着向前走去。

鲁修看着他,没有出声。

卡利纳姆很快靠近了脏兽,伸出铁棍在它的眼前晃动。脏兽向他扑来,却被一棍子打倒在地。卡利纳姆显然没有使出全力,只是让脏兽倒地,然后使劲用铁棍压着它,不让它起身。脏兽却很快挣脱了铁棍。它并不逃跑,而是高高地跃起,扑向卡利纳姆的喉咙。卡利纳姆有些意外,一闪身躲了过去,挥动盾牌,拍在脏兽的脑袋上。

脏兽倒地,这一次它没有起来。鲁修赶过去,只见脏兽躺倒在地,脑袋被拍得粉碎。这真是骇人的力量!他看向卡利纳姆,卡利纳姆露出一丝歉意。"它的头比较脆,和之前那些不一样。"

鲁修还没有说话,卡利纳姆又接着说:"我会找到活的,给你抓一只。"他显得有些窘迫。

这句话让鲁修差点笑起来,他忽然觉得眼前的人并不是那个凶神恶煞一般的埃萨克人,而是一个感到自己犯了错的局促不安的孩子。"不用了。我可以带两只死的回去。"鲁修顿了顿,"不过,如果有脏兽的消息,及时告诉我。"

卡利纳姆点点头,随即又问:"我怎么才能找到你?你在天上,我没有办法去天上。"

鲁修抬起右臂,左手从铠甲中伸出,轻抚在右护手上。他记得一元通话机的结构,虽然那是一种很简单的通话机,只能把信号传送给指定目标,用于战场紧急情况,对卡利纳姆来说,应该够了。

他控制着护手中的微晶,数以千万计的微晶从铠甲上脱离,看上去仿佛他的手掌有某种魔力,将铠甲分裂成细小的碎片,一点点地吸附上来。一小团灰白的微晶聚集在掌中,鲁修开始塑造它。团块的形状不断变化，最后成了一个方方的扁盒子，掌心般大小，银灰色，一个同样颜色的按钮在盒子正中。

就是这样了。他很满意自己还能记得微晶重塑的方法。他把盒子捏在手中，试着摁下按钮，他清晰地感觉到信号传递到盔甲上。

"用这个东西。"他把通话机递给卡利纳姆，"按下按钮，对着它说话，我就能听到。"

卡利纳姆接过来，小巧的盒子在他手中像是一件玩具，他半信半疑。"我见过那种能够传递消息的机器，比这个要大得多。这个真的管用？"

"没问题。你还能听到我的声音，现在可以试试。"

卡利纳姆摁下按钮。一个怪异的语调从盒子里传来："你好，卡利纳姆。"卡利纳姆抬头看着鲁修，眼里满是疑惑。

"没办法，只能这样。这就是我的声音，虽然有些走调。"鲁修说。

鲁修的说话声和盒子里传来的声音同时飘扬在空中。

卡利纳姆摁下按钮，关掉盒子，把它塞进腰带上的暗袋里。"好，我会用它找到你。"

鲁修看看露西。"还有你，如果想找人帮忙回到城里去，也可以让卡利纳姆找我。"

露西看着他，不说话，似乎正在思考着什么。

真是一个怪异的姑娘！鲁修暗想。然而，她身上那奇特的魅力却无法阻挡，鲁修不由多看了两眼。

"指挥长，有大批的埃萨克人正向你那边靠近。"负责监视的学生报告。

"携带什么武器？"

"他们有两辆装甲车，还有三辆卡车，车上都是武装士兵，总人数六十九,三辆车上各有一台重武器。剩下的人步行,大概有六百人,带着各种枪。他们在攻击残留的脏兽。"

"不用理睬他们。如果受到攻击,可以直接还击。让我们的人升高到六十米。"鲁修下达指令。说完他看着卡利纳姆,"看来你们的援军来了。我得走了,记住,如果有脏兽的消息,立即给我消息。"

"我会的。"卡利纳姆简单而干脆地回应。

"那么,我们算是达成协议了。"鲁修说着走上前,伸出手。卡利纳姆却并没有握手,他突然上前,张开双臂,抱住鲁修。

鲁修吓了一跳,随即镇定下来。这真是过于热烈的拥抱!也许这是埃萨克的习俗,他没有拒绝。

远处传来机器的轰响。鲁修抬头,埃萨克人破旧的装甲车出现在山坡上。车顶上,一面奇怪的旗帜迎风飘扬,那旗帜上没有任何图样,旗帜本身是无数细碎的布条。他不想和这些人打照面。于是便启动盔甲,缓缓上升。两个学生一人提着一具脏兽的尸体,跟着他上升。

学生军从四面八方汇聚而来。远处的天空中,一个小小的白点逐渐变大,最后悄无声息地靠近瑟利学生军。这是一个发亮的椭球形飞船,船体透明,仿佛一个大气泡——近地飞行泡,最方便的近地交通工具。学生们依次上船。

鲁修在队伍的最后。他注视着地面上的一切。

地面上,埃萨克人已经和卡利纳姆会合。从装甲车上下来一个高大的埃萨克人,全副武装的士兵护卫在他身旁。他朝天上的瑟利人和他们的飞行器张望一阵,向卡利纳姆走去。两个人格格不入地站着对话,卡利纳姆把露西拉到身后。

这情形有些奇怪。鲁修不由有些担心露西的安全。

"指挥长,请登舱。"学生催促他。

他转身拉住气泡飞行器的腹部，爬进去。

舱门关闭，飞行泡正在预热。鲁修从透明的气泡壁向外望，他看见露西跟着卡利纳姆上了一辆卡车。

卡利纳姆会保护她的。不知道为什么，他对那个才刚见面的埃萨克人充满信心。

他坐直身体。

"回天穹城吗？"驾驶员问。

"先去铁林城。"他吩咐道。

飞行泡垂直提速，向云端那若隐若现的白色光点而去。奥拉德斯，他最崇敬的老师，看见这不一样的脏兽，会说些什么？

鲁修忽然感到心中说不出的烦闷。

第七章　飞瀑噩梦

武强溪就在前边，隔着山岭，卡利纳姆已经听见溪水欢腾的声音。他用力踩油门，摩托车发出不堪重负的突突声。

"就快到了。这条小溪从飞瀑镇穿过，沿着溪边一直向前走，就可以到镇上。"他扭头向坐在身后的露西大声说。

露西紧紧抱着他的腰，贴在他的背上，似乎过于紧张，一动不动。

摩托载着两个人冲向山顶。眼前豁然开朗，一望无垠的绿色原野上，一条湛清的小溪横穿而过，溪旁是粗大的涷柳树，沿着溪流两旁密集成林。土黄色的道路顺着涷柳树林向前，最后没入林中。左前方，溪流和树林消失的地方，飞瀑镇的中央神殿露出它闪亮的金顶。

然而视野中有一样东西更为引人注目，花坛山就像一座五彩缤纷的巨塔伫立，在黑色原野的映衬下格外突出。它的存在让卡利纳姆感到颇为自豪。任何人看到它，都会被它的绚丽缤纷打动。卡利纳姆忍不住回头看了露西一眼，想看看她的反应。

果然，露西直直地盯着花坛山。"那是什么？"她伸手指着它。

卡利纳姆不无得意。"那里原来是赛忒化石山，黑黑的一堆。埃蕊人把它改造成了花圃，那是飞瀑镇的骄傲，我们都为它自豪，把它叫做花坛山。它是世界上最漂亮的山岗，你在别处绝找不到第二个。"

"哦。"露西应了一声。

卡利纳姆回头瞥了一眼，露西的眼神发直，似乎被花坛山的美丽深深震撼。你会喜欢这里的，他暗想。

说话间，卡利纳姆已经冲下山坡，沿着涑柳树林边疾驰。透过树林的间隙，可以看见波光粼粼的水面。

突然间，露西叫起来："那里有人！"

卡利纳姆扭头望去，只看见一片波光涟漪，然而他知道露西看见了什么，埃蕊孩子经常在这里戏水游泳，露西一定是看见了游泳的孩子。果然，从水里露出一个孩子的头，好奇地望着他们。

"那是埃蕊人。他们天生就会游泳，孩子都是在水里泡大的。到了镇上，你就可以见到很多埃蕊人。"卡利纳姆并没有减速，他必须尽快赶到飞瀑镇，然后在午夜之前赶回军营。

"卡利纳！"他听见有人喊他的埃蕊名字。声音从背后传来，他回头望去，利德思亚正沿着河边，跟着摩托车奔跑。

卡利纳姆猛地刹车，整个车体几乎完全倾倒着向前滑行，最后将要倒下的一刻，卡利纳姆单脚落地，稳稳地撑住车身。

利德思亚喘着粗气跑到卡利纳姆身前。

"什么事，利德思亚？别疑神疑鬼，我只是回来一趟，马上就走。"在利德思亚能够开口说话之前，卡利纳姆先扔出了答案。

"不是。"利德思亚的喘息终于平静下来，他在口袋里掏摸，最后拿出一样东西，"我想你看看这个。"

卡利纳姆定睛一看，这是一把枪，很破旧，几乎锈蚀殆尽。"怎么了？这枪已经不能用了。你从哪里找来的破烂？"

"真的不能用吗？"利德思亚露出失望的表情，"那你能帮我找到枪吗？我想学习战斗。"

卡利纳姆有些惊讶。"你怎么会想这个？不要担心，不会有任何危险。这里是金光族的地盘，金光族一直保护着飞瀑镇。"

"但万一哪天金光族不能保护我们，我们总得保护自己。"

卡利纳姆摇摇头。"别瞎想，玩去吧！"

摩托很快把利德思亚的身影远远地抛在身后。

"你知道吗？飞瀑镇是没有战争的地方，这里的孩子都天真烂漫，你刚才看见的那个是例外，成天就想着会有人来侵犯飞瀑镇。"卡利纳姆对露西说。

露西并不言语。

卡利纳姆回头看了一眼，露西定定地看着溪流那边，似乎在出神。巨大的花坛山异常醒目，色彩斑斓的鲜花铺展开，就像一块铺到天上的地毯。还有什么比美丽的花更能吸引女孩的注意？

卡利纳姆不再言语，任由露西怔怔出神。

很快，他看见熟悉的房子。

"露西，我们到了。"他招呼露西，"那里就是我的家。"

"家是什么？"

卡利纳姆一愣，这真是一个奇怪的问题，他从未想过。他思考一阵。"家就是和亲人在一起住的地方。"这似乎也不像一个合格的答案，然而暂时他只能想到这个。

卡利纳姆让露西下车等着，自己将摩托车停在一边。

露西望着那小小的绿顶屋子，沉默半响，突然问："有了家，你就不孤独了，是吗？"

卡利纳姆再次一愣，这又是一个奇怪的问题，让他感到难于应付。略微思忖后，他还是回答了露西："也许是吧，无论走到哪里，最后总是要回家的,大概就是这个原因。"他拉起露西的手,露西的手心温暖得有些发烫,"你怎么了,发烧了吗?"他伸手去摸露西的额头,额头上一片冰凉。

"你一定是病了!"卡利纳姆皱了皱眉头,"得去看医生。"

"我没事,一会儿就好了。"露西从卡利纳姆手中抽出手来,"带我去看看吧,我想看看你的家。"

"好。"卡利纳姆高兴地在前边领路。

院子里梅尼在修剪灌木。听见响动抬起来头来,看见卡利纳姆,有些惊讶。"早上出门,这么快就回来?"

卡利纳姆兴高采烈。"是的,妈妈。而且我带了人回来,我马上要回军营,她要在这里借住一阵子。"他把露西从身后拉出来,推到梅尼眼前,"她叫露西,是我的朋友。"

梅尼上下打量露西一阵,狐疑地看着卡利纳姆。

"我在战场上遇见她。"卡利纳姆解释,"我保护她。但在军营里,有很多人对她不好,所以我把她带到这里来。"

梅尼又看了看露西。"你是瑟利人?"

"是的。"露西露出一个微笑。

"哪个家族?"

"我不知道。"

"不知道?"梅尼有些意外,脸上露出疑惑的表情。

"她有些失忆,妈妈。"卡利纳姆伸手搂住露西的肩膀,用另一只手轻轻推了推梅尼,"我们先进屋子里去,我还带了东西给您。"

"你带一个瑟利女孩回来,我真是有些意外。"梅尼并不继续问下去,转身领着两个人走进屋里。

一进屋子,露西好奇地四处张望。

卡利纳姆反手从背上取下盾牌,递给梅尼。"这是我的战利品,帮我看看这到底是什么。"

梅尼伸手去接，却又迟疑。"这是一件瑟利盔甲的胸甲，你怎么得到的？"

卡利纳姆露出一丝得意的神色，看着露西。"这是露西捡到的，我救了露西，她送给我了。"星球的地下埋藏着历史，还有那些历史的证物。时常会有人挖出瑟利的盔甲，这并不是什么罕见的事情。瑟利人生活在地面上的时代久远，总会留下些东西。有些盔甲是某些家族祖先的遗物，有些盔甲有特殊的作用，失传已久，这样的东西，哪怕只是残片，也能卖给瑟利人，得到大价钱。

梅尼仔细端详着盔甲，最后说："把它放在桌上，它看上去很重。"

卡利纳姆将东西放在桌上。"我带露西参观一下，您慢慢看。"说完，他拉着露西的手，穿过客厅和阳光房，打开后门，走到后院。

后院里盛开着鲜花，一朵朵异常娇艳，姹紫嫣红，令人目不暇接。

"这是世界上最漂亮的花圃。"卡利纳姆骄傲地宣称，"也许有些花圃比这儿更大，花更多，但是，你绝对找不到更漂亮的花。"

露西的视线在花丛中移动，脸上的表情说不出是高兴还是惊讶。

"喜欢哪一朵，我帮你摘。"卡利纳姆说，"梅尼知道你喜欢，也会很高兴。"

露西侧过头，看着卡利纳姆。"为什么要把它摘下来？难道这样不是更好看吗？"

卡利纳姆不由愣住。很快，他回过神来。"这样也好。来，带你去看看我的房间，你可以暂时住在这里。"他拉着露西回到屋子里。经过客厅，露西突然停下脚步。卡利纳姆扭头一看，梅尼正在桌前，双手抚着那盔甲残片，随着她的手指在盔甲上滑过，灰暗的盔甲上亮起一道道光。她眉头紧蹙,不断地在盔甲上轻轻画着圈,犹疑不定。

"妈妈,怎么了?"卡利纳姆走过去。

"这件东西太奇怪了。"梅尼抬头。她的手仍旧放在盔甲上,指尖轻触盔甲,盔甲上隐隐发亮。

"怎么了?"卡利纳姆看着梅尼指尖的亮光,有些高兴,"您可以触发它,这的确是一件瑟利盔甲。"

"它的确是一件微晶盔甲,但是除了我能辨认的类型,还有一种特殊的微晶,对我的信号毫无响应,我从未见过。但是它们结合很紧密,浑然一体。"梅尼边说边低下头,"也许这是哪个大师的作品。否则我不会连见都没有见过。"

"我最后再试试。"梅尼说着将手掌摁在盔甲上,她的手掌心上露出一团光亮,顺着盔甲散发开,顷刻间,盔甲表面浮着淡淡的一层红光,晶莹剔透,仿佛射灯下的玻璃。卡利纳姆目不转睛地看着,他从未见过这神奇的情形。露西走到他身边,也同样目不转睛地看着。卡利纳姆拉住露西的手。露西的手微微发颤。

梅尼全神贯注地在盔甲上移动双手,时而轻灵,时而滞缓,脸上的神情则一直严肃。忽然间,她的呼吸变得急促,双手仍旧抚着盔甲,却不再移动,盔甲表面的光亮迅速消失,变回灰暗。梅尼的双手因为用力而颤抖,她不断地深呼吸,试图让自己平静下来。

"妈妈!"卡利纳姆跨上一步,扶住她的肩膀,"您没事吧?"

梅尼缓缓地摇头,眼光却死死地盯着眼前的盔甲。

最后,当她终于能够恢复平静,缓缓地说:"这太危险了!"她抬头看着卡利纳姆,"这是一件危险的东西,不能轻易动它。记住,不要把它给任何人,它是一个祸害。"她的语速变得急促,眼里带着一丝焦虑。

"它怎么能是个祸害呢?"卡利纳姆不解地问,"到底是什么?"

"我不知道，也许我无意触发了什么，那些不可辨认的微晶体释放出奇怪的信号，几乎反过来控制了我，幸亏及时脱开。"梅尼看着盔甲，显得心有余悸，她定了定神，继续说，"这是可怕的盔甲，是瑟利的魔鬼。当初瑟利人制造埃蕊人，他们可以通过微晶控制我们。我以为这样的技术早已经消失，但这个东西……这真是太可怕了！"

卡利纳姆大概明白了梅尼的话。埃萨克人体内没有任何微晶，因此他并不认为这是一件多么可怕的事，反倒真心觉得兴奋，他伸手抓起盔甲。"这么说起来，我真的得到了一件宝贝。"他把盔甲拿在手中，翻来覆去地看，"露西，我要多谢你把它送给我。你怎么得到它的？"

没有回应。

他抬头寻找露西，却发现露西的眼神空洞无物，似乎正穿透墙体，遥望远方。

"露西？"卡利纳姆呼唤她。

"它们来了……"露西仿佛失神一般，嘴里喃喃地吐出几个词。

话音刚落，刺耳的警报声猛然响起。梅尼站起身，眼神变得急迫。"紧急撤离，事情紧急，马上跟我去中央神殿。"

卡利纳姆深感意外，在飞瀑镇上生活的十多年间，他从未听到过警报，然而他并不多问，只是拉起露西，跨向门边，向外张望。"妈妈，快走！"他站在门边，仿佛一个确认了安全的士兵，招呼长官撤离。

梅尼恢复了镇静，快步向门边走去。

刚走出院门，卡利纳姆便听到一种异样的声音，仿佛大群的摩托车疯狂奔驰，地面微微震颤。时近黄昏，路上几乎没有人活动，忽然间，一声惨叫从远处传来。

梅尼停下脚步。"是利尼。"她掉头向利尼家跑去。

卡利纳姆回头吩咐露西："在这里等我，我跟妈妈去看看。"说完他甩开大步，很快追上梅尼，"妈妈，你带露西去神殿，我去看看就行。"

梅尼还没有回答，他便听见露西的声音。"我跟你一起去。"回头，露西正小跑着追过来。

卡利纳姆来不及说什么，眼角的余光瞥见了黑沉的身影。他心头一沉，脏兽！脏兽居然来到了飞瀑镇！他扭过头仔细看去，果然，几只脏兽正穿过田野，向着他们奔来。

手上没有别的武器，卡利纳姆捏紧了胸甲。这东西能当盾牌使，紧急情况下，也算是一件武器，至少，它足够坚硬，可以砸碎脏兽的脑袋。

"梅尼，那是脏兽，到我这儿来。"他停下脚步，转身准备对付这几只脏兽，同时向梅尼喊。

梅尼闪身进了利尼阿姨的家门。

卡利纳姆有不祥的预感，却无法分身去追。三只脏兽快速逼近，它们和前两次见过的脏兽不一样，体型稍小，头部滚圆，尖吻突出，肩胛上长着两根长刺，仿佛两杆长枪。这让它们看上去更为古怪。

然而，它们却更凶猛，铁爪落地，留下一道道划痕，很快逼近眼前，迅猛无比地高高跳起，扑过来。长枪般的尖刺向卡利纳姆刺来。

卡利纳姆抬起胳膊，盾牌挡在身前，恰到好处地挡住尖刺。他听见金属折断的声音，脏兽全力扑上来，巨大的冲力无法释放，竟然折断了自己的尖刺。然而它们并没有任何犹豫，继续向前扑咬，其中一只咬住盾牌牢牢不放，另两只落地，趁机向前急冲，企图贴近卡利纳姆。

卡利纳姆没有丝毫犹豫，身子微蹲，盾牌横扫，两只脏兽被盾牌扫中，飞了出去。卡利纳姆翻转盾牌，将咬在盾牌上的脏兽狠狠地扣在地上，一用劲，压得粉碎。

另两只脏兽又冲了过来。卡利纳姆看准机会，就在它们冲到眼前时，急如闪电般从一只脏兽的头顶敲下去，当即把它打倒在地，头颅粉碎，同时转身，将另一只脏兽避了过去。不等它回身，抢起盾牌狠命挥去，正砸中它的腰，脏兽生生断作两截，在地上抽搐。

一抬头，露西正站在那里，看着他。这胆大包天的姑娘竟然全然不知道害怕。

"这些脏兽和你遇到的不一样，它们会主动攻击人。"他向露西大喊，"你要找个地方躲起来。"

说话间，地面的震颤更为明显。大群的脏兽正在靠近！

他跑过去，拉着露西跑进利尼阿姨家。这里有脏兽，梅尼很危险。

"卡利纳姆！"他听见叫喊，抬头一看，利德思亚正站在二楼的窗口，向他招手，"它们快要进来了。快救我们！"

窗口出现另一个身影，个头矮小，那是利德思亚的弟弟。

卡利纳姆来不及多想，把露西推到一边。"找地方躲起来，我去救他们。"

"我要跟着你。"露西并不妥协。

卡利纳姆没有时间争论，他快速冲进房里，迎面就看见利尼阿姨倒在地上，身下是一摊血泊。他跨过利尼阿姨的尸体，冲上楼梯。梅尼的叫喊从楼上的某个位置传来："你这该死的东西，到这边来，到这边来！"接着是东西倒地的声音，梅尼发出惨叫。

"妈妈！"他心急如焚，大喊一声，快速奔上楼。楼上，两只脏兽正在攻击一道门，门已经破烂不堪，随时可能被推倒。他迅速冲过去，没等两只脏兽回过身来，就砸破了它们的脑袋。"妈妈！"他转身寻找梅尼，一个黑影一闪，向他扑来。卡利纳姆正准备避让，黑影重重地倒地。扭头一看,露西站在一边,不知什么时候手上多了一根长凳,是她把脏兽击倒。倒地的脏兽翻身,又扑上来,这一次卡利纳姆伸手抓住了它的长刺,抡起盾牌,将它整个砸成碎片,深深地嵌入到地板中去。

卡利纳姆终于看见梅尼,她躺倒在地,胸口一大块血迹,手上仍旧抓着一条长凳。

"妈妈!"卡利纳姆大声叫喊,梅尼听见他的喊声,头微微动了动。

卡利纳姆扑在梅尼身边,梅尼快要死了,这怎么可能!他感到整个世界都要坍塌下来。

"妈妈……"卡利纳姆连续喊了几声,带着哭腔。梅尼喃喃地说着什么,卡利纳姆躬身侧耳倾听。

"让我看看……尸体。"

卡利纳姆意识到梅尼要做什么,拉过一具脏兽尸体,放在她身边。梅尼伸手,她的手触在尸体上,亮起一团光。

"是它!"梅尼抬起手指,指着卡利纳姆。

卡利纳姆一阵茫然,低头,原来梅尼正指着自己手上的盔甲。

"给我。"梅尼小声说。

卡利纳姆把盔甲递过去。

梅尼的五个指尖触在盔甲上,盔甲蓦然间发亮。

"这些东西是跟着它来的,带着它离开飞瀑镇,越快越好。不然会死更多的人。"

"妈妈,我要带你去看医生。"卡利纳姆说,随即意识到梅尼根本无法动弹,"我马上去找医生来看你。"

"不,没用的。"梅尼缓缓摇头,"快走!卡利纳,带着灾祸离开,你要救飞瀑镇。"

"我永远爱你。"她伸手抚着卡利纳姆的脸,眼中带着无限的留恋,她气若游丝,吐出最后几个字,手便颓然垂下,眼中随即失去光彩。她的呼吸停了下来。

梅尼死了!

卡利纳姆感到一阵揪心疼痛,仿佛肋间的骨头被狠狠地抽了出来。"妈妈!"他握着梅尼无力的手,贴在脸颊上,泪珠滚滚而下。

这真是滚烫的眼泪吗?自从记事以来,他不记得自己曾经哭过。埃萨克人从不向死亡低头,也不向伤痛低头,然而,那都是肉体的伤痛,没有任何东西曾像这样撕裂他的内心。

他吻了吻母亲的手,轻轻放下,拿起盔甲。

还有更紧急的事要做,梅尼最后嘱咐的事情。

卡利纳姆转过身,露西和利德思亚,还有利德思亚的弟弟正站在那儿。

"我要把脏兽群带走。你们找个安全的地方躲起来,脏兽会走的。"

"我跟你一起去。"露西说。

"不,太危险。你在这里躲起来等着。"他看了看利德思亚,"你可以照顾这两个孩子。"

"不,我跟你去。"露西坚定地说。

"那不安全,打仗是男人的事。"

"你不在我身边,我才觉得不安全。"

卡利纳姆一怔,他望着眼前的女孩,她是一个瑟利人,容貌清秀,深色的眼眸仿佛磁石,牢牢地吸引着他的视线。

一股豪气涌了上来。"好,你可以跟着我。不过如果我再也无法抵抗,我会先杀死你。"

"为什么?"

"我不想让脏兽的爪子碰到你。我会让你死得痛快,没有痛苦。"

"好的。"

这同生共死的承诺来得如此轻易,卡利纳姆不禁有几分疑惑。"你真的不怕死?留在这里,你可以好好地活下去,回你们天上的城市去。"

"在你身边我不觉得害怕。"

卡利纳姆不再多说。"利德思亚,你可以躲到地窖里去,关好门,脏兽不会找到你们。听到警报解除再出来。"

利德思亚点点头。他脸上的神情仿佛一个成年人,一个值得信赖的成年人。

卡利纳姆拉着露西跑下楼,穿出院子,奔跑在街上。摩托停在梅尼院子的门口,摩托上有武器。

兽群的脚步仿佛轰隆隆的雷声,一些零星的脏兽已经在街上出没。卡利纳姆抬头看了一眼,兽群就在不远处,黑压压一片,正向这边狂奔。

卡利纳姆冲过街道,跨上摩托。露西跟着跨上后座,紧紧地抱住他。

卡利纳姆从摩托座下抽出一杆枪,交给露西。"会开枪吗?"

"不会。"

"对准脏兽,扣扳机就行。"

说着他把盔甲盾牌拿在手中。"我就用这个。"

"为什么不找那个人?"

"谁?"

"鲁修,他说你可以找他,而且他关心脏兽。"

这提醒了卡利纳姆,他从口袋里掏出扁扁的方盒子,摁下按钮。

"卡利纳姆,什么事?"鲁修的声音传来。

"鲁修，如果想看脏兽，就来找我。"卡利纳姆一边回答，一边启动摩托。

"很急吗？"鲁修的声音有些疑惑。

"很急，我不知道我能撑多久。"卡利纳姆看着冲过来的兽群，"这一次，至少我知道是什么东西吸引它们。能找到我吗？"

"我需要半个小时。"

卡利纳姆关掉机器。

摩托轰鸣，如离弦之箭般冲向兽群。卡利纳姆大喊一声："抓住了！"车头猛然抬高，径直压住一头脏兽，随即落地，从兽群的缝隙中穿进去。

他高举盾牌，大声狂呼："这里，到这里来！"

卡利纳姆驾驶着摩托在兽群中穿行。他技术高超，见缝插针，一会儿就深入到兽群内部，终于躲避不及，正正地撞在一头脏兽身上。摩托一个趔趄，差点将两人都甩出去。卡利纳姆左脚支地，稳住车身。决不能在这里停下！一只脏兽向他扑来。一声震耳欲聋的枪响，脏兽被打得飞了出去。露西开枪了，好样的！

趁这个机会，卡利纳姆重新启动，再次穿入兽群中。必须把脏兽引开，否则飞瀑镇上会死更多的人。他用眼角余光观察着周围的情形，梅尼说的是对的，脏兽群已经停止向飞瀑镇前进，被甩在身后的脏兽全都掉头回来。它们的确被这盔甲吸引。

他们很快到了兽群边缘，眼前的脏兽变得稀疏，卡利纳姆稍稍松了口气。

他感觉到左脚上传来阵痛，低头一瞥，不知道什么时候，小腿上多了一道伤口，血渗出来，浸透了裤子。

一走神间，摩托再次撞上脏兽，这一次，两个人被高高抛起，落入兽群。变故突如其来，卡利纳姆本能地紧紧搂住露西，蜷着身子，试图躲在盾牌后边。盾牌落地，压住一只脏兽。卡利纳姆一骨碌起身，把露西也拉了起来。

"没事吧！"

"没事！"

周围的脏兽向着他们涌来，一时间，到处都是长刺和獠牙。卡利纳姆抡起盾牌，四下挥舞，仿佛一个发狂的战士，无比神勇，全然不知疲惫。露西警惕地靠在他身后，时而放出一发冷枪，帮他解除威胁。

他们一边打斗，一边向着飞瀑镇相反的方向移动。这些体型较小的脏兽并不经打，然而凶恶至极。它们不断踩着同伴的尸体疯狂攻击，又被卡利纳姆不断打击，变成尸体。

双方纠缠着，战场逐渐移到武强溪边。最后，他背靠一棵粗大的涑柳树，完全陷落在包围里。

"露西！"卡利纳姆把一只扑上来的脏兽打成两截，一边高喊，"踩在我肩上，爬到树上去。"

露西毫不犹豫地按照卡利纳姆的话去做，抱着卡利纳姆的胳膊，翻身爬上他的肩头，又从卡利纳姆肩头爬到涑柳树上，蹲在树杈间，居高临下，连开几枪。

卡利纳姆得到喘息的机会，大口呼吸，抬头向着露西竖起大拇指。

然而更多的脏兽涌了上来。

"你也上来。"露西大喊。

"不，我还行。"卡利纳姆回答。埃萨克勇士永远不会害怕，也从不退却。他感到有些力不从心，然而仍旧咬牙坚持。

露西的枪发出卡壳的声音。

"没有子弹了。"露西喊着，"你快上来。"

"不。我能顶住。"卡利纳姆仍旧不肯退却。左腿上一阵阵剧痛，他知道自己不可能爬上树去，而且如果真的上了树，这些脏兽也许几分钟就能把树咬断。他很庆幸这些脏兽智力低下，不懂得将树咬断。

几个回合间，身上便多了几处伤口，其中一处伤在小腹，被长刺刺入。他能感觉到伤口汩汩的鲜血流出。疯狂的脏兽不见停止，而自己支持不了多久。

鲁修应该赶到了吧！究竟还要等多久？

他并不指望鲁修能将他救出去，但是鲁修能杀死这群脏兽，飞瀑镇就不会受到攻击，露西也会安全。

原本轻巧的盾牌变得沉重，他的动作也有些缓慢。

要是有一把枪！他对武器的渴望从来没有这么强烈。

突然间大腿传来一阵剧痛，一只脏兽的尖刺刺入他的左腿，他抬手将脏兽打飞，左腿却再也不能支撑，跪了下来。

真的要死在这里吗？卡利纳姆突然觉得有些遗憾，埃萨克人应该死在战场，然而那也应当和值得尊敬的对手战斗而死。这样一群脏兽，就像一群低等的动物，被它们杀死，心有不甘。卡利纳姆心头闪过一丝无奈，命运比人强。

眼前黑影一闪。露西从树上跳了下来，挡在他和脏兽之间。

脏兽被这突如其来的动静吓了一跳，并没有立即扑向露西。露西从卡利纳姆手上拿下盔甲，用力抛了出去。所有的脏兽都追着盔甲而去，就像一群狗追逐一块骨头。

露西转身查看卡利纳姆的伤势。

"小心……"卡利纳姆担心有脏兽会突然袭击。

露西并不理睬，她蹲下身，查看卡利纳姆的伤口。"你的伤很重。"

卡利纳姆微微一笑。露西的脸就在他的眼前，秀丽的脸庞上透着晶莹的光，他伸手抚摸她的脸。

"我该保护你的，没想到还要你来保护我。"

露西抬头。"我知道你会保护我。"

四目相交，露西的眼睛里一片清澈透明，卡利纳姆恍然间觉得世界上的一切都不再重要，只要两个人永远这样凝视就好。

火光降落在兽群中，爆炸此起彼伏。鲁修来了！

露西的眼里火光闪烁，脏兽四处奔逃。两人在这一片混乱中端坐不动，喧闹的时空到了这里，仿佛突然间静止下来。

卡利纳姆凑上去，轻轻地吻在露西的唇上。

她的唇柔软而温暖。

第八章　直上云霄

夜幕悄然降临。

瑟利的飞船在空中闪闪发光。这些飞船毫无声响，仿佛幽灵一样飘来飘去，看来像萤火虫一般无害，却是这个星球上最致命的东西。一团团光球从这些漂亮的飞船上喷出，落在地上，燃起一堆堆火焰，最猛烈时，整个大地仿佛都在燃烧。飞船逐渐不再发射光球，而只是飘来飘去。

它们像狂风扫落叶一般收拾了所有的脏兽，地面几乎被烧成一片焦土。

卡利纳姆坐在树下，一动不动。鲁修会来找他，他无需做什么，除了照料自己的伤。

他小心地给自己包扎伤口，脏兽的长刺上居然带着倒刺，加深了伤口，流了很多血。他感到有些虚弱。

忽然间，一束灯光照在身上，他抬手遮挡光线。

有人向他缓缓走来。

不是鲁修。

来人站在他面前，背着光，只能看见一个高大的剪影，是一个穿着盔甲的瑟利人。卡利纳姆默不做声，等着来人说话。

"你是卡利纳姆？"来人问。

"是的。你是谁？"卡利纳姆反问。

来人并不回答，而是伸出手。"拿来。"

来人并没有卡利纳姆高，但那生硬的态度居高临下，语气仿佛理所当然。卡利纳姆感到不悦，于是默默地看着对方，一言不发。突然间他感到腿上被重重一击，伤口撕裂般疼痛——对方击打了他的受伤部位。

卡利纳姆顾不上疼痛，就势滚了过去，一把抱住对方的腿，猛一用劲，将对方扳倒。对方反应敏捷，刚一倒地，两腿一挣，摆脱卡利纳姆的束缚，伸手抓住卡利纳姆的肩头，将他甩了出去，然后翻身站起。

"还有两下子。"对方冷冷地说。

卡利纳姆翻身坐起来，火光的映照下，一张冰冷的面孔正盯着他，眸子里透着隐隐的杀气。对方抬起胳膊，盔甲上伸出小小的凸起，看上去仿佛一支小小的枪，对准他。卡利纳姆狠狠地盯着对方。埃萨克人可以被杀死，不可以被征服。

"奥拉德斯！"一边蹿出另一个瑟利人，拉住对方的胳膊，"不能杀人。"

奥拉德斯缓缓放下胳膊。"我只是吓唬他。"

"卡利纳姆！"从火光中跑来另一个身影。那是鲁修。

鲁修匆忙赶到，见到眼前的情形，有些惊讶。"奥拉德斯，"他向着那人，"这就是我和你提过的卡利纳姆，向我们报告脏兽的人。"

奥拉德斯倨傲地点点头。"问完了，给我报告。"他生硬地说了一句，走到一边。阻止奥拉德斯的人向鲁修微微点头，鲁修也点头示意。"莫里斯!"奥拉德斯喊道。莫里斯跟着奥拉德斯走到一边,他们低声交谈。

"露西呢?没有和你在一起吗?"鲁修环视四周。

"她不想见你们。"卡利纳姆回答。露西是对的,这些瑟利人,没一个好人,除了鲁修,看上去还算好人。当那些闪闪发光的飞船从天而降,露西悄悄地潜入黑暗。也许她已经回到飞瀑镇上。

想到飞瀑镇,卡利纳姆心里一紧。

"能站起来吗?"鲁修蹲下身,查看卡利纳姆的伤口。

"扶我一把,能行。"卡利纳姆伸手。鲁修拉着他的手,用劲把他拉起来。

腿上传来钻心的疼痛,卡利纳姆强忍着,向后靠了靠,扶着树干。

"这群脏兽还真不一样。"鲁修四下看了看,最后看着卡利纳姆,"说吧,它们怎么来的?"

卡利纳姆抬头示意。"那边……"

鲁修望过去,地面上,脏兽的尸骸遍地。看不见其他的东西。

"记得我给你看过的盔甲吗?在那边。"卡利纳姆悄声说,"被埋在尸体下边,你得把它挖出来。"

鲁修走过去,边走边回头看着卡利纳姆。当他终于走到大概的位置上,卡利纳姆点了点头,鲁修蹲下身,开始翻弄脏兽的尸骸。

他拿着盔甲的残片站起来,看着它,若有所思。

那个叫做奥拉德斯的瑟利人快步向着鲁修走过去。他想抢盔甲!卡利纳姆想。"鲁修,小心!"卡利纳姆叫道。

鲁修抬头看见了奥拉德斯。

"拿来。"奥拉德斯伸手。

鲁修望向卡利纳姆。"这是卡利纳姆的东西。"

奥拉德斯冷笑一声，"一个埃萨克人，怎么能有瑟利的盔甲！"他斜眼看着卡利纳姆，"他们肮脏的名字，怎么能和瑟利相提并论。"

奥拉德斯细细的声音传入耳中，一股怒火蓦然升腾起来，卡利纳姆站直身子。"嗨，那个人，你听着，埃萨克人从不稀罕瑟利的东西，但这东西是我的，如果你想拿走，就得从我的尸体上踩过去。"

奥拉德斯并不理睬，仍旧继续向鲁修伸着手。"拿来。"他的眼睛在火光的映射下闪着邪异的光。

鲁修有几分犹豫。

奥拉德斯的盔甲黑色中镶嵌着大块的金黄色，异常华丽。他是一个地位崇高的瑟利人，然而并不是鲁修的首领，卡利纳姆飞快地断定。

"鲁修，这是我的，拿来还给我。"他向鲁修喊，"还给我，不然你休想知道这些脏兽怎么来的。"

这喊话让鲁修坚定起来，他绕过奥拉德斯直接向卡利纳姆走来。

奥拉德斯身子僵直，一动不动。莫里斯走上去，拉住他的胳膊，轻轻地说着什么。一边说，一边向这边看。

卡利纳姆看清了莫里斯的脸，这是一张历尽沧桑的老脸，皱纹纵横，仿佛刀刻；发白的长发披散在肩头，修饰得整整齐齐，没有一丝凌乱；目光深沉而平静，就像不见底的深潭，火光映在眸子里，仿佛深渊上跳动的火焰。他看上去像一个充满智慧的长者，却穿着全副武装的盔甲，有些格格不入。

鲁修走到卡利纳姆面前，把手里的盔甲递给他。

奥拉德斯突然挣脱莫里斯，向前走了两步。"鲁修，你太让我失望了。"他的声音低沉，语调平缓，不带丝毫波澜。

鲁修的身子微微一颤，脸上露出一丝痛苦的表情。

真是一个脆弱的家伙！卡利纳姆暗想。猛然间，他瞥见奥拉德斯抬起了手臂，似乎正对着自己。不好！他正想纵身跳开，却被一股大力一推，不由自主地倒向一边。他瞥见一个细小的火球从奥拉德斯的手臂上射出。

小小的火球引起爆炸，一声惨叫传来。鲁修的身子从眼前飞过，撞在树上，重重落地。是鲁修推开了他，却被奥拉德斯击中，卡利纳姆向奥拉德斯愤怒地瞪了一眼，赶紧去查看鲁修的情况。

鲁修睁着眼睛，正咬牙忍受着痛楚。

"你怎么样？"卡利纳姆关切地问。

"还好！"鲁修回答，声音仿佛从牙缝里挤出来。

这突如其来的变故引起了骚动，几个瑟利战士落在鲁修身旁，端着枪警惕地看着奥拉德斯。奥拉德斯的人也跟了上来，簇拥在奥拉德斯身后。

鲁修挣扎着起身。"保护他。"他示意自己的学生军。学生们迅速地将卡利纳姆围在中间。

"你是想和我翻脸吗？"奥拉德斯的脸上带着轻蔑的笑容，"走开，我要捏死这个不知天高地厚的埃萨克人。如果你坚持站在那儿，我会开枪的，不要怪我没有警告你。"

鲁修挡在卡利纳姆身前。"奥拉德斯，他知道脏兽的情报，你不能杀他。"

"没有人能告诉我该怎么做。"奥拉德斯说完，抬起手臂，他的手腕上闪闪发亮，红色的光不断闪烁，"还有三秒钟，不然你就死了。"

卡利纳姆正想推开鲁修，直面奥拉德斯，却被鲁修反身拦腰抱住。巨大的力量推着他，他的双脚离开地面，失去重心。鲁修推着他飞了起来。

来不及说什么，只见奥拉德斯的胳膊上红光一闪，鲁修重重地摔了下去，他也随着落下，正好压在鲁修身上。

卡利纳姆抬头一看，鲁修的几个学生脸上带着惧色，正一步步后退。奥拉德斯不紧不慢地走过来。

他听见鲁修的呻吟。卡利纳姆挣扎着想站起来，却发现左腿已经完全不听使唤，刚止住血的伤口又开始渗出血迹。他用力坐起来。鲁修躺在一边，脸朝下趴着，如果还没有死，也已经奄奄一息。这是一个可靠的朋友，短短的十几分钟，救了自己三次……还有露西的一条命。他不想欠别人的，然而如果真的死了，那永远也不能偿还。眼前黑色的剪影逼迫过来，遮住他的脸。卡利纳姆努力睁大眼睛，盯着眼前的对手。我是埃萨克人的特鲁西，必须带着荣誉死去，哪怕毫无反抗之力，也要正视敌人的眼睛。

"拿来。"奥拉德斯伸手，就像一个征服者面对着自己的奴仆。

"除非你从我的尸体上踩过去。"卡利纳姆一动不动地盯着对方，手里紧紧地抓着盔甲残片。

奥拉德斯的盔甲上发出闪光。

卡利纳姆冷笑着。"想杀死我吗？只管动手好了。我知道你最擅长偷袭和屠杀伤员，是一个懦夫，毫无荣誉。"

尽管背着光，他还是看见奥拉德斯的脸上涌出一层怒意。随即，他听见一声冷笑："一个卑贱的埃萨克人，有什么资格和我谈荣誉？"

奥拉德斯抬起胳膊。

忽然间，半空中传来一阵爽朗的笑声。"哈！奥拉德斯，我是不是来迟了，错过了一出好戏？"声音还在回响，卡利纳姆抬头望去，半空中出现几个闪亮的点，迅速下降。又来了几个瑟利人。

一个更大的亮点跟在他们身后，很快，一艘巨大的飞船带着斑驳的灯火出现在视野中，舰体是深沉的蓝色，带着隐约的金属光泽，暗得发黑。奥拉德斯抬头，望着从天而降的几个亮点，脸上一片阴沉。

莫里斯走上去："控制你的怒火，奥拉德斯，这事要从长计议。"

奥拉德斯盔甲上的闪光停顿。

几个学生重新上前,将卡利纳姆和鲁修围在中间。来的人肯定是瑟利的大人物。卡利纳姆暗想,他看了看鲁修,鲁修的盔甲上被烧灼出一个大洞,黑糊糊一片。他嗅到了烧焦皮肉的味道。凶多吉少,他不禁有些焦虑,盼着这个大人物赶紧将鲁修救走。

几个人降落在地。他们的个头居然比其他人都高出一头。他们穿着异常厚实的盔甲。

领头的人脱掉头盔,露出满头的栗发。

"奥拉德斯,找到那个报告情报的埃萨克人了吗?鲁修呢?"他一边说着,一边走过来。当他看见坐在一边的卡利纳姆和躺在地上的鲁修,脸上露出错愕的表情。"怎么会这样?"他向奥拉德斯发问。

"他们触犯了奥拉德斯,奥拉德斯小小惩罚了他们。"莫里斯代替奥拉德斯回答。

栗色头发的埃萨克人并不多问,径直走过来,在卡利纳姆身边蹲下,查看鲁修的伤势。他扶起鲁修的头,触摸他的额头,神色变得凝重。

"带他上飞船。"他转身向自己的两个手下招呼,然后又转向奥拉德斯,"我们必须马上去天穹城找忒弥西。"

奥拉德斯不置可否。两个瑟利人走过来,小心地将鲁修抬起,缓缓上升。

"那个报告脏兽的埃萨克人,就是你吗?"他向卡利纳姆发问。

卡利纳姆仔细打量着眼前的人,他的胡子浓密,几乎遮住了下半脸庞,栗色的头发在火光的照射下闪闪发光,眼睛里带着狂放不羁的神色,似乎看透一切,因此对一切都毫不在乎。那是一种伪装。卡利纳姆清楚地看到他查看鲁修伤势时关切的眼神,他关心鲁修,然而一转身,便仿佛毫不在意。

"就是我。"卡利纳姆冷冷地回答。

"那么答案呢?"大胡子笑着问。

"我只告诉鲁修,你最好赶紧治好他的伤。"

大胡子还没有说话,奥拉德斯跨上一步,对准卡利纳姆的头就是一枪。卡利纳姆只看见一道光从眼前划过,身后传来一声闷响,然后是树枝折断的声音。奥拉德斯击中了涑柳树,居然将两人合抱的涑柳树拦腰炸成两截。

是大胡子救了他。开枪的一瞬间,大胡子推开奥拉德斯的手。今晚第四次,他和死亡擦肩而过。

瑟利的武器威力惊人,然而卡利纳姆并不害怕,他只感到一股怒意直冲脑门。如果他还能站起来,肯定要和这个阴狠的瑟利人战斗到底。

"奥拉德斯,这事咱们得上弌弥西那里去解决。"大胡子说道。

弌弥西……卡利纳姆听说过这个名字,据说那是一个很厉害的瑟利女人,当年击败赛弌之王,靠的就是她的力量。他猛然想起是梅尼曾经和他提到过。想起梅尼,他感到心底一阵酸楚。这不是时候,他迅速地把自己的思绪拉回来。

奥拉德斯冷哼一声。"我不会去,没兴趣。如果你想袒护一个桀骜不驯的埃萨克人,我奉陪。"

大胡子看了卡利纳姆一眼。"他报告了脏兽的消息,那不正是我们想要的吗?难道你不想知道?"

奥拉德斯沉默不语。

大胡子的话却让卡利纳姆心中一颤——他知道!这个叫奥拉德斯的瑟利人一定明白是盔甲的残片引起脏兽的聚集,因此他来到这里,什么都不问,就要那盔甲残片。他盯着奥拉德斯,仇恨的眼光里多了一丝怀疑。

大胡子看着卡利纳姆。"你跟我回去。我们要抓紧时间，不然鲁修那小子就要死了。"

卡利纳姆摇头。"我要回家，你快带鲁修回去，让他再来找我。"

大胡子哈哈一笑。"行，我带鲁修回去。你留在这里，让一群人跟着去你家。"

卡利纳姆心中咯噔一下，他明白大胡子话中的意思，奥拉德斯就在这里，一旦大胡子离开，他就难免一死，如果不死，无论回到飞瀑镇还是回去军营，奥拉德斯都会跟着他，他毫不怀疑，如果觉得有必要，奥拉德斯会杀人。埃萨克人和埃蕊人，在他的眼里完全没有生命的价值。

卡利纳姆沉默下来，大胡子不再问他，而是径直上前，将他扶起，抓住两只胳膊，反身准备背起他。

"奥拉德斯，我们在天穹城见。"临走之前，大胡子没有忘记和奥拉德斯打招呼。更多的重装士兵降落在地，呈现半包围的态势，围住奥拉德斯和莫里斯。卡利纳姆感到脚下一空，大胡子背着他飞了起来，他们在士兵们的簇拥下冉冉上升。

大地越来越远。

他伏在大胡子的背上，看着地面上的人逐渐变小，最后成了不可辨识的小点，大地的面貌却逐渐展示出来。地面上，散乱的火堆星罗棋布，那是瑟利飞船扫灭脏兽的残迹。不远处，飞瀑镇上灯火通明，就像一汪青碧色的水，在黑暗的大地上分外醒目，他依稀辨认出中央神殿的轮廓。看起来一切都好，希望那里的人们没有受到更多的伤害。

这景致让人惊叹不已，卡利纳姆从来没有想到，会这样开始第一次天空之旅。从前他登上最高的地方，不过是飞瀑镇后那高耸陡峭的山峰。他爬上峰顶，山川盆地在眼前展开，山脚下宏伟的中央神殿比指甲盖还要小,而天边,可以隐约看见金光城的瞭望哨。他赞叹那气势恢弘的大地,开阔的气象无与伦比。而此刻,在天上飞行,仿佛一个新的天地豁然间打开。这是一种从未有过的体验,比登上峰顶更让他怦然心动。

他注意到头顶的飞船,随着距离的缩短,船体迅速变大。这是一只名副其实的钢铁巨兽,黑沉的躯体透着坚不可破的质感,从下方仰望,一种绝望的压迫感扑面而来。船体上发出闪光,他从一个闪亮的圈中通过,落在船舱里。圆孔倏然在身后关上,不留一点痕迹。大胡子放下他,让他靠在墙边。"好了,你安全了。"说完大胡子走到一边,透过窗户向外张望,"还好,我还怕奥拉德斯真和我来硬的,我们就要变成两具挺尸了。"

卡利纳姆顺着墙坐倒在地,抬头打量船舱。这和他熟悉的任何东西都不一样,钢铁的屋子四面封闭,一个窄窄的圆孔在屋子正上方,仅容一人通过。

一个声音传来:"巡查长,即将按照您的指令飞向天穹城,十秒后启动,预计三小时十五分抵达。"

"好,快点飞!鲁修呢?"

"鲁修指挥官正在急救舱接受监控,生命体征虚弱,暂时没有生命危险。"

"好好看护他,他可不能没了小命。两个大家族真打起来,死掉的可不是一个两个。"

"遵命。"声音沉寂下去。

"现在,可以和我说说到底脏兽是怎么回事?"大胡子转过头来,看着卡利纳姆,露出一个大大咧咧的笑容,"看在我救你一条小命的分上,你也该说了。"

卡利纳姆正想说话,大胡子的视线落在卡利纳姆手中的盔甲残片上，他的眼里露出惊奇的神色，向前走了两步。"你手里的那个东西，拿给我看看。"他说着伸手一把抓过去。

卡利纳姆任由他拿了过去。这个大胡子看上去也像一个好人，至少他是鲁修的朋友。

大胡子端详着盔甲残片，片刻后脸上露出诡异的微笑。"真的是它！"他抬头看着卡利纳姆，"你从哪里找到的？"

"脏兽群里。"卡利纳姆说，他不想提到露西的事。

大胡子并不继续追问，回到关于脏兽的话题。"鲁修说你知道那些脏兽从哪里来，到底它们从哪里来？"

"就是这个东西。"卡利纳姆回答，"是它引来的。"

"它？"大胡子显得很惊讶，"这怎么可能？这只是盔甲而已，一片胸甲而已。"

"我母亲告诉我是这样。"卡利纳姆把飞瀑镇上发生的一切从头到尾说了一遍，略去了露西的部分。

大胡子听完，神色凝重。他端详着手中的盔甲。"这是我一个老朋友的盔甲，那一次我们和赛忒战斗，他和赛忒最后一战，然后就不知道是死是活。但是我们知道他的盔甲散落，和那些赛忒的残骸混在一起。我曾经找到过他的头盔，却没想到居然能在你手上看见胸甲。如果它真的能够驱动脏兽，我也不太意外……"他顿了顿，"我的这个老朋友是我们当中唯一一个能控制赛忒微晶的人。"

他抬眼看着卡利纳姆。"能把它给我吗？"

卡利纳姆缓缓摇头。"这是我的战利品。"真正的原因他没有说出口，这是露西送给他的东西，他不能放弃。

"我当然不会白拿，你想要什么，可以商量。上一次我为了换头盔，用了一辆装甲车和两辆卡车的军火，你们埃萨克人喜欢这个。看你挺亲近的，我用六门大炮和六卡车的炮弹来换它，怎么样？这个价钱应该很公道。"

卡利纳姆仍旧摇头。

"那么再加上两辆装甲车？这是我们突勒司堡为了埃萨克人特别研制的新型装甲车，你一定很喜欢，行动迅速，无坚不摧。"

"我不想放弃它。"卡利纳姆回答。

大胡子有些意外，随即哈哈笑起来。"好吧，你不想给，我也不会抢，那就等你想交换的时候再找我吧。或者你见了忒弥西，会愿意和她换点什么，她可是更想要这盔甲。"说着，他把胸甲递给卡利纳姆，腰腹处发出一阵光，一股无形的力量托着他，飘浮起来，缓缓上升。

"没什么准备，你就暂时在这里委屈一下，到了天穹城再找你。"大胡子一边说，一边上升。

"我该叫你什么？"卡利纳姆问。

"哦，忘了自我介绍，我叫洛克，突勒司堡的洛克。很高兴见到你……和胸甲。"说话间，洛克穿入那圆圆的孔洞中。孔洞倏然间消失不见。

突勒司堡，就是那个居住在地面的瑟利家族吗？他们的确能制造一些很了不起的武器。卡利纳姆想起自己的枪，他从腰带上掏出枪来，拿在手里把玩。他想起梅尼妈妈，想到再也不能见到她祥和的笑容，听到她柔声的问候，一阵心酸，眼泪夺眶而出。

这里没有人，于是他把脑袋埋进臂弯，肆意地哭着。

哭了一阵，他慢慢地平静下来。

他抬头打量四周，这里成了一个完全封闭的船舱，或者，更像一个囚室。幸运的是，还有一扇玻璃窗，可以望向外边。外边有辉光闪烁。

卡利纳姆查看自己的伤。伤口已经凝结，只要没有毒，这点伤对埃萨克人来说算不得什么。伤口仍旧有些疼痛,卡利纳姆小心地试了试,勉强能够用力。

卡利纳姆将那引起了无数麻烦的胸甲放在地上,扶着墙站起来,向窗户边挪过去。

远方的天际线仿佛一个大弧,太阳正在弧线的上方,躲藏在云层之中。霞光满天,远近的云层都被渲染得一片通红。这里是云的海洋,厚实的云层从眼前一直延伸到天边,无边无际。看不见大地的任何踪迹。

他们正飞翔在云层之上。卡利纳姆从未经历过这样的情形,他被眼前壮阔的云海深深吸引,目不转睛地看着,想要将一切深深地刻入脑中。他知道瑟利人在天上飞翔,然而,他从来不曾想到过,从天上往下看去,会有这样瑰丽的景致。那不是想象力所能及的东西,只有身临其境,才能感觉到。

忽然间,他看见云海中出现一个小小的黑点,越来越近,越来越大。很快,他看清那是一座城市。这是天上的城市,它就在那里,被一种无形的力量托举着,浮在白云之上,轻飘飘仿佛没有任何重量。飞船继续靠近,贴近城市的边缘,他已经能看清城市的面貌,这是一个大家伙,大得出乎意料,它像一个巨大的圆盘,散发着亮银的光芒,各种各样高大古怪的建筑分布其上,充满着厚重的质感。他甚至能看见有人在城市上空飞翔。

飞船从城市边缘一掠而过,将它远远甩在身后。巍峨的城市迅速变小,很快成了视野中小小的一点亮色。好漂亮的城市!卡利纳姆赞叹不已,尽管只是远远一瞥,他已被这城市深深打动。难道瑟利的城市,每一个都这样磅礴而精致?

瑟利人是创造者。他们创造了埃萨克人，虽然在欧菲亚内战①中，他们失去地面的控制权，让埃萨克人统治了星球表面，但他们仍旧能够在天上控制整个星球。

卡利纳姆忽然间觉得有些可笑。埃萨克的部族彼此间仇恨，为了各种理由在战场上厮杀，用鲜血浇灌这个星球的每一寸土地；瑟利，这个更为强大的种族却高居天上，看着地上的埃萨克人进行可笑的战争，那样的战争，他们只用一艘战舰就可以将一切都烧得干干净净。

一时间，卡利纳姆感到一丝沮丧。

他又看见一个城市，这一次，城市更大，三三两两的圆盘或高或低，组成一个群落。城市的中央是一个超级大圆盘，台上只有一个建筑，底部很宽，顶部高耸，仿佛一幢参天大楼。时近黄昏，大楼金光灿烂，灯火辉煌，无数的人影在其中穿梭。它就像一个精致的高塔玩具，静静地飘浮在云海上。卡利纳姆看见盘踞在高塔周围的炮台，巨型枪械仿佛一门门巨炮，数以百计，精钢纯铁，透着彪悍的味道，和那精致高耸的塔楼形成鲜明对比。

高高在上，他们还要防范什么呢？卡利纳姆心头掠过一丝疑问，随即释然，瑟利的家族间战争不断，也许正因为如此，他们才放任埃萨克人统治地面，因为没有任何一个家族能腾出手来和埃萨克人进行一场战争。

城市的边缘有很多飞船汇聚。这些飞船大小形态各异，最常见的还是飞行泡，大大小小，就像一个个肥皂泡，飘浮在城市周围，阳光映射其上，显示出五颜六色的光彩。还有一种飞船，仿佛一个直管，

---

① "创世之战"是埃萨克种族诞生的关键战役，但对于瑟利文明则普遍称之为内战。当时的统治机构UOF被削弱，各个家族相对独立，同时好战的埃萨克也迅猛发展，整个欧菲亚文明进入到一个相互征战不休的历史时期，这个时期被称为内战时期，文明发展缓慢。

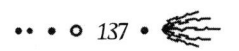

没有任何多余的东西，它们整齐地排列在城市边缘，像是城市的某种附属物。最令人印象深刻的是巨大的战舰，仅此一艘，舰体长度几乎能达到塔楼的高度，两门主炮附在船体两侧，有船体一半的长度，船体表面遍布炮台，这些炮台的模样卡利纳姆从未见过，它们就像一个个铁疙瘩，只露出短短的炮管，几队装备整齐的士兵正在距离飞船不远处操练。塔山号，他看见了船体前端白色的大字。

卡利纳姆的视线一直盯着这艘庞然大物，片刻不离。直到飞船远离，原本庞然的一切成了不可分辨的小点。

更多的城市映入眼帘，奇特的建筑，庞大的飞船，在空中来去自由的人。

瑟利，真是令人惊异！卡利纳姆几乎忘掉自己的处境，他就像一个从未见过世面的孩子，对眼前的一切充满好奇，震惊和敬畏。也许在瑟利人的眼中，埃萨克人就像一群群生活在地面的蚂蚁，不值一提。

这样的念头让卡利纳姆越发沮丧。

"卡利纳姆，我们快到天穹城了。"洛克的声音传来，卡利纳姆抬头，寻找声音的来源，一无所获。

"忒弥西要亲自见你，你得表现友好点。到了天穹城，你就不仅仅是你自己，卡利纳姆。你还代表埃萨克人，明白吗？"

"我知道。多谢你提醒。"

"看你这样子文绉绉的，"洛克接着说，"你属于哪个部族，怎么会教出你这样的埃萨克人来？"

卡利纳姆心头一黯，是梅尼将他养大，他才会成为一个与众不同的埃萨克人。梅尼已经不在，他失去了世界上最亲的人。他沉默着，没有回答洛克的问题。

洛克没有等到回答，也并不追问。"忒弥西想让我帮她问问，也许她还会亲自和你说，你要怎样的条件才能把这件胸甲转让给她？"

"我不想转让。"卡利纳姆沉声回答。

"好好想想吧，这件东西对你没太大的用处，交换它，你能得到很多好处。"洛克抛出诱惑。卡利纳姆能想象出那张满是胡子的脸上似笑非笑的样子。

"不。"卡利纳姆坚定地回绝。

"好，到了天穹城，你和忒弥西说吧。"洛克说完中断了通话。

天穹城！这一路上见到的飘浮城市已经够多，这座城市会有什么不同？卡利纳姆想起从前梅尼说过的故事，瑟利人建造了天穹城，这座悬浮空中的要塞在欧菲亚内战中毫发无伤，因为如此，战后瑟利人都搬到天上，而把地面留给了埃萨克人。天穹城是所有天空之城中最古老的一个，也是最大的一个。

卡利纳姆充满期待，想要见识这传奇的空中堡垒，瑟利人最引以为豪的巨城。

它一定与众不同！

第九章　天空之城

　　如果说先前看见的城市是一座岛，天穹城就是一座山，连绵起伏的群山。巨大的圆台一个接着一个，飘浮在云海上，蔚为壮观。每一个圆台都是热闹的都市，造型奇特的高楼鳞次栉比，盘踞其上，身穿盔甲的人们在圆台上漫步，在空中飞行。

　　这些都不是最重要的东西。在所有圆台中央，在最高处，在最宏大的圆台上，一个建筑如利剑般直刺苍天。它是一切的中心，剩下的一切与之相比，都成了渺小的附属品。它是群山的主峰，带着巍峨的气度睥睨众生，仿佛其他都只是匆匆过客，而只有它是永恒的存在。

　　从走下飞船的一刻起，卡利纳姆的眼睛就没有离开过那建筑。它实在太醒目，无法不吸引人的眼球。它并不是一个单一的独立建筑，还有一些旁支如花瓣般展开，绕着它缓缓转动。

　　"很多人第一次到这里来，都被它给吓着了。"洛克走到他身边，"不过时间长了，也就习惯了。什么都有第一次。"

　　"那是什么？"卡利纳姆问，他感到一种对战神才有的崇敬。瑟利人能够制造出如此宏伟壮观的东西，那么他们曾经是埃萨克人的造物主，也并不是一件难于承认的事。

"他们叫它天空之钥，我喜欢叫它擎天柱。你喜欢哪一个名字？"

卡利纳姆没有回答。天空之钥，听起来太酷了。

天穹城就是因为有了它才存在的吧？

鲁修被两个士兵抬着出来，他仍旧昏迷不醒。士兵抬着他，缓缓地飞离降落平台。

"他怎么样？"卡利纳姆问。

"一时半会儿死不了，时间长了就难说了。"洛克看着卡利纳姆，"怎么样，还要继续看看这根柱子吗？"

卡利纳姆一怔，还没来得及回答，洛克哈哈大笑着拍了拍他的肩膀。"开玩笑的，我们得赶紧上弒弥西那儿去。"洛克说着叫过来两个士兵，"你们两个，扶着我们的客人，他可不会飞，你们得小心点。"话音刚落，他已经飘浮起来，猛然间，身上的盔甲泛起一阵亮光，他向外飞去。

两个士兵一左一右架住卡利纳姆的胳膊。他们也带着卡利纳姆飞起来，跟着洛克。

脚下就是喧闹的都市，嘈杂的声浪扑面而来。卡利纳姆好奇地望着脚下，建筑物被各种各样的霓虹灯照亮，不穿盔甲的人们熙熙攘攘。瑟利人不穿盔甲，看上去多么柔弱。他想起露西，柔弱的人也可以很勇敢。

"我们要穿过天罩，你得忍着，很快就过去了。"一个士兵说，"屏住呼吸，不要说话。"

"天罩？"卡利纳姆不解。

他没有听到回答。一阵寒风刺骨，他不由打了个寒战，世界仿佛从暖洋洋的春天一下子变成冰冷的寒冬。他呼出一口气，却猛然有一种强烈的窒息感，仿佛有东西堵住了口鼻，怎么也无法吸到足够的空气。卡利纳姆心中一阵慌乱,试图挣扎。

两个士兵牢牢地架着他,加速前进。

一阵突然的暖意袭来,世界从冬天又回到春天,堵住口鼻的东西仿佛一瞬间被挪走,他大口大口地喘气。

他们从一个圆台移到了另一个圆台。

"这是怎么回事?"缓过劲来后,他问士兵。

士兵露出不屑一顾的眼神。"这是在天上,你以为和地上一样?每个城市都有天罩,天罩外边很冷,还会缺氧。我提醒你忍耐了。"

卡利纳姆默不做声。这不是他所知道的东西,把城市建在天上,原来也有这样的不便,他们必须用一个无形的罩子将自己保护起来。相比之下,地上反而自由得多。

洛克在前方一个五角形建筑物上降落。士兵紧跟其后。当双脚踏上实地,卡利纳姆感到一阵踏实。飞翔的感觉虽然美妙,却始终让人提心吊胆。

洛克看着卡利纳姆。"欢迎来到瑟利议会山。这是撒壬之战时期便用来召集各大家族议事的地方,是瑟利文明的最高权力机构,你将面对这个星球上最有权势的人物。"说完他顿了顿,"这话好像应该让忒弥西来说。"

"跟我来。"他招呼卡利纳姆。两个人走进一扇高高的大门。

门里是另一个世界,到处都是纷繁复杂的装饰,和简洁明快的外观截然两样。卡利纳姆好奇地伸手抚摸墙上的图案,那是一些纵横交错的几何图样,看不出什么意义,却让人觉得赏心悦目。

"别乱碰!"洛克警告他,"万一碰到什么机关,你就掉进陷阱里了。"

卡利纳姆缩回手。

他们穿过一个长长的回廊,最后在一扇大门前停下。两个卫兵在门口站岗，看见洛克，抬手敬礼。洛克懒洋洋地回礼，推开门，走了进去。卡利纳姆快步跟着他。

鲁修正躺在地上，一动不动，一个女人半蹲在他身旁，手掌抚着他的头顶。她神情专注，以至于洛克和卡利纳姆走进来，她连头都没有抬。

洛克回头向卡利纳姆做出一个噤声的手势，放轻脚步，走过去，隔着两米远的距离看着。

卡利纳姆跟了上去。这就是忒弥西？他看着那女人。她的服饰华贵，一袭浅白的长袍拖地，圆领上缀饰着各种浅浅的青色花纹，宽而长的衣褶随着裙裾起伏，恰到好处地将她的身体包裹得严严实实，只有手暴露在外。那是一双修长而优雅的手。

鲁修的盔甲被卸下放在一边。他看上去很瘦小，仍旧双目紧闭，却神色平静，仿佛沉浸在甜美的梦乡里。

女人的手掌间泛着隐约的光，随着手掌的移动，一团若隐若现的无形之物拂过鲁修的身体，所过之处，鲁修的肌肤仿佛获得新生一般，泛起油亮的光。女人推动鲁修的身体，把他翻了个身，背上巨大的创口触目惊心，那是被奥拉德斯击中后留下的伤，伤口焦黑一片，有拳头般大，那几乎是在身上硬生生掏出一个洞。

鲁修能活着真是奇迹！卡利纳姆看着那伤口，伤口至少有八厘米深，几乎洞穿了身体，这样的伤口如果发生在一个埃萨克人身上，一定已经致命，哪怕有再快的血液凝结速度也来不及。瑟利人一定有特别的本领，能保住他的性命。

女人的脸上保持着专注的神情，她的手掌压在鲁修的伤口边，绕着伤口不断摩挲。这应该会很疼，然而鲁修没有任何反应，仍旧静静地躺着。

卡利纳姆安静地看着。这是瑟利人疗伤的手段吗？他从未见过这样的疗伤方法，似乎和梅尼检查盔甲的手段相似。忽然间，他睁大眼睛，鲁修的伤口上，红色的血液从焦黑的皮肉间渗出来，又飞快地渗回到皮肉中去，焦黑的颜色慢慢淡去，伤口逐渐变得鲜红，成了肌肉的颜色。伤口正在缩小！女人的手掌似乎有一种魔力，让鲁修的身体飞快重生。卡利纳姆目瞪口呆，这比他所见的任何魔术还要神奇，一个人居然能够让另一个人的身体重新生长，他惶然间感到不可思议，然而，事实就在眼前。他使劲眨了眨眼睛，没错，鲁修背上的伤口已经缩小到两指的宽度，而且不再是焦黑一片。

片刻之后，女人将手掌拿开。鲁修背上的伤口已愈合，只留下浅浅的一道疤痕。

神奇的瑟利人！他想起了梅尼，如果梅尼也接受这样的治疗，她是否能活下来？

猛然间，鲁修站起身。盔甲仿佛受到某种召唤，自动向着他飞来，一片片接二连三地覆盖在他身上，最后相互连接，形成一个整体。完美无缺！

"多谢您，忒弥西！"鲁修生龙活虎地站在所有人眼前，深鞠一躬，向那女人致谢。

果然是忒弥西。卡利纳姆再次打量这个瑟利的传奇女英雄，她显得很疲惫，脸上几乎没有血色，然而仍旧保持着优雅的姿态，缓缓地站起身。"你失去了大量基础微晶，需要补充。"

"我会的。"鲁修说完走到一旁站着。

"别忘了修补你的盔甲。"洛克补上一句，"身上的伤好了，盔甲上还有一个大窟窿。"

鲁修的脸唰地变得通红。卡利纳姆注意到鲁修的盔甲正在自动修复，它形成一层薄薄的铁皮，覆盖在窟窿上。

"洛克！"忒弥西郑重其事地喊道。

洛克转身鞠躬，右手放在心脏上。"尊敬的女王陛下，请吩咐。"他的动作和语调都格外夸张。

"别闹了，洛克！"忒弥西露出一丝笑意，"帮我介绍一下客人。"

洛克拉起卡利纳姆的手。"这一位，就是神勇的埃萨克武士，一人独斗万千脏兽，杀敌无数。"他瞥了一眼卡利纳姆腿上的伤，"被暗算受伤，别人都喊他……"他转向卡利纳姆，问："别人都喊你什么？你自己告诉忒弥西女王陛下吧。"

"卡利纳姆。"卡利纳姆望着忒弥西的眼睛，他看见一双美丽的眼睛，充满洞悉人心的智慧，正充满好奇地看着他，"金光族的卡利纳姆。"他这样介绍自己。

"卡利纳姆，很高兴能见到你。你向鲁修报告了脏兽的消息，这对我们帮助很大。"忒弥西缓缓地说，她正从方才的疲惫中恢复过来，脸上逐渐焕发出神采。

"鲁修救了我的命。"卡利纳姆回答，他看向鲁修，"我要感谢你们瑟利人。"

忒弥西的视线落在卡利纳姆手中的盔甲残片上，眼里露出欣悦的光彩。"那就是翰亚的胸甲吗？能给我看看吗？"

卡利纳姆捧起胸甲，上前两步，站在忒弥西面前。忒弥西微笑着拿起胸甲，"谢谢！"她柔声致意，轻轻地抚着盔甲，仿佛思绪已经飘飞到很远的地方。

"但我不能把这样东西给你。"卡利纳姆说。

忒弥西一愣，惊诧地看着卡利纳姆，随即回过神来。"当然。"她的目光重新落在胸甲上，"洛克和我说过。在我们谈论用什么代价才能得到它之前，我需要你告诉我关于胸甲和脏兽的事，洛克已经告诉我，但是我想听你再说一遍，尽你所能，告诉我每个细节。"

卡利纳姆把事件重复了一遍。短短的一天时间，清晨从飞瀑镇出发，晚上从飞瀑镇仓皇逃离，发生的事一波三折，仿佛一场噩梦。他仔细地回忆着每一个细节，尽可能地把事件原原本本地讲给忒弥西听，他本能地相信眼前这个名为忒弥西的女人，她让他在某种程度上想起了梅尼。

当他说完所有的经过，便不再言语，静静地看着忒弥西。

忒弥西沉默着，似乎在回想整个故事。

"露西呢？你没有提到露西。"鲁修突然打破沉默。

"露西是谁？"忒弥西问。

"她是一个女孩，和这件事没有太多关系，只是偶然被卷了进来。"卡利纳姆回答。

"告诉我你所知道的一切。"忒弥西看着卡利纳姆，"事关重大，不能有任何隐瞒。"

忒弥西似乎把露西看作一个嫌犯，卡利纳姆不以为然。"我看不出有任何必要把露西牵扯进来。她是一个瑟利女孩，鲁修见过她。"

忒弥西看着鲁修。

"她看起来的确是一个瑟利女孩，但我不知道她属于哪个家族。"鲁修回答。

忒弥西正想说话，卡利纳姆抢先开口："她不需要属于哪个家族，她属于我，她会和我在一起。所以，她和这件事没关系，不用再把她牵扯进来。"

洛克咯咯地笑起来。"原来你想把金丝鸟关进笼子里，没想到你还是一个多情种子。"

忒弥西脸色严肃。"如果你说是梅尼触动翰亚的胸甲引起赛忒化石复活，变成脏兽，那么必然有人在梅尼之前也曾经这样触动过胸甲。欧菲亚星球上，到处都是赛忒化石，如果真有那么一种可能，能让它们复活成赛忒兽，整个星球都将陷入灾难。死伤最惨重的，一定是埃萨克人。你不仅仅是在帮我们,也在帮助你的族人,在找到真相之前,我们不能有任何成见。"

忒弥西的话声调柔和,却坚定有力,透着坚强的决心。卡利纳姆肃然起敬,忽然间,他的头脑中灵光一闪。"是他!一定是他!"

"谁?"忒弥西眼中闪过凌厉的目光。

"那个试图杀死我的人。"卡利纳姆越发确信,"他知道是胸甲触发了脏兽,我没有告诉你们之前,他就知道了。"

"他在说奥拉德斯。"洛克接上话,"是这样吗,鲁修?"

鲁修显得有些意外,想了想说:"我赶到的时候,只看见奥拉德斯要杀卡利纳姆,他觉得卡利纳姆冒犯了他,我不知道他是否知道盔甲的事。"

"他知道的。"卡利纳姆急急地补充,"他知道,他一来就问我要盔甲。"

鲁修仿佛想起了什么,挥挥手。"等等,我想起来我曾经告诉过奥拉德斯,卡利纳姆手里有盔甲。对的,我告诉过他,卡利纳姆有一片奇怪的胸甲,其中的微晶我无法辨认。那是在卡利纳姆向我呼叫之前。"

"你怎么没有告诉我?"洛克问。

"我……"鲁修犹豫着,"我也告诉你了,同时向你和奥拉德斯报告的。"

"哦,我忘了。"洛克拍拍脑袋,"下回你得把它写下来提醒我才行。"

"奥拉德斯……"忒弥西的眉头锁得更紧。半晌之后,她开口说话:"假如卡利纳姆说得没错,奥拉德斯的确有很大的嫌疑。我会找他谈谈。"

她转向卡利纳姆。"我也想见一见你的露西。让她来这里一趟,可以吗?"

卡利纳姆点点头。

"今天太晚了,让鲁修帮你安排一个住处。"

"不,我要立即赶回去。"

"为什么?"

"我要回去看看飞瀑镇上的情况。"卡利纳姆说着,想到梅尼,心头一酸,强忍着没有掉下泪来。

洛克耸了耸眉毛。"奥拉德斯还在那儿,至少等他走了你再回去。"

"他还在那里?"

洛克抬起手腕。"图桑,帮我传回天空十九号的画面。"

他的手腕上弹出小小的屏幕,仿佛一块透明的玻璃。那只是光和影的幻觉,能显示千里之外的动静。

漆黑的大地上,一个个巨大的飞行泡仿佛一盏盏灯。士兵们正在检查脏兽的尸体,把它们集中起来,丢进一个大坑。距离士兵不远处,一个高大的身影站着,浑身金光闪亮,正注视着士兵们的动静。那是奥拉德斯,他并没有离开。镜头显示出奥拉德斯的特写,他的脸上毫无表情,只有眼睛偶尔转动。

"我回飞瀑镇,他不会看到我的。"卡利纳姆说。

"也许你并不在乎飞瀑镇被摧毁的风险,"洛克关上了屏幕,"奥拉德斯很容易找到你,也很容易找个借口杀死你,然后不小心毁掉一个埃萨克城市。如果你真的想回,我就送你回去,反正我也习惯晚睡。"

卡利纳姆不禁犹豫。

"就一个晚上而已。明天我会把奥拉德斯找来,你就可以回家,不会有风险。我会保证他不会再来找你或者你族人的麻烦。"忒弥西说。

卡利纳姆低头，当他抬起头来，已经拿定主意。"好，我就在这里留一晚。明早把我送回飞瀑镇。"

忒弥西一笑。"没问题。"她抬起手中的胸甲，"这件东西，暂时放在我这里。如果你想要，随时可以拿回去。"

卡利纳姆点头。

"洛克已经说过，我想要这个胸甲，是因为它属于我的一个朋友。所以也请你想一想，到底用什么代价，我才能得到它？"忒弥西继续说。

卡利纳姆有些犹豫。这是露西送给他的东西，他不想放弃，然而，忒弥西是赫赫有名的英雄人物，对于这些位高权重的瑟利人来说，杀死他，强行把胸甲从他手中夺去，那是最省事的方式，奥拉德斯正是试图这样做。然而忒弥西不一样，她和颜悦色地请他提出条件，也没有强占的企图。他不知道该怎样拒绝这样的请求。

"我会想想的，你可以先留着它，我想拿回它的时候会向你要。"卡利纳姆最后回答。

"谢谢你！"忒弥西优雅地一笑，转向洛克，"洛克，今晚你可以安排卡利纳姆住在国宾部。"

洛克耸耸肩。"就让鲁修来安排好了，我还要赶回突勒司堡，我调动巡天舰，答应了要在午夜之前归还。"

"也好。我也正想让鲁修明天和卡利纳姆一道回去，把露西带来见我。"她看着鲁修。

鲁修站得笔直。"遵命，议长大人。"他做出一个请的手势，示意卡利纳姆跟着他。卡利纳姆转身，正要跟着鲁修离开，突然停下脚步，回过身来，向着忒弥西。"忒弥西阁下，你治疗鲁修所用的方法，是微晶术吗？"

"是的。"

"不论多重的伤,用这种方法都能医治吗?"

"那得看对方的身体内是否有足够的基础微晶。"

基础微晶——卡利纳姆不知道那是什么,但他知道,梅尼的身体里一定有这个,露西的身体里也有,她是瑟利人。梅尼已经死了,没有人能够救活她,然而将来如果露西也落入梅尼同样的境况,这种奇特的能力也许就能保住她的性命。微晶术还可以帮助他辨认瑟利的武器,那是一种巨大的优势。

卡利纳姆的心底有了计较。"我已经想好了条件,我要学会你的这种微晶术。"

忒弥西有些错愕,还没有开口说话,洛克抢过了话头:"这真是一个绝妙的主意,一个拥有微晶的埃萨克人,他能做什么?他会做什么?而你又打算做什么?"

卡利纳姆看着洛克,洛克的眼里闪烁着戏谑的神色,他感觉受到了莫大的羞辱。"这样不行吗?埃萨克人不能拥有微晶术?"

忒弥西抬手制止了洛克。"不要误会,卡利纳姆。我很遗憾你的这个条件我无法满足,埃萨克人有着纯粹的肉体,而基础微晶需要和细胞遗传结合,埃萨克人先天无法接受微晶,除非对微晶结构进行巨大的调整,这已经超越了我的能力,整个瑟利,没有人能有这样的能力。因为……"忒弥西停顿下来,垂下眼睑,似乎这是一件难以启齿的事,片刻之后,她抬眼看着卡利纳姆,"欧菲亚内战的时候,正是因为对基础微晶的研究导致有人创造了埃萨克和埃蕊两个新种族,因此产生了灾难,从那之后,对基础微晶的研究被瑟利议会所禁止,人们不希望悲剧重演。所以没有这样的技术可以让你从埃萨克人变成一个瑟利人。"

"我不想成为瑟利人,我只想学会你的微晶术。"

"也许这对你有些差别,对所有其他人,这是一回事。"

卡利纳姆咀嚼着忒弥西的说法。微晶术,那是瑟利人和埃蕊人才能拥有的东西,埃萨克人无法得到它。从被创造的那一天起,埃萨克人就低人一等。他默默转身,跟着鲁修走向大门。他能感觉到忒弥西和洛克同情的目光。他并不需要同情,这不过是一个事实罢了,只不过,当他异想天开地提出学习微晶术,这个事实被突然间摆上桌面,无论是提问者还是回答者都有些尴尬。

他不需要同情,埃萨克人有自己的生存方式,杀戮,征服,让短促的生命在战场尽情燃烧。微晶术又有什么用?

不知不觉,卡利纳姆发现自己已经身处建筑之外。鲁修回过身来,指着远方的某处。"国宾部在那边,我的盔甲刚修复,没法带你过去,稍等一会儿,会有人来的。"

卡利纳姆顺着鲁修所指的方向望去,他望见一片辉煌。黑色的夜空里,漫天星斗静静地吐放光华,绚烂的银河横亘天际,洁白的辉光撒在云海上,形成梦一般的光的海洋。在这光海之上,大大小小的圆台就像五光十色的浮岛,连绵不绝,蜿蜒逶迤,直到天边;天空之钥高高耸立,如一柄银剑,直刺黑沉沉的天幕,在四个旁支的衬托下,又像一朵莲花绽开,吐出花心。

通透亮丽的莲花在银河星空下绽放,卡利纳姆不由忘了小小的不快,看得有些痴了,完全没有留意到鲁修在说些什么。

"卡利纳姆?"鲁修靠近他身边,大声地喊他的名字。

卡利纳姆仿佛猛然从梦中惊醒过来。"什么?"

"我要先走了。等会儿有人来接你,他们会带你去休息。"

"哦。"卡利纳姆有些心不在焉,天穹城辉煌的夜景仍旧占据着他的头脑。

鲁修向他挥手致意,盔甲发亮,身体开始上浮。

卡利纳姆猛然想起什么。"鲁修，能帮我个忙吗？"

鲁修重新落回地面。"什么事？忒弥西和洛克让我照顾你，有什么事尽管和我说。"

"能送我回去吗？"

"现在？"鲁修有些意外，"洛克已经告诉你，奥拉德斯还在那儿。至少等到明天吧！"

"那个家伙不过是想抢盔甲罢了，盔甲在忒弥西那儿，他从我这里拿不到什么，不会有兴趣理睬我。"

"太冒险了。"

"我不怕危险。"

"但是你不担心族人的安全吗？奥拉德斯的卫队很强大，他是铁林城的领主，最强大的八个家族领主之一，如果他想要毁掉你的城市，那是一件轻而易举的事。"

"如果他喜欢这么干，早就做了。你看到了，他只是在收罗脏兽的尸体，并没有去搜索我的城市，这对他是不必要的麻烦。虽然埃萨克人很落后，但至少，我们也是有枪的，你们并不是刀枪不入，奥拉德斯也不是刀枪不入。"卡利纳姆试图说服鲁修，当他看见洛克展示的图景，便觉得有些不对劲，此刻，他才想明白那是什么。奥拉德斯一直在收拾脏兽，并不试图寻找自己，也没有去搜索飞瀑镇或者金光城，如果回到飞瀑镇，只要没有那个奇怪的胸甲，他就是安全的。

"为什么你不和洛克或者忒弥西说？"鲁修问。

"只有你是我的朋友，而且我才想起来。"卡利纳姆回答，"我必须回去，我的妈妈死在那儿，我必须立即赶回去，否则我的心不安。"

鲁修露出犹豫的神色。"你已经答应忒弥西留在这里……"

"那不是什么承诺，也不会影响任何事！"卡利纳姆有些焦急，"不管那个叫奥拉德斯的家伙是不是等着我自投罗网，我都要回去。

你放心，我不会死的，我会回到这里来，给忒弥西一个交代，她想要的胸甲，已经在她手里，脏兽的事也已经告诉你们，我是否在这里无关紧要。"

鲁修沉默，皱着眉，似乎正在考虑卡利纳姆的请求。

"鲁修，你是我的朋友。"卡利纳姆用恳求的眼神望着鲁修。他知道眼前的这个瑟利人有着善良的心肠，在这一点上，他们是同类。同类之间总会惺惺相惜，哪怕只是短短的几次接触，便认定了对方。他相信鲁修也有同样的感觉，否则，鲁修不会冒着生命危险将他从奥拉德斯的袭击中解救下来。

"好！"鲁修的眼神变得坚定起来，"但是必须由我送你回去。而且明天，我们必须找到露西，带她来见忒弥西。"

卡利纳姆一怔，他没想到鲁修会提到露西，随即想到这是自己答应了忒弥西的事，于是点点头。露西是一个瑟利人，到天穹城来并没有什么要紧。

"跟我来吧。"鲁修示意卡利纳姆跟着自己，"我带你去乘梭船。四个小时后，你便能回到飞瀑镇，一路上什么都没有，可以睡一觉。"

他带着卡利纳姆走进一个圆球，圆球如子弹般飞起来，穿入一个高高的圆形建筑中。

片刻之后，一艘梭形飞船如利剑般弹出，向着远方而去，宛若一颗流星划过天际。

微光的海洋仿佛凝固的油画，天空之钥仿佛一朵绽开的莲花，飘浮在光海之上，一个个圆台就像一团团莲叶，熠熠生辉。突然间，天空之钥大放光明，一道红光射向天顶，在遥远的天上散开，消失不见，整个天顶似乎微微发红。一条发蓝的亮线显示在天空中，将整个天宇一分为二。那是赤道锁链在发光。更多的线条在天空中展示出来，颜色暗淡，然而清晰可见，它们垂直于赤道锁链，将天空一条条分割开。

闪光稍纵即逝。

卡利纳姆远远地看着这奇异的情景。在这高高的天上，瑟利人创造了多少奇迹?

天穹城成了远方微小的亮点，云层里，新的亮点显露出来。

他的思绪暂时从这些奇异的天空之城移开。

梅尼，我回来了!

第十章　微晶诱惑

葬礼在中央神殿进行。

卡利纳姆赶到时正是深夜，飞瀑镇上却无人入眠。人们忙着收殓尸体，准备葬礼。脏兽杀死了十六个人，其中包括梅尼。梅尼是最后一个，然后，他便把兽群引向了荒野，被从天而降的瑟利飞船消灭得干干净净。

太阳从天窗照入祭坛的时刻，葬礼开始了。

四个年轻人抬着灵柩，缓缓从门口走进礼堂中央。一具又一具灵柩被抬进来，绕着礼堂中央的喷泉摆放。十六具灵柩，摆放成两个同心圆。身穿黑色罩袍的祭司在两名圣女的陪伴下从祭坛上缓缓走下，进入到这灵柩的环绕中。

圣女穿着青色的罩袍，从头到脚包裹得严严实实，袍子随着脚步飘摇，仿佛水波般晃动。她们手中各自捧着长长的水瓶，透明的水瓶半满，一截柳枝插在瓶子里，新鲜嫩绿的枝芽垂着，透着生机。

祭司缓步在灵柩间走动，他在第一具灵柩边停下脚步，弯下腰，口中念念有词，同时伸手在棺盖上抚摸。棺盖上透出一层光亮，缓缓地，一个名字在棺盖上显露出来——阿希礼，这是死者的名字。柳枝的图案在名字四周显露环绕，迅速盘结成环。

祭司起身，伸手从左边的圣女手中拿过柳枝，用枝叶沾上瓶中的水，在灵柩上方轻轻挥洒。细小的水珠洒落在死者的名字上，仿佛一颗颗水晶。

"希尼·埃罗尔。"祭司轻轻地叫出一个名字。

一个全身裹着黑袍的女人从人群中走出，走到祭司眼前，跪下去。

祭司将柳枝上残余的水珠洒在她的头顶。"以水神的名义祝福你，阿希礼的灵魂将留在你的身边，他将与你同在，与水神同在。"

女人深深辑首，随即站起来，转身走回人群中。

祭司将柳枝插回瓶中，走向下一个灵柩。

葬礼在沉默中进行。除了祭司，没有人说话，也没有人哭泣，甚至没有人流泪。

这是埃蕊人的习俗，他们小心谨慎地控制情绪，哪怕面对亲人的死亡，也表现得超然物外。卡利纳姆也努力让自己保持着平静，但一想到永远不能再见到梅尼就感到有一根尖锐的针扎在心脏上。很痛，然而他忍着，就像一个埃蕊人一样，没有让自己哭出来。

轮到利尼阿姨的灵柩。

利德思亚走出人群，站在祭司面前。圣水打湿了孩子的脸庞，孩子低着头，脸上显露出淡淡的忧伤。即便还是一个孩子，他也学会了埃蕊人的隐忍。

最后的灵柩属于梅尼。

梅尼的名字出现在棺盖上，柔软的柳枝将她的名字层层环绕。祭司洒下水珠，抬头看着人群。卡利纳姆迎着他的视线，等待他喊出自己的名字。

"巴拉尔·卡利纳。"

卡利纳姆从人丛中挤出，向着祭司走去。他的视线落在棺盖上，梅尼的名字上散发着一层光晕，依稀间，他看见了慈祥的目光。一股悲伤从心底升起，堵在胸口，使他难以呼吸。他使劲深吸一口气，走到祭司面前，单膝跪地，低下头。清凉的水滴落在头顶，耳边传来祭司的声音："以水神的名义祝福你，梅尼的灵魂将留在你的身边，她将与你同在，与水神同在。"

一瞬间，仿佛堤坝打开了决口，卡利纳姆浑身发抖，他呜咽着，泪水滚滚而下。

他再也不能回到这里，回到那个无条件容纳他的地方；他再也不能实现曾经的诺言，给梅尼找一个安全的所在，一生平安，不受打搅。他的生命将在欧菲亚的大地上怒放，以刚强的姿态睥睨四方，然而，还有谁能真正懂得他内心深处的柔软？

卡利纳姆旁若无人地放声大哭，忽然他站起身，俯身抱住梅尼的灵柩。

哭声在礼堂里回荡，只有喷泉哗哗的水声与之应和。

这时，有人从人群中走了出来，从灵柩间穿过，在卡利纳姆身边站定。

是露西。

露西一言不发地站在卡利纳姆身边，伸手抚着他宽厚的脊背，眼泪忽然涌了出来。泪水在她雪白的脸庞上滚动，被屋顶射下的光线映得透亮。

"卡利纳姆，我不会让你孤独的。"在潸然的泪水中，露西缓缓地说。

祭司转身从身边的两名圣女手中拿过水瓶，两手各抓着一个，左手的对着卡利纳姆，右手的对着露西，缓缓地将瓶中的水倾倒出来。

晶莹剔透的水浇落在两人的头顶。

"圣洁的水荡涤众生的苦悲,铭记过去,忘记悲伤,留下美好的回忆陪伴人生。"祭司一边倾倒圣水,一边祝福。

几个身强力壮的埃蕊人走上前,将卡利纳姆扶起来,半推半架,回到人群中。

前方的祭坛缓缓打开,显露出一个水潭,深不见底,灵柩缓缓滑动,依次没入水中。

所有人都低下头,为亡者送别。

卡利纳姆的哭声平息下来,他站在人群中,望着装殓着梅尼的灵柩。黑色的灵柩缓缓没入青黑色的水中,激起些微涟漪。水波合缝的一瞬,卡利纳姆感到心中一空,一片茫然。

身旁的露西紧紧抓着他的胳膊。

此时此刻,只有露西能够理解他心中的苦悲。她是一个孤独的人,而他也变得一样。他张开胳膊,搂住露西的肩头。露西瘦弱的躯体弱不禁风,卡利纳姆搂着她,却觉得茫然的心头有一丝温暖,让他免于被伤恸摧垮。两颗孤独的心靠在一起,彼此慰藉。

他紧紧地搂着她。

葬礼结束。

卡利纳姆站在礼堂门口,靠着柱子。埃蕊人正从礼堂散去,经过卡利纳姆身边,纷纷向他点头致意,偶尔有几个熟识的,上来和他打招呼。卡利纳姆心不在焉,露西紧紧地依偎在他身边。

礼堂里的人们散尽,卡利纳姆仍旧站在门前不肯离去。

一名圣女走出门来。"卡利纳,主祭司请你去见他。"

卡利纳姆默不做声,跟着圣女走进门里。露西也跟了上去。

祭司站在空旷的礼堂中央,喷泉在他身后翻腾,光线从屋顶的玻璃照射下来,好似一束追光,将溅射的水花映得晶莹剔透,水雾迷漫，一道彩虹恰到好处地跨过喷泉，仿佛喷泉发出的霞光。背景亮丽，祭司却像一个深黑的剪影。卡利纳姆一愣，这是一种奇怪的感觉，仿佛他正面对着一个从水中钻出来的幽灵。

祭司开口说话："卡利纳，你是一个埃蕊克人，我们也一直把你看作埃蕊人的一员。梅尼已经死了，然而，飞瀑镇的大门将一直向你敞开，随时欢迎你回来。"

卡利纳姆点点头。"这里是我的家。"

祭司除下头罩。他有着典型埃蕊人的面孔，脸长而窄，眼睛细小，鼻梁高挺，薄薄的嘴唇抿成一线，长发披散，垂在肩头。与众不同之处，是他的额头上佩着一块蓝汪汪的宝石，用红白相间的丝带绑着，仿佛一个色彩鲜艳的头箍。

"每一个逝者的灵魂都将带来一个心愿。但你是一个特别的人，我们无法满足你的愿望，而且还希望，你能帮助我们，我知道你在埃萨克人那里说话很有分量，你还得到了瑟利人的帮助。"祭司说着看了露西一眼。

卡利纳姆并不言语，只是看着祭司，等着下文。

祭司向一旁招手，圣女领着一个孩子走了过来。卡利纳姆望过去，那是利德思亚，这孩子一直没有安全感，利尼阿姨的死更让他幼小的心灵蒙上阴影。他无限同情地注视着利德思亚走到祭司身边。

祭司拍着利德思亚的肩膀，向着卡利纳姆说："利德思亚向水神许下了他的愿望，他希望能去水神的城市，成为一个勇武的碧海武者。只有埃蕊的圣城才会训练碧海武者，而仅仅凭着飞瀑镇的力量，是无法将他送到圣城的。"他低头看着利德思亚，"为满足这孩子的愿望，我不得不恳求你，帮助我们。只要将他送到圣城，那儿的埃蕊人会照看他。"

卡利纳姆的视线落在利德思亚身上。利德思亚目光沉静，就像一潭深水,那不是一个少年的目光,那样的目光,应该属于一个历尽沧桑的老人,仿佛一夜之间,他跨越了时光,从浮躁的少年变成了深沉的老人。

"我会的。"卡利纳姆毫不犹豫,一口答应下来。这是一件很难办的事,他从未见过大海,更不知道那水神的圣城究竟在何方,然而他愿意竭尽所能,提供帮助。

他看着利德思亚——如果昨天晚上真的给利德思亚一把枪,也许利尼阿姨就不会死。

"谁来照顾你弟弟?"卡利纳姆问。

"我们会找到人来照顾他。"祭司代替利德思亚回答,"埃蕊人都是一家人。"

卡利纳姆带着利德思亚和露西走出礼堂。

离开中央神殿百十米后,卡利纳姆停下脚步。"你真的要去找圣城?"他盯着利德思亚瘦弱的身躯,不无忧虑。圣城在飞瀑镇上只是一个传说,飞瀑镇的埃蕊人和母族从欧菲亚内战开始就彼此隔绝,根本就不知道圣城是什么样子,那只是一个神圣的名字,口口流传下来。碧海武者同样只是一个传说,卡利纳姆很小的时候听梅尼提起过,他们都是万里挑一的勇士,每个都有过人之处。他们是最勇武的埃蕊人,也是最有力量的埃蕊人。然而,即便传说是真的,那也是万里挑一的竞赛,利德思亚没有多少成功的机会。

利德思亚望着卡利纳姆,点点头。他的目光深沉得让人有些害怕。

"为什么呢?飞瀑镇才是你的家,你该留在这里,哪怕成不了碧海武者,至少你会长成一个男子汉,尽力保护你的家。到了圣城,可能你永远也见不到飞瀑镇了。"卡利纳姆继续问。

"等我到了圣城再考虑这件事。我只知道,如果没有力量,什么都保护不了,哪怕只是想保护一个人。"利德思亚平静地回答,他显然反复考虑过这样的问题。

卡利纳姆默然,他明白利德思亚的心情,他也救不了梅尼。

"我们埃蕊人和瑟利人一样,可以拥有微晶的力量。"利德思亚接着说,"只是一般人无法真正发挥微晶的威力,只有成为碧海武者才能真正发挥埃蕊人的潜能,我要去试试。"

他目光很坚定,透着不可动摇的决心。

一个下定决心的人就让他去吧,这个世界上,很少有事能让一个人全力以赴,也很少有人愿意全力以赴做一件事。

卡利纳姆走上前,拍拍利德思亚的肩膀,他的肩膀瘦弱得可怜,却倔强地挺立着。

"她们已经安息,"卡利纳姆像一个兄长般搂住利德思亚的肩膀,"她们会保佑你成功。"

利德思亚嘴角抽搐,似乎极力忍耐着什么,最终控制不住,哇一声哭了出来,一边哭,一边说:"如果我是碧海武者,就能救她。如果我是碧海武者,就能救她!"

卡利纳姆紧紧搂住他的肩膀。"跟我走吧,正好,有个瑟利的朋友,也许能帮忙。"

镇外的涑柳林边,卡利纳姆打开通信器,呼叫鲁修。

巨大的气泡飞行器从天而降,悬停在十多米的空中。

鲁修全身银甲,从飞行器里跳出来。盔甲发出亮光,稳稳地托着他。他看上去似乎有些不同。

当鲁修最后降落在地,卡利纳姆终于明白为什么他看上去有些不同——他换掉了盔甲。银光闪闪的盔甲上多了许多纹饰,一条张牙舞爪的青龙盘旋在胸口,青龙的大嘴恰好落在右胳膊肘关节处,而右手则像青龙口中吐出的一团火;随着鲁修的走动,龙头不断摇摆,仿佛活物。

"你修好了盔甲?"卡利纳姆问。

"是的。"鲁修的脸上不无自豪,"有些不一样吧?"

卡利纳姆点头。"你换了一套新的盔甲。"

"不,这就是我的盔甲,刚修完。只不过,忒弥西给我了一些特别的微晶。"鲁修举起右手,"天穹守护,你知道吗?"说着,鲁修攥起拳头,拳头上仿佛燃起一团火,变得通红透亮。"高强度的爆裂微晶,你无法想象它的威力。"拳头上的火焰倏忽间消失,鲁修略微有些尴尬,"不过,我也是刚刚掌握它,还不能很好地控制。"

"那么要恭喜你了。"卡利纳姆看着鲁修的右手,他再一次听到关于微晶的巨大威力。是的,瑟利的整个文明都建立在微晶上,有了微晶,他们几乎无所不能。即便是埃蕊人,如果他们能高效利用体内的微晶,也可以成为不一样的碧海武者。他怅然若失,这一切的神奇,和他无关,他只是一个埃萨克人,永远不能掌握微晶。

"没什么,我只是一个初级的天穹守护而已。"鲁修掩饰不住喜色,他的视线落在露西身上,"那么,我们该带露西回天穹城去了,忒弥西还等着见她呢。"

卡利纳姆看了看露西。露西神色自若,静静地看着鲁修。

"露西,瑟利的议长,他们的女皇想见你,你愿意去吗?"卡利纳姆问露西。

"忒弥西不是女皇,瑟利从来没有皇帝,更没有女皇,她是议长。"鲁修纠正他。

露西并不言语,目光在鲁修身上移动。

"你的力量,能再给我看一次吗?"她突然开口。

卡利纳姆迅速转过头来,看着鲁修。鲁修微微一怔。"你是说爆裂微晶?当然可以。"说着他再次举起右拳。这一次卡利纳姆看得真切,一道细细的红光从盔甲的青龙图案口中吐出,顺着胳膊向前,汇聚在拳头上,鲁修的拳头猛然间变得红亮,然而只有一瞬间,便消失不见。

"我还不能很好地控制。"鲁修略带歉意地向露西解释。

露西仿佛着魔一般,两眼直直地盯着鲁修的胳膊。她向前跨了两步,几乎快贴着鲁修,小心翼翼地伸出手去,想触摸盔甲上的青龙图案。

露西完全被鲁修展示的力量迷住了!是的,他们都是瑟利人,而我是埃萨克人。卡利纳姆感到心口发酸,这是一种很不舒服的感觉,和梅尼的死引起的悲痛不一样,那时的心脏仿佛裂了开来,而此时,却仿佛心间有一万只蚂蚁在噬咬。他紧紧地蹙起眉头。

鲁修对露西的举动有些意外,不由后退一步。露西仿佛突然从失神中清醒过来,同样后退,卡利纳姆一个箭步跨上去,把露西拉到身后,做出一个保护性的姿态。鲁修摊开双手:"没什么,只是有些意外。"

卡利纳姆突然间觉得尴尬,这样的反应有些过度。他很快找到了该说的话题:"鲁修,有件事要请你帮忙。"

"什么事?"鲁修点点头,"先说说。"

卡利纳姆转身拉过利德思亚,把他拉到鲁修面前。"这个孩子的母亲被脏兽杀死了,他想去埃蕊人的圣城。从地面上过去很难,而且,我也从来没有见过大海,根本不知道海上的城市是怎么样的。我想,是不是能请你帮忙,从天空送他过去。"

"埃蕊的圣城?"鲁修并不掩饰惊讶,他看着利德思亚,"用飞船送这孩子过去并不难,但那地方并不是瑟利人可以随便接近的,如果贸然闯过去,会引起纠纷。"

"没有办法吗?"卡利纳姆热切地望着鲁修。

"我可以想想办法。"鲁修想了想，答应下来，"如果不行，你还可以问问忒弥西是不是有办法，你很快就会见到她。"

这句话提醒了卡利纳姆。"露西，你愿意去一趟天穹城吗？忒弥西想见你。"

露西的眼中透出一丝迷惘。"你会去吗？"

"当然，我会保护你的。"卡利纳姆回答。在天穹城他没有武器，根本不是瑟利人的对手，然而，他会用生命来保护露西。

"那我去。"露西立即做出决定。

鲁修微微抬头，几个瑟利的士兵从飞行器上跳落在地，两个士兵夹着卡利纳姆，另两个分别抱住露西和利德思亚。他们飞了起来，轻巧地钻入气泡中。

飞行器发出一阵耀眼的光，飞快加速，向着远方而去。

卡利纳姆在窗边坐下。忽然，他瞥见地面上亮起一团火焰，一道闪亮的光迹向着飞船而来。他不知道那是什么，然而本能的警觉让他转身一把抱住露西和利德思亚。脚下猛然一震，一声惊呼——他们在往下掉。

这是一次突然袭击。卡利纳姆的脑子里掠过各种可能，然而他无法想象任何一种情形，瑟利的飞船会在金光族的地盘上受到攻击。

舱室里乱作一团。

"不要惊慌。"鲁修大声叫喊。他伸手抓住气泡飞行器的主脊，一道光亮从手臂上升起，注入主脊中，向着四面八方扩散。飞船顷刻间稳定下来，不过几秒之间，卡利纳姆听见着地的巨响，强烈的冲击力让他飞了起来，撞在舱壁上，滑落在地，肩膀上一阵剧痛。他死死地抱着露西和利德思亚。

一切都平静下来，有惊无险。

卡利纳姆抬头。闪亮的光正从飞船的各处汇聚而来，注入鲁修的手臂。很快,光亮消失得干干净净,鲁修推开一侧的舱门,钻出舱去。士兵们跟着鱼贯而出。

露西和利德思亚安然无恙,卡利纳姆松开他们。左肩疼痛难忍,他伸手揉了揉,站起身,准备出去。

"不要出去。"露西突然说。

"怎么了?"卡利纳姆觉得奇怪。

"那个坏人在那里。"

坏人?卡利纳姆一愣,他马上意识到露西所说的那个坏人是谁。奥拉德斯,露西一直躲着他。

"你很怕他吗?"

露西点点头。

"放心,我会保护你的,不用怕他。我要出去看看。"卡利纳姆说着弯腰钻出舱门。

奥拉德斯果然在那儿,和鲁修面对面。

"你差点杀了我们。我会向忒弥西报告这件事。"鲁修说。

"一个天穹守护被一个警告信号打死,你是在讲笑话吗?"奥拉德斯发出桀桀怪笑,"你是空骑兵学院最优秀的学生,刚晋升的天穹守护,如果这样就能把你打死,瑟利的脸面都要被丢光了。"

"你攻击的是气泡船,公然违反联盟公约,是军人的羞耻。"鲁修义正词严。

"小心你的用词,我没有攻击,只是警告,想让你飞得慢一点而已。你的船上有客人,我想见一见。"说着,他的目光向卡利纳姆扫来。

卡利纳姆无所畏惧地迎着奥拉德斯的目光。

"英勇无敌的埃萨克勇士。我知道你了,卡利纳姆,你算是埃萨克人中的一个人物。所以我想和你谈谈。"奥拉德斯漠然的脸上连眼皮都没有动一下，话语仿佛从开合的嘴唇间硬邦邦地蹦出来。

"我们没什么好谈的。"卡利纳姆冷冷地说。

奥拉德斯不以为意。"这是两个勇士之间的交流。我是瑟利数一数二的天骑士，如果你不信，鲁修可以作证。"他望着鲁修，脸上带着一层轻薄的笑意，"鲁修，你可以告诉你的这位朋友吗？"

鲁修并不言语。

"我不会阻拦你们，只是要和这位埃萨克勇士说几句话而已。说完之后，你们就可以上路。"奥拉德斯眼中寒光闪烁。

这并不是一场谈判，这是赤裸裸的威胁。

一股热血涌上头。杀死他！内心的冲动在驱使他。然而他稳稳地站着，不动声色。

不能冲动，静如水。另一个清醒的声音在提醒他。他控制着呼吸，让身体进入紧张状态，外表看来却没有丝毫动作。刀子就在腿上，可以一瞬间就拔出来，但是得等个好时机。

奥拉德斯正走过来。

再近一点，再近一点。卡利纳姆盯着他的咽喉，估计着需要多快的速度才能准确地刺中。

奥拉德斯却停下来，伸手做出一个请的姿势。

卡利纳姆看了看鲁修。鲁修似乎也找不到合适的理由来阻挡这件事。

飞行泡里还有利德思亚和露西，不能冲动。

卡利纳姆深吸一口气，走了过去。

奥拉德斯的飞船就停在不远处，船身仿佛一张短弓，弓脊在上，弓弦在下，两个弓尖几乎贴着地面，然而并没有任何支撑，仍旧悬浮着。船身仿佛镶嵌着无数的宝石，不断闪出五彩缤纷的光，艳丽得刺眼。

奥拉德斯转身在前边引路，鲁修一把拉住卡利纳姆。"奥拉德斯阁下，卡利纳姆是忒弥西议长的贵宾，我们不能让他有任何意外。"

奥拉德斯并不回头，"守护桑·鲁修，我以天骑士的身份命令你靠边。"他回过头，"优秀的空骑兵从来不会使用空洞的话语来恫吓。你太让人失望了。"

卡利纳姆看着鲁修，鲁修脸上的表情复杂，不知道该怎么做。他轻轻脱开鲁修的手："我不会有事的。"说完，他向着奥拉德斯跟过去。

"这才像个勇士。"奥拉德斯露出一丝冷笑。

走出了十多米，奥拉德斯仍旧没有停下。卡利纳姆继续跟着他。一直走到两百米之外，距离短弓飞船只有十多米才停下。

短弓飞船至少有两百米长，在这样近的距离上，它成了一个庞然巨物。两个弓尖弯曲下垂，不时闪过电弧火光。那看上去像是炮，然而形状过于离奇。舰体上五彩缤纷的色彩蓦然消失，成了铁灰色。一个老年瑟利人站在飞船的舱口，正向下张望。莫里斯，卡利纳姆想起了他的名字。

"好了，你不用担心我们的谈话被任何人听到。我的飞船能提供屏蔽。这是我们两人之间的秘密交谈。"奥拉德斯说。

"我们之间没有什么秘密。"卡利纳姆冷冷地说，他望了莫里斯一眼。老人只是静静地望着他们，似乎在等待奥拉德斯的信号。

"那儿也听不到我们的谈话。"奥拉德斯瞥了一眼，"只有这里，你我之间。"他顿了顿。"我们不必兜圈子。你是一个勇猛的埃萨克人，然而在这个星球上，勇猛是不够的，如果你想成为最强者，必须得到最好的微晶。而我，恰好是那个能帮你成为强者的人。"

"埃萨克人不需要微晶。"卡利纳姆仍旧拒绝，忒弥西亲口告诉他，埃萨克人无法拥有微晶，而这个奥拉德斯没有什么好心。

"也许你在担心埃萨克人永远无法拥有微晶力量。那是一个给埃萨克人设好的圈套，你相信它，就完了。既然瑟利的祖先能够创造出体内没有微晶的埃萨克人，作为继承了光荣血统的瑟利人，自然也能够把微晶重新注入埃萨克人体内。只是付出的代价极为高昂。虽然联盟禁止，但是总有一些地方保留着这种珍贵的技术。"奥拉德斯盯着卡利纳姆，"珍贵的技术，只有很少的人能够拥有。"他在最后一句话上用了重音。

"你到底想做什么？"卡利纳姆从他口气中听不出欺骗，可仍然摸不透奥拉德斯的做派。

"没有任何人能给你，只有我，只有我能让你拥有微晶。和如此巨大的好处相比，你只用付出一点点代价。"奥拉德斯伸出一个小指，"你现在是这个，我能让你变成这个。"他伸出拇指，然后直盯着卡利纳姆，不再说话。

这是个恶棍！卡利纳姆提醒自己。不知道奥拉德斯发出了什么信号，莫里斯从飞船的舱门上飞身而下，从地面掠过，正好站在鲁修一群人面前，挡着他们。

"这是给你的见面礼。"奥拉德斯露出一个诡异的微笑，卡利纳姆只看见他的拇指上发出刺眼的光，只一瞬间，便消失不见。高悬的短弓飞船发出一声巨响，从中央断作两截，剧烈的爆炸发出灼热的火光，卡利纳姆伸手遮挡，奥拉德斯闪到他身前，盔甲上亮起透明的护盾，将两个人恰到好处地包裹起来。

两百多米长的飞船从空中轰然坠落。爆炸此起彼伏，飞船成了一堆废铁，浓烟滚滚，直上云霄。

"你也能拥有这样的力量，你也能让你的母亲起死回生，你能救下飞瀑镇上所有的人，只要你愿意合作。"奥拉德斯几乎凑在他的耳边说话。

漫天的浓烟和火光仍在眼前，卡利纳姆仿佛置身火海，而脑子里则是一片空白，一个人轻而易举地毁掉了这庞然的钢铁巨物，这样的力量他从未见识过，他感到一种从未体会过的惧怕，那是对未知的天然恐惧，来自内心深处。卡利纳姆努力将恐惧感从内心排除，顽强地站着。"你想要什么？"他不自然地问。

"把胸甲带给我，然后我来安排一切。"奥拉德斯轻声回答，"别告诉他们。你可以告诉他们我在恫吓你，威胁你交出胸甲，但是，别告诉他们我能让你拥有微晶。如果你说了，任何人也帮不了你。"轻悄的耳语仿佛有催眠的力量，卡利纳姆突然有一种强烈的感觉，这是一个恶棍，然而是一个说到做到的恶棍，他真的有办法可以让埃萨克人也拥有微晶。

风险巨大，然而值得尝试。卡利纳姆很快下定了决心。

爆炸的冲击缓缓平息。奥拉德斯突然一把抓住卡利纳姆的胳膊，卡利纳姆猝不及防，被抓了个正着。耳旁掠过一阵风，双脚腾空而起。奥拉德斯拉拽着他，飞了起来，顷刻间，又被重重地摔在地上。

粗糙的砂土刺入皮肉，背上火辣辣地疼。

"这是一个警告！"奥拉德斯的声音传来，"粗鲁无礼的人就要受到惩罚。记住，如果不愿意合作，下一次我不会毁坏飞船来给你看，这片土地上任何对你有价值的东西，都会被一样样毁掉。你会一无所有，然后以最难看的方式死掉。"

卡利纳姆挣扎着起身。奥拉德斯转身向着鲁修："这才是天骑士的手段。记住这一课！"说完他纵身一跃，身体浮在空中。莫里斯紧紧跟上。

"再会，卡利纳姆，记住我说的话。"他居高临下，仍旧是一副倨傲的模样。

卡利纳姆粗重地喘着气，看着两个小小的亮点消失在天空中。

第十一章　重回天穹

他是受人尊崇的老师，令人仰慕的英雄，军人的荣誉，战士的偶像。

他拥有最好的天赋，最强大的微晶，是贵族中的贵族。

他应当为瑟利的荣誉而战，却攻击了毫无武装的气泡船，这是极端恶劣的行为，却发生在一个绝不该犯错的人身上。

奥拉德斯，天骑士中最让人敬慕的一位，他真的是那个奥拉德斯吗？

鲁修感到心中说不出的烦闷。气泡船重新起飞，他站在前舱，望着眼前无边无际的云海，只感到脑子里一片纷乱，就像被这大团大团的云朵塞满。

奥拉德斯的力量毋庸置疑，举手之间，一艘防护舰化作烟尘，这样的威力，整个欧菲亚星球也没有几人能做到。然而，他却如此乖张，仿佛无法理喻。一个天骑士不该如此张扬跋扈，不顾一切。

一个人有很多侧面，哪怕英雄人物，也是如此。

鲁修默默地站了一会儿。手臂上传来轻微的触感，他看了一眼，是来自巡航团的答复，至少算是一个好消息。

他转身走进后舱。

卡利纳姆靠窗坐着，露西紧紧依偎着他，似乎已经睡着，而利德思亚则靠在另一个窗户边，脑袋紧紧贴着玻璃，好奇地向外张望。外边除了云还是云，孩子却看得出神。

鲁修走上前去，在利德思亚的身边坐下，孩子回头看着他，碧蓝的眼睛显得格外清澈透明。

"第一次到天上来吗？"鲁修在他身边坐下，开口问。

"是的。"利德思亚回答。

"前面那个人，是瑟利人中最厉害的吗？"利德思亚接着问。

鲁修没料到孩子居然问这个，一时犹豫，随即点头。"他很厉害，至少是最厉害的之一。"他岔开话题，"我有好消息要告诉你，我的朋友答应可以送你去海神城。"

利德思亚并没有表现出喜悦的模样，他只是认真地点点头。"好，谢谢你，这样我就可以成为碧海武者了。"

碧海武者？鲁修感到意外。

"你是说碧海武者吗？埃蕊人的碧海武者？"

"是的，你也知道？"孩子的眼里露出欣喜的光芒，"碧海武者能和那个最厉害的瑟利人相比吗？"

鲁修看着孩子，不知如何作答。埃蕊人虽然拥有微晶，却受到极大的限制，无法像瑟利人一样完全掌握微晶的力量，因此埃蕊人的心血凝结在各式各样的武器中，他们甚至能制造一些让瑟利人也深感惊讶的武器。碧海武者是埃蕊人的精英战士，他们拥有不同寻常的武装，也有过人的微晶术，可是，无论怎样，他们也无法和奥拉德斯相比。

鲁修不想让孩子失望，猛然间灵机一动。"如果在海里，碧海武者肯定更厉害。"

利德思亚笑了起来。"碧海武者也可以飞的。"

鲁修点点头，突然有些担心这个孩子的将来。没有任何背景的埃蕊人想成为碧海武者，这比一个瑟利平民成为天骑士更像一个童话。

"我的朋友告诉我，"鲁修斟酌着字句，"他可以帮忙送你去海神城，但是他说，埃蕊人已经一百多年没有挑选新的碧海武者。"

"没关系，我要试试。"利德思亚没有丝毫犹豫。

他不明白这其中到底有多艰难，他还是个孩子而已。鲁修望着利德思亚，微微蹙起眉头。

"我有一个建议，"他抿了抿嘴唇，"我们的突勒司家族在地面上，他们有特别的武装，主要是埃萨克人，也有一些埃蕊人。我可以送你去那儿，在那里，你可以学到很多和战斗有关的东西。"

"我只想成为碧海武者。"利德思亚不为所动。

"由他去吧。"卡利纳姆转过头来，"说不定会有奇迹。"

鲁修不再坚持。"我们将在前面停留一下，送你上另一艘船，它会把你送到海神城的。"

气泡船在云中城停留。这座城市周围常年有厚重的积雨云，很潮湿。

利德思亚和卡利纳姆告别，他按照埃蕊人的礼节在胸口画出一个圆，做了一个五指并拢向上的手势，然后便转身走了。他跟着士兵走向一艘巡航舰，将要走进飞船的时刻，他回头张望。

卡利纳姆一直目送着利德思亚，看到他回过头来，向他招手。利德思亚恋恋不舍地进了舱里。

鲁修看着这一幕。卡利纳姆的眼里流露着温柔，那是对孩子才有的慈爱，友谊显而易见。一个埃萨克的格斗专家和一个埃蕊人的孩子居然有这样的友谊。他突然觉得自己对埃萨克人的了解太少。生性残暴，难于相处，极易使用暴力。无数的人都告诫过他同样的话。然而，身边的这个埃萨克人却完全不是这个样子，卡利纳姆勇武却不残暴，甚至有时温情脉脉。也许卡利纳姆是个特殊的例子。

"他是个意志坚定的孩子。"鲁修走上前，在卡利纳姆身边说话。

"没错。"卡利纳姆转过身，"他会找到自己的路。也许这样问有些失礼，你的朋友可靠吗？"

"我从来没有怀疑过。"

"你也从没有怀疑过奥拉德斯。"卡利纳姆直直地盯着他的眼睛。

鲁修忽然间感到有些慌乱。是的，他从未怀疑过奥拉德斯，哪怕昨晚挺身救下卡利纳姆的时刻，他也不曾怀疑奥拉德斯。只有在两个小时前，当奥拉德斯攻击了气泡船，用一艘弓形护卫舰的代价来恫吓，他才意识到，那个形象完美的老师从来没有存在过，他所相信的只是一个幻影。

他深吸一口气。

只要事情没有糟糕到不可挽回的程度，认识到错误总是好的，因为那意味着回到正确轨道的机会。

"没错。"鲁修坦然地说，"但我现在开始怀疑了。"

"怀疑什么？"

"我一直以为他是我真正的老师，值得效仿的人物。看起来我错了。"鲁修说，"他用那样的手段恫吓你，那不是一个天骑士该有的态度。"

"他对那块胸甲很感兴趣。"

"他要你交给他？"

"你听见了。"

"你打算怎么做？"

"我还在想。"

卡利纳姆真的在犹豫，他的表情和内心一样，充满迷惘。

"你不能妥协，"鲁修认真地劝告他，"他只是在恫吓。"

卡利纳姆摇摇头。"瑟利人并不把埃萨克人的性命当一回事，我听说了太多关于瑟利人屠杀埃萨克人的消息，虽然没有亲眼见过，但这就是事实。你是个好人，但大多数瑟利人并不是。"他看着鲁修，"至少对埃萨克人来说，他们不是什么好人。"

这也算是一个事实。瑟利人和埃萨克人彼此仇恨，天地之间的隔绝才使双方没有彼此间赶尽杀绝，虽然在赛式入侵的日子里，双方曾有短暂的联合，但这消弭不了长久岁月里雕琢而成的仇恨。尽管如此，卡利纳姆的说法听起来还是有些刺耳。

"瑟利人的眼里，埃萨克人也不是什么好人。你们杀人，不管是瑟利人还是埃萨克人，你们喜欢杀人。"鲁修反唇相讥。

"没错。"卡利纳姆显得很坦然，"埃萨克人喜欢争斗，喜欢战争，如果奥拉德斯真的来了，金光族也许会杀个干净，但瑟利人也绝不会赢得轻松。但是飞瀑镇上的埃蕊人呢？他们没有武装，如果奥拉德斯真的去屠杀他们，我怎么能保护他们？"

"联盟有法律。"鲁修争辩，然而话说出口，却软弱无力。法律阻挡不了奥拉德斯，法律只能对愿意尊重法律的人有效，目前的联盟，法律更像是一纸空文，敌不过显贵们说话的分量。更何况，联盟的法律并不保护埃萨克人和埃蕊人。

卡利纳姆摇头。"我不知道你们有什么样的法律，我问你，奥拉德斯说话算数吗？"

鲁修没料到卡利纳姆居然如此问，一时间不知道该如何回答。人人都知道奥拉德斯是一个说话算数的人物，然而如果这就是对卡利纳姆的回答，那就是帮着他坐实了恫吓。

"他说到做到，是吗？"卡利纳姆追问。

鲁修默然不答，算是默认了下来。

卡利纳姆也不多问，转身向着船舱走去。高大健壮的背影透着一股威势，然而他的脚步却有些犹豫不决。他还有很多话想说——鲁修盯着那背影，突然有一种强烈的感觉。

这个埃萨克武士的心中承受了多少沉重的东西？

露西从舱门探出头来，脸上尽是关切的神情，她上前拉住卡利纳姆的胳膊，同时向这边扫了一眼。

鲁修的心怦然一动。露西和卡利纳姆进了气泡船，他仍旧呆立在原处。

感觉真奇怪，那不经意的一瞥，仿佛洞穿了内心。说不清道不明，只是突然间，他很想看着露西，一直看着她，片刻不离。

一个寒战，鲁修猛地清醒过来。他意识到这一瞥之间，露西牢牢地抓住了他的心。这样的感觉从未有过。

我这是怎么了？

这个神奇的女孩，究竟有什么样的魔力，能让人一见倾心？

鲁修不由发怔。

回到天穹城已是傍晚。云层很薄，可以看见下方的大地。灯火已经亮了起来，灿烂的灯火仿佛绽放的金色花朵缀满黑沉沉的大地。

一小朵金花就是一个城市，也许有上百万的人口，或者更多。

埃萨克人的城市比瑟利要多得多，他们就像野草般在大地上生长，从未受到拘束。这野蛮未开化的种族，居然也有卡利纳姆这样的人物。

鲁修站在平台边，向下张望。

"队长。"有人招呼他。是议会的护卫。

鲁修转过身，护卫站在十米外，正看着他。

"怎么了？议长阁下有事吗？"鲁修猜测护卫想告诉他的消息。

"是的。她让我转告您,请您带着客人在国宾馆休息,明天她会和您见面,具体时间一早会通知到您。"

"好。"鲁修点点头,"请转告议长,我会安顿好客人。"

说完他转身飞起,越过一座座高楼,飞向空港。卡利纳姆和露西还在那儿等着。想到露西,鲁修心中便有一种难言的感觉,迫不及待地想看见她。

他飞快地升高,从一个个圆台上方掠过,最后在空港降落下来。

卡利纳姆和露西正在检查区等着。检查区除了一张张宽大的沙发,什么都没有,所有的墙都光亮如镜,让整个大厅显得异常开阔。两个人坐在沙发上,见到鲁修走过来,都站了起来。

"今天太晚,明天才能见到忒弥西阁下。"鲁修对卡利纳姆说,眼光却不由自主向着露西瞟去。

露西站在一边,恬静得像一朵水仙。

"我们怎么办?"卡利纳姆问。

"我带你们去国宾馆,忒弥西阁下吩咐了。"鲁修说着示意两人跟着自己。

走出空港的大门,眼前豁然间变得空旷无比,气泡船就像一个个五彩的灯泡悬在空中,大大小小,紧紧地挨在一起。似乎被这样的情形吸引,卡利纳姆和露西停下脚步,抬头向着天空张望。他们像好奇的孩子般看着头顶这些五光十色的泡泡。

鲁修微微一笑,站在一边,等着他们。今晚没有别的事,就由着他们吧。

"那是什么?"露西突然发问。

顺着露西所指的方向,银色的高塔如一柄利剑,直指苍穹。若隐若现的红色光芒从剑尖发出,渗入无边的夜色中,似乎正向着整个天空撒播信息。

"天空之钥。"鲁修自豪地回答,"这是天穹城的标志,最有来历的瑟利建筑。当初天穹城就是为了它才建立的。"

"为了它?"露西望着鲁修,露出一丝疑惑。

鲁修心中一荡。

她的一颦一笑都仿佛紧紧地扣在心弦上,哪怕只是眉头微蹙,也让他心中仿佛水波般起伏不平。鲁修强作镇静。"没错,大家都知道,天穹城最早就是为了这天空之钥建成的,只不过,后来发生了一些混乱,天空之钥没有启动,最后几乎被遗弃了。"

"再后来呢?"露西追问了一句。

"再后来,"鲁修看了卡利纳姆一眼,"瑟利发生分裂,埃萨克人被制造出来,一场世界大战,瑟利人几乎伤亡殆尽,欧菲亚到处都是废墟,天穹城因为远离地面,幸免于难。从此之后,各个家族都开始建造天空城,从地上挪到天上,绝大部分的地面,都被埃萨克人控制了。"

"你说天穹城是黄金时代建成的,而其他的天空城都是欧菲亚内战之后的东西?"卡利纳姆问。

"没错,黄金时代,我们也这么称呼内战之前的时代。那个时候,欧菲亚只有瑟利人。天穹城是在内战之前建成,其他的天空城,绝大部分都在大战后才有,当然有些城市原先是一个天空站,也有可能。"

"你还没有说到天空之钥。"露西紧紧地追问,一双明亮的大眼睛眨也不眨地盯着他。

鲁修对上露西的视线,感到心在狂跳。

这是怎么了?他不由地问自己。

他深吸一口气,让自己平静一点。

"天空之钥一直没有被启动,直到忒弥西出现。她找到那个幸存的人,那个人曾经参加建造天空之钥并且知道如何启动它。忒弥西一直试图启动它,但并没有成功。然后……"鲁修看了看卡利纳姆,又看了看露西,"接下来发生的事你们都知道,赛忒来了,终极撒壬带着她的赛忒兽侵入欧菲亚。一切都很突然,欧菲亚几乎被完全占领,幸亏忒弥西和她的战友力挽狂澜,杀死撒壬,才避免了最后的悲剧。所以,忒弥西是一个大大的英雄,她成了联盟的议长。"

"她成功地启动了天空之钥。"露西望着远方天空那柄银色的利剑,若有所思。

"没错。她启动了天空之钥,天空之钥发射出欧菲亚之光,我们才能打败赛忒军团。"

"这东西看起来很壮观,但它到底有什么用?"卡利纳姆问。

"我们可以去看看它吗?"不等鲁修回答,露西马上接着问。

"当然可以,不过,我们进不去,那里是禁区,但我们可以靠得很近,它粗大得就像一堵巨墙。正好那里也是一条热闹的街道,这个时候人正多。我可以带你们去看看。"鲁修说着在前边引路,"这边走,你们可以体会一下天穹城的市民生活。"

鲁修一边走一边回头看着卡利纳姆。"关于你的问题,我也只是有些简单的了解。"他顿了顿,"天空之钥不是一个单独的建筑,在天上,欧菲亚的同步轨道上,还有七十四个空间站,我们把它们一起称为赤道锁链,还有从赤道锁链延伸的钢铁经线。天空之钥,赤道锁链,钢铁经线,组成一个防御体系,覆盖欧菲亚全球。"他顿了顿,从卡利纳姆身上挪开视线,若有所思,"怪不得忒弥西总觉得脏兽的事情非同小可,天空之钥控制欧菲亚的空间大门,不该有任何活跃的赛忒微晶能够穿透它。"

"什么是活跃的赛忒微晶?"甜美的声音传来,鲁修转过身子,视线正碰触到露西的一双妙目,她的眼神中仿佛有无穷的魔力,让他心神激荡。

这样的感觉很甜蜜,抗拒它则让人倍受煎熬。鲁修顽强地抵抗着,保持着沉静的态度和平稳的语调。一个贵族不能为一个平民如此倾倒。

他清清嗓子。"你的身体里也有微晶,它们都是活跃的微晶,有各种各样的功能。一旦微晶离开你的身体,它们不再能起作用,就成了非活跃的东西,或者说,你可以认为它们已经死了。赛忒兽也是微晶体,而且它们全部由微晶构成,如果有赛忒兽试图接近欧菲亚,天空之钥能够很快探测到并且击毁它。"

露西微笑。"微晶不是肉体的生命,怎么会死呢?除非彻底毁灭它。"

"它们不能动了,失去活力,就是死了。所以脏兽的出现才让人感到奇怪,它们死而复活,必然有特别的原因。这可不是什么好事,整个欧菲亚,到处都是赛忒化石,就算它们都只是复活成了脏兽,也是一件麻烦的事。我听说,全球有超过两万亿吨的赛忒化石,把星球上所有的瑟利城市加在一起,也不会超过六千亿吨。所以如果化石都变成脏兽,将是一个大麻烦,巨大的麻烦。"鲁修向卡利纳姆点头,"更多的,是埃萨克人的麻烦,毕竟多数脏兽可能已丧失飞行能力。"

这是一个善意的玩笑,然而卡利纳姆的脸绷得紧紧的,没有丝毫回应。看来这个玩笑没有得到卡利纳姆的认可。

对埃萨克人来说,幽默是比善良更稀缺的品质。鲁修遗憾地想。

他又看向露西,这一次,他并没有触到露西的眼神,然而心头仍是一阵狂跳,慌忙把视线收回来。

这样下去不是个办法,只要和露西待在一起,就无法很好地控制自己。

我真的爱上了她?这就是爱情吗?

他从来没有想过爱上一个女孩,在成为天骑士之前,他禁止自己浪费时间去做这种事。然而,他没有浪费一点时间,却莫名其妙地陷入到对一个家世都不清楚的平民女孩的仰慕中,而且这个女孩还和一个埃萨克人关系亲密。

他回头望了一眼,露西挽着卡利纳姆的胳膊,几乎整个人都贴在他的身上。看见鲁修回头张望,露西露出一个甜甜的微笑。鲁修心中一荡,慌忙回过头,低头带路。

这真是想也想不到的事!

一道圆洞门自动打开,热闹的喧嚣声扑面而来。

"欢迎来到天穹城环线。"鲁修一边说着一边收拢盔甲。胸甲正中裂开一个小口,越来越大,从胸部蔓延到头部和四肢,最后正面的盔甲完全消失,鲁修从洞开的盔甲中跳了出来。盔甲自动折叠,不断收缩,最后成了一个四四方方、银光闪闪的盒子。盒子上有凹凸不平的花纹,一朵绽开的莲花周围盘绕着一条张牙舞爪的龙,透着庄严和威势。

盒子悬浮空中,鲁修伸手将它抓住。偌大的盒子仿佛并无重量,鲁修单手托着它,丝毫没有沉重感。

卡利纳姆和露西在一旁看着,有些惊讶。

"穿着盔甲进入市区太招摇了。"鲁修解释道。

"你的个头看起来很小。"卡利纳姆说。鲁修脱下盔甲,矮了十多厘米,身体也不像穿着盔甲时那么魁梧,在卡利纳姆面前,顿时低了半个头。

"我可是瑟利人中的高个子,"鲁修说,"只是你们埃萨克人太高大了。"他说着走向墙边,伸手摁在墙上,原本平整光滑的墙体上豁然出现一个方形的孔洞,正好能容纳他手中的盒子。鲁修把盒子推了进去。

转眼间，墙壁恢复平整，没有任何痕迹。

鲁修两手空空地站在两人面前。"走吧，我们去见识一下天穹城的夜生活，还有这个世界上最大的奇迹，天空之钥。"

"不用管你的盔甲了吗？"卡利纳姆问。

"不用管它，我需要的时候，自然能拿回来。"

卡利纳姆抬脚向门洞里走去。

"请！"鲁修向着露西优雅地示意。露西稍稍犹豫，随即快步跟上卡利纳姆，一把拉住他，依偎在他的胳膊上。

鲁修望着两人的背影，突然感到一阵酸楚。难道我真的会嫉妒一个埃萨克人？鲁修不由有些心慌。爱上一个平民女子，嫉妒一个埃萨克人，这简直是一个梦魇！他摇摇头，不知道自己怎么突然会变得这样。

不要这样，他们只是暂时的盟友！脏兽的事情结束，就会各奔东西。

鲁修暗暗告诫自己。

卡利纳姆的出现引起了围观，过往的瑟利人都停下脚步，看着卡利纳姆，指指点点。他们显然对一个埃萨克人出现在天穹城的核心地带惊讶不已，而且，他们可能从来没有在这样的距离上见到真正的埃萨克人。

站台上顿时变得拥挤起来。

"他是哪来的？"

"好高大！"

"真凶！"

"看上去就不像好人！"

"……"

人群议论纷纷。

鲁修快步跟上去，挡在卡利纳姆身前。"不要瞎看了，散开！"一边说着，一边拉着卡利纳姆向着站台边缘靠近。人群并不理会，仍旧簇拥在四周，看着卡利纳姆，评头论足。

不应该这么冒失地把卡利纳姆带到这里来！我到底是在干什么？

鲁修一边在人群中竭力挣扎，一边想。然而，这个时候再把他们带回去也已经迟了。

轨道车缓缓开过来。鲁修顿时感到一阵轻松，终于可以从包围中解脱。

车门打开，鲁修一把将卡利纳姆推进去，转身挡在车门口。他的额头泛起一个莲花图案，一条活灵活现的青龙绕着莲花盘旋。

"他是天穹守护！"人群中有人惊呼。

"退后！"鲁修沉声下令，"这是天穹城的客人，不要冒犯他！"他用微晶密语向所有人广播。

人群接受了警告，缓缓散去。鲁修重重地吐出一口气，转身走进轨道车里。

轨道车对卡利纳姆来说显得有些狭小，他只能勉强挤进一个座椅里。

"将就一下，我们很快就到。"

卡利纳姆不停打量着四周，露西则闭上眼睛，仿佛在打盹。

鲁修不由自主地多看了露西两眼。还是同样的感觉，没看见她，想看见她，一看见她，心就狂跳不已。

还好她在打盹。

"这是一辆军车？看上去不是很结实。"卡利纳姆突然问。

"这不是军车。"鲁修回答，"这是轨道车，瑟利城里绝大部分人都是平民，我们只有很少的贵族军人。"

"贵族军人？"

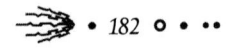

"是的。"

"只有勇敢的武士才能成为贵族。如果你们大部分都不是战士，怎么才能挑选最勇敢的武士成为贵族？"卡利纳姆有些不解。

鲁修一时语塞。瑟利贵族由世袭而来，虽然没有任何法律禁止平民凭着能力成为天骑士，但这像是一个童话。甚至对于普通贵族，天骑士也是一个可望不可即的头衔。相比之下，埃萨克人全凭勇力，倒更像是一种公平的游戏。

"嗯，我们的贵族和你们的不一样。我们的贵族有强力的微晶。"鲁修这样说着，突然意识到这习以为常的事是多么的不合理。拥有超级微晶的贵族生来便成为人上人——他的心突然间一颤——当年的欧菲亚内战，肇因也在于此，渴求平等的瑟利人制造了埃萨克人，试图完全摆脱微晶的控制。战争之后，埃萨克人像野草一般在星球上生长起来，从地面迁移到空中的瑟利人却依然如故。瑟利的光辉表象下，潜藏着奴役和不平等的暗流。

"我们不用讨论这个问题了。"鲁修慌忙打住，"一时间也说不明白。这辆车在轨道中运行。我们在一条封闭轨道里，穿过不同的台城。城市建筑在天上，一般的平民不穿盔甲，就靠这样的方式在平台间通行。"

"上一回，是你的人带着我飞过去的。"

"没错，飞起来总是快一点。但大部分人还是要靠轨道车。我带你们去牡丹街，那是最热闹的一条街道，也是距离天空之钥最近的地方。"鲁修突然想起什么，走到卡利纳姆面前，"要给你伪装一下，否则到了街上，会被人围观。"

卡利纳姆不以为意地撇撇嘴。

鲁修看看周围，伸手触在车厢上。车厢上的金属饰带仿佛液体般流动起来，缓缓地流到鲁修的掌中。鲁修专注地看着手中银光闪闪的材料，调动体内的微晶，不断地重塑这金属块的形状。最后，他制作了一个薄薄的头套，看上去仿佛瑟利的盔甲。

"戴上这个。"他把头罩递给卡利纳姆。

卡利纳姆把头罩拿在手中，惊奇地打量着，套在头上。

鲁修又制造出几条银色薄片，缠在卡利纳姆身上。做完这一切，他后退两步，上下打量自己的作品。

卡利纳姆就像一个披挂歪斜的瑟利卫兵。他笑了起来。"虽然不好看，至少现在看上去，你是一个瑟利人了。"

卡利纳姆被包裹在头罩里，只露出两只眼睛，他低头打量自己的身体，不由发出赞叹："这真像魔术！"

"这是微晶术，不是魔术。"鲁修纠正他，虽然这只是很粗陋的塑形术，然而卡利纳姆由衷的赞叹还是让他很受用。

"你的微晶术很棒。"

他听到了那甜美的声音。扭头望去，露西正似笑非笑地望着他。她一直在旁边看着自己卖弄这浅薄的能力。鲁修感到脸上发热。

露西伸手整理卡利纳姆身上的伪装，她聚精会神地改动着每一块饰物的位置，忽然间取下一块饰物递给鲁修。"把这个做得弯一些。"她伸手比划了一个弧度。

鲁修接过来，精神一振，双手夹着饰物，很快便将它塑成了露西想要的形状。

露西满意地点头，向鲁修微微一笑，伸手从鲁修手中拿过饰物。她的指尖轻轻碰触鲁修的手背，鲁修只觉得浑身的血液仿佛都失去了控制，刷地一下涌上面颊。他慌忙走到一边，低头向着一个空空的座椅，掩饰自己的尴尬。

他突然明白了什么叫做神魂颠倒。

接下来的短短的十分钟，他坐立不安，只盼着赶紧到达牡丹街。

他们可以看见那巍峨壮丽的天空之钥。

露西的眼光会被吸引到天空之钥上,那样会好些,而且街上人很多,无须这样时时面对面。

他突然无比思念那巍峨的巨塔。

第十二章　肘腋之变

"不见了？怎么可能不见？"忒弥西目光一闪，紧紧地盯在鲁修脸上。鲁修的脸一阵红一阵白。"人太多，一群人挤过来，没注意，她就不见了。"

忒弥西转过目光，看着卡利纳姆。"她是故意躲开的，你这么高的个子，要在人群中找到你很容易。"

卡利纳姆默然不语。露西的行为的确让人不解，然而她为什么要躲藏起来，或者她是被人带走了？

卡利纳姆缓缓摇头，高大的身躯随着摇摆，似乎整个人都在说不。"我不知道，也许是有人绑架了她。"

"谁？怎么会有人要绑架她？"忒弥西眉头微蹙。她的手紧紧捏住椅子的扶手，指节发白。

不过是一个女孩而已，何必这么紧张？卡利纳姆清了清嗓子："她本来就是瑟利人，到了这里就是回家。也没什么大不了。"他试图缓和气氛。

"这是天穹守护的失职。"忒弥西的声音很严厉，"瑟利人？属于哪个家族？瑟利人中间也有危险分子。"她转向鲁修。"你至少应该确认她的身份。"

鲁修低着头，不敢碰触忒弥西的视线。"已经有一队人在找她。我们一定会把她找回来。"

"忒弥西阁下，如果你想教训手下，我就不奉陪了。"角落里传来阴冷的声音。这声音似曾相识。卡利纳姆飞快地转过头去——角落里，奥拉德斯直直地站着，也正望着他。视线相碰，奥拉德斯挪开视线，盯着忒弥西。

卡利纳姆感到脊背上掠过一丝凉意。奥拉德斯就在那里站着，自己居然没有发现。身穿华丽的盔甲，却像一样死物般毫无动静。

忒弥西站起身。"奥拉德斯将军，原本想和你一道把这事情解决了，但看来又出了一些差池。不过，既然你已经同意不再私自对脏兽进行行动，我们在这点上已经达成了一致。至少基本观点是相同的。现在卡利纳姆和鲁修都在这里，作为调停人，我希望你们能捐弃前嫌，共同合作。"

奥拉德斯缓缓地走过来，脚步轻盈，悄无声息。轻松随意的姿态，却让人觉得充满威胁。

他在距离三五步远的地方站定，眼皮翻动，扫视着在场的几个人。

"忒弥西阁下，您是要我和一个不成器的学生以及一个傻乎乎的埃萨克人捐弃前嫌吗？我和他们之间没有什么嫌隙。"他用一贯的冷冰冰的调子不紧不慢地说着，"他们不配。也许我该提醒你，天骑士是有豁免权的。但是我很高兴能为您做点什么，议长大人。所以……"他转向卡利纳姆。"我说过会烧掉你的城市，杀死你的亲人，这些都不会发生。忒弥西可以做见证人。"

卡利纳姆盯着眼前的怪人，不知道该怎么回应。他扭头看了看忒弥西。

忒弥西点点头。"奥拉德斯，我代表卡利纳姆接受你的好意。你以天骑士的荣誉做保证。"

奥拉德斯却一动不动地盯着卡利纳姆。"我用我的荣誉和生命保证，我说到的，一定会做到。"这句话一字一顿，每个字都咬得很重。

卡利纳姆心中一动。奥拉德斯并不是在说毁灭城市的事，他想要的还是那个胸甲。用胸甲换取微晶术，他说的是这个交易。

卡利纳姆一时间彷徨。微晶的种种神奇从心头掠过，就像一颗亮晶晶的宝石，绚丽夺目，让人忍不住想将它抓在手里。他仿佛看见梅尼的棺材缓缓没入碧绿的水潭，然后又看见她垂死时的样子，在幻觉中，他的掌心里腾起一团亮光，就像梅尼和忒弥西掌心的亮光一样，这亮光融入梅尼的身体，让她活了过来。然后，恍惚中他有了一把巨大的枪，枪里射出的不是子弹，而是死亡之光，光芒所及，一片火海。火海中，幻出各种各样的东西，大炮、枪械、怒吼的战士、高耸的瞭望哨……

奥拉德斯向前走过来，准备离开。

经过卡利纳姆身边，奥拉德斯停下脚步。"记住我的话，你不需要担心你的亲人和城市！我是这个星球上最有信用的人。"

卡利纳姆呆呆地站着，失神落魄，忒弥西喊了他三次才回过神来。

"卡利纳姆，奥拉德斯是个自负的人，他不会食言的。昨晚我们讨论了很久，他已经同意不再擅自行动。你可以放心。"忒弥西柔声说道。

讨论？卡利纳姆不知道忒弥西如何能与这样的一个人讨论。然而那不是他关心的问题，他漫不经心地点点头。他想到一些别的东西——微晶术，在这个星球，除了战场上的鲜血，还有什么比微晶术更吸引人？这些骄傲自大的瑟利人，身材矮小，全靠微晶才能高高在上。如果真的能够掌握微晶术……不，卡利纳姆，另一个声音在挣扎，那声音听起来很像梅尼，那不是你该拥有的东西，它不会带来好的结果，只有灾祸和死亡，埃萨克人不需要微晶，他们拥有自己的力量。

忒弥西继续说话，一个个词语仿佛一阵阵细微的风在脑海中悄然飘过，没留下一丝波澜。

"卡利纳姆。"猛然间他听见鲁修的叫喊，一个激灵，从恍惚中清醒过来。

鲁修示意他跟着。卡利纳姆突然意识到，和忒弥西的谈话结束了。

"忒弥西，"他扭头向着这瑟利的女王，"我能拿回我的胸甲了吗？"

忒弥西点点头。"那是你的东西，你随时可以拿回去。只是，你想过用什么来交换吗？"

我已经说过了，你不愿意教给我。卡利纳姆暗想。

我说到的，一定会做到。他的脑子里回响起奥拉德斯的话。

"我不想换什么，只想把它拿回来。"

忒弥西点点头，她的脸上保持着平静。"如果你坚持如此，我也同意。但你要记住，这是一件危险物品，你的母亲已经为此付出了生命。你必须小心。"

如果我是碧海武者，就能救她！利德思亚的声音仿佛就在耳边。是的，微晶术，能够起死回生的微晶术。梅尼的生命无法挽回，然而下一个人会是谁？露西的脸庞滑过他的眼前。

我必须得到它！卡利纳姆的心思一瞬间变得很坚定。

"我会小心的。把它还给我吧！"他抬头，看着忒弥西，目光坚定。

"跟我来。"忒弥西转身，走向一旁的侧门。卡利纳姆跟了上去。

"鲁修，你也来。"忒弥西停下脚步，招呼鲁修，然后继续向前。

侧门里是一条宽敞的通道，两边亮着灯光，墙上有各种浮雕。卡利纳姆默默地跟随着忒弥西的脚步，漫不经心地看着墙上的浮雕。

忽然间，他被一幅浮雕吸引。那显然是一个埃萨克人，手中拿着一把巨大的枪，枪口喷吐着火焰，庞然而夸张的火焰喷向一头巨大的怪兽，怪兽的两只眼中射出两道光，光束击中埃萨克人的肩膀，击穿他的胸部。

卡利纳姆不由停下脚步，怔怔出神。

"卡利纳姆！"他听见忒弥西的喊声，扭头一看，忒弥西已经转身走了回来，就在他眼前站着。

"撒壬之战。"忒弥西伸手在身前比画，将长廊里所有的壁画都囊括在她的手势中，"这些壁画，是关于撒壬之战的艺术品，画在墙上的历史。"

卡利纳姆并不搭话，只是盯着眼前栩栩如生的埃萨克人出神。埃萨克人参加了撒壬之战，只是用另一个名称命名了那场殊死搏斗。末日之战，这是某些埃萨克人的叫法。那些降落在地面的赛忒兽，在没有失去生命，变成化石之前，和埃萨克人进行了无数次的战斗。埃萨克人伤亡惨重，数以千万计的战士战死沙场，无数的部族就此消失，战争的残酷，也许只有为埃萨克人赢得独立的那场欧菲亚内战能够相比。如果没有瑟利在天空中杀死撒壬，埃萨克人的末日也许就真的降临了。然而那同样是欧菲亚的末日，如果没有埃萨克战士的浴血奋战，赛忒早已经在星球上扎根，瑟利人也不可能再有机会赢得胜利。几乎所有的埃萨克战士都投入了那场战斗，埃萨克的人口从一百亿锐减到战后的六亿人。

然而瑟利人从未表示过感谢。从未!

"你们把他画在这里,是为什么呢?"卡利纳姆伸手指着壁画上的人像。

"他帮助我们赢得了胜利。"

"一个埃萨克人?"

"是的,他是一个埃萨克人,而且是一个战酋。他的部族,叫做奔狼。他的名字叫做塔特里姆。赛忒兽摧毁了他的城市,他带领剩下的族人和赛忒兽进行了三次战斗,全部牺牲。全部牺牲,不论男女老少。我们的飞船救起了他和三个下属。他坚持和我们一道继续战斗,最后和一只巨型兽同归于尽。他帮助我们清扫了前进的障碍,是那场战争的重要一环。"

卡利纳姆凝视着画像上的人。奔狼族的塔特里姆,这是一个陌生的名字。

"我从未听说过他。"卡利纳姆扭头看着忒弥西,"一个埃萨克勇士,瑟利人在纪念他。这有些不可思议。"

"我们纪念所有做出贡献的人。"

"哦,你们也纪念那些没有死在你们眼前的埃萨克人吗?"卡利纳姆发问,略带讥讽。

"会的,终有一天,会的。"忒弥西看着卡利纳姆,神色严肃,"我明白你的意思,瑟利和埃萨克之间经历了数百年的争斗,不可能一朝和解。尽管你们在撒壬之战中贡献巨大,很多瑟利人却视而不见,这是事实。但将来这样的状况会被改变,只要我们付诸努力。"

忒弥西的眼睛里闪着光彩。她是一个迷人的女人,然而迷人的外表下却有一颗无比坚强的心。现实不够美好,却可以改变!

是的,可以改变。

她的身上自然散发出庄严的气势,卡利纳姆不由被这样的气势所感染。

"我相信你。"卡利纳姆几乎脱口而出,眼光落在画中人所持的武器上,"那把枪,我也从未见过这样的枪。"

忒弥西微微一笑。"我会给你看一看,跟我来。"说完转身带路。

鲁修站在卡利纳姆身边,悄声说道:"那把枪是忒弥西造的,专门为埃萨克人打造。也许那是最适合你的武器。"

卡利纳姆一愣。

鲁修已经向前走了,他慌忙跟上去。

长廊的尽头是一道大门。大门打开,眼前豁然开朗。这是一个巨大的展厅,光从玻璃穹顶洒下,将整个大厅照得透亮。忒弥西向前几步,回过身来。"欢迎来到撒壬之战纪念馆。"她站在亮丽的光线下,浑身似乎散发着光晕,就像一尊庄严的女神。

卡利纳姆带着几分惊讶走进厅里。

这大厅大得有些离奇,比卡利纳姆所见过的最大的决斗场还要大上两倍,洁白的墙壁向上收拢,最后在穹顶处变得透明。琳琅满目的展品从眼前一直排列到远方。这巨大的屋子居然没有一根柱子!

卡利纳姆在惊愕中四处张望。猛然间,一头凶猛的巨兽落入眼中,巨兽就站在门边不远处,巨大的头颅上两只长大的铁角,头顶突出三五支枪管,眼睛仿佛两个深邃的洞。它张着大口,口中没有牙齿,密密麻麻排满了细小的黑色管子,管口洞开,仿佛那是一种强悍的喷射器。

赛忒兽!卡利纳姆感到心中一凛。金光城的周围,到处都是赛忒化石,大多都是破碎的肢体,少数完整的化石也不过一艘小型装甲车般大小。眼前的巨兽,体型庞然,几乎有四层楼高,就像一座黝黑的小山般伫立眼前,让人不由自主心生恐惧。死物居然也有这样的威慑力!卡利纳姆暗想。如果这是一头活的怪兽,那该有多么可怕!

"为什么会有赛忒兽在这里?"卡利纳姆问。

"这是纪念物,一个战争纪念馆怎么能没有敌人?"鲁修向他解释,抬手指了指另一个角落,"那边还有一些。"卡利纳姆顺着鲁修的指点看过去,一群形态各异的赛忒化石靠墙排成一列。小的大小如脏兽,大的像一辆重型装甲,还有一个形状奇特的化石,仿佛一个巨大的半圆,下边长满细长的触手……这些多年前死去的东西在纪念馆里以一种特殊的方式复活过来。

"如果你有时间,可以让鲁修陪你逛逛这个纪念馆,这是一个很不错的展厅。但现在,跟我来,我们要去拿你的东西。"忒弥西微笑着,款款挪动脚步。

卡利纳姆跟着她在各种奇怪的东西间穿行。他看见银光闪闪的小飞船,船体通透,里边有个人体模型,整个飞船仿佛一颗巨大的子弹。一门形状奇怪的大炮伫立眼前,炮管粗短,几乎要两人合抱,炮身上显示出青龙的浮雕。浮雕和鲁修盔甲上的青龙图案很像!他看见一种扁扁的飞行器,直径超过两米,远看上去就像一个圆圆的大饼,中央略厚,边缘锋利,仿佛一种武器,却有一个人站立上边……这些稀奇古怪的东西让卡利纳姆惊叹不已,他仿佛在一个梦幻森林中不自觉地挪动脚步。他看见了许多武器。各式各样的刀、枪、三叉戟、巨剑……这些华丽的武器上都带着漂亮的纹饰。卡利纳姆欣喜的眼光在这些华丽得有些奢侈的武器间流连,然而很快便一动不动地盯着某处。是它,就是它!他看见了那件武器,那杆巨大的枪,壁画中的埃萨克勇士手中的枪。

它静静地躺在角落里,毫不起眼,枪身灰暗无光,就像一件沾满灰尘的古董,看上去除了体型巨大,一无是处。

卡利纳姆死死地盯着那杆枪。简单质朴的大枪似乎有一种神秘的吸引力,让他目不转睛。

"卡利纳姆。"忒弥西的声音传来。卡利纳姆扭头看去,忒弥西正向自己招手,示意过去。

他又看了看那杆巨大的枪,转身向着忒弥西走去。用盔甲换枪!一个念头在他的脑子里闪过,又很快被否定。不,微晶术,微晶才是这个星球上威力最大的东西。

忒弥西正站在墙边,身边什么都没有。卡利纳姆走过去,用询问的眼神看着她。

忒弥西伸手在雪白的墙上拂过,墙体瞬间变得透明。他们仿佛正站在一个凌空的窗口向外看。

不是,那不是外边,那是一个他从未见过的世界,飞船在漆黑的夜空中飞翔,仿佛一盏盏游弋的灯。巨大的机械体飘浮空中,仿佛一个八条胳膊的巨大转盘,缓缓旋转。身穿盔甲的人在那巨物上活动,他们仿佛中了魔法一般,轻轻飘起,缓缓落下,似乎被看不见的力量捆缚了手脚,只能用慢一拍的节奏行走。奇特的世界!就像虚幻的梦境。卡利纳姆眨了眨眼睛,他的视线很快越过这一切,停留在画面的最深处。在那里,一个蓝白相间的球体静静悬浮在黑森森的天宇上,散发着淡淡的光芒。稀薄的云层飘动,依稀可以看见碧蓝的大海,雪白的山脉和淡绿的大地。他从未见过这东西,然而凭着直觉,他脱口而出:"那是欧菲亚?"

"是的,看起来很美,是不是?"忒弥西回答。

她伸手向前,似乎穿透了一层无形屏障,进入到那画面中。她的手消失其中,仿佛前臂被硬生生折去,残缺不全。

很快,她的手缩了回来,手上多了一样东西。

"这是你的胸甲。"沉重的胸甲在她手中显得并无分量,她单手托举,毫不费力。

卡利纳姆的注意力从画面转移到忒弥西手上,他惊讶地发现,忒弥西并没有接触胸甲,它悬浮在她的手掌上。

和一切的神奇相比,这只是一个小惊奇。

卡利纳姆点点头。"那么你要还给我了。"

忒弥西微笑着。"当然要还给你,然而我想请你再考虑一下,是否能把它交换给我。"

卡利纳姆看了鲁修一眼,鲁修用眼神给他一个示意。顺着鲁修的眼光,他看见了那杆枪。能够和一头巨型赛忒兽对抗的枪。卡利纳姆犹豫一下,缓缓摇头。"不,还是把它还给我。"

忒弥西脸上的微笑一丝未改。"这件东西曾经属于一个叫翰亚的人,他可能死了,也有可能还活着。如果有一天,他能够回来,这盔甲是他东西,他有权利拿回来。"

"那他得证明他就是原主。"卡利纳姆回答。他望着忒弥西,有些吃不准她的想法。

"是的,如果不是原主,自然不能白拿。"忒弥西垂下眼睑,看着手中的胸甲,"我只想说,东西还给你,但要请你妥善保管。一来我们担心脏兽,这盔甲能驱动脏兽,如果有任何异常,你随时可以找到鲁修,二来这是朋友的遗物,我希望它能被小心呵护。"

忒弥西的声音婉转动听,几乎让人无法拒绝。

"我……"卡利纳姆犹豫着。这是露西送给他的礼物,他应当好好地保存它。然而,微晶的诱惑无可抵挡,奥拉德斯所说的话犹在耳边。他感到彷徨不定,不知道该不该向忒弥西和盘托出。

如果说了,忒弥西一定不会允许奥拉德斯传授微晶术。向埃萨克人传授微晶术,这是瑟利人的禁忌,只有像奥拉德斯这样的狂人才可能做这么疯狂的事。

就算是为了露西!微晶也许不像想象那么神奇,但至少它可以帮助身体里有微晶的人。至少他不会再看着一个至亲的人死去而束手无策。

卡利纳姆把心一横。"我会好好保管它。"这是一个谎言！卡利纳姆清醒地认识到这一点，他感到脸上有些热辣辣地难受。不要说谎！他仿佛听见梅尼在说话。

一次，就一次而已！他挣扎着说服自己。

忒弥西抬头望着他，那眼光仿佛能洞悉一切。卡利纳姆避开她的目光。

"拿回去吧！这是你的东西。记住，任何时候你都可以到我这里来，提出要求。我们愿意用你需要的东西来换取它。任何时候！"

忒弥西的手向前伸着，胸甲在她的手上熠熠生辉。卡利纳姆却迟疑着没有去接。

"这件东西……还是暂时放在你这儿吧。"

怎么会说出这样的话！话刚出口，卡利纳姆便心生懊悔，他僵硬地站着，不知道接下来该怎么做。

忒弥西有些意外，她微微侧头，盯着卡利纳姆，仿佛在询问。

"我改变主意了！"卡利纳姆跨上前去，从忒弥西手中拿过胸甲。

"我会好好保管它的。"卡利纳姆坚定地说，恢复了镇定。

话音刚落，地面突然传来一阵震动。

忒弥西警觉地抬头，一个黑色的影子从穹顶掠过，当它落下，重重地砸在穹顶上，整个大厅都在抖动。

忒弥西没有丝毫慌乱。"鲁修，一级警告！"

鲁修已经聚拢了头盔，身上的青龙图样散发出淡淡的青色光芒。他全神贯注，紧张地看着穹顶上的不速之客。

"卡利纳姆，你到一边躲避一下。很抱歉让你受到打扰。"忒弥西从容不迫地向卡利纳姆说道，仿佛只是为了一件无足轻重的事道歉。

卡利纳姆并没有躲开，他走了几步，站在鲁修身边，同样抬头看着那神秘的黑影。

突然,他听见忒弥西急迫的叫声:"快闪开!"

一阵惊悸滑过卡利纳姆心头。忒弥西居然也惊慌了!一扭头,便看见忒弥西向自己冲过来。一股巨大的力量将他猛然推向一边。他飞了出去,重重地撞在墙上,落地。

一个女人居然拥有这么大的力量!

来不及多想,他感到了异样的动静,扭头看去,刚才站立的位置上,大火正熊熊燃烧,火光中,一个巨大的黑影正在移动。它脚步沉重,屋子里的摆设都被震得摇摇晃晃。它穿过大火走过来,四层楼高的躯体仿佛一座小山。

卡利纳姆感到全身的血液似乎都凝固了。

赛忒兽!这是真正的赛忒兽,它复活了!

巨兽的双眼不再是两个黑黑的空洞,一双金色的眼睛里,闪着隐约的红光。它威严地睥睨着眼前小小的人儿,突然间张开大嘴。一道炽热的火焰向空中喷去,忒弥西正悬浮半空,火焰奔着她而去,她的身前亮起淡淡的光盾,将火焰抵挡在外。

猛然间,一个小小的黑影从一旁高高跃起,向着忒弥西而去。那是另一只复活的赛忒兽,正试图从背后偷袭忒弥西。

一道亮光从忒弥西身边滑过,正正地击中了偷袭者。它从空中掉落地上,冒出一股黑烟,短缺的躯体在地上不断抽搐。

鲁修的手上不知道什么时候多了一样小小的东西,那是一个椭球体,正好握在手中,指缝间露出细微的发射孔,正是发射孔上射出了亮光。

巨兽合上大嘴,硕大的脑袋一摆,向前冲来,沉重的脚步震得地面发抖。几步之间,它就冲到鲁修面前,巨大的脚掌冲着鲁修挥过来。鲁修本能般挥出拳头,他的拳头上凝聚着红光。拳头击打在巨兽的脚掌上，腾起一团火光，然而却没有挡住那凶猛凌厉的劲道，身子被弹飞出去。他的盔甲上腾起亮光，疾飞的躯体在半空中停下。他伸出左手，用椭球机器射出一道亮光，正击中怪兽的眼睛。

忒弥西却冲过来，一把将鲁修推开。就在这一刹那，怪兽的巨眼里红光炽烈，光柱几乎擦着鲁修的脸，击中一旁的墙壁，又是一阵剧烈抖动。

躲开它！卡利纳姆暗自着急。这样的情形不该硬碰硬，体型巨大的怪兽没有那么灵活，应该和它绕着圈缠斗，寻找机会。

然而唯一的武器只是绑在腿上的匕首，凭这个完全无能为力！

枪！卡利纳姆想起那杆大枪。他绕过眼前熊熊燃烧的大火，向着那边的橱窗跑去，边跑边喊："忒弥西！"

忒弥西看见了他，急速地飞过来。"卡利纳姆，你要暂时躲一躲，天穹守护很快会赶到，我们可以对付它。"

"不，给我枪！"

忒弥西显出几分错愕。

"给我那把枪，我用这个和你换。"卡利纳姆说着把胸甲递过去。

忒弥西并没有接，她快速地向前移动，在橱窗前伸手一挥。沉重而质朴的大枪仿佛受到某种魔法的控制，从陈列品中飞出来，穿过无形的屏障，落入忒弥西手中。枪几乎和忒弥西一般高，拿在她的手中，看上去极不相称，然而她却毫不费力。枪身奇迹般地闪闪发亮。

"接住！"忒弥西叫喊一声，肩膀微微一动，大枪向着卡利纳姆飞过来，恰到好处地落入掌中。

枪在手中，沉重厚实。卡利纳姆放下胸甲，用双手持握。仿佛鬼使神差一般，他摸到了枪身中央的小小突起，用力摁下去，枪身从中央断开，分为两截。卡利纳姆立即明白了它的用法，两截枪身正好可以拼合在一起，套在胳膊上。他飞快地将它装备起来。

这真是一件便利的武器，单手持握，既像矛又像盾。卡利纳姆摸到几个小小触点。他触动其中一个。不远处瞬间成了一片火海，惊人的威力让卡利纳姆目瞪口呆。

忽然间他感觉到身旁的黑影，伴随着鲁修的喊声。"小心！"

卡利纳姆急速躲闪，抬起手，找到偷袭者，那是一只一人高的赛忒兽，被火光吸引过来。

卡利纳姆触动开关，这一次他看清了枪口射出的微弱的光，那是细小的微晶留下的痕迹。剧烈的爆炸近在咫尺，赛忒兽被炸得粉碎，传来一股奇异的金属焦味。

一阵巨响，穹顶猛然塌陷。一个人影飞身而下。

刹那间，卡利纳姆看清了他的脸。奥拉德斯！奥拉德斯的脸上带着狞笑，卡利纳姆被一股强烈的力道抛向一边。他挣扎着保持平衡，几乎在落地的同时就站了起来。

奥拉德斯动作飞快，从地上捡起胸甲。

忒弥西试图阻挡他，却被巨兽喷出的火焰扫中，身上燃起火苗。她狼狈地落地，在地面上打了几个滚。巨兽调转身体，张开大嘴，正准备向她喷火。

卡利纳姆抬起胳膊，向巨兽射击。巨兽的脸颊被击中，腾起一团火光，一个踉跄，向后退了一步。

鲁修趁机掠地，将忒弥西拉起来，飞回空中。

那边，奥拉德斯瞬间挪到忒弥西取出胸甲的位置，他抬手，眼前栩栩如生的画面消失得干干净净，取而代之的是一个巨大的窟窿。奥拉德斯抄起落在地上的某样东西。

"阻止他！"忒弥西厉声叫道。

卡利纳姆没时间理会忒弥西的叫喊，巨兽已经逼了过来。他飞快地跑动，试图绕到巨兽身后。马上，这被证明是一种危险的企图。巨兽两个长角转动起来，跟踪着他，他闻到金属被烤焦的味道，紧紧地追在身后。

卡利纳姆眼角的余光看见忒弥西正拉住巨兽的长角。忒弥西救了他一命。他从地上翻滚到巨兽身体下方。

这里是一个死角。

他开始开枪。一团又一团火光在头顶爆炸，碎屑四下纷飞。终于，他感到这庞然巨物开始倾倒，慌忙缩起身子，跑了出来。庞然的赛忒兽倒地，发出一阵轰响。

半空中，鲁修发出一阵闷哼，直直地掉落下来，摔在地上。奥拉德斯的身影从破碎的穹顶穿出。

忒弥西来不及查看鲁修的伤势，急起直追。

又一个黑影从穹顶飞下，忒弥西慌忙躲开。这黑影却直直地落了地。那是一个穿着白亮盔甲的瑟利人，面孔朝下，仿佛已经死了。

忒弥西落在尸体边，伸手将他翻转过来。

"莫里斯！"忒弥西发出轻轻的惊呼。

卡利纳姆正想走过去看个究竟，却被鲁修一把拉住。

卡利纳姆回头望去，鲁修的眼睛里惊疑不定。"刚才我看见露西，她就趴在穹顶边上。"

露西？

卡利纳姆的心仿佛被狠狠地敲了一下。"她在那里干什么？你一定看错了。"

"没错。就是她。她也看见我了。"

卡利纳姆有一种强烈的不安，他抬头向忒弥西望去。忒弥西正半蹲着，查看莫里斯的伤势。她仿佛感受到卡利纳姆的目光，抬头看了过来。

视线相碰，卡利纳姆缩了回来。

一只赛忒兽跑过来,卡利纳姆抬起枪。赛忒兽并没有攻击的意图,它在巨兽的尸体边停下,徘徊几步,突然低头开始大嚼。它在吃同伴的尸体!

卡利纳姆感到一阵厌恶。枪口喷射出炽热的火焰,火焰吞没了那令人作呕的机器兽。

一切都平静下来。展厅里残破不堪。

陆陆续续来了许多瑟利武士,他们的胸前都有青龙的图样。这些被称为天穹守护的武士们来得太迟,只剩下残局需要收拾。

卡利纳姆蹲坐一旁,拄着长枪。他抬眼望着破碎的穹顶。

露西真的和奥拉德斯在一起?这不可能!

翻来覆去,他的头脑里只有这一个念头。

第十三章　铁林异象

奥拉德斯已经逃离天穹城，他动用了特快舰，逃向铁林城。

忒弥西眉头紧锁。在天穹城，只有六个人能够有权力调动特快舰，其中五个根本不可能帮助奥拉德斯做这样的事。唯一剩下的那个是克雷诺斯，飞洛寒家族首席代表。也许为了家族的荣誉，他会允许奥拉德斯逃走，在天穹城被优岚家族拘捕，这对飞洛寒的声誉是一个巨大的污损。

然而克雷诺斯也不该会做这样的事。家族虽然重要，奥拉德斯的所作所为显然已经超越了底线。赛忒兽复活，这是多么令人震惊的消息，任何神志正常的人都应该意识到，这是多大的潜在威胁，而奥拉德斯和这事绝脱不了干系。

空港的核实报告传递过来。忒弥西简单地看了一眼。

果然奥拉德斯是利用克雷诺斯的指令逃走的。也许是奥拉德斯冒用了克雷诺斯的名义，也许克雷诺斯真的帮助他逃走，无论如何，这都是飞洛寒家族的危机，也是联盟的危机。

需要一次当面对质，才能决定下一步行动。

"议长阁下,根据您的指示,已经发出紧急召集令,元老们会在三十六小时内抵达。"

三十六个小时不过短短一天,然而此刻,三十六个小时显得过于漫长。过去的一天里,事情发生了翻天覆地的变化,脏兽成了一件无足轻重的事,真正的赛忒兽居然在天穹城出现,而翰亚的胸甲和头盔也被奥拉德斯抢走。

忒弥西感到不安。

一切都按照流程进行,作为议长,她已经尽到了职责。她也不该逾越职权,在长老们没有做出决定之前采取任何行动。

然而……不能等!不能等!

忒弥西霍然起身,以飞快的步子离开议长机要室。机要室的属员投来诧异的目光,他们从未见到议长如此匆忙。"议长……"有人试图提醒她,然而忒弥西自顾自地飞奔,并不理会。

"有消息第一时间用保密频道通知我。"在机要室门口,她转身丢下一句。

她几乎是在长廊里飞行,转过几条长廊之后,闪身进了一扇不起眼的小门。

门关上。

这里是另一个世界,一个只属于她的世界。这儿是一个冷而淡的世界,青色和白色是主要的旋律,简洁明快,和外边那些繁复的雕刻、奢华的装饰形成鲜明的对比。到处都悬挂着纱幔,忒弥西在飘舞的纱幔中移动,仿佛置身于弥漫的云彩之中。

忒弥西在重重幔帐深处停下脚步,原地站立,双手打开,舒展身体。身上的衣衫一件件自动褪去,飞入到纱幔丛中,隐没不见。最后她赤身裸体,一丝不挂。青色的光在她身上游动,从头顶向下注入躯干,最后直达肢端,消失不见。青白色的图样在她雪白的背上浮现,仿佛一株根深叶茂的大树。图样闪动,她的脑中转过一个念头,仿佛一阵疾风从纱幔丛中吹过,一套贴身的短衣飞快地将她的躯体包裹起来,然后是盔甲。多年不曾碰触的盔甲裹上身体,她突然有一种异样的感觉,仿佛回到从前那炮火纷飞的战场,心中微微激荡。

真须如此吗?事情也许还没有糟到这个地步。

她又问了自己一遍。

必须亲自去看一看,赛忒已经复活,到底它会成长到多大规模?撒壬也能复活吗?一个个疑窦在脑中盘旋。还有那个女孩,那个叫做露西的神秘女孩,她到底是谁?不能等着答案自动浮现,那时一切就太迟了。必须立即去追奥拉德斯,弄个明白。

纱幔缓缓向两旁分开,高大的落地窗显露在眼前。窗外,天空之钥高高耸立,在阳光的照射下熠熠发光。忒弥西快步走到窗前,窗门自动打开,一股凉风扑面而来。

忒弥西跳出窗口,顺着议会大厦向上直飞。

"鲁修,我要和你们一道出发,等我两分钟。"她向鲁修发出指令。

她听到了鲁修的回答,语气中带着惊讶。"议长阁下,我们的船正要出港,我让他们停下等您。"

她已经升到议会大厦的顶部,整个城市尽在眼底。一个个莲花般的圆台从眼前向四面八方散开。鲁修在六号空港,她稍稍辨认方向,猛然起身,仿佛一支利箭般冲了出去。

特快舰正等着她的到来。

忒弥西进入船舱,飞船便立即起航。

舱里的人都穿着空骑兵学院盔甲,然而他们的真实身份都是天穹守护。铁林城属于飞洛寒家族,天穹守护在未告知的情况下出现在飞洛寒的城市里,只会引起不必要的麻烦,让他们以学院军的身份出现，要中立得多。

鲁修的这个主意很不错。忒弥西扫视舱内一眼。这支仿佛学生的队伍里，有许多熟悉的面孔。人们都望着她，眼神中有掩饰不住的惊讶。这些人从来没有见过她身穿盔甲，哪怕就是舞台上的角色，忒弥西永远都穿着盛典女装，高贵典雅。

忒弥西微微一笑。"今天的事很急，有劳诸位！"

卡利纳姆正缩在一个角落里，身上穿着埃萨克的战斗铠甲，黄绿相间的铠甲在一群白亮的盔甲中，甚是醒目。他坐在椅上，拄着枪，低着头，只是抬眼看了忒弥西一眼，又低下头，只盯着眼前的地面，似乎心事重重。

忒弥西走过去，在卡利纳姆面前站定。她抬手轻轻碰触卡利纳姆手中的那杆大枪，一道亮线贯穿枪体。

卡利纳姆抬头，目光在枪身上短暂停留，最后抬眼看着忒弥西。"这是你的东西，要拿回去是吗？"

他的目光暴露了内心，他仍旧不愿意接受露西和奥拉德斯在一起的事实。这个钢铁般强硬的埃萨克人，内心有着异乎寻常的温柔。这不是一个典型的埃萨克人的样子。

忒弥西微微一笑，在卡利纳姆身边坐下。

"刚才走得匆忙，没有和你说说这枪。"忒弥西缓缓地开场，"塔特里姆是一个伟大的英雄，他是我的朋友，所以我送给他这把枪。一个瑟利人并不能轻易制造什么东西，那会消耗大量的微晶，带来损伤，然而我见到塔特里姆的时候，发现他浑身上下都洋溢着刚强的气势，无可阻挡，那样强烈的气势，在瑟利人身上并不多见。只要给他合适的武器，他就是锋锐无比的利剑。事实证明，我是对的。后来我发现，那种气质在埃萨克人中同样罕见，绝大多数埃萨克人只是暴烈，并不刚强，一旦遭遇比他们更强横的人和物，就会束手无策，连反抗的胆子也没有。"

忒弥西娓娓道来，卡利纳姆不知不觉微微侧头，认真倾听。

忒弥西看着卡利纳姆。"但是我看到你，仿佛见到了塔特里姆的影子。你的确很像他，你们都是埃萨克人中一流的人物，坚硬刚强的气质让人惊叹。在撒壬之战纪念馆，你的表现也完全印证了我的看法。所以我才说，这把枪可以送给你。这是一件微晶武器，也许是埃萨克人能够使用的威力最强大的微晶武器。"

卡利纳姆抬起头。"但是你有什么条件？"

忒弥西微笑着摇头。"没有条件。你能够配上这件武器，那就是一件很好的事。"

卡利纳姆默默地盯着她，似乎在琢磨她的话，突然间，他开口说话："好，我收下了。我会帮你把东西夺回来。夺回那件胸甲，就给你了。"

忒弥西不由笑起来。这个埃萨克人不仅刚强，还很善良，然而他还没有意识到所面临的会是怎样的一种情形，从奥拉德斯那里夺回盔甲，那将是一场多么艰难的硬仗。

"刚才这把枪检验了你的DNA，从此只有你才能用它。"忒弥西补充说。

卡利纳姆一愣。"不必这样，万一我死了，别人还可以用它呢。"

忒弥西神色严肃。"它只属于你。我不希望我制造的物品，落入任何一个我所不信任的人手中。"

卡利纳姆默默点头，然而他的神情说明他对此并不理解。

"你会明白的。"忒弥西伸手碰触枪身，几个发亮的字迹显露出来。

"雷神火。"卡利纳姆读出上面的字，"这是枪的名字？"

"没错，这把枪就叫雷神火。塔特里姆取的名字。"

"雷神火，雷神火……"卡利纳姆喃喃地念叨几遍，猛然抬头，"这是个好名字，我也很喜欢。不过，我看不见你用微晶写的字，能把名字直接刻在枪身上吗？"

这个要求出乎意料，却也合情合理。忒弥西伸手在枪身上轻轻抚摸，字迹奇迹般地在枪管的前端显现出来，微微凸起。

卡利纳姆的脸上露出一丝笑意。"你们的微晶术真神奇。"

该是时候谈谈露西的事了。

忒弥西话锋一转。"我们还有一件事要谈。"

卡利纳姆显然有所准备。"是关于露西？"

"是的。"忒弥西郑重其事，"如果她和奥拉德斯在一起，那么我们就要足够小心。"

卡利纳姆摇头。"我不信！"

"我并不要求你相信，但想请你把知道的关于露西的一切都告诉我。关于奥拉德斯，我知道他，了解他，但是关于露西，她是什么人，她从哪里来，我一无所知。"忒弥西淡淡地说着，两眼盯着卡利纳姆。

卡利纳姆的眼光游移不定。

"你可以仔细考虑。飞船到铁林城之前还有两个小时，我们有足够的时间把事情说清楚。"

忒弥西说完不再言语。

卡利纳姆低下头。忒弥西静静地看着这个埃萨克人，他的内心正剧烈挣扎，然而他一定会说的，她相信他的秉性——他是一个善良的人，善良到有些单纯，只是那种刚强的气势很好地掩盖了这一点。

卡利纳姆抬起头来，仿佛下了很大的决心。"我也不知道她的来历，但她的确就是一个普通的女孩。我可以告诉你我经历的一切……"

卡利纳姆打开话匣子，忒弥西静静地听着。

卡利纳姆从脏兽的重重包围中救出她，她将翰亚的胸甲给了卡利纳姆。

在飞瀑镇，卡利纳姆和她一道并肩战斗，保护她。

她参加了埃蕊人的葬礼，在梅尼的棺材前和卡利纳姆一道哭泣，然后和卡利纳姆一道来到了天穹城。

从一开始，她就刻意地回避奥拉德斯，她甚至能够感知到奥拉德斯。

在天穹城，鲁修带着她和卡利纳姆参观天空之钥。

然后，她就失踪了。

卡利纳姆说完了他和露西所有的经历。提到露西的时候，他的眸子里始终洋溢着温情，不过三天的时间，却像一辈子一样漫长。当最后结束的时候，他的脸上显出一丝苦恼。他显然想起了露西和奥拉德斯一道奔逃的结局。这不该是一个爱情故事的结局。

他很爱这个叫做露西的女人。

"你爱她吗？"忒弥西突然问。

卡利纳姆有些错愕，抬眼看着忒弥西。"你说什么？"他几乎不由自主地反问一句。

"你爱她吗？"忒弥西放缓语速，几乎一字一顿地问。

卡利纳姆嘴角一咧，露出洁白的牙齿。"我当然爱她。她是我的女人。"

"那你觉得她爱你吗？"

卡利纳姆一愣，半响之后，回答道："当然，她当然爱我。"

忒弥西心中暗暗叹息。爱使人盲目，这个叫做露西的女人疑点重重，然而卡利纳姆却始终坚信她只是一个普通的瑟利女孩。

她站起身。卡利纳姆的故事让她想起了更重要的事。

"鲁修!"她招呼鲁修,"到这边来。"

鲁修走到她的眼前。忒弥西突然伸手搭在他的肩膀上。一道青白色的光在忒弥西掌心亮起,光亮聚拢不散,脱离了手掌,仿佛活物一般在鲁修的盔甲上缓缓移动。

忒弥西退后一步,静静地看着那团光亮。鲁修则惊讶地低头看着光亮从肩部移动到胸口。舱里所有的人都被这动静吸引,大家的目光集中在鲁修身上。

光亮缓缓地褪去。忒弥西感到一阵沉郁,她看看四周。所有人都正看着她,脸上显出担忧的神色。忒弥西勉强挂起微笑:"鲁修,我要和你谈谈。"说着,她伸手比画出一个巨大的椭圆,船舱的顶部垂下一道屏障,将鲁修和卡利纳姆,还有自己从主舱里隔离出来。

忒弥西神色严肃。"鲁修,你为什么要带卡利纳姆和露西去天空之钥?"

鲁修显得有几分慌乱。"我……晚上没有办法见到你,就想带他们参观一下天穹城。"

"为什么去天空之钥?"忒弥西追问。

"是露西想去。"不等鲁修回答,卡利纳姆抢了先,他的声音很平静,平静到有些冷漠。

忒弥西向着卡利纳姆看去。高大的埃萨克人站起身来,将雷神火甩在肩上扛着。

"露西有控制你们瑟利人的力量?她能让奥拉德斯听话,也让鲁修听话,是不是这样?"卡利纳姆发问,"这就是你想证明的事实吗?"

切中要点!忒弥西心中暗暗喝彩。埃萨克人并不愚蠢,只是他们很少愿意思考。卡利纳姆是一个愿意多想想的埃萨克人。

"你说对了一半,我怀疑露西的确能影响到微晶,但是她还不能控制人。她只是影响微晶,从而影响人。"忒弥西盯着鲁修,"你有某些连结情感的微晶形态改变了，我不知道是她篡改了晶码，还是你爱上了她，从而自动改变了。但无论如何，你爱上了某个人。是露西吗？"

鲁修的脸蓦然间变得通红。

"这也许有些难堪。"忒弥西看了看鲁修，又看了看卡利纳姆，后者的脸上显出一些惊讶，虽然他尽量表现得毫不在乎，然而细微的表情逃不过忒弥西的眼睛。

"但是事关重大……"忒弥西略为踌躇，这件事就连秋明长老也还不知道，就这样告诉两个年轻人有些仓促，然而她还是很开口了，"我触到了莫里斯最后的记忆。"

她看了两人一眼。卡利纳姆神色平静，只是看着她，等着下文，鲁修却惊诧不已地看着她。至少鲁修明白这是多么严重的行为！接触他人的深层记忆被绝对禁止，这和操纵他人仅一步之遥。

"我不该这么做，然而莫里斯临死前说的话让我不得不这么做。"

"他难道没有死？"卡利纳姆问，"我看见他摔死了。"

"还有一口气，他向我说了两个字。"

"什么？"

"撒壬。"忒弥西轻轻地吐出两个字。

卡利纳姆和鲁修彼此对望一眼，眼里充满困惑，他们同样困惑地看着忒弥西。

"你能看见莫里斯的记忆？"卡利纳姆问。

"只是看到最后的记忆，他死掉的一瞬间，我透过微晶读取出他的记忆。"

"你看到了什么？"

忒弥西伸出右手，她的掌心腾起一团光，光柱中有隐约的两个人影，模糊不清，就像是一段失焦的录像。

"你不能相信她！"莫里斯嘶声竭力的叫喊传来。

"莫里斯，难道你不知道这是我最好的机会吗？难道你不是一直希望，我能成功地掌握这盔甲的秘密，成为这个星球上最强大的天骑士吗？"奥拉德斯的声音传来，一个人影开始移动，向前逼近。

"奥拉德斯，我恳请你，不能相信她！"莫里斯苦苦哀求。

奥拉德斯却并没有听从，正准备离开。

"奥拉德斯，听我说，"莫里斯换上了严肃的语调，"你的父亲，伟大的奥古拉斯三世，他所面对的也是这样的情形啊！撒壬诱惑了他，他试图驾驭赛忒兽，结果却被赛忒兽吞没。赛忒的力量很强大，它会转变你，让你不再是从前的奥拉德斯，让你完全成为它的奴隶。你的父亲……"

"不要提我的父亲！"奥拉德斯厉声喝道，"他是被赛忒打败了，但我会胜利的，我能控制所有的这些赛忒兽，让它们成为我的力量。我会成为这个星球，这个银河最有力的统治者。"

"在赛忒的世界里，没有统治者，只有奴隶。"莫里斯的声音听上去万分焦虑。

"奴隶？"奥拉德斯哈哈狂笑，"我就是我，没有任何人能控制我。别人会是我的奴隶，我会有数以亿计的奴隶，我还会拥有欧菲亚，拥有无数的星球，我会是银河大帝，宇宙之王……"

"你干什么！"奥拉德斯的声音突然间变得狂怒。一声女人的惊叫传来，图像中的两个人影不住晃动。

"露西！"卡利纳姆和鲁修同时喊出来。

忒弥西手上的影像突然间变得清晰，奥拉德斯狂怒的面孔逼视着镜头。

"这个老头并不坏，他只是担心你无法驾驭那终极的力量。"露西的声音从画外传来。

奥拉德斯扭曲的面孔发出一声怒吼,猛然间,天空从镜头里飞快地掠过,然后是重物落地的碰撞声。

光柱在忒弥西的掌心熄灭掉。

"这就是莫里斯最后看到的图景。"忒弥西轻轻地说。

三个人都陷落在沉默中。

"你可以救活他的,"卡利纳姆突然说,"为什么不救他?"

"他并不是被奥拉德斯杀死的。"忒弥西平静地回答,"他是自杀。他销毁所有的微晶,断绝了心脏的起搏。我也只是从最后残留的一点记忆微晶中得到这点信息而已。"说完,忒弥西突然感到一阵伤感。莫里斯是个极好的武士,他只是选错了主家,自杀是一种不名誉的死法。他用这样的死法,来否定自己的一生。

也许这不是一个好的选择,然而如果一个人在最后的关头发现自己所做的一切都是错的,大错铸成,无法挽回,怎么做才是最好的选择?

可怜的莫里斯。但在最后的关头,他坚持了一个瑟利人的良知。

撒壬对欧菲亚来说,意味着灭顶之灾。莫里斯选择结束生命来惩罚自己,而用最后的弥留送出警报。

撒壬两个字,已经足够。

"他警告我们,撒壬回来了。"

"露西不可能是撒壬。"卡利纳姆坚定地说。

"她当然不是,但是她和撒壬脱不了干系。"忒弥西看着卡利纳姆,她看见了隐藏在卡利纳姆坚定眼神后的彷徨。一个深爱的女孩突然间变成一切的罪魁祸首,这让他无法接受。

"是奥拉德斯干的,他有盔甲。那盔甲可以驱动脏兽,可以驱动赛忒兽,是不是?"卡利纳姆大声地问。

忒弥西无限同情地看着卡利纳姆。爱情使人盲目,这句话一点没错。

她扭头看着鲁修。"鲁修,你说呢?"

"我不知道。但是露西的确有很大的嫌疑,莫里斯认为是露西蛊惑了奥拉德斯,至少露西知道一些事。既然露西已经和奥拉德斯在一起,她是一个危险分子。"

鲁修的回答很冷静,他已经恢复了常态。

忒弥西微微一笑。"你能自己修正情感微晶,这很好。不要抗拒那些自然发生的事,然而也千万要小心被人不知不觉地控制。"

她扭头面向卡利纳姆。"你是无法自己修正情感的,但是记住,事实就是事实,不要因为个人的好恶而把事实置之不顾。"

卡利纳姆露出痛苦的神情。"我不信!"

忒弥西并不争论。"到了铁林城,一切就水落石出。"

特快舰在云层间穿行,仿佛疾驰的炮弹。

铁林城遥遥在望,忒弥西的心情却越发沉重。她收到来自铁林城的警告,任何飞船,如果未得到允许,将被无条件击落。铁林城已经进入战争状态,铁林护卫军随时准备向任何人发动攻击。他们只服从奥拉德斯的命令。

特快舰被迫慢下来,最后悬停在距离铁林城五十公里外的地方。忒弥西开始交涉。

徒劳无功,铁林城没有任何人愿意交谈,所有的回馈只重复一句话:不得进入铁林城五十公里范围内,否则一律击毁。

无论如何,也要进入铁林城,找到奥拉德斯。飞船已然无法再靠近一步,如果带着这些天穹守护硬闯……他们无法突破铁林城的重型城防炮火。如果一个人去呢?

一个高等级情报突然进入系统。那是一个内线的紧急情报。奥拉德斯早在一个小时前已经带着一个女人离开铁林城,在走之前给护卫军下达了死命令。

这个消息仿佛一股清凉的水将忒弥西从头到脚淋了个透,一股寒意涌来,她不由打了一个寒噤。

剩下的盔甲碎片,他们去找剩下的盔甲碎片!

忒弥西不由站起身来,打开了最高等级的通信特权,向欧菲亚所有的城市,所有的观察站发出要求。

报告奥拉德斯的踪迹!

三分钟很快过去。

又三分钟过去。

正常的情形,一分钟内,奥拉德斯的行踪就该暴露在她眼前。然而整个世界仿佛陷入一片死寂,没有任何情报进入网络,奥拉德斯消失得无影无踪。沉默的情报网让忒弥西感到一丝焦虑。在星球的某个角落,命运之轮正悄然转动,而她却无能为力,只能听天由命。

突然有人触动通信。

是洛克。忒弥西让他进入对话。

"忒弥西,听说奥拉德斯那家伙造反了?"洛克仍旧是一副懒洋洋的语调,仿佛这件事只是早餐桌上无足轻重的谈资。

"他抢劫战争纪念馆,涉嫌驱动赛忒兽制造混乱,伪造授权调动特快舰。现在,铁林城已经进入战争状态,而奥拉德斯居然失踪了。"忒弥西严肃地说着,然而不知不觉间,带上了几分气恼,"我在这里,就像瞎子聋子,什么都看不到,做不了。知道莫里斯临死前说了什么吗?他提到撒壬。危险正在迫近,而我什么都做不了。"

"莫里斯死了?"洛克惊诧地反问,随即沉默下来,片刻之后,他再次开口说话,语气变得郑重其事,"忒弥西,你真的着急了。我带人来帮你,不知道奥拉德斯那个混球在哪里,至少我可以先帮你把铁林城攻下来。"

忒弥西瞬间冷静下来。"不，攻击铁林城没有什么用，今天下午长老会紧急会议一定会通过决议，飞洛寒会自己清理门户。"

"我带人来总会好些，万一奥拉德斯狗急跳墙，也好有个照应。"洛克说着中断了通话。

洛克小事懒散，大事却从来不糊涂。用议长的权力调动任何军队都会引起不必要的纷争，洛克将自己的亲兵团带到铁林城，那将只是洛克个人的行为，不会召来飞洛寒家族的强烈反弹。

也许洛克会把黑色风暴号带来。那样，如果有必要，只要长老会授权，立即可以强攻铁林城。

忒弥西暗暗感激这个当年最小的伙伴，他和翰亚的关系最差，却成了联盟最坚定的支持者之一。

仍旧没有任何关于奥拉德斯的消息。忒弥西沉不住气，站起身，不断踱步。

"忒弥西阁下！"鲁修呼叫她。

"什么事？"忒弥西一反常态，用极不耐烦的语调问道。失态了！她立即意识到自己的过错，强行将焦躁的情绪压制下去。"什么事？"这一次语调镇静而平稳。

"当初脏兽就是在铁林城下第一次被发现的，露西也是在这里给了卡利纳姆胸甲……"不等鲁修把话说完，忒弥西仿佛感到一扇大门在眼前打开，一切都豁然开朗。

覆盖全球的情报网只有一个错失的节点——已经进入战争状态的铁林城！如果所有其他的节点都没有回馈，那么奥拉德斯只能在铁林城的监控范围内。

她对自己居然忽略这样一个显然的事实而感到懊恼。奥拉德斯一定在铁林城下方，搜索这片方圆两百公里的土地用不了多少时间。

"我明白了。我们降落去找他们。"忒弥西沉着地下令。

她给鲁修送出一条秘密消息。"做得好，你提醒我了。"

"但是那样铁林城随时都能发动攻击，我们在地面上，只有挨打的份。"鲁修提醒她。

"我们得冒险去找到奥拉德斯。如果铁林城真的使用城防火力攻击我们，那时候再想办法。"到时候，一旦洛克赶到，将会是一场昏天黑地的大战。长老们会大发雷霆，飞洛寒家族会蒙羞，因为他们的城市居然攻击不成队形的几个瑟利空骑兵。这样糟糕的情形应该不会发生，然而此刻谁也无法预期奥拉德斯会做出怎样的事。他即便没有发疯，也就在疯狂的边缘。

特快舰降落在地，穿着学员盔甲的天穹守护鱼贯而出。

忒弥西最后一个从特快舰里出来，她跳下飞船，贴着地面掠飞，最后在一个小小的土丘上落地。

卡利纳姆正站在那儿，向着远方眺望，身子一动不动，就像一尊雕像。沉重的心情就写在他的脸上，脸色黑得很难看。

忒弥西顺着卡利纳姆的视线向前张望。她早已感觉到那些东西的存在，然而用眼睛去看是完全不同的一种感受。

不远处，赛忒兽漫山遍野。它们在不断变化，不断形成各种怪物，仿佛一个巨大的怪兽正伸展躯体。散落各处的赛忒化石仿佛都成了活物，汇聚起来，形成一条条涓涓细流，不断汇聚，最后成了滚滚洪流，几条粗大的洪流就像怪物伸展的胳膊，又像是飞舞的旋臂，正被中央的黑洞吞噬。

她仿佛回到从前的岁月，数以亿计的赛忒大军铺天盖地，包围了整个欧菲亚。

必须将它铲除掉！忒弥西的信念无比坚定。

赛忒在这个星球上找到了代言人，奥拉德斯已经堕入到那不可自拔的漩涡中。绝不能让撒壬复活！

"我得回金光城去。"卡利纳姆突然转过身，对她说，"这些赛忒兽随时可能攻击金光城。"

忒弥西点点头。

"卡利纳姆，有情况随时呼叫我。"鲁修说。

卡利纳姆点点头，伸手在腰带上示意。忒弥西目光所及，看见一个小小的银色物件扣在卡利纳姆的腰带上。"那是什么？"忒弥西问。

"我给卡利纳姆的通信器。"鲁修回答。

制造各种奇怪的小东西并不是空骑兵的技能。忒弥西看了鲁修一眼——这个西部空骑兵军校的优秀学生居然会一些本该由工匠们掌握的技能，这样的事确实罕见，然而总有些人能够做到！是的，她想起鲁修在报告时提到过这个。

"我们的援军很快就来，"她向卡利纳姆说，"如果情况紧急，告诉我们，我们会帮忙的。"

卡利纳姆再次点头。

两名天穹守护架起卡利纳姆向着远方而去，他们的身影很快变小，最后成了天边遥不可及的小黑点。

忒弥西的视线回到眼前那蠢蠢欲动的黑色军团，她的心思飘得更远。如果这就是赛忒最后的挣扎，那倒是件好事。然而，撒壬的力量绝不仅仅如此而已。即便那个叫做露西的女人并不是撒壬，她也像是撒壬的某种变体。

晴空中，一道强烈的电光闪过。骤然间，天地间变得昏暗。

忒弥西抬头。云层正向着铁林城聚集，他们启动了天气调节。

雷暴雨，那是赛忒喜欢的天气。

至少在这里，一场不大不小的战斗不可避免了。

赛忒兽出现在欧菲亚。忒弥西向所有议员广播了这个消息。

第十四章　冷酷杀场

金光族翻出了全部的家底。

二十七门巨炮一字排开，气势非凡。炮手们正在进行紧张的训练。这些口径异常粗大的巨炮，威力惊人，原本被安放在金光城四周的炮台上，当作城防炮使用，除了一些偶尔的表演或者训练，它们从未被使用过——自从炮台建成以来，从来没有敌人愚蠢到要冒着被巨炮轰击的危险向金光城发动攻击。情况紧急，不得不将它们装上拖车，当作野战炮使用。

塔西亚姆正站在阵地旁的高地上，看着士兵们进行操练。他穿着和战士们一样的战斗铠甲，一杆重型狙击枪立在一侧，高大的身躯仿佛一尊铁塔。

"塔西亚姆，卡利纳姆来了！"西多姆出声招呼。

塔西亚姆转过身来，看见卡利纳姆，脸上露出一丝微笑。"卡利纳姆，你终于回来了，来得正是时候！"

他的眼光落在卡利纳姆肩上，一截灰色的枪身从卡利纳姆的肩头露出，那是他背着的雷神火。

"这就是那样武器？让我看看。"塔西亚姆伸手。

卡利纳姆并不犹豫，一甩肩膀，把雷神火抓在手里，上前几步，递了过去。

塔西亚姆放开自己的重型狙击枪，双手将雷神火接过来。他的目光在枪身上不断逡巡，眼里尽是喜色。

"我听说过，我听说过……"塔西亚姆喃喃自语，"没想到真能看见这真家伙。"

卡利纳姆默默地看着他。战酋曾经是族人里最骁勇的战士之一，只是已经老了，背有些佝偻，身形依旧魁梧。然而即便老了，血管里仍旧流的是埃萨克沸腾的血，再过两个小时，他便要领队上阵，驱逐赛忒兽。

塔西亚姆抬起头。"那个叫塔特里姆的家伙，真是和一头巨兽同归于尽的吗？"

"忒弥西是这么说的，他们的画上也是这么描绘的。"

塔西亚姆哼了一声。"这些瑟利人还算有点良心。"他将枪递给卡利纳姆，"让我见识一下。"

卡利纳姆拿起枪来，熟练地将它一分为二，套在左胳膊上。他瞄准远方的一片空地，轻轻触动指尖的触点。一团火光遽然一亮，剧烈的爆炸声随之而来，空地上赫然现出一个焦黑的大坑。

塔西亚姆的眼里露出赞叹的神色。"真厉害！就像一门小炮。"

"还有一种用法。"卡利纳姆说着同时触动指尖的两个触点，一股浓烈的火焰从枪口喷出，射出十来米远。火龙燃烧着，翻腾着，灼人的热力烘烤着每个人的脸庞。两秒后，火龙熄灭掉。

卡利纳姆向战酋看了看，战酋的眸子里闪着火光，仿佛是火焰的余烬。

"小子，运气不错！"塔西亚姆说着端起身边的重狙，抬手射出一发子弹。远处传来轻微沉闷的响声，焦黑的弹坑里翻出黄色的新土。

卡利纳姆瞟了一眼，战酋打出的子弹是高爆弹，威力惊人，可以将一个人炸为两截，然而和雷神火巨大的杀伤力相比，却又算不了什么。

塔西亚姆眯起眼睛，望着远方两个对比鲜明的弹坑，似乎正努力将那情形看得清楚一些。忽然间，他放声笑起来。

"好样的，卡利纳姆，竟然能从瑟利人那里得到这样的武器！跟我一起行动，我这条老命已经不准备要了，但是胜利还是要的。"他斜眼睥睨，带着一副志气高昂的神情，"不过，你记住，武器是死的，人是活的。埃萨克人和瑟利战斗了那么久，什么时候害怕过他们的武器？"

卡利纳姆肃然。"当然。"

塔西亚姆伸手拍拍卡利纳姆的肩头。"知道就好，知道就好。"他看着卡利纳姆，"我知道你很明白这个道理，你和那些只知道打打杀杀的粗人不一样，你比我强。"

卡利纳姆感到一阵惶恐。"塔西亚姆，我怎么能和你相比？你是我们的头。"

塔西亚姆摆摆手，示意卡利纳姆不用多说。

"埃萨克人从不藏藏掖掖，你和其他人都不一样，看看你的长发就知道了。拿好你的枪，你得继续在战场上证明你是最强的一个。这事要到你死了才算结束。"

塔西亚姆说完转身继续远望着炮手们最后的校准。

没什么可说的，这是一场事关金光族存亡的战斗。赛忒兽已经将金光城包围起来，一旦它们发动攻击，所有的族人，男女老幼，最后都无法幸免。必须突围，把妇孺转移到安全的所在。然而这些赛忒兽数量众多而且战斗力惊人，远非脏兽可比。

西多姆示意卡利纳姆跟着自己。卡利纳姆走动两步，停下脚步。"塔西亚姆，战斗结束，我要回飞瀑镇去。"

"傻瓜，你以为战斗结束的时候还可以活着吗？飞瀑镇上还有人会活着吗？"塔西亚姆用带有衅意的眼神看着卡利纳姆，"战斗结束，你想干什么就干什么，只要你还活着。"

塔西亚姆指出一个血淋淋的事实——站着的这些人，是否能活到那个时候还是一个巨大的问号。飞瀑镇很可能已经被毁，那儿几乎就在赛忒军团的中心，被数以百万计的赛忒兽包围着，而镇上的人们毫无武装。

卡利纳姆并不多想，他无法将自己劈成两半，同时去做两件事。帮助塔西亚姆一道突围，保护妇孺离开这个极度危险的死亡地带，是他眼下唯一能做的事。

他又想起一件要紧的事，也许不该在塔西亚姆面前提，然而他还是说了出来："瑟利人也在对付这些赛忒兽，他们会派大飞船来，飞船的炮火很凶狠，威力无比……"

"可是要等到什么时候？"塔西亚姆打断卡利纳姆，"让我们在这里傻等着，等瑟利人大发慈悲来拯救我们，你是这样的想法吗？"他睥睨着卡利纳姆。"特鲁西，埃萨克人的最强勇士，就是这样的想法？他们给了你一件武器，你就成了小喽啰？"

卡利纳姆默然不语，他向西多姆看去，西多姆站在一边，毫不理会。是的，埃萨克人和瑟利人之间，从来没有彼此信任过。

"不怕死的就跟我来。不然你就在这里等着瑟利人的拯救吧！你的那把枪倒是可以保护你。"塔西亚姆冷冷地丢下一句，迈开大步，沿着一边的台阶走了下去，脚步咚咚直响。

远处传来嘹亮的集合号。短促有力的号声宣告反击就要开始。

西多姆走过来，拍拍卡利纳姆的肩膀。

卡利纳姆抬头看着他,这个号称最聪明的埃萨克人的脸上带着一丝戏谑的微笑。"让勇士接受施舍不如让他去死。"西多姆说着又拍拍他的肩膀,转身去追塔西亚姆。

塔西亚姆维护着埃萨克人的光荣。既然死亡是每一个人最后的命运,为什么不死在战场上,让生命在血与火,痛苦与死亡之间,得到最后的升华?

天际线上黑压压一片,是令人恐怖的军团,依稀可见巨型的赛忒兽在其中游移。那就是金光族的勇士们将要突击的方向,他们会用血肉之躯筑成通道,让女人和孩子们可以活下去。

卡利纳姆紧紧地握着雷神火。嘹亮的号声又响起来,这一次,一长两短,这是攻击准备的信号。

战斗随即打响!一股抑制不住的冲动在心间跳跃。

埃萨克的血脉在召唤他。

他跑动起来,从高台跃下,追着塔西亚姆和西多姆而去。

进攻在隆隆炮声中拉开序幕。

一团团爆炸的火光不断在赛忒兽群中腾起,炮声震耳欲聋,整个大地似乎都在颤抖。巨型火炮威力无比,然而亲眼目睹它惊人的破坏力,还是让人震惊不已。

炮火不断延伸,深入到赛忒兽群内部,仿佛无形的巨蟒,吞吐着红色的信子,不断吞吃阻挡在前的一切。它的吃法快捷而迅速,很快,在黑色的包围圈上撕扯出一个巨大的豁口。

数十辆装甲车跟随着炮火向前推进。全副武装的埃萨克战士攀附在车上,一辆辆装甲车就像长满手脚。战士们表情严肃,直直地盯着前方的硝烟战火,他们知道,一旦炮火停下,光荣的战斗将立即开始。他们是第一梯队,将面临最大限度的压力。他们的战斗成果将决定身后的十多万妇孺是否能够安全地从这里通过,去一个安全的所在，远离这突如其来的灾祸。

炮声停了下来。

装甲车猛然加速，向前冲刺，车子冲上一个山包，在山顶兜一个圈，开始掉头。

车上的战士们纷纷跳下车，各自寻找有利的位置。山坡下，一小群赛忒兽正在游荡，它们在弹坑间寻找同伴的尸体。突然间，几个战士高声大叫。他们高举着枪支，发出撕心裂肺的叫喊，然后向着前边的兽群冲过去。叫喊声仿佛一个信号，原本正在布置阵地的战士们放弃了手中的工作，纷纷拿起武器，跟着那几个人冲了出去。

卡利纳姆正想随着战士们下车。抬头望去，只见几百名战士们正如一群无头苍蝇般在战场上乱窜，心中不由咯噔一声。

哪怕最简单的组织，也比这样毫无配合的散乱作战要好得多。

"绕到他们前边！"卡利纳姆向着驾驶手下令。

"可是命令要求把人送到山顶就返回。"驾驶手争辩。

"我是指挥官，服从命令！"卡利纳姆厉声呵斥。

装甲车冲下陡坡，很快追上了正向前奔跑的士兵们。

"就到这里。放下战士，你可以回去了。"他向驾驶手下令，不等车子停稳，便纵身跳下去，顺势跑动，挡在那些正试图向赛忒兽群冲锋的战士。

"站住！"他伸展双臂，大声呼喊，试图阻挡这些人。他们应该在阵地上，严阵以待，而不是像这样毫无组织地冲锋。少数人停了下来，然而大多数战士们并不理睬，仍旧向前跑着。

"你们在干什么！"他向着四处乱跑的战士们怒喝，"回到山顶去，我命令你们回到山顶去！"

一个战士放慢脚步。"特鲁西！"他大声喊，"虽然你是特鲁西，但你管不着我们，我们利齿突击队从来都这样。"说完，他便跑开了。这几百人的队伍,乱作一团,仍旧呼号着向前跑。

卡利纳姆感到一阵怒意。尖牙和利齿两支突击队,集中了金光族的精锐勇士,然而他们却从来不知道战场上只靠勇敢和强大的火力是不够的。

停下脚步的战士见到这样的情形,不由犹豫,其中一个大着胆子走上前。"特鲁西,我们是不是也该冲过去多杀它几个?晚了,就没有了。"

"没有我的命令,不要轻举妄动!"卡利纳姆向他怒吼。

战士被吓了一跳,惊讶地看着卡利纳姆。"特鲁西,你想要我们怎么做?我听你的。"

沸腾的热血瞬间冷静下来。愤怒也许能增加力量,却让人盲目。战士可以愤怒,指挥官却必须冷静。这也许并不能让这些渴望着血与火的战士们活着回到亲人中间,却至少可以多争取一些时间。

又有一些人从山顶上冲下来。

卡利纳姆不安地望向远处。赛忒兽群黑压压一片,遮住了地平线。炮火的轰击让它们暂时远离,然而危险随时会发生。

必须找到埃可姆,他是利齿突击队的首领,那些骄悍的勇士,永远只服从首领。

"斯土姆!"卡利纳姆高声叫喊,四下寻找。

"卡利纳姆,我在这里!"斯土姆高声回应。他正在一个弹坑边检查摩托,身上只背了一支很短的枪。斯土姆并不是精英战士,然而卡利纳姆坚持让他加入到突击队中。虽然他并不是一个很好的战士,却也有大无畏的勇气,几天前在脏兽群中,他已经充分证明了这点。

"骑上摩托,找到埃可姆,要他赶到前面来。"

斯土姆对这个命令有些惧怕。"卡利纳姆,你是要我去找埃可姆?他会杀了我。"

埃可姆的确会杀人。这是在战场上，他可以一枪将斯土姆打死，然后若无其事地继续战斗。弱小的生命是毫无价值的，在埃可姆的眼里更是如此。

"告诉他，他若不来，利齿突击队就归我了。如果他要杀你，告诉他你可以带路，不然他找到我之前，大家都被赛忒兽杀死了。"

斯土姆仍旧犹豫，卡利纳姆一瞪眼。"快去！"

斯土姆的脸上显出惊恐的神情，眼睛瞪得浑圆，眼神有些僵直。他的视线盯着身后的天空！一种不祥的预感涌上心头，卡利纳姆迅速回头。

天上有东西！一群模样奇怪的东西正快速地向这边飞过来。

它们冲着这山坡上的数百名埃萨克战士而来！

"赛忒兽在天上！"卡利纳姆高声叫喊，"大家快回到山顶，我们要集中火力。"

他的喊声让一些人停下脚步，他们也看见那正从天上逼近的东西。然而更多的人仿佛完全没有听到喊声，仍旧自顾自地往前冲。

卡利纳姆迅速回头。"快，斯土姆，去找埃可姆，他必须在山顶上指挥。要组成防线，不仅有地面上的敌人还有天上的。"

斯土姆惊惶无措。"我到底该怎么说？"

"告诉他，战争开始了。带他到山顶，山顶必须有猛烈的火力控制四周，必须让尖牙和利齿的人都守在位置上，不能随便冲锋。"

"那你呢？"

"我把这些人追回来。快去！"

斯土姆转身正要走。

还有一件事！卡利纳姆猛然想起那遮蔽地平线的赛忒兽，在这样的距离上，它们的存在显得更有压迫感，而且它们居然从天上来了。他慌忙喊住斯土姆："还有，找到埃可姆，你不用跟着他回山顶，继续去找西多姆,告诉他,必须加快大炮的推进。它们已经从天上来了,谁也不知道在地面上,我们会遇到什么。"他伸手解开绑在身上的子弹链,把这特鲁西光荣的象征扔给斯土姆,"带着这个,没人会阻拦你。"

斯土姆不再多说,把子弹链往肩上一挂,转身小跑着冲向自己的摩托。

卡利纳姆看着斯土姆跨上摩托后,将雷神火拿在手中,套在左手上。

"巴图姆!"他大声叫喊。

"我在这,特鲁西!"一个大个子应声跑过来。他随着卡利纳姆冲进脏兽群又回来,已经证明自己是一个可靠的勇士。

"巴图姆,你现在是这些人的队长,明白命令吗?"卡利纳姆向着围在四周的战士比画,把声音放到最大,好让所有的人都能听清。

巴图姆高举手中的枪。"放心,特鲁西,那些杂碎敢跟着你来,我们就把它打个稀巴烂。"

卡利纳姆不再多说,转身向前跑。

前方,几百名埃萨克战士已经停了下来,他们大声叫嚷着,向着天上飘过来的东西开枪。那些东西似乎毫无抵抗的能力,被击中后化作一团火球,冒着黑烟,缓缓坠落。埃萨克战士们欢呼着,继续向这群怪东西开火,一团团火球不断在天空中燃起,几乎将半边天空烧红。

卡利纳姆飞快地接近前方,远方的怪物群越发清楚。

那些浮在空中的东西,看上去就像一个个巨大的水母,细而长的触手在身体下方不断摆动。它们身体的某个部分燃烧着火焰,推动着它们。

卡利纳姆心念一动。

是的，就是这模样的赛弍兽，在天穹城的战争纪念馆里陈列着它的化石。能够在战争纪念馆里陈列的东西一定有特别之处。他感到隐约的不安。

飘浮的水母群并不畏惧死亡，它们穿过同伴燃烧形成的火和烟继续向前。地面上，埃萨克战士继续开火，火力更加凶猛，更多的水母变成燃烧的火球。这仿佛一场毫无悬念的屠杀。

忽然间，水母群停止了前进。它们开始聚集起来，收缩成团，在火光的映衬下，仿佛一团滚动的红云。埃萨克人大笑着，叫喊着，用轻蔑的语调咒骂，有人甚至脱下裤子，向着对方喷出冒着热气的尿液。这胜利来得太容易，战场上一片欢腾。这些无畏的战士，听任本能的支配，享受着生命的每一个时刻，从来不会费神去思考该怎么做。

这也许就是最危险的时刻。

卡利纳姆一边继续奔跑，一边警惕地盯着那不断翻腾的红云。他很快跑进战士们中间，和他们站在一起。

"大家听着，"卡利纳姆挑选了一块高高耸起的石头站上去，"现在跟我回去，我们必须在高地上建立阵地，不是一次，我们要抵抗十次，上百次冲击。在这里不行。"

"特鲁西，你的肩带呢？追得太急，连特鲁西的荣誉都不要了，哈哈……"有人在背后嘲笑，所有的埃萨克战士都跟着哄笑起来。

他们只服从最有力量的人，友好的劝说没用！

卡利纳姆转身，雷神火喷吐出熊熊火焰，灼热的气息逼着周围几个人连连后退。他用鹰隼般的眼神在人群中扫视，气势逼人。

"你们听好了，不管你们是混蛋还是英雄，现在都跟着我回去。"

他抬起手臂，高高向上，雷神火指向那一团熊熊燃烧的红云。

指尖上传来轻微的触感，一团不易觉察的光亮在枪口一闪而过。

几乎就在一瞬间,红云突然间猛烈地燃烧,仿佛一场巨大的爆炸。火焰在空中形成高大的火墙,直冲云霄。

空气中的一切似乎都在抖动,猛然间,灼人的气浪涌来,埃萨克战士们纷纷别过脸,本能地缩起身子躲避。

雷神火在这群奇怪的水母赛忒中引发了剧烈爆炸。

爆炸的凶猛程度有些出人意料。他只是想展示一下威力,慑服这些不把一切放在眼里的战士们。然而这爆炸……他似乎在空中引燃了一个巨大的火药库。

正当卡利纳姆惊疑不定,无数细小的黑影紧随着气浪而来。它们从爆炸的余烬中穿出,仿佛一些不起眼的细碎残骸,然而却发出红光,仿佛带着隐约的星芒。

这是赛忒在进攻!

卡利纳姆几乎直觉地认定这点。他跳下石头,缩起身体,试图借助石头掩护自己。

"找地方躲!"他向着战场上的战士们大声叫喊。

然而没有人能听见他的喊声。灼热的气浪吹得战士们七倒八歪,闪着红色星芒的碎块仿佛雨点般落在战场上,惨叫声此起彼伏。速度飞快的碎块就像子弹一般威力巨大。

就在两米开外,一个战士被击中,直直地倒地。更多的碎片噗噗落地,扬起一团团尘土,带着焦灼的气息。一块碎片落在卡利纳姆身边,只有小指的半个指节大小,隐约透着红光。落地的瞬间碎片渗出热力,将土地烤得焦黑。

这说不上是什么东西的残骸,它像是一颗子弹。

它更像一颗炸弹!卡利纳姆本能地想要闪避,迅速地趴在地上。

泥土中传来浓重的硝烟味,直入鼻孔。周围都是红色光线,他似乎沐浴在一片血色中。灼人的热量一瞬间刺痛了他的背部,背上仿佛火烧一般疼痛。似乎又在一瞬间,这灼人的感觉消失得无影无踪。耳边传来水流的声音,仿佛小溪近在咫尺。这是幻觉!卡利纳姆摇摇头,试图将那鸣音驱赶出去,他抬起头,流水的声音消失,一丝尖锐的鸣叫取而代之,在脑子里回响。

看不到任何东西!

一丝恐惧掠过心头,他使劲闭上眼睛,然后用力地睁开。

世界慢慢地在眼前清晰起来。

一片焦黑。埃萨克战士的尸体横七竖八,仿佛一段段乌黑的焦炭。刹那间,卡利纳姆只感到一阵惶恐无助,方才还喧嚣鼎沸的战场,转眼间成了一片死寂。

世界仿佛被火雨洗了一遍,只留下一片焦黑狼藉。依稀间,卡利纳姆仿佛听到凄厉的号叫,被大火烧死的战士们几乎没有任何逃脱的机会,一具具尸体挣扎扭曲,显示出极度的痛苦。

这些看上去弱不禁风的水母赛忒,是太可怕的武器。它们释放无数强有力的小小炸弹,把整个战场燃烧成一片火海,无从躲避。

卡利纳姆努力控制呼吸。不要恐慌!他记着梅尼的话。沉静如水。

他的呼吸节奏变得缓慢,心绪缓缓平静下来。惶恐无助的感觉仿佛水波平复,不再有波澜。

他再次望向这片战场。尸骸遍野,几百名生龙活虎的战士转眼间死于非命,沉重的压迫感堵在胸口,仿佛有一团火在燃烧,然而被堵着,闷着,仿佛要将胸腔炸开。那是埃萨克战神的召唤。

卡利纳姆高举双手,紧紧握拳头。郁积在胸口的浊气上升,他猛然大喊起来。

胳膊上的雷神火受到触动,向天上射出一道灿烂的火焰。

杀死它们,杀光它们!这个念头牢牢盘踞着他的意识。

他的视线落在自己身边的土地上。赫然间，他发现自己所在的位置，并没有被那可怕的烈火染黑。他转身环顾，一道清晰的界限就在自己身边。他正站在一个圆形的中央，圆的内部仍旧是黄褐色的土地，而外部则一片焦黑。爆炸发生的时刻，某种力量保护了他，让他幸免于难。

雷神火！他看着手中的武器。忒弥西制造的神秘武器在关键时刻保护了他。

一阵异常的震动传来。卡利纳姆警惕地抬头。地平线上，黑压压的赛忒军团开始了动作。兽群在移动，向着这边而来。

卡利纳姆最后望了战场上死去的战士们一眼，果断地转身，向着山顶奔跑。在这里牺牲毫无价值，他该到山顶上去，和尖牙利齿的战士们一道做好抵抗。更重要的是，必须找到一种方法，对付飞在空中的赛忒兽。他边跑边回头张望。远方的天空中是不祥的图景，兽群的上方，一个巨大的群落正在聚集，仿佛一团漆黑的乌云。

"特鲁西！"远处的土堆后边，露出一个埃萨克战士的头，是巴图姆，"你能回来真是太好了！"

卡利纳姆很快跑到巴图姆跟前，越过土堆，跳落在临时挖掘的土坑里。

巴图姆显得非常高兴。"特鲁西，你还活着，真是太好了！"他的脸色随即又变得肃然，"那边的大火是怎么来的？一下子，我就看见那边一片火海。"

巴图姆口中的那边是烧死了数百埃萨克战士的战场。卡利纳姆回望一眼，黄色的荒野上一块黑色触目惊心，仿佛一个巨大的伤疤。"赛忒用炸弹，它们的炸弹威力不小。"

"我们怎么办？"巴图姆问。

"先撤回坡顶。"卡利纳姆毫不犹豫地回答。

"特鲁西!"有人向卡利纳姆大声招呼。卡利纳姆循声望去,一群赛忒兽正快速逼近,来得比正前方的大部队快得多,速度如此快以至于有些像是飞。它们的身后涌起巨大的烟尘,数量不多,却声势浩大。

来不及撤退了,只有就地抵抗。

"大家准备好火力。"他高声叫喊,"听到我的命令才能开枪。看到我开了枪才能开枪。"战士们迅速找到合适的位置,静静地等待赛忒兽逼近。

赛忒兽很快接近到肉眼可以看清的程度。这是一群奇怪的东西,只有十来个,并没有腿,而是贴着地面飞行。它们的腹部似乎喷射着蓝色火焰,将身体稳稳地托住。躯体扁平,仿佛一个个碟子,碟子上有高高隆起的部分,像是一个兽头。它仿佛一只缩起了四足的乌龟,看上去毫无威胁,然而——赛忒兽的攻击方式五花八门,那空中飞来的水母兽看上去更为柔弱,却是致命的杀手。绝不能掉以轻心!

阵地上,埃萨克战士们一个个凝神屏气,只等着卡利纳姆的指令。

卡利纳姆全神贯注地盯着飞在最前边的碟形兽,盘算着合适的开火距离。忽然间,所有的碟形兽都停了下来,排成一线,在原地微微上下起伏。

卡利纳姆有些意外。这些奇怪的赛忒兽有着奇怪的行为,谁也不知道它们接着会做出什么举动。

开火还是再等一等?卡利纳姆不禁有一丝犹豫。雷神火直直地指向前方,他的指尖触到了那三个摸上去有些粗糙的触点,轻轻用力,爆炸就会揭开战斗的序幕。

战士们正等着他的信号。

然而这还不是最佳距离,如果它们能够再近几百米……

它们为什么会停下?

卡利纳姆望向远方。地面仍在微微震动,兽群正在移动,然而距离尚远。当他将视线挪回不远处的碟形兽身上,不由深吸一口气。

一个女人!一个女人站在碟形兽身上,正向着这边张望。似乎刚才她坐在兽背上,无法被看见,此刻站了起来,恰好露出头。

他无法看清女人的脸,然而心底的一个声音告诉他,那是露西。

露西果然和奥拉德斯在一起,和赛忒兽在一起。

一股异样的情绪涌上来,卡利纳姆只感到心头苦涩,仿佛一碗酸汁浇淋在心上。

他不由自主地将枪口放下。

兽背上的女人忽然跃下,向着阵地前走过来。

她穿着飘逸的长裙,和露西的装束大不一样,两绺长发垂在胸前,几乎及腰。那不是露西,卡利纳姆想,头发不可能一夜之间长得那么长。

女人向前走着,埃萨克人的阵地上骚动起来。

"特鲁西,是个女人,怎么办?"巴图姆问。

"等一等。"卡利纳姆的视线越过女人,碟形的赛忒兽并没有动作,仍旧留在原地。女人和赛忒兽之间的距离越来越远。

她是来谈话的,卡利纳姆想。

"巴图姆,做好战斗准备。一旦情况不妙,就开火。如果有可能,带大伙儿回坡顶和大部队会合。"他吩咐巴图姆。

"特鲁西,你到底打算让我怎么办?"巴图姆对这个含混不清的命令有些疑惑。

"如果我回来,我会告诉你。"卡利纳姆扭头看着他,"如果我回不来,你就是指挥官。"说完卡利纳姆从掩体中跳出来,迈开大步,迎着那女人走去。

两人相对而行，对方的面孔逐渐变得清晰起来。

那的确是露西！

卡利纳姆只觉得心底有上万把小刀在搅动，越靠近露西，他便越觉得痛苦。无论是否相信，事实就在眼前，怎么也否认不掉。

两人隔着十多米停下脚步。

"真的是你，卡利纳姆！"露西微笑着说，眼里透着欣喜，"没想到还能见到你。真好！"

卡利纳姆望着眼前的人。他认得这张面孔，然而站在眼前的仿佛是个陌生人。原本天真纯洁的那个女孩不见了，取而代之的是一个成熟的女人，明艳不可方物，带着妖异的气息。

"为什么会这样？"卡利纳姆问，带着几分痛苦。

"为了保护自己。"露西回答。

"我答应过你，会保护你。"

"你的力量不够。"

这句话像一柄匕首击入卡利纳姆的心脏，他感到心头猛烈地收缩。

露西看出些异样。"怎么了，你不舒服吗？"

卡利纳姆很快恢复平静。"不，我很好。"他用一种冰冷冷的语调回答，"那么你到这里来做什么？"

"来找你。"

"找我？"卡利纳姆冷笑，"一个没有力量保护你的人，找我做什么呢？"

"你的力量不够，但你对我很重要。"露西望着他，脸上带着一种似笑非笑的表情。

她在嘲弄我！愤怒在卡利纳姆心中猛地燃烧起来，他压抑着怒火。"我们已是敌人，你走吧。战斗开始，我不会留情的。"他抬起手中的雷神火。

露西的视线在雷神火上稍稍停留,她的眼神变得灰暗。"我明白。"她转身向着那些碟状的赛忒兽走去。

卡利纳姆感到心头蓦然一空,茫然若失。"等等。"他喊住露西。

露西回过头,看着他。"你是想在这里杀死我吗?"

卡利纳姆摇头。"埃萨克人从来不做这种背后伤人的事。我想问你,是奥拉德斯逼迫你的吗?"

露西摇头。"不,他没有逼我,我帮助他获得力量,这样他可以保护我。"

"离他远点,他是个恶棍。"

露西笑起来。"忒弥西见到我,必然要杀死我,至少奥拉德斯现在愿意保护我。对我来说,奥拉德斯不是恶棍,忒弥西才是。"

卡利纳姆一时语塞。

露西又望了他一眼。"但我知道你会保护我,就算你不能保护我。是这样的吗?"她望着卡利纳姆,眼里流露出热切的期盼。卡利纳姆却不知该如何回应,只能木然站着。

露西眼光流转。"我明白的。"

说完她转身继续往回走。

卡利纳姆一动不动地立着,看着那婀娜的身影越走越远。

"你真的是赛忒吗?"他突然大声呼叫起来。

露西已经往回走了一半。她回过身,面向卡利纳姆站着,并没有回答。突然间,一只碟状兽从队列中脱出,悄无声息地向着露西靠近,在她身边停下。碟状兽的背上伸出两只触手,轻柔地将露西缠绕起来,将她抓起,放在背上。所有的碟形兽都动作起来,调转方向,开始移动。

露西站在碟形兽背上。兽身上的触手仍旧缠绕着她,从始至终,她都望着卡利纳姆,直到再也看不见。

一个多么愚蠢的问题!卡利纳姆心想,露西是一个人形的赛忒,这还有什么可问?

忽然间,天色骤然一暗,急遽的雨点落下来。冰凉的雨点落在卡利纳姆身上,带来一阵阵寒意。

远方,黑色浪潮般的赛忒军团正急速涌来。

卡利纳姆转过身,向着他的战士们跑去。战斗就要开始,这里马上就要成为残酷的杀场,无数的勇士会死于非命,而敌人会被阻挡在这片山坡下。

仅仅依靠埃萨克人的力量是不够的。一边跑,卡利纳姆一边从腰带上拿下鲁修的通信器,按下按钮。

"鲁修,我需要帮忙。"他急切地说着。

他很快听到了回应。

"坚持住,我会派人来帮你。"他听到了忒弥西的声音,不疾不徐,透着从容不迫的自信。

他突然间有了信心。

第十五章　风暴之眼

潮水一般地涌来，潮水一般地退去。

战斗从开始到结束不过短短的十多分钟，当所有人都做好牺牲的准备，赛忒却撤退了，只有阵地前横七竖八的尸体证明方才的确有一场激烈的战斗。只是刚开始，它就结束了。

山顶阵地安然无恙，只有十多个战士被赛忒兽的远程火力击伤，两个战士伤得过重，死了。和任何一次胜利之后的情形不同，阵地上没有任何欢呼声，战士们忙着挖掘更隐蔽的掩体，受伤的人则默默地包扎伤口，把自己的位置挪到最前，希望下一次战斗开始的时候可以第一个死掉。所有人都明白，这胜利并不是凭着实力得来，而是敌人给的——根本没有胜利，只是敌人暂时撤退了。当它们再来，会像坦克车碾过一篮子鸡蛋一样，轻而易举地摧毁一切。

卡利纳姆站在阵地前沿，望着赛忒大军撤退的方向默然不语。远方火光闪烁，瑟利的舰队赶到了，正和赛忒交火。昏暗的天空里，飞船发出醒目的光。也许是瑟利飞船的到来吸引了赛忒的注意力，也许……他想起了露西。

"卡利纳姆。"有人喊他。那是埃可姆的声音。

卡利纳姆扭头向身后看去。

埃可姆站在一个掩体土堆前,两把硕大的手枪别在腰间,双手盘在胸前,仍旧是一副桀骜不驯的模样,正歪着脑袋看着他。

卡利纳姆静静地等着下文。

埃可姆跳下土堆,走过来,在卡利纳姆面前站定。

他欲言又止,最后还是开了口:"无论怎么说,你救了我们的命!"他说的是调动重炮支援的事。没有重炮,赛忒轻而易举就能冲上山坡。

"是你把重炮调上来的,我们的运气比较好而已。"卡利纳姆回答。

"你去追那些勇士了,虽然没能救他们,但大家都看见了,你是从火海中幸存下来的人。"埃可姆换了一个话题,"那些贴着地面飞的赛忒兽,你一个人把它们拦住了。"

卡利纳姆默然不语。

埃可姆不再说话,只是伸手在卡利纳姆胸口轻轻一捶,便转身回到掩体中去。

卡利纳姆看着他消失在土堆后。

也许埃可姆的心里有一万个不情愿,但他还是走过来表达了和解的意愿。他是塔西亚姆之子,埃萨克人的英雄,自视甚高,哪怕卡利纳姆曾经击败他和狂风族的塔卢库布姆赢得特鲁西的称号,他也从来没用正眼瞧过卡利纳姆。出发前,塔西亚姆下令两人各自统领一个突击队,他目不斜视地从卡利纳姆身边走过,就当卡利纳姆不存在。然而大敌当前,他还是放下了一切的嫌隙,主动和解。

最危急的时刻,一个人才会显露最本质的一面。埃可姆收起高傲的面具,显露出战士的本来面目。战士需要的,无非是一个忠诚勇敢的战友，可以放心地让他掩护背后。

卡利纳姆回过身继续望着远方的战场。赛忒和瑟利，哪一方占据了优势？他迫切地想知道结果。

"卡利纳姆，西多姆送来了命令。"斯土姆突然间钻出来，手中拿着一卷皮纸，一边摇晃一边向着卡利纳姆跑过来。斯土姆成了西多姆和塔西亚姆的传令兵，这倒是谁都没有想到的事。

斯土姆很快跑到卡利纳姆身前，气喘吁吁，把皮纸递给卡利纳姆。

卡利纳姆感到有些奇怪，往常斯土姆都是直接把命令报出来，这一次却要自己来看。

"什么命令，你不能说吗？"他接过纸卷，一边展开一边问。

"塔西亚姆任命你为前线指挥官，指挥两支突击队。"斯土姆的脸上掩饰不住地高兴。

卡利纳姆一愣，这个命令有些出乎意料。他展开皮纸看了两眼，又把它卷起来。

"走，我去和埃可姆说。"

他迈开大步，向着埃可姆藏身的掩体跨过去。

埃可姆显然已经知道了命令的内容，他靠在掩体的土堆边，冷峻的眼里带着一丝失落。是的，这个男人无数次想要在父亲面前证明自己，在卡利纳姆到来之前，他的确证明了自己是一个勇武的埃萨克战士，然而卡利纳姆却夺去了他的风头，一次又一次。忌恨是他维持斗志的武器，当他不再忌恨，蓬勃的生命力便忽然间失去了一半。

他默默地接过纸卷，甚至没有打开，直接把它放在依靠着的土堆上。

"我会服从你。"他转眼看着卡利纳姆，"我知道这是塔西亚姆的命令。"

卡利纳姆看着眼前的塔西亚姆之子。

"埃可姆,你的任务就是守住这片坡地,确保女人和孩子们能远远地离开。所有的人都由你指挥。"卡利纳姆缓缓地下达了自己的第一个命令。

埃可姆不解地看着他。"这是怜悯吗?我不需要。我们只需要胜利而已。"他的眼光投向远方,赛忒兽如黑云般涌动,"下命令吧,这里都是你的人。我可以拿一把枪,站在最前边,我会杀死最多的赛忒兽。我会是一个勇士,向战神献出生命。"

"你是一个勇士,从不缺乏强大的力量。"卡利纳姆摇头,"勇武不仅是巨大的杀伤力,更是决心和勇气。塔西亚姆说过的话,你记得吗?"卡利纳姆盯着埃可姆。

"什么?"埃可姆一愣。

"塔西亚姆曾经要我给你带话。"卡利纳姆提醒他。

"是的,那又怎么样?"

"决心和勇气,并不是去死,而是去胜利。"卡利纳姆看着埃可姆,"我们只需要胜利而已,那正是你的职责。除此之外的一切,都不重要。"

埃可姆看着卡利纳姆,沉默着,半晌后开口:"我明白你的意思。"他的神色变得沉静,"我会遵照命令在这里指挥部队的。但你打算做什么?带着你的雷神火去冲锋?死在所有人前边?"

"我要去找瑟利人。"卡利纳姆平静地说,望了望远方的兽群,"光凭我们的力量是不够的。"

"让瑟利人去和它们纠缠好了。"埃可姆不以为然,"我们可以走得远远的,它们不追来,我们也不用和这些肮脏的兽类拼个死活……我们不需要这种战争。"

"你说得对,"卡利纳姆接上话,"所以你必须在这里等着,一旦确定族人安全，就可以带着勇士们追上他们。我必须去找瑟利人，因为我还要去飞瀑镇。"

埃可姆看着卡利纳姆。"飞瀑镇上不可能还有活人。"

"但我要去看看，亲眼看见才能死心。"

埃可姆耸耸肩。"这对我不是问题，你得去和塔西亚姆说。"

"我会的，所以这里的部队都归你指挥。"

埃可姆并不言语，走到一边，从掩体的豁口处看着战士们忙碌，背对着卡利纳姆和斯土姆。"告诉塔西亚姆，赛忒兽要想通过这里只有一种可能，那就是我死了。他们可以放心撤退，但要快一点。"

卡利纳姆上前拍拍埃可姆的肩，然后跨上斯土姆的摩托。这里有埃可姆顶着，暂时不会有事。他要去找忒弥西，不仅仅因为这儿的战场需要瑟利的支援，忒弥西那儿一定有飞瀑镇的情报。飞瀑镇被兽群重重包围，那里的几万名埃蕊人就像刀板上的肉，也许已经被兽群狂暴的力量剁成了肉糜。他必须知道那儿到底怎么样了，是否还能尽一分力。

"斯土姆，带我去塔西亚姆那里。"他向斯土姆下令。

坐在摩托后座，他看见远方一个小小的亮点脱离了成群发亮的舰队。那是一艘瑟利飞船，正飞快地向这边靠近。这是来找我的！卡利纳姆让斯土姆停下，一扭腰从后座上跳下，站在一边，看着越来越近的飞船。一旁的埃萨克人注意到这天上飞行的怪物，纷纷驻足观看。

飞船在队伍上空悬停，一个亮白的身影飘然而下。是鲁修。

"忒弥西让我来找你。"鲁修在卡利纳姆面前落下，不等站稳就开口说话，"让我带你去她那儿。"

卡利纳姆点头。"来得正好，我正也想请你帮忙带我去飞瀑镇。不过我要先向塔西亚姆告辞。"

"我跟你一块儿去。"鲁修急急地说，"你告辞完，我要马上带着你回去。"

卡利纳姆点点头。

凡是离开战场的都是胆小鬼。埃萨克人把这样的信念刻在了骨髓里，因此，当听卡利纳姆说完缘由，塔西亚姆的脸黑沉得像是冬天的老冰。

"塔西亚姆，我只是想……"卡利纳姆试图解释，塔西亚姆粗暴地打断了他，"别说那么多理由，去找你的瑟利朋友吧，你当然可以做你想做的事。"

塔西亚姆似乎同意了请求，然而又气势汹汹，卡利纳姆不能断定塔西亚姆真实的想法，于是向一旁的西多姆瞥了一眼。西多姆向他点头。西多姆最懂得塔西亚姆的心思，卡利纳姆放下心来，行礼致意，退了出去。

"可以走了吗？"鲁修见卡利纳姆出来，赶忙问道，微微有些焦急。

卡利纳姆还没开口，背后传来一声叫喊："卡利纳姆！"西多姆追了出来，"别忘记你是埃萨克人的特鲁西。我们会继续往西走，你可以到铁林城找我们。"

"我会回来的。"卡利纳姆这样说。他的心里并没有一个确定的答案，飞瀑镇上，可能早已没有人幸存，甚至他不确定自己是否真的能到飞瀑镇去，赛忒的重重包围下，进入镇子就已经难于登天，更何况活着回来。

鲁修架住他的胳膊，缓缓升起。他的视野变得宽广，可以看见更远处的情形。远方，赛忒和瑟利之间的战斗暂时平息下来，黑色仍旧铺满整个地平线，而瑟利亮丽的舰队飘浮其上，仿佛一小团浮云。山顶上，埃可姆的阵地已经初具规模，战士们都进入地下，地面上几乎见不到一个埃萨克人。二十多门重炮组成的炮阵隐藏在阵地后，来来往往的人正在移动火炮,想把它们挪动到更靠前的位置。通向铁林城的道路上,挤满各种交通工具和人流,妇女和孩子正在通过这生命纽带一般的通道,前往安全的所在。

地上的人们都看着他。他从人群中辨认出斯土姆。斯土姆站在自己的摩托上,使劲地向他挥手。

我会回来的。卡利纳姆在心底默念。

忽然间,他注意到远处一支队伍逆着人流而动,向着山顶的一侧进发。车队声势浩大,惹起漫天的烟尘。他看见领头的装甲车上那碎布般飘扬的旗帜,那是狂风族的队伍。

卡利纳姆心念一动。"鲁修,我要降落一下。"

"怎么了?"

"那是另一个部族的人,我怕他们谈不拢。"他指着狂风族的队伍。

鲁修向舰队的方向望了一眼。"忒弥西急着见你。"

"带我去那边,我和他们的头说两句就走。"

鲁修有些动摇。"那……别耽搁太久,忒弥西让我来的时候,很急,是关于飞瀑镇的。"他一边向着新来的埃萨克车队降落,一边说。

卡利纳姆心头一震。"飞瀑镇?那里怎么样?"

"我不知道到底是什么事,忒弥西只让我来接你。"

是的,见到忒弥西,一切自然清楚,眼下有别的事迫在眉睫。卡利纳姆将心头的焦虑强行压下去。地面上,埃萨克人发现了降落的气泡飞行器,纷纷驻足观看,指指点点。一辆装甲车停止前进,一个高大的埃萨克人从车里跳出来,仿佛一尊铁塔般立着,抬头张望。

狂风族的塔卢库布姆,他又来了。他一定是来帮忙的,然而面对面地谈一谈更让人放心。

鲁修轻快而柔和地将他放落地上,正好落在塔卢库布姆面前。

"哈，小子，你倒是会飞了。"塔卢库布姆大声地吆喝起来，"让那个瑟利的小子也下来玩玩，和我掰掰手腕。他就是上次那个吗？"

"塔卢库布姆，多谢你能来帮我们。"

"帮你？"塔卢库布姆露出奚落的神情，"为什么我要帮你们？我是来打仗的。这里有很多奇怪的赛忒兽，我的父亲见到赛忒兽的时候，还是个孩子，而现在他已经躺在土里了，多么不幸，他没机会和赛忒兽干上一仗。我就要幸运多了！"他向着远方张望，视线落在埃可姆的阵地上，"你们倒是像个缩头乌龟，怕死的就不是埃萨克人。"说着，他放声狂笑。身边的埃萨克战士们跟着狂笑起来。

卡利纳姆微笑起来。"你们准备向赛忒兽冲锋吗？"

"冲锋？当然。我们来就是为了把那些神神鬼鬼的东西揍个稀巴烂。不过你可别以为我会傻到让弟兄们去送死。我会等一等。"

"等一等？"

塔卢库布姆不无得意地点头。"当然，过几天，我们至少会有十五万人，怎么样，想都没想过吧！我先赶来占个好位置，到时候打起来，可以冲在最前边。"

卡利纳姆明白塔卢库布姆所说的事，游荡在方圆百十公里内的游牧埃萨克人会汇聚而来。这些游牧埃萨克人之间一直保持着松散的联系，当大事发生，他们便迅速地凝聚成一块。这是好的，如果有军队源源不断地加入，至少可以将赛忒限制在金光城附近，不至于蔓延到别处。

"这的确是个大消息！"卡利纳姆说道，"塔西亚姆听到一定会吓一跳。金光族也可以加入，赛忒毁掉了我们的地盘，这是复仇的好机会。"

"塔西亚姆会得到消息的。小子，我不欠你什么，你可别妄想指使我。"

卡利纳姆摇头。"怎么敢!"

他抬头招呼鲁修。"鲁修,我们走!"

鲁修拉起他,向飞船飞去。卡利纳姆回头张望,塔卢库布姆仍旧站在原地,望着这边,全副武装的埃萨克战士簇拥在他身边。一次决斗,可以杀死一个敌人,也可能赢得一个朋友。谁说埃萨克人是没有朋友的?当他们认准了人,会为了友谊不计代价。塔卢库布姆两次赶来,虽然是为战斗,却也是为了帮忙。我们是朋友。这个大个子口头上没有承认,心底却一定是这样认为。

暴力只能摧毁一切,爱才能征服人心。决斗场上,匕首没有挥下,他失去了荣誉,却获得了朋友。

就像梅尼说的一样,暴力只能摧毁一切,爱才能征服人心。想到梅尼,他心头一紧,飞瀑镇上究竟发生了什么,以至于忒弥西要派鲁修来找自己。

他随着鲁修进入飞船。

刚站稳脚跟,飞船便开始加速。卡利纳姆没有准备,猛地一个踉跄。鲁修一手牢牢地抓着舱壁上的固定杆,一只手拉着卡利纳姆,帮他站稳。

"多谢!"卡利纳姆点头致意。

鲁修点点头。"刚才那个埃萨克人,我好像见过。我第一次见到你的时候,来接应你的那个人,是他吗?"

"没错,是他。"

"他和你不是一个部族?"

"他是狂风族的人,这事说起来复杂。飞瀑镇怎么了?"卡利纳姆并不多谈塔卢库布姆,直接问关于飞瀑镇的事。

"我不知道。忒弥西很紧张这件事。我们和赛忒兽正在进行战斗,突然忒弥西下令脱离接触,然后我就收到指令来找你,她只说飞瀑镇有事……"鲁修也说不出更多的情况。

暧昧不清的消息让人心焦！飞瀑镇上到底发生了什么？卡利纳姆感到心急如焚，恨不得立即站在忒弥西面前，将事情问个清楚。快速舰速度飞快，然而卡利纳姆觉得脚下仿佛是一只蜗牛，慢慢吞吞，慢得让人无法容忍。

瑟利的舰队逐渐变得清晰。十多艘大大小小的飞船悬浮空中，发出明亮的光，最大的一艘通体黑色，船身上两门巨大的主炮向前突起，仿佛巨人的两条胳膊。飞船表面凹凸不平，远远望去，就像老树皮般皲裂。快速舰靠得更近些，黑色飞船展露出庞然的面目，就像一座大山般横亘眼前。两个蓝色光圈在巨船的侧面亮起，快速舰降低速度，缓缓靠近，突然间陡然一震，似乎被无形的绳索拉着，向着两个光圈之间的黑暗处靠过去。

黑色的船体上现出一个黑色的窟窿。

"我们要过去了。"鲁修招呼卡利纳姆，"我带你过去。"

卡利纳姆还没有回应，舱门倏然间打开，强劲的风裹着一股寒意冲了进来，鲁修抓住他的胳膊。"准备好了吗？我们走！"

风吹得卡利纳姆无法张口，只有使劲点头。鲁修一用劲，将卡利纳姆拉起，从舱口跳了出去。两人悬停空中，盔甲上亮光闪烁，缓缓地推着他们向黑色窟窿靠拢。

卡利纳姆瞥见了脚下的大地，赛忒满布，黑压压一片从近处延伸到天的尽头，黑色的群落中，红色的光亮不时闪烁。他还看见不远处的天空中一团红艳艳的云，那是聚集的水母兽，数量众多。那儿是一个超级火药桶。

突然间脚下一实，他们已经站立在飞船内部。一扇舱门打开，光亮刺痛卡利纳姆的眼睛。他看见一个黑色的剪影，是忒弥西的模样。

"跟我来。"声音传来，果然是忒弥西。

忒弥西在前边疾走，她的盔甲小巧精致，和鲁修身上那沉重厚实的质感完全两样，在狭小的通道中穿行，完全没有任何阻碍。卡利纳姆不得不弯腰低头，跟上去，回头一瞥，鲁修去了另一个方向。

"鲁修！"他喊道。

"这儿我走不过去，你跟忒弥西走，我绕过去。"鲁修说着跃起，灵活地抓着舱壁上的附着物，穿过头顶的一道舱门，消失不见。

"卡利纳姆，快来。"忒弥西停下脚步招呼他。

卡利纳姆跟了上去。"飞瀑镇有什么事？"他紧张地问。

"那里什么事都没有，很平静。"忒弥西边走边说。

卡利纳姆一怔。飞瀑镇陷落在赛忒的重重包围中，金光城被赛忒兽攻击，伤亡惨重，极度危险，因为如此，塔西亚姆才决定孤注一掷，全族突围。飞瀑镇却什么事都没有？他有些怀疑自己的耳朵。

"你说什么？"卡利纳姆追问。

"飞瀑镇什么事都没有。"忒弥西重复了一遍。这一次，卡利纳姆确定自己没有听错。

满腹狐疑中，眼前豁然变得敞亮。这是一个运兵舱，一排全副武装的士兵在舷窗边坐着，三个人站在窗边，正向外看。听到这边的响动，他们的眼光齐刷刷地甩了过来。他们都是埃萨克人！卡利纳姆心中一阵惊奇。

忒弥西带着卡利纳姆从这些埃萨克战士的身前穿过。卡利纳姆的视线扫过一张张略带惊异的脸。对方同样惊讶，然而彼此都没有说话，只是用眼神彼此打量。

舱门打开又合上。

卡利纳姆突然有一种异样的感觉，不由回身张望。然而舱门已经合上，他什么也没有看到。

"卡利纳姆！"忒弥西招呼他。

卡利纳姆继续跟着忒弥西向前，然而疑惑始终在心头盘旋，最后，他终于明白是什么看起来不对劲。这些埃萨克战士身穿瑟利的盔甲，那盔甲并不像鲁修的盔甲一般严实，然而和埃萨克人的盔甲绝不一样。他们看上去有那么几分像是武装的瑟利战士。

"他们怎么会在这里？"卡利纳姆问。

"你说那些埃萨克人？"忒弥西回头问道，她的脚步并没有减慢分毫。

"是的，那些埃萨克人。"卡利纳姆继续问。

"这是洛克的飞船，突勒司堡一直和埃萨克人有来往，那些埃萨克人是突勒司堡的人。他们不属于你们任何部族。"

洛克，突勒司堡！卡利纳姆恍然大悟。是的，突勒司堡，地面上的瑟利家族，他们给埃萨克人制造武器，也雇佣埃萨克人做战士。

眼前出现一扇宽大的门，漆成深黑的颜色，门上有浮雕，是一朵硕大的百合花怒放。黑色的百合花给人怪异的感觉，卡利纳姆不由自主多看了两眼，花朵的样式美丽，然而却生长在漆黑的底色上，说不出的诡异，像是一个符咒。

黑色百合从中央裂作两半，眼前一片敞亮。这里是舰桥，许多不穿盔甲的瑟利人站立四周。他们面向舱壁，双手贴在壁上，若隐若现的光在手掌下移动，各种色彩的光线在舱壁上纵横，交织成纷繁杂乱的图样，把整个舰桥映得五光十色。

一个高大的瑟利人站在舰桥最显眼的位置，背向大门，居高临下，俯瞰一切。他穿着黑色的盔甲，光彩照在身上，没有一丝反射，被吸收得干干净净。他就像一个黑洞般深不可测。

一幅巨大的半透明屏幕悬浮在他面前，浮在下方人们的头顶。

卡利纳姆不由愣了愣，这是他从未见过的情景。

"来！"忒弥西招呼他。他带着几分忐忑走进这一片五光十色的世界。

身着黑色铠甲的瑟利人转过身,露出一张须发茂盛的脸,正是洛克。

"卡利纳姆,"洛克带着嬉笑的表情,"我们又见面了。你是大名人了!"

卡利纳姆谨慎地点点头。洛克是个让人捉摸不透的人物,当他站立舰桥上,背影稳如磐石,自然透出一股威严,让人不敢逼视,转过身来,却是一副嬉笑的模样,仿佛一切都只是游戏。他是一个谜!

忒弥西已经站在洛克身旁,她伸手在那悬空的透明屏幕上轻触,画面遽然一变。

卡利纳姆的视线被吸引过去,屏幕上黑压压一片。赛忒军团铺天盖地,势不可挡,然而从这样的角度看上去,它们就像一群蠕动的蚂蚁,或者像是一只巨大的扁平软体动物,正挥动数不清的触须,缓缓地挪动身体。

这黑色的躯体上,却有着赫然的一个洞,大大小小的绿色圆点在其中发亮,最亮的那个,就像一颗绿色的明珠,醒目无比。那是中央神殿!

赛忒兽完全避开飞瀑镇,丝毫没有侵犯。它们不断地移动,如浪潮般地涌过,然而一道无形的屏障阻挡了它们,让它们对飞瀑镇丝毫无犯。这真是一个奇迹。

"这是怎么回事?"卡利纳姆望着忒弥西,带着三分惊喜,七分疑虑。

"我不知道,"忒弥西转过头来,脸上带着令人捉摸不透的表情,"没有什么原因可以解释,我们只能猜测。我只能相信,敌人故意做出了这样的举动。"

她的表情变得严肃。"那个叫做露西的女人,她拥有撒壬的能力,所以才能汇聚这么大规模的赛忒群。"

卡利纳姆想起露西那变得妖异的模样,默然不语。

"恐怕不是这么简单,如果这样,她又何必和奥拉德斯纠缠?再说,翰亚和撒壬同归于尽,我们都亲眼目睹,难道撒壬还能留下一个残体?"洛克显得不以为然,漫不经心地反驳。

"撒壬的子体并不是撒壬,她只是撒壬的附属物。如果她必须借助奥拉德斯,那么唯一的可能就是她并不能直接驱动这些赛忒微晶……"

"必须通过翰亚的铠甲?"洛克眉头一耸。

忒弥西认真地点点头。"这是我能想到的一种可能。"

洛克又耸耸眉。"必须承认,你的假设可以成立,但是没有证据。再说……"他望着巨大的屏幕,"事实已经如此,我们的面前是一个强大的敌人,现在最重要的是调集舰队,将它们都消灭掉。管她是撒壬子体还是残体,能消灭干净就行。"

他突然想到些什么,扭过头。"这么说起来,翰亚的铠甲还是一样危险的东西,我们得彻底销毁它才对。"

他掉头向着卡利纳姆。"还有你的那个露西,也要消灭得干干净净。哪怕剩下一点,赛忒也是能够复生的。"

洛克用一种怪异的语调说话,似乎只是在玩一个游戏。

卡利纳姆皱起眉头,心头仿佛一块巨大的石头堵着。

"洛克,这种时候别开玩笑!"忒弥西正色道。

忒弥西这句话触动卡利纳姆的心。"不是她!"他脱口而出。

忒弥西和洛克的眼光都盯在他身上。

"不是露西干的。"卡利纳姆又重复一句。

"你的看法是什么?"忒弥西开口问道。

舱门突然打开,鲁修走进来。

卡利纳姆看了看眼前的三个人。"她只是为了自保,她想得到奥拉德斯的保护。"他把战场上遭遇露西的事原原本本地说了出来,越说越发相信自己是对的,声音也逐渐变得确定。

"她只是为了自保。"卡利纳姆强调,"凝聚赛忒力量,疯狂攻击埃萨克人的是奥拉德斯,不是露西。而且是她保护了飞瀑镇,这样才有一个合理的解释,对吗?"

"这么说起来,她真的是个人形赛忒。"洛克摸着鼻子,眼里露出似笑非笑的神情。

卡利纳姆感觉受到了嘲弄。"你是在嘲弄我吗?"

洛克抬起手,做出一个投降的姿势。"我可不是这个意思。只不过这样说起来,露西至少帮着奥拉德斯控制着这些赛忒兽。没有她的帮忙,奥拉德斯也无法变成现在的样子。"

奥拉德斯才是罪魁祸首。卡利纳姆很想说些什么,也许露西是一个帮凶,然而她是为了自保,他的脑海里浮现出露西站在碟形兽上的身影,她的眼神没有片刻转移,始终怀着热切的期望看着自己。她始终是弱小的,需要保护。哪怕她选择了奥拉德斯,那也是为了自保。

"卡利纳姆!"他被一声呼喊拉了回来,各种纷乱的念头一瞬间消失得干干净净。他扭过头去,忒弥西正看着他。

"也许你的推测是对的。露西的事先放在一边,我们有更急迫的事要处理,也需要你的帮助。"

"什么?"

"赛忒兽群在移动。"忒弥西的手在屏幕上挥动,画面仿佛魔术一般翻动着,"这是一个小时之前的情形,这是半个小时前的情形,这是当前的情况……兽群的核心正在向飞瀑镇移动。它们应该是去寻找赛忒化石,复活更多的赛忒兽,飞瀑镇上有什么特别的东西吗?"

卡利纳姆盯着屏幕,飞瀑镇就像亮丽的明珠在黑色的映衬下闪亮夺目,他看见了镇旁那高高隆起的山丘。仿佛一道光在脑子里一闪而过,他脱口而出:"它们想去花坛山!"

"花坛山?"忒弥西的眼神充满问询。

"那是一块巨大的赛忒残骸,就像一座山,埃蕊人在上面种满了花,所以叫花坛山。"卡利纳姆解释,"这里。"他指着屏幕上的山丘说。

忒弥西迅速地将山丘在屏幕上放大。几行数字在屏幕的角落上显示出来。

忒弥西脸色凝重。"真的是化石!"她扭头看着洛克,"整整六亿吨。"洛克的神色也变得凝重起来,望着屏幕,沉默不语。

片刻之后,忒弥西开口:"我们的舰队会在三十四个小时内赶到,但在那之前,如果能阻止它们移动到这个叫花坛山的地方就再好不过。高达六亿吨的化石,如果全部活化,结果不堪设想,那不是几天就能结束的骚乱,而将是一场大战……"

忒弥西的视线望过来,眼神透露出无比坚定的信念。"我们需要你的帮助,这里有一个机会。"她加重语气,"也许是唯一的机会。"

"找到埃萨克人,我们可以送一部分人到飞瀑镇,你的部族那边可以从外部突破,两边夹击,这样就能在地面上构筑一条防线,阻挡赛忒兽的移动。"她的语气透出忧虑,眼中掠过一丝不安,她望着卡利纳姆,"你有机会帮助我们降低这场战争的惨烈程度,我说的是让其从几年、十几年减少到几天,很难,但是我们必须试一试。"

"也许打上一百年也不会结束。"洛克插话进来,"赛忒能影响瑟利人,说不定很多人会被它控制,就像奥拉德斯,瑟利人打不过就投降,但是你们埃萨克人不一样……"他的眼里仍旧是似笑非笑的神情,"不是赛忒完全消灭埃萨克人,就是埃萨克人消灭赛忒,两者必居其一。"

卡利纳姆明白洛克的意思。是的，埃萨克人没有微晶，从根本上，和赛忒属于两个世界。

战争真的会有那么残酷？他不无怀疑地看着眼前的巨图。

黑压压的兽群几乎占据了整个大地，就像狂乱的风暴，而飞瀑镇，就是那平静的暴风眼。

如果忒弥西是对的，此刻阻拦赛忒兽群的移动可以避免更多的流血伤亡，那埃萨克人就该担负起阻击的责任。如果忒弥西说得并不对，那么三十四小时之后，瑟利的舰队到来，大战开启，兽群将会在大地上狂奔，埃萨克人别无选择，同样要和它们战斗。

无论如何，和瑟利合作会是相对较好的选择，至少，瑟利可以提供一些帮助。

卡利纳姆暗暗拿定了主意。

"我会去找人。"他回答忒弥西，"但是有一个条件……"

"什么条件？"忒弥西平静地问。

"武器，尽量多的大威力武器。至少要能装备一万埃萨克人。你能做到吗？"

忒弥西和洛克对望一眼。

"立即提供给你们这么多武器恐怕不可能。我的飞船上只有装备几百人的埃萨克武器。"洛克回答。

"那就先这么多，你要让人多送武器过来，你的埃萨克部队可以帮忙提供快速训练。至少你得承诺给我一万人的武器。"

洛克还想说什么，忒弥西却飞快下了决定。"洛克，就这么办，我会让议会通过议案，由联盟来支付突勒司堡的费用。"

洛克斜眼瞥着卡利纳姆，撇撇嘴，"你这小子看起来老实，却能做趁火打劫的事。"他挥了挥手，"不过就这么着吧，我用我的荣誉来担保这一万人的装备。你可以去组织埃萨克人的军队了。但愿他们能有机会用上我们突勒司堡的武器。"

洛克话中带刺，卡利纳姆却并不理会。

他的眼睛紧紧地盯着飞瀑镇。平静的风暴之眼很快就会变成一片战场，镇上的人是否能够安全？

露西！他想起那既熟悉又陌生的面孔。他想起厄运降临飞瀑镇的那个晚上，他们在那棵巨大的柳树下拥吻，她的唇柔软而温暖。

露西，是你保护了飞瀑镇，是你吗？

第十六章　钢铁狂飙

埃萨克人会用自己的方法解决问题,别去干扰他们,让他们自己解决。

鲁修想起卡利纳姆的告诫,于是耐着性子,看着这群埃萨克人的游戏,他们的方式古老而有趣。

一把子弹噼里啪啦地掉落地上。

六颗弹头指向埃可姆,九颗指向塔卢库布姆。

塔卢库布姆放声大笑。"这下好了,服气了?"他冲着埃可姆得意地扬了扬脸。围在一边的狂风族战士欢呼起来,相互击掌,拍打胸口。

埃可姆脸色铁青,并不言语,只是默默转身走开。

"到这边来,我的孩子。"站在一边的埃萨克战酋招呼埃可姆,鲁修记不得他的名字,然而知道他是埃可姆的父亲。他比一般的埃萨克人高大些,也显得老些,脸上的皱纹就像一道道刀刻的痕迹。埃可姆犹豫一下,还是向着父亲走了过去。

战酋把手搭在埃可姆的肩膀上。"我为你骄傲,埃可姆!"他这样开场。埃可姆的脸上露出诧异的表情。

"这是一次大战役。"战酋的声音异常洪亮,他不仅说给自己的儿子听,也说给在场的所有人听。他的视线有意无意地向这边瞟来,眼神凌厉,不怒自威。

鲁修感到一阵凛然。埃萨克人天性嗜血,哪怕是这样一个身居高位的战酋,身上的血性仍旧浓得让人害怕。

鲁修不自觉地扫向埃萨克人。一个个身躯高大的战士屏气凝神,听他们的战酋讲话,塔卢库布姆和他的狂风族战士则漠然地站在一边,用傲慢的眼光审视这一切。还好,他们属于不同的部族,部族之间如同仇雠,也许这对瑟利是一件好事。但眼下,则是大大的麻烦。为了谁能先上战场的事,他们争论不休,如果不是事情重大,可能已经有人为此而丧命。

"你们都会死的,"战酋大声呼喝着,"死在女人的肚皮上,死在床上,掉在水里淹死,和人决斗被杀死……你有一万种死法,但任何一种都不会得到战神的荣誉。只有在这里,在战场上,在敌人的血浆和尸体上,奉献出你的生命,你的灵魂才能抵达战神的天庭。放手去战斗吧,战神与我们同在!"

人群中爆发出一阵欢呼,就连塔卢库布姆也不禁微微点头,伸手鼓掌。

鲁修感到一丝莫名的兴奋,原始的野性似乎在胸口燃烧,他几乎要跟着这群埃萨克人一道叫喊起来。不,一个瑟利贵族不该如此!他驱动微晶,释放出神经保护,将身体的化学刺激隔绝开。沸腾的头脑瞬间冷静下来,他用平静的眼光冷冷地打量这一切。

他们还不明白将要面对的敌人多么强大,或者他们知道,但他们不在乎。不能燃烧的生命是毫无价值的,他们所做的一切就是将短促的生命在战场上燃烧殆尽,哪怕只有瞬间辉煌,一闪而过。

埃萨克!

在战士们高亢的呼叫声中,战酋张开双臂,高高举起。"去杀死它们,战胜它们,把它们搅得粉碎!"

呼喊声达到了最高潮,整个阵地似乎都在颤抖。

也许这就是埃萨克人战斗之前的号角。

战酋拉起埃可姆的手,走向塔卢库布姆,后者因为刚才的这段演讲而稍稍放松了敌意,却仍旧摆出不屑一顾的姿态,双手环抱胸前,一动不动,眼神中饱含着居高临下的傲慢。

塔卢库布姆就像一尊铁塔,身躯比战酋还要高大。战酋去拉塔卢库布姆的手,塔卢库布姆的表现并不情愿,然而还是顺从了战酋的意思,任由他拉着自己的手。

战酋将埃可姆的手和塔卢库布姆的手拉在一起。

"战神之光荡涤黑暗,并肩者皆是兄弟。"战酋洪亮的声音回响在空气中,方才的喧闹一扫而空,在场的埃萨克人都异口同声地重复同样的话,"并肩者皆是兄弟!"

这是埃萨克人熟悉的誓言?他们异口同声地说出来,仿佛经过长久的预演一般。

并肩者皆是兄弟。鲁修把这奇怪的短语默念了两遍。兄弟,这是一个好奇怪的词,他明白这个词语的意思,然而从埃萨克人的嘴里说出来,却总让人觉得有另一种更深的含义。

埃可姆和塔卢库布姆对望着,彼此的眼神仍旧紧绷。战酋将他们的手拉在一起,他们并不拒绝,却也没有拥抱,两只手礼貌性地握在一起。

他们会很好地合作,鲁修有这样的预感。这些埃萨克人,简单而纯粹,上了战场,不是敌人就是朋友。此刻,他们有共同的敌人,也就成了朋友。

"鲁修,你在干什么?让他们快点,我们的时间可不多!"洛克的声音传来,"难道卡利纳姆那个家伙没有把事情搞定,出状况了?要让他回去一趟吗?"

"不,他们有个仪式,结束了。我马上接他们上船。"鲁修回应。

他走上前去,在战酋面前站定。"阁下,时间紧迫,是否可以登船?"

不等战酋回话,塔卢库布姆已经叫嚷起来:"当然要,我们等好久了!"他瞪着鲁修,"穿盔甲的嫩小子,说好的我们会有装备,你们如果敢骗人,小心我把你的头拧下来,捏实了再塞回你的那个白罐子里去。"

鲁修一愣,正想着怎么回应,塔卢库布姆继续说:"到底你们有没有装备?"

"有!"鲁修大声回答,让自己的语气显得更强硬些,"我们要你们去和赛忒兽战斗,不是去送死!"

说话间,他催动微晶,能量的巨流顺着半侧身子贯注在胳膊上,胸口的青龙图样遽然间发亮,映得胳膊上的火焰似乎要喷薄而出。

塔卢库布姆的眼里流露着不屑一顾的神情。"你们保证有枪有炮,我们保证把赛忒兽干掉。你身上闪闪发亮是干什么呢,示威吗?"

鲁修不想说什么,于是抬手示意:"飞船已经准备好,就等你们登船。"

塔卢库布姆哈哈一笑,扭头看着埃可姆。"我们的武器都留给你了,小心帮我保管着。"说完也不等埃可姆回答,径直从鲁修身边走过,向着停在前方的飞船出发。他的身后跟着一群战士,浩浩荡荡向着飞船前进。

飞船的着陆舱敞开,就像一个张开的大口,里边蓝色的幽光闪烁。舱门边站着一个突勒司堡的雇佣埃萨克战士,荷枪实弹,正盯着向前走来的大队埃萨克人。塔卢库布姆走在最前,他是领袖,所有人都自觉地跟在他身后。他在舱门前停下,抬头打量这巨大而黝黑的飞船,片刻后忽然转过身来。"塔西亚姆,埃可姆,我们战场见!"

这句话气势十足,像惊雷般滚过整个降落场,鲁修竟然觉得耳鼓隐隐发痛。这不像是血肉之躯发出的声音,鲁修不禁有些惊讶。

塔卢库布姆带着众人走进飞船,当最后一个战士跨入着陆舱,舱门悄无声息地闭合起来。黑色风暴号载着两千多名埃萨克战士缓缓升起,渐渐成了天空中一个昏暗的小点,那个点忽然间大放光明,向着远方疾驰而去。

还剩下最后的一个任务。

鲁修打开盔甲肩部的夹层,两个半球滚入掌中。这是他在黑色风暴号上临时找到的无用的东西,但它们是很纯的微晶体。他将这两个半球形的金属块托在手掌中,暗暗使劲。无形的磁力和球体中的微晶感应,两个金属半球缓缓升起,悬浮空中。它们就像一个裂作两半的球,仍旧由无形的力量牵引着,彼此间绕着旋转。

埃可姆最先注意到异常,将视线移过来。越来越多的人发现异样,很快,众人的目光都集中在这悬浮半空的两个半球上。

要让他们吃惊,印象深刻,要让他们觉得瑟利人无所不能。忒弥西的吩咐如在耳边。

鲁修默想他曾经见过的模型图。数十种形态各异的设计在脑海里浮现,又一个个如泡沫般迸裂。

什么样的设计才会让这些野蛮人惊叹折服?

金属像黏稠的水一般流动,两个半球化作两团水银,扭动着彼此靠近,很快融作一团。

这一团水银样的东西开始旋转起来,逐渐变得扁平,就像一个高速旋转的碟子。忽然间,碟子的四周生长出数不清的游丝,细细的游丝散发着五颜六色的光，向着上方不断延伸，彼此交织，仿佛有一双看不见的手正用这游丝编织着图样。当一切最后停止下来，一个中空半球悬停在鲁修的双手上方，缓缓旋转。各种光彩在球体上移动，亦真亦幻。光彩最后褪去，球体成了半透明状，看上去就像半个水晶球。就是它了！

鲁修张开手掌，水晶半球缓缓下落，稳稳地停在手上。

鲁修环顾四周，埃萨克人被这魔术般的表演慑服，敬畏地看着他。你们会更吃惊的！他暗想。

战酋和埃可姆就站在几步之外。他们并不像一般的埃萨克人一样把惊讶写在脸上，战酋凌厉的眼神扫过来，带着几分疑虑，而埃可姆一脸漠然，冷冷地看着，似乎无动于衷。

鲁修上前几步，在战酋面前站定。"这是瑟利最高议会议长忒弥西让我转交的礼物。"他双手捧着水晶半球，递过去。

战酋瞟了一眼，并未伸手去接。"你拿这个花哨的玩意儿，想干什么？"

"这是一样有用的东西⋯⋯"鲁修留下一个长长的停顿，四下环顾，将埃萨克人的注意力都吸引过来，"你们可以看到千里之外的东西，可以听到他们的声音，可以和遥远地方的人说话就像在身边。"说着，他收起右手掌上的盔甲，露出手来。五个手指在水晶半球上轻触，水晶球中现出图案——密密麻麻的赛忒兽仿佛蚁群般出现在水晶球里。

埃萨克人响起一阵惊呼。

鲁修伸手在水晶球上拂动，图案飞速放大，展露出细部。各种各样的赛忒兽从镜头中掠过，忽然间，黑色风暴号出现在众人眼前。短短十多分钟，飞船已经着陆，埃萨克人正从飞船里走出来，塔卢库布姆出现在镜头中，他正把手放在一个埃萨克人肩上，热情地说着什么。

"卡利纳姆,能听到我说话吗?"鲁修向着水晶球发问。

卡利纳姆听见声音,脸上疑惑的神情稍纵即逝。他从腰带上解下通话仪,按下按钮。

"鲁修,是你找我吗?"

卡利纳姆的回答清晰地传入每个人的耳中。

哦哇!埃萨克人不禁欢呼起来。

鲁修露出一个微笑。"卡利纳姆,这是一个小试验,证明我的这个机器可以工作。我把它交给你们的首领,这样两边的部队可以相互配合。暂时没有别的事。"

"这东西太神了,我也要一个!"塔卢库布姆的声音从水晶球里传来。

鲁修伸手一抚,声音顿时平息下来,而图像也瞬间消失得干干净净。水晶球还原成了一个晶莹剔透的半球,捧在鲁修的手上。

鲁修恭敬地再次将礼物递上去。

埃萨克战酋果然没有再拒绝。他接过水晶球,托在掌中,默默端详了一会儿,抬眼看着鲁修。

鲁修心领神会。"我来展示它的用法,很简单。现在只能用来观看战场态势,和卡利纳姆通话,将来也许会有更多功能。"他走上前,手掌覆在半球上,"您看好了!"说着,他缓缓地移动手势。

一个简单的监视仪器可以看上去像是魔法,鲁修不无得意。战酋和几个埃萨克人好奇地围着水晶半球,反复练习他们刚学会的控制手势。他们就像一群孩子见到了新奇的玩具。

"卡利纳姆,能听见我说话吗?"有人问。鲁修抬眼望去,发问的是埃可姆,战酋的儿子。

"我能听到。"水晶球里传来卡利纳姆的声音,"瑟利人正在配发武器,我们很快可以进行一次训练。"

"告诉塔卢库布姆,也想告诉你,我会在战场上证明谁才是真正的勇士。"埃可姆的脸上带着一股暴戾的气息,语调铿锵。埃萨克人永远都摆脱不了野蛮,他们的骨子里就带着毁灭性的基因。

毁灭一切,然后再毁灭自身。任何时刻,这都是一种让人不安的威胁,然而在这个时刻,只能希望他们毁灭的力量更强大一些。

进攻在傍晚时分开始。两个埃萨克集群按照计划发起攻击,飞瀑镇和金光城的前沿阵地上,钢铁洪流就像两柄利剑,向着黑色的巨人刺了下去。按照计划,要在两个小时内各自推进十五公里,插入到赛忒群的核心和花坛山之间。然后在那里坚持二十四小时,阻挡赛忒核心继续向花坛山靠拢,直到瑟利援军赶到。

埃萨克滚滚的装甲车流碾向赛忒兽,长驱直入,势如破竹,比预想顺利得多。

装甲车的火炮攻击配合大威力的近距离枪械,这种装备显得有些古老,却出奇有效。赛忒兽似乎对此毫无抵抗力,一触即溃,居然没有任何有效的反击。

"看来我们用不了两个小时。"埃可姆从车顶上探出身子,勘察之后回到车里,他的脸上露出倨傲的笑容,"看起来我们用废铜烂铁也比那些光鲜的瑟利武器要强。"

鲁修默然不语。按照现在的情况,最多只要半小时,埃可姆的军团就能抵达预定地点。虽然埃可姆这边有八千多人,卡利纳姆那边只有两千,然而推进的速度这么快,确实大大出乎意料。

敌人的空中部队在哪里?忒弥西和洛克会进行空中牵制,然而埃可姆长驱直入,居然没有遇到一点像样的空中抵抗。

忒弥西的消息及时传来。

鲁修接通忒弥西的热线,设成扬声模式,让车里的埃萨克人能够听到。

"鲁修,提醒埃萨克朋友注意,他们的队伍拉得过长。装甲车队和后边的步兵队已经脱离。"忒弥西的声音传了出来。

"装甲车上带着步兵,后边的步兵队是为了打扫战场,补充损失。"

"推进太快,慢一点。赛忒在调整,它们调集飞行兽往你们的方向去了,奥拉德斯把铁林城所有的攻击舰都派遣出来,而且使用城防炮攻击我们,洛克这边也很紧张,腾不出手去拦截那些飞行兽。"

"有多少?"

"至少有三十只,它们攻击力很强,你们要做好准备,尽量别让它们靠近。"

鲁修正想回答,埃可姆抢着说:"那就让它们来吧,一群怪鸟而已,只是一群活靶子。"

"是埃可姆吗?"忒弥西问。

"没错,就是我。金光族的埃可姆,塔西亚姆之子,埃萨克统帅。"埃可姆回答,他的语调中总带着一股阴冷的味道,让人感觉不舒服。

"很高兴认识你,埃可姆。在这关键时刻,埃萨克军队的英勇善战让人印象深刻。"忒弥西柔声回答。

埃可姆冷哼一声,不再应声。

"我们多久会遭遇飞行兽?"鲁修追问。

"如果你们保持现在的推进速度,九分钟后就会和它们碰面。"

九分钟,那只是一小会儿。

"保持警惕,随时通告情况。"忒弥西结束了通话。

鲁修直起腰,向埃可姆点点头。"你听见了,很快就会有麻烦。"

埃可姆冷笑。"我会把这些靶子都打成碎片。"

埃萨克人似乎都有着狂妄的本性，一旦占据优势，就会得意忘形。无论形势如何，这都不是什么好事。

"我去看看，也许能帮到点什么。"鲁修保持着礼貌。说完推开车门，纵身跃到空中。从狭小的装甲车舱里跳出来，顿时浑身轻松。回头一看，埃可姆从车顶上探出了头，正高举拳头，向着自己示意。也许他只是想打个招呼，可看上去似乎是在发出死亡威胁。

无论这群人多么粗鄙，此刻他们是战友。鲁修抬手示意，飞快加速，向着前方飞去。

埃萨克人的车队声势浩大，三百多辆装甲车汇成钢铁长龙。这些陆地交通工具设计粗糙，技术简单，外形丑陋不堪，却异常结实，火力也很凶猛。前方，赛忒军团黑压压一片，埃萨克人的车队却是浅浅的黄色，浅黄色的巨龙扭动盘旋，不断向着那片黑色刺入，就像光芒四射的利剑劈开黑沉的水波。

剑虽然锋利，如果对手真是一潭水，那也真够糟糕！

鲁修望着前方，不无忧虑。

他很快抵达了最前线。冲在最前的装甲车火力全开，主炮不断地喷吐火舌，车身上，两名强壮的埃萨克战士操纵着重机枪，疯狂地分别向着左右扫射。阻挡在前的赛忒兽就像受惊的野兽般四下奔逃，甚至在茫然中被卷入钢轮之间，碾得粉碎。这是一群羔羊，全然没有一丝强悍的气息。

这些东西甚至还不如脏兽！鲁修感到疑惑。

他向远方眺望，远远的天边依稀可见一群黑色的小点，飞行兽正在赶来。然而，眼前的赛忒兽毫无斗志，赶来增援的这些又能好到哪里去？

突然间，他觉察到异样，像是被人微微推了一把，是一束威力不算太大的等离子，盔甲自然产生感应，挡住了这次攻击。敌人偷袭！

鲁修飞快上升，他很快锁定了攻击者，那是一只个头不大的赛忒兽，蹲坐地上，抬头向天，似乎正望着自己，两只眼里红光闪烁，猛然间，红光大炽——又是一次攻击！这一次鲁修早有准备，束流消散，只在盔甲的肩部亮起一团红光。

埃萨克人注意到它，一顿猛烈的扫射，将它打得飞了起来，身子几乎断作两截，只剩一丝相连。

这似乎是一场一边倒的屠杀。赛忒兽似乎失去了战斗力，全然无法抵抗埃萨克的钢铁风暴。几个小时之前，赛忒军团如烈风一般席卷埃萨克人，以至于金光族不得不举族逃亡。此刻，情形却完全颠倒过来。

钢铁的洪流仍旧突飞猛进。突然间，最前方的装甲车上燃起一团火，埃萨克人纷纷跳下车，向着后边的车子跑去，最后出来的两个埃萨克人已经成了火人，大声嘶叫，哪怕在百米的高空也能听得清清楚楚。着火的埃萨克人扑向赛忒兽，在绝望的挣扎中，他们的力气惊人，竟然能将体型相当的赛忒兽高高举起，狠狠地摔在地上，用带火的手臂猛力击打，仿佛那全然不是血肉之躯。

好似一股细微的电流击中心脏，鲁修只感到心头一阵发颤。

带火的埃萨克人不断哀号，似乎绝望，似乎愤怒，又似乎忍受着难以言说的痛苦，雄伟的身躯爆发出惊人的破坏力，在兽群中横扫，毫无阻碍。

哀号声平息下去，两个巨人先后扑倒在地，身上的火焰仍旧熊熊燃烧。被烧毁的装甲车突然爆炸，它被后边赶上来的一辆车一炮命中引擎，成了一团冒着黑烟的废铁。车队绕过废铁，找到一条最短的路径继续向前。一个埃萨克人的尸体正好在路径上，领头的车毫不犹豫地从尸体上碾过，继续开火，继续前进。钢轮间一团血肉模糊。

鲁修感到一丝凉意。

在战场上,任何温情脉脉都是多余的,战斗的胜利才是唯一的目标。然而,倒下的战友尸体尚温,滚滚的铁甲洪流就从他的尸身上碾过。他们明明能看见那带火的尸体,却毫不回避。

生命就和杂草一样无足轻重。

兽群仿佛突然间苏醒过来,开始向装甲车进攻。它们无法抵挡凶猛的火力扫射,却悍不畏死地不断冲锋,以至于尸体很快堆积起来,挡住车队的去路。

最前方的车子压低炮管,一炮将堆积的尸体轰散,继续前进。

有人从车上探出身子,向鲁修招手。

是埃可姆,他从车队中间冲到了最前线。

"瑟利人,看一看埃萨克人怎么教训这些野兽!"埃可姆狂叫着,声音上扬,传到耳朵里,仍旧可以听出语调中的张狂,"看一看,我们怎么把这些飞在空中的傻鸟打成肉酱。"

鲁修下意识地抬头,飞行兽已经接近,上千米的距离上,它们真的很像一群大鸟。事实上它们并没有翅膀,借助着反重力悬浮空中,精巧的质子发动机提供着充沛的动力。它们是一群无比危险的杀戮机器。

埃萨克人开始向空中倾泻火力,他们的子弹落入飞兽群,大多数落了空,少数击中了飞行兽,却只是让它们微微趔趄。在这样的距离上,埃萨克人的火力不够强烈。

这是个关键的时刻,这些驽钝的埃萨克人却还没有意识到这点。得帮帮这些不够机灵的盟军!鲁修向着飞行兽冲去,他攥紧拳头,爆裂微晶在手臂上汇聚,整个右臂隐隐发红。

飞行兽发现了他,其中两只改变前进方向,迎着他飞来。一左一右,显现出夹击的姿态。

鲁修露出一个冷笑。

他突然加速，向着其中一只飞行兽贴近。飞行兽发射束流，然而这在预料之中。鲁修提前拉高，躲避攻击。粒子束几乎贴着他的脚下而过，紧接着飞行兽也直直地从他脚下掠过。鲁修转身，他正处在一个绝佳的位置上，飞行兽完全暴露在有效射程内。

然而方才的粒子束流能量大得异乎寻常，不能小瞧了它们！鲁修一边告诫自己，一边快速锁定目标。爆裂微晶的发射能量已充满，他挥动手臂，将胳膊伸得笔直，胸口的青龙仿佛活了过来，张开大口，吐出赤红的火焰，一团不起眼的亮光从细小的发射孔里穿出。空中腾起一团青紫的火焰，飞行兽带着闪光向地面坠落。

来不及享受胜利的喜悦，另一只飞行兽的攻击已经抵达。他刚来得及挪动一点距离，便被灼热的束流击中了护肩，将盔甲削去一小块。

鲁修不退反进，猛然蹿起，向着攻击的飞行兽逼近。发射了第一波的飞行兽没能发出第二次攻击，鲁修抢先开火。

去死吧！密集的次级爆裂微晶从胸口脱出，仿佛一阵细密的光雨落向对方。这一只飞行兽没有它的同伴幸运，密集的爆炸让它在空中就成了一堆碎片，在火光和烟尘中向着地面飘散。

一次干净利落的胜利。

然而地面上的情况却一团糟。

飞行兽不断掠过埃萨克人的车队，喷吐死亡的火光。它们像一群凶猛的鸷鸟，正撕咬一条行动迟缓的巨蟒。地面上的赛忒兽群也变得更加疯狂，如潮水般向着埃萨克人发动攻击。整个车队被迫停止下来，埃萨克人依靠着装甲车的掩护，和赛忒兽激战。而车顶的重机枪手，则把火力全部倾泻到空中，在车队上方编织出一道致密的火力网。埃萨克人竭尽全力，即便如此，巨蟒仍旧一点点被蚕食。

鲁修正想俯冲下去，加入战团，却猛然间定住身子。

一个熟悉的声音穿透战场，穿透一切喧嚣，仿佛一段窃窃私语从千里之外流入耳中。

"干得不错！干得不错！干得不错……"

冰冷而桀骜的声音。奥拉德斯！

鲁修感到一阵惶恐。他不由自主地飞速爬高，似乎高处会更安全一些，能够将声音甩掉。

声音却无处不在，紧紧地贴着他。

"干得不错！干得不错！干得不错……"

鲁修终于悬停半空，不再逃跑。

"奥拉德斯，你是要找我吗？"他面向赛忒兽群核心的方向，奥拉德斯应该在那里。

"鲁修，你的进步很快。凭着你从学院毕业的成绩，这两只飞火就可以杀死你。"

"你的进步也很快。"鲁修毫不客气地回敬。这个曾经备受尊敬的师长已经堕落成了恶魔，虽然内心仍旧颤抖，他也要让自己显得坚强一些。一个天穹守护，绝不会向邪恶低头。哪怕这个邪恶的力量曾经是一个天骑士，而且此刻的力量大得无法估量。

"哈哈哈……"奥拉德斯发出一阵狂笑，"你说得对，应该说你很聪明，但这是你无法想象的终极力量。我是欧菲亚的统治者，所有星星的主人，银河的主宰，我是宇宙之王。全部的世界都属于我，包括所有的生灵，包括你。"

"哈哈哈……"笑声无处不在，像是从无形的空间中渗透出来，挤进身体的每一个毛孔。

冰凉的感觉沿着脊背扩散。

"奥拉德斯，你成了瑟利的公敌。我决不会放过你！"鲁修大声叫喊。放大的声音让他感到安全。

"你行吗？"

他听到一声轻蔑的回答。

这轻蔑的语调仿佛一颗火星，引燃了愤怒的火焰。热流在心中流淌，将冰凉的感觉统统驱逐出去。鲁修握紧拳头，爆裂微晶在拳头上聚集。

一个天穹守护所要做的一切，并不是回答问题，而是消灭敌人。他猛然向着下方俯冲。

地面上埃可姆的队伍正陷入苦战。埃萨克战士密集的火力网能够抵挡地面脏兽的攻击，却无法有效阻挡天空中来去自如的飞火。它们在空中来回飞掠，每一次倾泻的能量都在埃萨克人的阵地上挖出一个大坑。它们就像飞翔的死神一样肆无忌惮。

车顶的重机枪手像发了疯一般摆动手中的枪把，一条条火舌追逐着天上的死神，然而始终差那么一步。飞火仅仅被击落一只，埃萨克车队却伤亡惨重，不少装甲车成了废铁。战士们依托着废铁顽强地抵抗着，幸运的是，后边的步兵队已经跟了上来，源源不断地补充到阵地上，让地面阵地变得稳固。临时阵地前，赛忒兽的尸体快速地堆积起来，然而每一次俯冲，飞火都会将阵地蚕食掉一点，而地面上的赛忒兽就会乘虚而入，牢牢地钳制着埃萨克人。

这不是依靠英勇就能解决的问题，他们需要解决空中的问题。鲁修一边发出紧急呼叫，一边继续俯冲。飞火发现了他的动静，派出四只来迎战。

一对四，并没有什么胜算……然而也未必。

这些被称作飞火的赛忒兽速度很快，火力很强，还很坚硬，但是不够灵活。它们需要巨大的转弯半径。

猛然间，鲁修硬生生地停在半空。绝大的加速度让人感到窒息，然而这个动作让他和四只飞火之间的距离发生了变化。两只快速地逼近到身边，而另两只则瞬间被抛得很远。

绝不能停留！他马上再次启动，加速向着地面下落。两只飞火继续追击，它们在天空中画出两个巨大的弧，以调整方向。

地面的赛忒兽群变得清晰可见。

鲁修挥出拳头，爆裂微晶落入兽群间，火光冲天而起，剧烈的爆炸冲击波将数十米内的赛忒兽一扫而光。尘埃滚滚，遮蔽天日，鲁修没入烟尘中，消失不见。

两只飞火完成了回转，向着烟尘腾起的方向俯冲，另两只飞火在远处拉出长长的弧线，似乎并不确定自己的飞行目标。

这是一场蒙着眼睛的战斗，除了勇气和力量，还需要一点运气。

烟尘的遮蔽很快就会消失，在那之前，只要它们没有改变飞行轨迹……

借着烟尘的掩护，鲁修贴着地面潜行，他默默计算着两只飞火的位置，寻找着一个瞬间。在那个时刻，他和两只飞火将在一条直线上，一次全力以赴的攻击可以将它们同时解决掉。

他不断地计算，脑子里仿佛放映着对手的行动轨迹。这是巨大的冒险，爆裂微晶一旦释放，需要时间恢复，两分钟内，他将成为毫无还手之力的标靶。他感到从未体验过的紧张。

就是此刻！鲁修抬头，头顶上仍旧烟尘漫天，看不到任何东西，胸甲张开，数十个次级爆裂微晶喷薄而出，带着不起眼的光芒穿透屏障。

战斗，从来都是力量和智力的双重较量。

鲁修并不停留，他又一次改变前进方向。这一次，他在烟尘的掩护下冲向了地面上的赛忒兽群。

空中连续传来两声爆炸。爆裂微晶命中目标，完美无缺，他不禁露出一丝微笑。奥拉德斯会知道这样的结果，更多的飞火会涌过来对付他。

蓦然间他已经冲入赛忒兽群中，又猛然弹起，从兽群上方掠过。埃萨克人趁着他制造的混乱发动反击，三辆装甲车向前推进，在兽群中撕开一个小小的口子。停顿许久之后，长长的巨蟒终于再次开始蠕动起来。这一次，步兵拱卫着装甲车前进，速度不快，却坚定不移地向前推进着。

奥拉德斯，你看见了吗？鲁修向着远处的赛忒核心发出微晶密语，他相信奥拉德斯一定能够听到。

让你的飞火都来我也不会怕！

"你的生命就像蝼蚁，却不幸挡着了我的路。"奥拉德斯传来回应。

十只飞火向他包围而来。

鲁修停在高处，等待着即将到来的激战。在这样的围攻下，他只有很小的可能可以继续活下去。然而他却露出微笑。

两个消息接踵而至。

"坚持住，鲁修！我已经让凯山来帮你。"忒弥西传来消息。凯山带领着十人队，一旦加入战团，即便不能将这些难缠的东西消灭，至少它们再也无力攻击埃萨克人。

"鲁修，你在哪里？我们已经接近花坛山，还有半小时进入计划阵地。埃可姆怎么样？"另一个频段传来的是卡利纳姆的声音，他和塔卢库布姆一道从飞瀑镇向着花坛山挺进。

这都是好消息。

"正在前进，我们很快可以在花坛山前会合。"鲁修回答卡利纳姆。

他从高处俯瞰整个战场，两道滚滚的钢铁洪流正在黑色的海洋上披荆斩棘，指向同一个目的地。忒弥西的计划能够实现！这些埃萨克人一定能在那儿挡住赛忒军团，挡住奥拉德斯！

鲁修全身散发着淡蓝的光，悬浮空中，一动不动。

飞火正呼啸而来，危险迫在眉睫。

真正的试炼开始了！

第十七章　死亡阴影

　　如果一件困难的事进展得过于顺利，那么就要停下来看看是不是出了什么差错。

　　这句话在卡利纳姆的脑子里反复几次。梅尼经常这么说。老人们总是试图把凝结着血泪的人生经验教给年轻人，可惜年轻人往往血气方刚，不屑一顾，直到陷落困境，才恍然醒悟。

　　此刻，卡利纳姆对此的体会无比深刻。

　　两千多的埃萨克精锐只剩下寥寥几百人，阵地上到处都是尸体。赛式也丢下了无数的尸体，然而它们的力量似乎没有穷尽，一次又一次卷土重来，就像大海的怒涛，从不动摇，永不衰竭。

　　埃可姆那边的情况更糟糕，出发时八千人，剩下的也不过几百个。

　　两边加起来，也不足八百。

　　八百名战士，还能坚持多久？

　　卡利纳姆倚着一架步行机器，怔怔出神。他很快回过神来，伸手扶在机器上，正想起身。铁片粗糙，有些扎手，他下意识地扭头看去,触手之处正在一个触目惊心的大洞边,钢板被溅射的火花灼烧出深浅不一的坑洞。这架瑟利人提供的步行机器提供了强大的火力支援,只是它再也不能动了。

"咳咳……"剧烈的咳嗽声传来。卡利纳姆抬眼望去,塔卢库布姆庞大的身子弯曲如弓,猛烈地抖动,似乎用尽全身的力气咳嗽,几乎要将整个肺都咳出来。塔卢库布姆被射线击中肋部,伤到肺部,虽然不致命,却止不住地咳嗽,这样的伤很容易感染,然而……这阵地上的埃萨克人都没有想过要活着离开。

卡利纳姆默默地将雷神火扛在肩上,向塔卢库布姆走去。

塔卢库布姆见卡利纳姆走来,停止咳嗽,挺直腰杆。

"伙计,你还能行吧!"他用一种满不在乎的语调说话,却全然没有平日那般气势十足,"这些杂碎可真多,比我还不怕死!"说完,他似乎想发出一阵笑声,却不由自主弯下身子,咳嗽起来。

"它们马上就会再来。"卡利纳姆轻声说着,抬眼看向远处,赛忒兽群发出奇怪的光彩,就像一条光怪陆离的大蛇在黑色的背景中游动。它们似乎用光传递着某种信号,虽然不知道那究竟是什么,但他知道当兽群中央形成一个白亮的光环,进攻就会开始。攻势只会一次比一次更猛烈,因为更多的赛忒兽正在复活。

卡利纳姆的视线停留在不远处,巍峨的山丘高高耸立,黑魆魆一片。那是花坛山,已经落入赛忒的控制。他永远忘不了那一瞬间,活蹦乱跳的赛忒兽突然从山上蜂拥而下,转眼间冲垮了防线。

在那一瞬间,任务已经失败,战斗成了挣扎求生的本能。

那一瞬间后,连续的三波攻击,让埃萨克人流尽了鲜血。

终结的时刻快要到来。

"它们来,就让它们尝尝我的子弹。"塔卢库布姆回答,他脸上的肌肉抽搐,似乎正忍受着巨大的疼痛,却竭力想要露出笑容,于是嘴角歪斜，露出一个苦笑的表情。

卡利纳姆微微点头。

"不过，这瑟利人的武器倒真是好用，我要带一杆到地里去。"塔卢库布姆抓着手中的枪，把它搂在怀里。他拿了最强悍的重型枪械，和埃萨克的重机枪分量类似，只不过这杆枪并不发射子弹，而是死光。青紫色的束流能瞬间发出上万度的高温，将挡住去路的一切碎裂成齑粉。他从一具尸体旁捡起武器，乌黑的枪管上血迹斑斑，然而也掩饰不住那精巧圆润的设计。"那些小矮子得记住，这些枪都是我们的，哪怕我们死了，也是我们的。是不是？"他伸手抹去那有些凝结的血迹，附身将它放进死去的战士怀里，又小心翼翼地将死者的双手抬起，在胸前摆成交错的姿态，仿佛正紧紧抱着武器沉睡。塔卢库布姆粗壮的手脚放慢节奏，轻拿轻放，仿佛担心惊醒了睡着的人。他像是一个手脚笨拙的父亲！

卡利纳姆只感到鼻子一酸，险些掉下泪来。他伸手拍了拍塔卢库布姆弓着的背，向着阵地的另一个方向走去。

到处都是倒毙的尸体。埃可姆的人正拖动几辆装甲车，组成更牢固的阵地，不过短短十多分钟，他们已经搭建了一个小小的堡垒。埃可姆站在人丛中，既不慌乱也不紧张，指挥着手下从尸体上收集武器，集中到新的小堡垒里。他就像一块生铁，重压之下，非但没有碎裂，反倒成了钢。这边的阵地和塔卢库布姆那儿截然不同，虽然同样残破，却秩序井然。战士们既不愤怒也不沮丧，他们只是像岩石一样沉默。

"埃可姆！"卡利纳姆低低喊了一声。

埃可姆转过头来，眸子里仍旧是那样冰冷的神色，只是多了一份沉稳。"卡利纳姆，是来告别的吗？"他的话语并不像往常那样生硬，语调平静而冷漠，有点像是他的父亲塔西亚姆。

"嗯！"卡利纳姆含糊地支吾一声。

埃可姆并不在意，继续指挥手下构筑阵地。他的全部心思似乎都集中在了即将到来的战斗上。

最后一场战斗，不能壮烈一点，就让它持久一点，哪怕多杀死一只赛忒兽也是好的！

卡利纳姆默默地从埃可姆身边走过，他看见不远处另一个身影——鲁修在阵地前沿站着，独自一人，似乎正眺望着那无穷无尽的赛忒之海。

瑟利人并不是旁观者，他们同样损失惨重，被派到地面支援埃萨克阻击任务的瑟利武士都死了，只剩下鲁修一个。这些被派遣来的瑟利武士是忒弥西身边的精锐，赛忒兽似乎认准了他们，天上地下，不遗余力地围攻，虽然他们有厚实的盔甲保护，火力也很强大，却还是一个个相继被杀死。鲁修能够幸存下来算是一个不大不小的奇迹，或者，因为他是他们当中最棒的一个。

"伙计。"卡利纳姆走上前，和鲁修并肩而立，"你这是给赛忒树靶子吗？"

鲁修并没有理会这个玩笑，视线仍旧盯着远方，保持沉默。

"忒弥西要我回去。"他突然开口说话。

"哦！"卡利纳姆回应，一时不知该说些什么。任务已经失败，忒弥西当然会选择撤退，调集军队，从长计议。这算不上背叛，只是一个理性的选择，鲁修留在这里，也救不了剩下的埃萨克人，只是陪着一起死。

"她和你们战酋讨论了计划，你们战酋会派人接应，但是困在这里的这些人，需要向外突破十三公里。"鲁修似乎想做出某种安慰，然而说着说着，声音不自觉地低落下来。

突破十三公里，听起来并不是一件很难的事，然而对残留的近八百名战士,这是不可能完成的任务。死路一条,卡利纳姆暗暗地想。他不怨恨任何人,忒弥西和塔西亚姆,他们都已经竭尽全力,只是敌人过于强大,断绝了任何逃生的希望。既然如此,那就全力死守阵地,杀死更多的赛忒兽。

"我们不会走,埃萨克人会把生命交给战场。"卡利纳姆淡淡地说,"你快走吧,你能突破包围,和忒弥西会合,将来可以帮我们报仇。"

鲁修沉默着,似乎正考虑着什么。他一直盯着花坛山,似乎沉浸在深邃的思虑中。

"留在这里也没有太大的帮助,还是走吧!"卡利纳姆丢下一句,正想转身走开,鲁修仿佛猛然间惊醒,遽然回头,"我不会走,我要去挑战奥拉德斯!"

奥拉德斯就在这里,无处不在,化身成了赛忒兽群!卡利纳姆颇不以为然,却也没有说什么。

"卡利纳姆,能跟我一块去吗?"鲁修问道。

卡利纳姆一怔。鲁修竟然会提出这样的请求?他抬眼望着鲁修,有几分不解。"我的阵地在这里,我要和战士们在一起。你能飞,我没法和你一道去。"

"你不了解……"鲁修欲言又止。

"什么?"卡利纳姆感到奇怪,鲁修不是这样吞吞吐吐的风格。

鲁修抿了抿嘴唇,犹豫不决,但最后还是下定了决心。"瑟利人容易受赛忒的影响。"他望着不远处某个地方,卡利纳姆顺着他的视线望过去,看见一具瑟利人的尸体,焦黑一片。

"赛忒兽是纯粹的微晶体,只是它们的微晶结构和我们不太一样,但这不是决然的鸿沟。"鲁修看着那瑟利武士的尸体,"奥拉德斯控制了赛忒兽,他懂得瑟利的微晶,只要条件合适,他也能控制瑟利人。"

卡利纳姆听着,不觉有几分心悸。在黑色风暴号上,洛克谈论过同样的话题,洛克借此警告卡利纳姆,更需要和赛忒对抗的是埃萨克人,而不是瑟利人。然而此刻从鲁修的嘴里说出来,却有截然不同的意味。瑟利在赛忒面前成了虚弱的一方,而埃萨克却正好相反。

这是一个硬币的正反面,因为埃萨克人是纯粹的肉体,无法像瑟利人一样利用微晶的力量,也不会像瑟利人一样,受到赛忒的影响。

瑟利人对赛忒的抵抗力如此脆弱?

"没那么容易吧?"卡利纳姆感到几分不确定,犹豫着说。

"没那么容易,也不是很困难。"鲁修露出一丝苦笑,望着那具焦黑的尸体,"那个人就是我杀死的,他被赛忒控制了。"

卡利纳姆有些吃惊。战斗激烈,他无暇注意鲁修的情况,瑟利人在天上飞来飞去,保护阵地上空,时而会有人掉下来。牺牲总不可避免,然而他从未想过鲁修居然杀死了自己的战友。"这不可能!"他脱口而出。赛忒的力量已经如此强大,如果瑟利人被它们控制,这个星球上哪里还有埃萨克人的立足之地?

"这就是现实。"鲁修并不忌讳,"所以你明白为什么只有少数战士被派来协助你们,瑟利战士虽然数量少,但没有少到这个地步。只有足够强大的空骑士才能抗拒那种控制力,才不会被异化成赛忒,所以你只能看到这二十来个人。"

是的,洛克的飞船上有雇佣的埃萨克人,也有很多瑟利战士。埃萨克人跟随着塔卢库布姆一道行动,瑟利战士却一个都没有出现。卡利纳姆原本以为这是洛克在保留自己的力量,此刻,他恍然大悟,原来这些人面对着奥拉德斯的兽群,要比埃萨克人更为脆弱。为了支援埃萨克人的地面进攻,忒弥西也已经竭尽全力。

"那你要去送死?"卡利纳姆更为不解,"虽然你足够强大,不怕被控制,但也用不着去送死。"

"我不会做毫无意义的事。"鲁修露出一个惨淡的微笑,"这是一次测试,我们需要试探出奥拉德斯的底线,他能多大程度上影响到瑟利人。我们现在距离不远,可以试着冲过去,说不定,可以靠近他身边,"他望着花坛山,"这可能是唯一的机会,我可以近距离接触到他。我们不可能杀死赛忒兽群,但说不定有机会杀死奥拉德斯。"

"忒弥西不会同意你。"

"是的,但我可以自己决定。撤离也有风险,而且这么多人都死了,我不想一个人活着,像一个懦夫,把战友都抛弃在战场上。"鲁修淡淡地说,"现在最重要的一个问题,如果我真的被奥拉德斯控制,我需要一个人当机立断,把我杀死。"他看着卡利纳姆,"所以我想请你帮这个忙。"

鲁修的眼里透着坚定的神情,这是他深思熟虑的结果,并不是一时冲动。跟随鲁修向花坛山突击,在必须的时刻杀死他,这听起来足够疯狂。这是有去无回的旅程,然而在这里坚守同样也是死路一条。他扭头望着埃萨克人的阵地,经历了三次残酷的血的洗礼,残留的战士们已然麻木,他们无非等待着死亡。

为什么不向花坛山前进呢?与其困死在阵地上,不如像模像样地来一次突袭,至少可以让奥拉德斯知道埃萨克人的血性,哪怕到了最后关头,也从来不曾屈服认命。

"但是如果我们都死了,谁来告诉忒弥西?"他想到一个问题。

"忒弥西会知道的。我是天穹守护,只要穿着盔甲,她每时每刻都能知道我的位置,也能知道奥拉德斯对我都做了些什么。"

"好!"卡利纳姆断然下定决心,"我去和其他人说说,他们也许愿意加入我们。"

"好的,你们可以跟在我身后,我的盔甲能量已经快耗尽,但是还可以维持近身护盾，抵挡一些束流。"鲁修指着前方黑色赛忒兽涌动的位置，那是一个小小的低洼地，"就从那里开始。"他扭头看着卡利纳姆，露出坦然的神情。"如果你发现我停止前进，也不再催动护盾，就马上杀死我，不要犹豫。"他微微一笑，"如果你不杀我，可能下一秒我就会回身把你们统统杀掉。"

卡利纳姆郑重地点点头。

他找到埃可姆和塔卢库布姆。塔卢库布姆毫不犹豫地同意来一次痛快的冲锋，他的生命正在飞快地衰竭，如果来一次壮烈的冲锋，那就再好不过。埃可姆却正相反，他决意坚守阵地，不因为别的，就因为这小小的阵地能够给人最后的希望。

"你们去吧，我会用炮火支援你们，再往后就靠你们自己了。"埃可姆这样和他们告别。

"塔西亚姆之子就是这样怕死！"塔卢库布姆嘿嘿地笑着，"这是你们能活得长久的原因。但愿你能活着回到你父亲身边。"

埃可姆不置可否，他的血似乎已经冷了。

在这最后的关头，无论怎样的选择都无可厚非。埃可姆坚守阵地，也是一个不错的选择，至少可以为突击队提供火力掩护。

卡利纳姆望着埃可姆，这个曾经的对头身上已然没有任何焦躁的气息，静得像一汪水，冷得像一块冰，深沉的眸子里透着无比坚韧的决心。勇武不仅是巨大的杀伤力，更是决心和勇气。他突然想起这句话来。在这最后的关头，埃可姆终于能够领悟这句话背后的深意。

卡利纳姆走上前去，张开双臂，用力抱住埃可姆，轻拍他的脊背。

"你是埃萨克勇士的骄傲，是你父亲的骄傲。"卡利纳姆在埃可姆耳边轻语。

埃可姆的身子微微一颤，随即变得僵硬。他生硬地将卡利纳姆一把推开。"你们快走,赛忒随时会发动攻击,那时就太迟了。"

最后的行动迅速展开。这是一支奇特组合的队伍,鲁修飞奔在最前,他的盔甲带起些许微弱的亮光,就像一个有些飘忽的影子;卡利纳姆紧紧地跟着鲁修;再往后,是几架步行机甲,通体漆黑,那是仅存的突勒司堡的雇佣战士;塔卢库布姆端坐在一辆被炸掉半侧驾驶舱的装甲车里,车上挤满埃萨克武士,每个人手中都端着精良的突勒司武器;近五百名埃萨克战士跟在装甲车后,小跑着前进。

队伍就像一把尖刀,向着前方的黑色怪物刺去。

最初的战斗异常顺利,赛忒似乎没有任何战斗准备,它们就像一群浑浑噩噩的野兽,茫然地躲避着伤害,却在凶猛的火力攻击下纷纷倒地,被炸成碎片。

然而就在一瞬间,整个兽群似乎苏醒过来,大大小小的赛忒兽展露出凶狠的本来面目,向着突击队扑了上来。

"它们醒了,小心!"鲁修高声呼叫。

这警告来得太迟,埃萨克战士们已经陷落在苦战中。爆炸声,惨叫声,机械摇晃的声音,手中的雷神火每一次发射时的嘶声……各种各样的声响在耳边混杂成一团乱麻。

爆炸的火光在阵地前方形成一片火海,赛忒兽冲过火海,踩着同伴残断的肢体向前涌来。它们放弃远程武器,靠着身体硬扛,不断冲锋,不断逼近。这原始得近乎疯狂的攻击却无可阻挡。兽群和突击队之间的距离迅速缩小。

短短几分钟,耳边就传来了第一声惨叫。

卡利纳姆无暇扭头去看,眼前的赛忒兽多得不可胜数。距离太近,雷神火无法射出高爆微晶。他触动食指触点,枪口喷出猛烈的火焰。

火焰喷出十余米,黑色的赛忒兽被火光映成隐约透明的红色。然而它们还是从火墙中穿过，靠近身前。

利爪和巨齿在火光的映衬下泛着死亡的光辉。

这的确是一次自杀行动。卡利纳姆抡起雷神火，把它当作大棒使用。一只巨犬般的赛忒兽扑来，他用尽全力迎着它砸了下去。赛忒兽被狠狠一击，落在地上。卡利纳姆踏上一步，用力击打它的头部。他听见细微的碎裂声，赛忒兽的头猛然塌陷下去，成了一个可怕的坑，它的身子抽搐两下，再也不动。

原本冲上来的兽群仿佛害怕同类的惨状，居然不再冲击，四下散开，去追逐别的目标。

"卡利纳姆！"

他听见有人高声叫喊他的名字，抬头一看，塔卢库布姆正站立在装甲车上，身边的武士仍旧在奋力搏斗，然而都已经伤痕累累。塔卢库布姆手上已经没有武器，一只赛忒兽咬住了他的一条胳膊，几只赛忒兽正扑在他身上，他全然不顾自己的身体，伸手抓住赛忒兽的双腿。

"呀……"这喊声仿佛惊雷，盖过一切的声响，赛忒兽随着喊声被一撕两半。

塔卢库布姆巨塔般的身子傲然挺立，发出哈哈大笑。

笑声还没有平息，赛忒兽争先恐后地扑了上去，转眼间将他吞没。

埃萨克人已然崩溃，活着的没剩下几个。他们还能活的时间只能以秒来计算。

一个又一个战士在兽群中挣扎着倒下，很快，已无人生还。

鲁修！他回头寻找鲁修的身影，却也只看见黑漆漆一片赛忒兽。鲁修踪影全无。

卡利纳姆的脸上露出一丝苦涩的微笑。一次痛快淋漓的自杀！

他做好了倒下的准备，只等着赛忒兽再冲上来。

兽群环绕着他，最近的只有几步远，却并不冲上来撕咬。

短短的对峙之后，他恍然明白过来，这些赛忒兽并不打算攻击他。它们听命于人，并没有自己的灵魂。

是谁让它们不攻击自己？奥拉德斯还是露西？一定是露西。与其这样苟活，不如痛快地死掉。

卡利纳姆发出一声大吼，雷神火射出爆裂微晶。一声巨响后，眼前出现了一个巨大的坑，脚下的大地也跟着抖了一抖，几只赛忒兽被爆裂微晶释放的热力灼烧粉碎。兽群却沉默着，并不理会那些死去的同伴，迅速越过大坑，继续将卡利纳姆包围在中间。这一次，它们靠得更近，几乎就在身边，让他没有空间使用雷神火。卡利纳姆挥舞着雷神火，击打身边的赛忒兽，狠狠地发泄着怒气。他希望激怒这些凶残原始的野兽，让它们杀死自己，就像杀死身后的几百个埃萨克武士一样。

赛忒兽并不还击，被卡利纳姆击倒一只，另一只就上来填补空缺。连续击倒三四只赛忒兽之后，卡利纳姆有些气喘，他望了望四周似乎无穷无尽的兽群，重重地呼出一口气，停止了这毫无意义的动作。

"露西！"他突然向着花坛山的方向大声喊叫。

兽群保持着沉默，没有一丝回应。

忽然间，他注意到天边的异样。一艘飞船闪着亮光，正向这边飞来。

瑟利飞船！卡利纳姆心头掠过一丝喜悦。

果然是瑟利的飞船，当飞船从头顶掠过，他看清了船身上的图样，黑色玫瑰怒放，那是突勒司堡的家徽。飞船向着埃可姆的阵地飞去。

这是救援飞船，埃可姆可以得救了！卡利纳姆感到高兴，随即又沮丧下来。如果不是自己拉着塔卢库布姆和他的武士来冲击赛忒，他们也可以获救。

卡利纳姆干脆坐了下来，长长地吐出一口气后，他躺倒在地。从地上仰视，周围的赛忒兽显得异常高大，尖牙利齿，闪烁着金属光泽的躯体，还有各种奇形怪状的附着物，每一样都充满着压迫感。然而他心中没有一丝害怕，只觉得一片茫然。然后呢？他没有任何答案。

漫天的星星映入眼中。白天的时候，云层盖住整个天空，现在却连一丝云朵的影子也没有。赛忒兽聚集在这里，连天气都变得分外诡异。

忽然间，眼角掠过一丝闪光。卡利纳姆扭头望去，无数的兽腿之间，隐约有个白亮的东西。卡利纳姆心中一动，迅速翻身而起，向着那边走去。

兽群自动为他让开道路。它们虽然限制他，却也躲避他，向前行走没有任何阻碍。

他很快找到了那团白亮的东西。

鲁修静静地躺在地上，仿佛睡了过去。卡利纳姆伸手探了探他的鼻息，他还活着。兽群在他身边徘徊，却并不伤害他，和自己的情况如出一辙。

是谁让他活着？露西还是奥拉德斯？一定是奥拉德斯，这个发了疯的瑟利天骑士要将鲁修变成他的傀儡。

卡利纳姆抬起雷神火，对准鲁修。手指稍稍用力，鲁修就将被烧成一堆焦炭。

他只是睡着了。卡利纳姆看着鲁修的脸庞，一个勇士怎么能在对手熟睡的时候下手？这样的行径玷污了勇士的名誉。他为自己一闪念间可耻的想法而羞愧，缓缓地将雷神火收起来。即便鲁修真的被奥拉德斯控制，那也要光明正大，面对面地杀死他，救赎他的灵魂。

要唤醒他吗？如果真的要来一场决斗，那该怎么办？

卡利纳姆一时间拿不定主意，干脆就在他身边坐下。

赛忒兽的脚步声清晰可闻，它们并不发声，也没有任何特别的气味，不断走动，就像黑暗本身在波动。在无比凶险的黑色浪涛中安然入眠，这是一种奇特的反差。卡利纳姆看着沉睡中的鲁修，感觉越来越怪异。

头顶传来空气撕裂的声音。卡利纳姆抬头望去，突勒司堡的飞船一掠而过，向着远方飞去。

埃可姆他们应该得救了吧！他感到一丝宽慰。

不经意间，远方的一丝闪光引起了他的注意，扭头望去，黑魆魆的花坛山沉默地伫立在星空下。山顶上正发出有节律的闪光，忽蓝忽红，从中央向四周散发，就像一圈圈光的波纹，渐渐变得微弱，到了远离中央的位置，几乎消失，然而认真留意，即便到了眼前，也仍旧能够觉察。他很快发现光亮并非照射在兽群上，而是从每一只赛忒兽的体内发出。赛忒兽数以十万百万计，这光亮却均匀稳定，哪怕赛忒兽四下走动，也丝毫不破坏那波纹的完整。

数以百万计的微晶生灵，只是一个个体！

真笨！卡利纳姆对自己一直没有意识到这个显而易见的事实而懊恼。

居高临下盘踞在花坛山上的，是它们的头脑，唯一的头脑！而且那不是一个万无一失的头脑，当突击队冲向兽群，这头脑至少过了十多分钟才彻底清醒过来，展开反击。

卡利纳姆望着那山头，目不转睛。他不自觉地站了起来。

奥拉德斯一定在那里。

卡利纳姆低头看了鲁修一眼，这个善良的瑟利勇士仍旧沉睡着。

就让他在这里睡吧,他有他的命运。

而我可以选择自己的命运。

埃萨克人并不会被赛忒控制,最坏的结果,不过是被杀死。

卡利纳姆迈开脚步,向着花坛山的方向跨出。

兽群避开。

他又前进一步,兽群继续避让。

这样走了十多步,回头望去,鲁修已经不见踪影。触目所及,除了赛忒还是赛忒。稍远的地方,依稀可以辨认出几辆残破的装甲车,几具埃萨克战士的尸骸横躺在上。

他本该死在这里。

既然还活着,既然赛忒兽并不愿杀死他,那么就向前去看看。死亡的阴影随时可能降临,但是走得近一点,再近一点,贴近敌人的心脏和头脑,是否会有些奇迹?

卡利纳姆将雷神火取下,背在身后,径直向前走去。

不需要武器,只需要勇气。

他坚定地迈开脚步。

花坛山在皎洁的月光下投下黑沉的影子。

一个高大的身影分开海洋一般浩瀚的黑色,孤独沉默地行走在这阴影之中。

他所看不见的地方,十二只碟形兽一字排开,悬浮空中。一个女人正站在中央的碟形兽背上,长发及腰,风姿绰约,脸庞如粉雕玉琢般晶莹美丽,深邃的眸子带着历经沧桑的冷漠。

忽然间,她的脸上露出淡淡的微笑。

第十八章　重兵围城

卡利纳姆和鲁修都没能够回来。十有八九，他们都死了。
不该让他们去冒险！
忒弥西感到难过。这两个年轻人本该有更好的未来，却被葬送在这冒险行动中。等舰队抵达，再进行决战，这才是正确的选择。她高估了奥拉德斯的能力，即便他占据了花坛山，变得更强，却没能把整个花坛山都活化。瑟利舰队将消灭他。
然而，凡事没有如果，一切都不能重来。人要担当自己的选择。
她深吸一口气，让这小小的沮丧消弭在重重的气息中。
一个信号闯入她的意识中——洛克来了。
沉重的脚步在舰桥上回响。不止洛克一个人，还有客人。
忒弥西回过头，面带微笑，保持着端庄的姿态。
洛克的身后跟着一个高大的埃萨克人。
"忒弥西，这位是埃可姆。"洛克示意身后的埃萨克人上前。
埃萨克人神色戒备，跨上几步，站在忒弥西身前三米远的位置。这个埃萨克人比卡利纳姆高出大半个头，身材更为魁梧健壮，他盯着忒弥西看了两眼，随即垂下视线。"忒弥西陛下，"他的声音带着浓重的鼻音，"金光族的埃可姆，见到您不胜荣幸！"他显然并不习惯表达这样的礼节，舌头都有些打结。

埃可姆说完话抬眼看了过来。他的眼神冰冷锐利，带着让人生畏的寒意。

忒弥西心中咯噔一下。

埃萨克人是不可依靠的，他们不会因为得到帮助而感激任何人，他们只服从于力量。一旦他们的力量超过你，那就是一个危险的境地，他们随时可能把你消灭掉。

她想起导师的告诫。

"很高兴见到你，金光族的埃可姆。"忒弥西微笑着，"非常感谢你们的帮助。"

"瑟利要兑现诺言，提供给我们武装。"埃可姆生硬地说，"我们已经付出了牺牲，自然应该得到回报。"

"那是当然。"忒弥西点点头，"塞力克·洛克骑士将会和你们商量后续事宜。瑟利会坚守承诺，也希望能和你们的部族加强合作，共同缔造欧菲亚的和平。对付赛忒，我们是天然的盟友，我们共同拥有同一个欧菲亚。"

埃可姆脸上露出一丝不自然的微笑。"我同意你的说法。但我的部族需要武器，大量武器，不然等不到和赛忒作战，狂风部族就会把我们给消灭了。"

埃萨克人永远不会停止战斗，也永远不会停止内讧。忒弥西不禁有些遗憾——如果卡利纳姆还活着多好！瑟利可以帮助一个埃萨克人拥有强大的力量，可以帮助他走向战场的胜利，却无法改变他们天性中的暴戾和反复无常。眼前的这个埃可姆，透着一股冷酷而凶悍的气质，正是一个典型的埃萨克领袖所表现出的样子。卡利纳姆却要温和得多。一个比卡利纳姆更合适的盟友怕是难找了！

忒弥西仍旧微笑着。"我们会尽最大的努力给我们的盟友提供帮助。"

埃可姆缓缓地点头，"你们会得到回报的。你们会得到强有力的金光族的绝对支持。"

"我毫不怀疑这一点。"忒弥西说着向洛克看了一眼。

洛克心领神会。"埃可姆，忒弥西已经和你父亲讨论过你的去留。他们都同意，最好让你和这二百六十六名埃萨克战士前往突勒司堡接受训练，我想你也不会反对。你反对吗？"

埃可姆扭头看着洛克，似乎正想着什么，最后他点点头。"我当然不会反对。"

洛克露出满意的笑容。"那就好。我让人带你去休息，你需要好好地休息。然后就可以见识一下撒壬之战之后最伟大的瑟利舰队。你一定会大开眼界。说实在的，我自己都觉得挺激动，这万舰齐发的场面，多少人一辈子也见不到。"

洛克说话间，一个埃萨克雇佣军穿过大门，进入舰桥，在埃克姆身边站定。

"这位是达达先姆，突勒司堡的埃萨克将军，他将是你的伙伴，有什么问题都可以问他。"洛克指着达达先姆，为埃克姆介绍。

达达先姆扭头看着埃克姆，点了点头，一言不发。

埃克姆也同样报以沉默，甚至连眼皮都没有抬。

哪怕一点友善的表示，也会被看作示弱。两个陌生的埃萨克人之间，防范和猜忌高于一切，直到一个把另一个踩在脚下。他们会用埃萨克人的方式找到合适的相处之道。

忒弥西不想继续看着两个埃萨克人冷脸相对。让他们走吧，要开战了！她用微晶秘语告诉洛克。

"达达先姆，带埃克姆去休息。"洛克指示达达先姆，又向埃克姆一笑，"金光族的埃可姆，请！"

两个埃萨克人一前一后离开舰桥。忒弥西和洛克目送两人跨出舱去。

舱门关闭的同时，洛克开口说话："把他救上来真是一个麻烦。"

忒弥西瞥了他一眼。"不识大体，擅自行动才是麻烦。"穿山甲号降落船去执行救援任务，这本该是空骑兵小队的事，洛克却亲自去了。天骑士的大无畏精神值得赞扬，然而这是一件高度危险的任务，稍有闪失便有去无回。洛克是黑色风暴号的主官，突勒司近卫舰队的最高指挥官，一场大战迫在眉睫，如果在这个关头出事，只能追悔莫及。还好，他活着回来了。

洛克挠挠头。"我只是在执行你的命令而已，难道不应该吗？"

忒弥西神情严肃。"洛克，这不是第一次提醒你，我希望这是最后一次，你必须珍视你的生命。你是突勒司舰队的灵魂，灵魂是不会轻易游离体外的。你不是一个人，所有的突勒司战士都看着你，你是他们的精神支柱。所以，非到万不得已，不要再做这样冒险的事。"

洛克耸着眉头。"这算不上什么危险，我回来了，安然无恙！"

"你可以安全回来一百次，却只要一次回不来，那就是全部。"忒弥西尽量让自己的声音严厉一些，"将军有将军的职责，哪怕你是最勇武的一个，你的职责也在舰桥上，而不是冲锋陷阵。"

洛克撇撇嘴。"好吧！"

有时候，洛克就像一个孩子一样不可理喻。忒弥西暗暗叹息。稍稍停顿之后她调整话题："紧急议会已经给我授权，调集所有家族的一级近卫舰队，突勒司堡的黑色风暴号也在征集令中。所以……"

"所以我就成了你的直属下级，需要服从命令。"洛克打断她的话，"我非常乐意加入这场伟大的战斗。欧菲亚的日子实在太沉闷了，谁又会拒绝这样一场盛大的演出？"

忒弥西有些哭笑不得。

"塞力克将军，现在给你第一个命令，回去你的休息舱，睡两小时。金色阳光号和紫玫瑰号都已经抵达，两个小时后，优岚家族的太阳舰队也会抵达。我们要召开一次战前协调会，你要准时回到这里。"

"你就这样把我的黑色风暴号吞没了？"

"暂时征集，战后归还。"忒弥西向洛克点点头，"议会会按照每个家族所作出的贡献调整空骑兵学院的配额，你一定明白这其中的利害。"

"当然。"洛克斜眼看着忒弥西，"尽管使用吧，黑色风暴号未必是最好的船，但它对忒弥西阁下来说，必然是最安全的船。"他弯腰鞠躬。"遵从命令，我去睡上一大觉。"他直起腰，脸上带着让人捉摸不透的微笑，"女王陛下，这样你会满意吗？"

忒弥西脸色一沉，不等她开口说话，洛克哈哈大笑起来，转身就走。

舰桥上的工作人员被这突如其来的笑声吸引，纷纷抬头观看。

忒弥西一言不发，看着洛克走出门去。

她的视线挪到大屏幕上。屏幕分作两半，一半显示着地面上的赛忒，另一半则是铁林城。铁林城已经公然向联盟开战，长弓舰队从天而降，数以百计的弓形突击舰为赛忒兽提供空中掩护，而城市本身就是一个巨大的钢铁堡垒，准确而凶猛的火力让突勒司堡舰队战线崩溃，黑色风暴号被迫狼狈不堪地从战场撤离。赛忒把更多的力量转向花坛山，埃萨克人陷入绝境，而赛忒则成功地打开通向花坛山的通道。

奥拉德斯得到了他想要的一切。

他还牢牢地控制着铁林城。

飞洛寒家族的城市都很坚固，铁林城更是其中的佼佼者。它是瑟利最坚固的空中堡垒之一。一般的城市采用莲座结构构筑城市的基底，并不坚固，堡垒型城市则像一艘移动能力欠佳的超级飞船，拥有飞船所具备的所有的防护，厚装甲、电磁护盾、主动防御散弹……它诞生的那一刻，就是为了战斗而准备。忒弥西望着那浮在空中的钢铁城市，眉头微蹙。铁林城正在移动，无数细小的引擎散发着蓝色的微光，缓缓推动着这巨大的堡垒。它一边移动一边降低高度，按照可以预期的轨道，它将最终移动到花坛山上方，紧贴地面。

如此巨大的堡垒降低到距离地面不足一百米的高度是很危险的，稍有不慎，铁林城就会撞上花坛山。

奥拉德斯想干什么？忒弥西有些疑惑，更有些忧虑。一种不祥的感觉潜藏在心底，蠢蠢欲动，她知道那是什么，然而希望那最好不要发生。

但是，已经发生的事实必须面对。无论是否如她所想象那样，事实终究会水落石出，现在要做的事是制定计划。在舰队汇聚之前，就要有一个计划。

她静下心来认真考虑。

手指在虚拟屏幕上移动，屏幕随着指尖不断翻转，展示出舰队的全貌。这是一支颇为壮观的舰队，四艘母舰，其中黑色风暴号还是战舰，拥有七十二万吨位。紫色玫瑰号携带了最多的快速舰，超过五十艘，是性能优良的移动炮台；而天顶星号，则配备大量战斗舱，一个个光闪闪的金属球簇拥着母舰，仿佛一个个闪亮的气泡；金色阳光号只有十二艘属船，它们更像是金色阳光号本体的延伸，扁扁的十二艘小船环绕着母舰，组成一个巨大的圆筒，就像金色阳光号额外的屏障。这些扁平的飞船不可小觑，必要时，它们可以散开，组成平面型防御体系，每一艘船都是一个强大的电磁盾平台，它们很少能攻击到敌人，却也很少有武器能突破它们的防御体系。

我们可以拿下一次胜利！蓝图逐渐在忒弥西的头脑中变得丰富起来。

金家的金色阳光号并不算大船，然而船体厚实，耗能巨大的磁力盾和光盾可以承受大功率束流炮的轰击。让金色阳光号在前边吸引敌人的注意力，紫玫瑰号带领帕斯舰队攻击铁林城，它可以在安全距离之外放出空骑兵团，利用金色阳光号的掩护突入铁林城的内层防护圈。

第一舰队（太阳舰队）旗舰天顶星号可以牵制外围的赛忒兽。优岚第一空骑团随船而来，六百名最精锐的空骑兵散布外围，只要他们不靠近花坛山，在天顶星号的火力支援下对付赛忒兽绰绰有余，至少，他们可以保证外围的赛忒兽无法对花坛山进行支援。秋明长老已经对第三和第四舰队发出紧急召唤，事发仓促，至少要两天后他们才能整顿完毕，赶来战场。暂时无法将他们考虑在战斗序列中。

花坛山由黑色风暴号来解决。奥拉德斯力量强大，获得了赛忒的力量，他更是不可一世。然而，如果不是因为铁林城和长弓舰队的突然袭击，黑色风暴号并没有输给赛忒兽。即便奥拉德斯占据了花坛山，黑色风暴号同样无所畏惧。那将是一场硬碰硬的战斗。

"议长阁下，元良司令要求和您通话。"一名舰桥工作人员礼貌地提示她。

"延时三秒接入。"忒弥西吩咐。三秒钟的等待不算太久，却也是一种姿态的表露，这是议长和下属的会面，会面接通的时间就成了一个不大不小的微妙因素。

元良是金家的优秀空骑士，天骑士候补。奥拉德斯必然会被议会除名，这是一个成为天骑士的绝佳机会。金家的永泰城远在六千公里之外，金色阳光号却能第一时间赶到，他们想拥有一个具有天骑士称号的家族成员,这不能不是一个重要的原因。只要他们愿意提供帮助,理所当然,联盟应当给予回馈。片刻之后,一张削瘦的面孔出现在忒弥西眼前,他的眉毛亮得好像在发光。金家人须发都是亮丽的银色,甚至连眉毛也是,据说他们初生的婴儿是黑色的毛发,随着成年,会慢慢变成银色,地位越高,银色就越亮丽。这是他们用来区分贵族和平民的标志,也是他们与其他家族的显著不同。他们看上去就像是化了浓妆的演员,总让忒弥西感到有些怪异。

"忒弥西阁下,请指示战斗部署。"金元良开门见山,一句客套也没有。这倒是忒弥西喜欢的风格。

"元良大人,我们需要您的金色阳光号承担重要的任务……"忒弥西也并不客气,将自己的想法和盘托出。

金元良保持着一丝不苟的严肃神情,直到忒弥西说完。

"明白了,忒弥西阁下,我会遵照执行,我在这里等着您的指令。"

"很好,元良大人,那么一会儿战场见。"忒弥西微笑着结束了对话。

金家的脾气倔强得出名,也总有些出人意料的举动。然而一旦他们拿定了主意,也就一切好说。这是个让人挠头的家族,不过至少这一次,不用为他们担心。

紫玫瑰号会麻烦一点,金元良已经主动前来报告,而休斯却没有任何消息。帕斯·休斯,紫玫瑰号船长,帕斯家族的次长孙,和他的祖父一样令人琢磨不透。帕斯家从来不出头,这一次,如果不是因为他们的城市——风城距离铁林城最近,休斯断然不会出现在战场。忒弥西仔细回想和休斯的几次见面,除了那高深莫测的微笑,什么都想不起来。休斯还是奥拉德斯的朋友,这也让人不无忧虑。

紫玫瑰号早已经抵达,休斯却迟迟不露面。

"接通紫玫瑰号。"忒弥西向工作人员下令。

休斯微微发胖的面孔很快出现在屏幕上,他的脸上带着微笑。"您找我,忒弥西阁下?"

"休斯大人,我想和你商谈作战计划。"忒弥西直截了当地进入正题,和休斯这样的人客套没有什么用,他不吃这一套。

"当然,洗耳恭听。"

"奥拉德斯是个危险的敌人,希望你和他曾经的友谊对战斗不会造成困扰。"

"您有心了,感谢您特意如此关照。"休斯淡然地说。

"我安排黑色风暴号来对付奥拉德斯,还有赛忒,你和金家负责对付铁林城和长弓舰队。元良大人的金色阳光号会为你牵制敌人的炮火,你的任务是尽量快速地消灭敌人。"

"你说的敌人是铁林城的瑟利人。"休斯接上话,仍旧不紧不慢,"如果这是一个命令,我会接受的。"

"他们已经和赛忒联合,奥拉德斯已经成了一个赛忒。"

"效忠奥拉德斯,还是家族,还是瑟利联盟?铁林城的人可没有说话。"

忒弥西心头一动。"你有办法让他们脱离奥拉德斯的控制?"

"我不知道,我没有什么秘密渠道和他们联系。不过飞洛寒家难道没有人说话吗?"

休斯是对的,紧张的战斗让她漏掉了这点。铁林城仍旧听命于奥拉德斯,也许他们仍旧认为他是那个天骑士,那个值得让人效忠的领主。哪怕黑压压的赛忒兽布满原野,他们也视而不见。忠诚有时会令人盲目,杀死一个瞎子并不会让他明白什么是光明,瞎子需要的是一双眼睛。

忒弥西点头。"我会要求克雷诺斯对铁林城进行劝告。但我们要做两手准备,一旦战斗开始,紫玫瑰号会在金色阳光号的掩护下开始进攻。"

"铁林城很坚固,我的舰队没有攻坚准备。"

"牵制它,我们的目标是奥拉德斯。"

"好,那么我和金元良的任务就是确保黑色风暴号不会被铁林城的力量骚扰。"

"你可以这么认为。"

"这会是一次很有趣的经历,可以近距离观看金家的船是多么能经受打击。"休斯露出一丝微笑,"他们对此很自豪呢。"

"记住你的任务。"忒弥西加重语气,不无警告,"这是一场战争,生死攸关。"

"当然,忒弥西阁下。我还想多活几年,看一看欧菲亚联盟的远大前景。我们要重拾黄金时代的光荣,对吗?要看到明天的太阳,先得活过今天。"

重拾黄金时代的光荣,这是忒弥西在议会的演讲中经常提到的句子,被休斯在这样的场合提出来,却让人觉得不怀好意。

"没错,要看到明天的太阳,先得活过今天。"忒弥西并不示弱,"帕斯家族的生存之道很有道理,只是别忘记,在生死存亡关头,只有那些勇于牺牲,敢于战斗的家族才能最后生存下去。对全体瑟利人也一样,这是一场生死攸关的战斗。"

休斯的嘴角漾起一丝笑意。"忒弥西阁下,我明白。我到这里来,正是为了这样的目标。"

"很好,那么我们达成了一致。"

"我想是这样。"休斯脸上的微笑仍旧让人琢磨不透,"还有什么吩咐吗?"

"我期待着紫玫瑰号的杰出表现。"

会谈到了结束的时候,忒弥西用这样一句话来结尾。

休斯微微低头颔首,做出一个告退的姿势。

影像消失,屏幕转为透明。

忒弥西透过屏幕,看着舰桥前方。巨大的舷窗外,星光灿烂。紧张的一天过去,不知不觉,已经是深夜。她能看见远方辉煌的一点灯火,那就是铁林城,追随奥拉德斯反抗整个联盟的城市。迫不得已,只有毁掉它。然而,也许还有一线希望。

她找到克雷诺斯。飞洛寒家族的首席代表很快做出了回应。

然后,是漫长得让人心焦的十分钟。十分钟后,克雷诺斯的信号跳了出来。忒弥西迫不及待地接通,她没有通过舰桥转接,而是直接接入到自己的身体内。

"他们拒绝了。"克雷诺斯缓缓地说。一句话掐灭了忒弥西的希望。

"奥拉德斯控制着城市,他们的头脑里只有奥拉德斯,我无法说服任何一个。"克雷诺斯继续说,"这是家族的耻辱,你们采取任何行动毁灭城市,飞洛寒都不会将此视为敌对行为。"

克雷诺斯做出保证。在关键时刻,克雷诺斯的立场从不含糊。

"非常感谢您的帮助。我知道这和飞洛寒家族无关,只是奥拉德斯的个人行为。我们会尽力把赛忒控制住,不让灾祸扩散。"忒弥西回应。

"还有一点小小的警告。"克雷诺斯的声音变得严肃,"我接触到的几个人都有些怪异,我怀疑奥拉德斯违反联盟法律,对他们进行了微晶控制。你们要小心!"

忒弥西心中一惊。微晶控制,这是联盟的禁忌,如果克雷诺斯不是觉察到某种明确的迹象,断然不会这样表述。

忒弥西匆匆致谢,终止了对话。

奥拉德斯真的这样做了？她分外焦虑。赛忒能够影响微晶，能够透过微晶控制瑟利人。她不相信奥拉德斯会钻研微晶控制术，那不是他做事的风格。然而，如果他已经成了赛忒，不断地吞没每一个瑟利人就成了一种本能。他可以让整个城市的人都成为傀儡，只有他的意志才是唯一的意志。活着的人不过是行尸走肉。

这是瑟利最可怕的梦魇。

战斗不可避免。

忒弥西默默下定决心。再有一个小时，所有的舰队就位，战斗就会开始。铁林城无辜的生命只能成为奥拉德斯疯狂野心的代价。她默默地祈祷他们的灵魂得到安息。

"忒弥西阁下，收到紧急信号，来自铁林城。"舰桥传来呼叫。

"转过来。"忒弥西说。

这是一条公开信号，十万火急，却没有加密，它从铁林城向外广播。

"我是特里斯，莫里斯之子，铁林城守护长。所有的人都在赛忒化，奥拉德斯用他的至高权力控制微晶，用赛忒的方法来控制人。铁林城正落向花坛山，一旦奥拉德斯重回铁林城，一切将不可逆转。我在中央控制塔，我会瘫痪铁林城的防卫系统，只有十五分钟。我们需要天骑士进入城市，斩断微晶控制。只有十五分钟，斩断微晶控制……"

原本只是忧虑的事被证明确定无误。是的，只有一个机会！

忒弥西猛然转身，不等她发出指令，舱门霍然打开，洛克奔了进来。

两个主动通信也跳了出来，金元良和帕斯·休斯占据了屏幕。

"你们听见了。"忒弥西平静地说，"这是我们拯救铁林城唯一的机会。"

"万一是个陷阱？"金元良发问。

"十五分钟，我认识特里斯，他撑不了那么久，如果所有人都会围攻他，他最多守住核心控制室五分钟。"休斯说。

"已经决定了！"忒弥西一脸严肃，"洛克你来接替指挥，我去铁林城。"

"你的责任在舰桥上，而不是冲锋陷阵。"洛克摇头，"还是我去。"

忒弥西莞尔一笑。"这唯一的机会我们需要对接天空之钥。"

所有人都不再说话。

忒弥西走出舱门。"做好战斗准备，如果我没回来，按照计划进行。"舱门关上，三位将军的声音都沉默了下去。

特里斯的确使铁林城的防卫体系瘫痪了。忒弥西飞速疾驰，没有任何阻碍。

异常的动静来自身后。

洛克。

他从来都这么固执。

洛克很快追了上来，和忒弥西并驾齐驱。

忒弥西没有说话。说什么都是多余的。命令？劝告？请求？他统统不会接受。

洛克耐不住这沉闷的氛围，主动开口："打发那些铁护卫，还是多个人比较好。我已经让休斯暂代职责。真的打起来，都计划好了，不会有什么意外。"

忒弥西扫了他一眼，仍旧沉默着。两个人向着铁林城疾驰，仿佛夜空中两道蓝色的流火。

铁林城迅速变得高大起来。无数个细小的蓝色动力环把钢铁映作蓝汪汪的颜色，就像一个童话城堡。城堡上，巨大的城防炮拖出长长的阴影。这些威力巨大的电磁炮，一炮可以将人化作气体，哪怕再强大的盔甲也无济于事。如果不是城防瘫痪，他们根本不可能靠近到这样的距离。

两人从足有六米长的炮身边一掠而过。

"告诉我该怎么做！"洛克大声叫喊。

"掩护我去中央控制塔。"忒弥西回答。

只有一个机会！必须在特里斯还能够支持之前赶到那里。忒弥西捕捉着天空之钥的信号，赤道锁链上所有平台的位置源源不断进入她的脑中。

她在铁林城的钢铁丛林间快速穿梭。奥拉德斯做出反击，十多个充满敌意的铁护卫正快速逼近。至少，比起铁林城厚实的装甲，凶猛的炮火要容易对付得多。

她伸出手，红热的光在掌心汇聚，当她以几乎垂直的角度转过街角，眼前遽然冒出一个高大的铁护卫。

忒弥西张开手掌，炽热的红光从掌心喷薄而出，正正地击中铁护卫。高大的铁护卫直直飞出，重重落地，忒弥西从他上方一掠而过。

出手不算太重，只是让他晕厥。

然而铁护卫显然并没有打算手下留情。忒弥西留意着周围的情形，七八个已经靠近的护卫都打开了爆裂微晶的发射机。他们的次级爆裂微晶并不算太可怕的武器，却也是不小的麻烦，被直接击中也会致命。最最重要的——时间所剩无几！

忒弥西仿佛看见特里斯正在苦苦支持，而铁林城正加速向着花坛山靠拢。顾不了许多，她猛然跃起，双手平伸，两道微弱的红光射出。两个铁卫转眼间被炸成碎片，爆裂微晶的能量如此强大，以至于肉体被蒸发得干干净净，没有一丝剩余。忒弥西从爆炸残留的火光中穿过去。

中央控制塔暴露在眼前，从这个角度望过去，它是一座巨塔，庞然的躯体俯瞰着所有的其他建筑。特里斯的呼叫仍在继续。然而控制塔的大门正缓缓关闭，服从奥拉德斯的护卫们正采用一切可能的手段阻挡忒弥西。

两个铁护卫追了上来。忒弥西不顾一切地向前冲刺，试图在大门关闭之前冲入塔内。

洛克，挡住他们！忒弥西将所有的注意力集中在巨塔的大门上，她寻找那些控制着大门的微晶线路，努力干扰它。将两边夹击的铁卫交给洛克处置。洛克能挡住他们。

两个铁卫发动了攻击。他们突然从空中掉落，洛克用两个强扰微晶破坏了他们的动力环。

更多的铁卫正包围过来，而门也即将关闭。

这里就交给我了！洛克传来微晶密语。

坚持五分钟！忒弥西回应，在同一瞬间，她从窄窄的门缝间挤了过去。

大门在身后发出沉闷的响声。

忒弥西抬头，中央控制室旁，躺着几个铁卫。更多的人拥堵在门口。

她毫不犹豫，飞身而上。

挤作一团的铁护卫发现了她，有几个调转头来，准备围攻她。

"忒弥西！"一个声音从天花板上飘下来。那是奥拉德斯的声音！她无暇分心去想，只是把所有的控制微晶都集中在左手，形成一个巨大的力场。她凭借巨大的惯性冲向护卫丛中。正当铁护卫纷纷准备抵抗巨大的冲击，忒弥西在顷刻间将所有控制微晶移动到右手，强硬的力场转眼间成了巨大的吸引力，铁护卫猝不及防，被巨大的力量带动，抛向空中。

十多个铁护卫在空中相互碰撞，通向中央控制室的大门洞开，门里还有两个人影。

"忒弥西，不用白费力气，你无法改变任何东西。"奥拉德斯的声音仍旧在空中飘荡，铁卫再度聚集起来，准备同时发动攻击。

忒弥西毫不犹豫地冲向控制室。

屋子里躺着三个铁护卫，而特里斯已经被两个人逼到墙角。

忒弥西抢上前去，站在控制台前，双手在控制台上轻拂，铁林城的防卫体系顿时汇入她的脑中。

还好，还来得及！

她向系统注入指令。

奥拉德斯，你在铁林城的统治结束了！她默默地念了一句。

万里之外，赤道锁链突然发亮。光束在两个平台间不断往来，猛然间，一道细而亮的光刺穿大气，正正地击中铁林城的中央控制塔。

忒弥西四下环顾。正攻击特里斯的两个铁卫身形猛然一顿，停止了攻击，茫然地看着眼前的情形。他们仍记得刚才发生的一切，露出迷惑又羞愧的表情。

他们已经从赛忒的控制中恢复了神志。天空之钥成功地隔绝了赛忒的影响，这个能够防范赛忒从空中入侵的防卫体系，居然在一个意料不到的场合发挥了作用。

特里斯浑身是伤，躺倒在墙角，大口喘息。

"一切都结束了。铁林城的所有居民都会感谢你，你救下了六万条性命，立下了天大的功劳。"忒弥西走过去，想看看他的伤势。

特里斯露出一个苦笑。"得救了就好。"他的眼里闪过异样的光彩，"我背叛了奥拉德斯。"

"奥拉德斯背叛了瑟利。"忒弥西有一种不祥的预感，加快了脚步。

"他的事和我的事，是两件事。"特里斯说着，嘴角露出一丝微笑。他眼中的神采迅速地暗淡下去，茫然无光。

忒弥西停下脚步。特里斯自杀了，像他的父亲一样，选择自我了断。

他的大脑还没有死亡，微晶可以让他的心脏重新跳动。然而……瑟利勇士有权选择尊严的死法。

忽然间，刺耳的警报响起。忒弥西转身返回控制台。

铁林城正突然加速，奔向花坛山。无数细小的物体从地面升腾而起，向城堡飞来。

铁林城失去了控制，大事不妙！

忒弥西心中一凉。

第十九章　罪恶之魂

远方的战场上发生了一些异样。

兽群开始骚动，大量的赛忒兽正涌向外围，通向花坛山方向的兽群变得稀疏，最后畅通无阻。卡利纳姆驻足远望，月光下，一片寸草不生的土地横亘在眼前，远处的花坛山一片黑魆，月亮的光线没能照亮它一分一毫。

在兽群中荡漾的光波已然消失。

他转身向着兽群奔跑的方向张望。天空中多了许多星星，密密麻麻堆积在地平线上。星星有各种颜色，红蓝居多，有大有小。他注意到其中四颗星星特别巨大璀璨，其余的大多数则细如微尘。

瑟利舰队正在麇集，他可以嗅到战火一触即发的味道。

天空中一个巨大的蓝色光球正向着地面飘移。很快，光球触及地面，一团红光冲天而起。

是什么坠落到了地面？卡利纳姆有些惊疑不定。这样巨大的一个光球，如果那是一艘飞船，必然庞大无比。

隐约而沉闷的响声随之而来，然后是地面的微微震颤。光球落地处，火光熊熊。

突然间，兽群发出呼啸。啸声从远方传来，铺天盖地，尖锐高亢，持续良久。

这是卡利纳姆第一次听到赛忒兽发出声音。停留在远方的瑟利舰队开始移动，突然间，一团火光从天而降，落入兽群，紧接着又是一团火光。瑟利人正从远方对兽群进行攻击。

黑暗的夜空中突然亮起一些微弱的紫光，那是排成两个纵队的飞行物。赛忒兽将自己隐藏在黑暗中，丝毫不露痕迹，此刻突然间显露出来，就像两条若隐若现的细线在夜空中游动。更多的细线浮现在夜空的背景上。

卡利纳姆惊讶地发现，那些细线是从地面升入空中。面对瑟利的炮火攻击，赛忒兽开始用一种截然不同的方式回应。它们飞了起来。

几处散发紫光的东西突然爆炸，瑟利的炮火击中了飞在空中的赛忒兽。一团幽绿的火苗在空中闪过，迅速扩散，像燃烧的气雾般游移不定，依稀可见四下飞散的碎片。火苗转眼间消失得干干净净，而另一处接着燃烧起来。持续不断的爆炸并没有影响赛忒推进的速度，漫天游移的紫色光线仿佛一张巨网，向着远方撒去。瑟利的舰队则相对而行，像是一群活的星星。

星群裂作两半，紫色的光网同样裂作两半，仿佛化作两只巨手，试图将星星捧住。最大的一颗星冲出阵列，穿透紫光的巨网，所到之处，激起漫天绿焰。它仿佛在鬼火中穿行的巨神，努力突破重重羁绊前行。

那儿正发生一场浩大的战斗，从这儿看上去却像一幅简单抽象的画。在淡薄的绿色轻烟起伏之间，瑟利人正和赛忒兽进行着殊死搏杀。这场景有生之年从未有过，却又如此轻飘，几乎毫无分量。

卡利纳姆默默地看了一小会儿。他应该在那里，在激烈的厮杀中捍卫埃萨克人的尊严。然而他却在一个毫无动静的角落,被人遗忘。赛忒允许他活着,当他不存在。卡利纳姆露出一丝自嘲的微笑,掉头迈开步子,继续向着花坛山前进。

耳边隐约传来远方战场的声音,隔得远了,成了细微的嗡嗡声,一阵风吹来,便消失得无影无踪。眼前没有赛忒兽,月色下的荒野无限荒凉。卡利纳姆抬头,花坛山高高耸立,和无边夜色融为一体,不仔细分辨,几乎辨认不出。

这是一次奇怪的个人行军,瑟利和赛忒已经开战,也许正应该趁这个机会回到塔西亚姆那儿去?

卡利纳姆微微沉思,再次迈开脚步。

他仍旧向花坛山前进。

在这凶险万分的赛忒群中,他居然仍旧活着,这本身就是一个奇迹。既然能够走到这里,为什么不去看看那罪恶的渊薮之地到底隐藏着什么?一个声音在驱使他转身,去寻找安全的地方,另一个声音却催促他向前。化身赛忒的奥拉德斯会是怎么一个模样?露西呢?她是个赛忒,她又在哪里?是她在保护我吗?一个个问题盘踞在心头,对答案的渴望无法抗拒。他加快脚步,几乎奔跑起来。

雷神火在肩头跳跃,他用力拉紧肩带,让它贴紧身体。

赛忒兽开始出现在视野中。两只赛忒兽蹲坐在一旁,仿佛两尊高大的雕塑。卡利纳姆并不在意,只顾向前。果然,经过它们眼前,两只巨兽毫无动静。卡利纳姆一边大步向前,一边扭头张望,巨兽有三人高,硕大的脑袋几乎占据身体的一半。当他看清巨兽的面目,不由感到些微作呕——巨大的脑袋上布满眼睛,粗略看去,密密麻麻,在月光的映射下折射着明暗不同的光,就像腐肉上被蛆虫咬出的一个个孔洞。

这些奇特的赛忒兽并不像任何具有攻击性的武器。

卡利纳姆放缓脚步,想看个究竟。

不远处又有另两只,远看上去像是一对偶尔发光的球立在柱上。

忽然间,巨兽的所有眼睛同时发光,光线虽然微弱,却仍旧有迹可循。几乎在同时,远方的天空中闪过一道蓝色电光。卡利纳姆扭头望去,那儿正是瑟利和赛忒的战场。

很快,同样的事又发生两次,巨兽眼睛发光的同时,远方战场必然闪过一道电光。奥拉德斯就是这样控制远方的赛忒兽吧。卡利纳姆将雷神火甩到身前,一把抓住,对准一头巨兽的头颅准备开火。

巨兽所有眼睛突然间变得很亮,拼凑成一个屏幕,屏幕上露出奥拉德斯的脸。

巨大的脸孔居高临下,看着卡利纳姆。

"卡利纳姆,卡利纳姆,埃萨克人的英雄。你想攻击我仅仅因为我并不对你下手吗?"奥拉德斯的声音听上去仍旧抑扬顿挫,充满戾气。

卡利纳姆缓缓放下雷神火。

屏幕上的奥拉德斯显得有些异样。他身着盔甲,然而另有一顶巨大的黑色华冠顶在盔甲之上,仿佛枝丫蔓延的灌木,每一段细小的枝丫都不断分生出更细小的枝条,最后细不可见,形成一团蓬松的黑云盘踞在他的头顶上方。光彩时而掠过,头顶的黑云似乎又像玻璃般晶莹剔透。他的脸上包裹着细小的青色甲片,自额头直到颧骨,随着说话的顿挫而起伏,不断闪光。只有下颌部看上去还算正常。他就像一个戴上了奇怪面具的人。卡利纳姆知道,那不是面具,那是他身体的真正变化。

奥拉德斯似乎在微笑。"不错,这才是一个勇士的做派。到这里来,面对面,我会成全你作为勇士的荣誉。"

不等卡利纳姆回应,影像已然消失。不知何时,一只小小的赛忒兽飞到了头顶。它就像一个球，闪着五颜六色的光彩，盘旋两圈之后，向着花坛山的顶峰飞去，速度很慢，似乎等着卡利纳姆跟上去。

卡利纳姆迈开步子，跟着那小小的彩色光球向前。他回头看了一眼，远方战场上，代表着瑟利舰队的星群显得更加硕大，密集，瑟利人正在节节推进。

脚下的地势缓慢上升，他开始攀爬花坛山。脚下的土地有些松软，似乎堆积了厚厚的一层粉，踩上去尘土飞扬，在月光下清晰可见。

这不是花坛山原有的样子，原来花坛山上都是硬硬的赛忒残骸，就像一块块石头。只有那些埃蕊人费尽辛苦搬上山的泥土才是松软的，然而，也不该像粉尘般飞扬。

卡利纳姆边走边看，他又看见许多多眼的赛忒兽聚集在山坡一处，它们的体型更小巧，然而模样和最初看见的两只巨兽一般无二。赛忒兽聚集成群，组成一个完美的圆，隐约之间，浅浅的蓝光会在蝇眼般的兽头上闪过，仿佛一种光的波纹，从中心发出，在一只只赛忒兽间传递，最后消失在广漠的夜空中。

这情形看上去诡异，却带着一种说不出的吸引力，卡利纳姆看得有些出神。忽然间，兽群旁的尘土间黑乎乎的东西破土而出，就像一只只快速生长的蘑菇，十几秒间，已然长到一人多高，它的顶端飞速膨胀，身子也缓缓鼓起，最后，它成了一只赛忒兽，站起身子，走了两步，在某个特定的位置上蹲坐。在它的头部，眼睛就像一个个透明的小洞，飞快地生长，很快布满整个头部。这是一只新生的赛忒蝇眼兽。

新生的蝇眼兽陆续在兽群边缘蹲坐下来，整个兽群扩大了一圈。新加入的赛忒兽发出暗淡的亮光，在山坡上画出一个巨大的圆。突然间，整个兽群放射出强烈的光，仿佛一只久久闭合的眼睛猛然睁开。

粗大的光柱冲天而起，划破黑暗，直射远方。

卡利纳姆不自觉地顺着那光柱望向遥远的夜空。

遥远的战场上，绽开一朵白里透红的烟花，就像一把小小的发亮的圆伞，在空中持续了两秒，蓦然消失。奥拉德斯发动了一次超远距离的攻击。卡利纳姆无比迅速地回头，兽群已经重新陷落在黑暗中，悄无声息。这些蝇眼兽组成圆阵，居然成了一门发射灼人光线的大炮。卡利纳姆不禁感到惊讶。它们居然用这样的方式来组成一门大炮！

彩色小球飞了回来，在卡利纳姆头顶盘旋，似乎在示意他继续向前。卡利纳姆重新迈开步子。

山势越发陡峭。

一路上，时而会有赛忒兽从地下钻出，它们有各种奇怪的形态，有的钻出地面就直飞天空，更多的则像蝇眼兽一般蹲坐地上，它们似乎并不适合冲锋撕咬，然而，见识过蝇眼兽的威力，卡利纳姆对它们心存戒惧。

当他喘着粗气爬过一道小小的山脊，眼前豁然现出一片平整的土地。领路的小球突然加快速度向前，在某个位置上降落下来，闪烁的光彩随之消失。

一切突然间变得寂静无声，没有一丝生气。

卡利纳姆警觉地望着小球消失的位置，那里背靠着一片山崖，正好在月光的阴影下。他不自觉地屏住呼吸，等待着什么东西从阴影中浮现出来。

"卡利纳姆。"一声呼唤从身后传来。

卡利纳姆迅速回头。一个婀娜多姿的身影正站在一只碟形兽上，飘浮半空，距离十多米和他隔空对望着。

"露西！"卡利纳姆失声叫道。

"卡利纳姆。"露西柔声呼唤，缓缓地向前靠过来。

她的面孔逐渐变得清晰。熟悉的面孔上，点缀着星星点点细碎的亮银色，隐约发光，将脸色映得发绿。发髻高高盘起，身上披着透明的细纱，只有极少的盔甲遮挡着紧要部位，举手投足间带着十足的魅惑。这不好看，不是她原本的样子。

卡利纳姆深深吸气。沉静如水！他努力控制情绪。

"露西，你不该这么做的。"他用沉稳的语调开口说话。

露西却并不言语，只是望着他。两个人彼此对视，一时无语。

露西忽然向前，将面孔凑了过来。她的脸凑得很近，脸对着脸，不过间隔几厘米，卡利纳姆能感觉到她脸上的温热。

一双充满柔情的眼睛正目不转睛地看着自己。妙目合上，温暖柔软的嘴唇贴上他的唇，一阵淡淡的香沁入心脾。

卡利纳姆压抑着内心的狂跳，控制着自己，纹丝不动。露西吻着他，动作很轻，两片唇似触非触，然而她陶醉其中，似乎永远不想停下。一刹那间，他似乎看见那个怯生生的女孩，那第一次见面时的模样。

卡利纳姆内心一阵冲动，无论眼前的人是不是赛忒，她都是那个露西。然而……他咽下一口唾液，用极大的毅力控制着自己，仍旧纹丝不动。

"不要答应奥拉德斯，不要理会他的任何条件，哪怕他威胁要杀死你。"耳边传来悄声细语。

卡利纳姆一惊。

露西向后退去。

埃萨克人怎么会怕死呢？卡利纳姆正想说话，露西抢先开口："非常感谢你的帮助，卡利纳姆！你是一个好人。终有一天，我会回来找你。"

露西用了很大的声音说话，显然，她不仅是说给卡利纳姆听的。

卡利纳姆来不及细想其中的原委。"露西，跟我走。让奥拉德斯在这里和瑟利人斗，我们可以走。我来保护你。"他急切地说。

"男人最大的弱点就是不知道天高地厚。"卡利纳姆话音刚落，一个桀桀怪声在身后响起。奥拉德斯现身了！卡利纳姆并不着急，仍旧望着露西，眼神里充满期盼。

露西淡然一笑。

"记住我说的话。"她抛下一句，碟形兽载着她悄然升高，融入无边夜色中。

一个男人不能保护他的女人，那么就把生命留在战场上吧！

身后的敌人无比强大，也许瞬间就能要了他的命，但也许这一瞬间，他也能做点什么。为了那些死去的埃萨克勇士们，为了那些还活着的埃萨克勇士们，为了所有仍旧在战斗的朋友们，他必须做点什么。

卡利纳姆转过身。雷神火紧紧地扣在手臂上，一触即发。

"让我看看这个被女人保护的小宝贝。"奥拉德斯的声音从阴影中传来，"他的愤怒就像火山一般爆发，却只能吹起几颗灰尘。看看这最强悍的埃萨克勇士，如果没有女人的保护，你早就成了一具死尸，你承认吗？"

卡利纳姆猛然抬起手臂，微弱的闪光从雷神火的枪口喷出，紧贴着悬崖的阴影处腾起一团巨大的火光，爆炸震耳欲聋。

大火熊熊燃烧，将整个平台照得透亮，火光中浮现出奥拉德斯的人影。他端坐不动，一双映得赤红的眼珠里含着轻蔑的笑意。

"卡利纳姆，卡利纳姆，这就是你的力量吗？太让我失望了。就算是鲁修那样的小孩子也比你强。"奥拉德斯讥笑。

卡利纳姆冷冷地逼视着对手。这是一个他无法战胜的对手，然而他并不害怕,也没有丝毫愤怒。愤怒和恐惧,那正是奥拉德斯所期望的东西。静如水!他牢牢地控制着情绪。

火焰熄灭下去,奥拉德斯的身影再次消失在阴影中。

"你出来吧,"卡利纳姆说,"我看不见你。"他坦然地承认自己的弱点。弱点无法隐瞒,也无须隐瞒。

整片山崖显出辉光,渐渐地越来越亮,当亮度刚好能衬托出山崖下的一切,变化便停了下来。奥拉德斯并没有从阴影中走出来,他用另一种方式让卡利纳姆看见自己。

他端坐在巨大的扶椅上,辉光照着他的脸,看上去无比威严。

然而,他像被捆绑在扶椅上!无数细小的枝条仿佛锁链般在他身上缠绕,密密麻麻,将身子包裹得严严实实,只能看出一个隐约的轮廓,只有头颅完整地袒露在外。

他就像一个囚徒,哪怕起身也绝无可能。

卡利纳姆不禁有些惊讶。"你被捆住了!"他马上意识到该对这个高高在上的敌人说些什么,"你得到赛忒的力量,却成了一个傀儡。你无法离开那椅子一步,变成一个失去自由的囚徒……"

"哈哈哈……"奥拉德斯爆发出一阵狂笑,"失去自由?我的自由你无法想象。来,让我给你一些启示。"

"什么?"卡利纳姆警惕地问。

"微晶术。"奥拉德斯郑重其事,充满蛊惑的狂热,"卡利纳姆,你想成为这个星球最强大的埃萨克人,就到我这里来,我可以让你如愿。你会成为拥有微晶的埃萨克人,绝无仅有,强大到让你的同类发抖,让他们都臣服在你的脚下。你会是埃萨克人的王,统治全部的欧菲亚大陆,开始一个新纪元,属于你的纪元。想一想人们会称呼你什么?伟大的卡利纳姆一世,永恒的征服者卡利纳姆,神的代言人……"

奥拉德斯说话的同时，卡利纳姆的面前缓缓升起一道柱状物，柱上打开椭圆形的孔，仿佛一道门，正好容一人通过。空腔内部亮着冰冷的蓝色辉光，中央是一个人形轮廓，似乎正好能让一个埃萨克人站在上边。

这是一台量身制造的机器，走进去，就能得到微晶术。

或许不能够像瑟利人一样完全控制微晶，但让一个埃萨克人能够拥有微晶的力量，这也是个奇迹。

卡利纳姆注视着眼前的机器。会是一个陷阱吗？奥拉德斯真有这种力量？

像瑟利人一样健康，长寿，强大……甚至能够起死回生，这巨大的诱惑让卡利纳姆怦然心动。

"来吧，卡利纳姆，这不是你一直想要得到的吗？我答应过你，用翰亚的胸甲交换微晶术，我是一个信守承诺的人，虽然我自己动手拿到了盔甲，但我承认那是你的东西，我是从你的手里拿到的，你可以得到相应的补偿。"奥拉德斯放低声音，那声音轻柔甜蜜，就像一个母亲正哄着孩子睡觉，让人心底涌起一种渴望，照着声音的引导去做。

卡利纳姆定了定心神。

不要理会奥拉德斯的任何条件，露西是这样提示的。

"你是一个骗子！"卡利纳姆平静地说，"我不能相信一个骗子。"

奥拉德斯勃然大怒。"你竟然如此冒犯我！我已经原谅你一次，这是第二次。我不杀你，是露西求我如此，不会有第三次机会。"他的语气平复下来，"也许你还是没有明白我会给你怎样的力量，看一看那边，黑色风暴号，瑟利最坚固的飞船之一。三千万吨，强磁护盾，精钢装甲，从建成到今天，没有人认为它会被击落，但只要它再向前五公里，它就是我的玩具了。你会看到它四分五裂，像一枚烟火一样爆炸。"

卡利纳姆向着远方望去，那边的战场上，巨大的星星白亮发光，依稀可以看出飞船的轮廓。黑色风暴号不断突破赛忒的阻击，向着花坛山挺进，它所向披靡，赛忒根本无法抵挡它。

如果这是一个陷阱，卡利纳姆希望黑色风暴号能够打破它。

"可惜它走得小心谨慎，至少我们还要等十分钟。"奥拉德斯不紧不慢地说，"我们有很多时间，安静地等一等，想一想你也能拥有这样的力量。一艘十万米长的大船就在你的一念之间毁灭，这个星球上几亿埃萨克人都要听命于你一个。埃萨克的历史上也没有任何人做到这一点，不是吗？你在创造历史，你可以和我一起创造历史。"

"难道这不是你的愿望吗？统治欧菲亚，成为这个星球上至高无上的神，这不正是你想要的吗？"卡利纳姆保持着冷静。眼前的人不可一世，极力蛊惑他，他希望能在这个狂人的言辞中发现一些破绽。

"那曾经是我的愿望。"奥拉德斯回答，"然而我会离开，我要成为银河的主人。欧菲亚之外还有无数个世界。你完全可以相信我，只要你愿意，你就可以成为欧菲亚之王，欧菲亚之神。拥有永恒的生命，无穷的力量。你可以……"

"成为你和赛忒的一部分？"卡利纳姆打断奥拉德斯，他用一种挑衅的姿态看着眼前的赛忒之王，"为什么要选择我呢？你可以找任何一个来统治欧菲亚，你有数不清的奴隶，还可以随时制造任何一个。"

奥拉德斯桀桀怪笑。"啧啧……卡利纳姆，我越来越觉得露西是对的，你是一个聪明的埃萨克人，很快触及了问题的关键。"他换上一种慎重的语调，"我选择你，不仅因为露西庇护你，更因为我想尝试一种可能性——"他的眼睛里闪过异样的光彩。"如果不清除埃萨克人，而是统治他们，是不是欧菲亚也能维持太平？是不是他们可以成为我的世界里一种特殊的存在？你不觉得这个想法很伟大吗？我可以允许这些人在我的直接控制之外生存，但至少我要选一个人来沟通，一个可靠的人，有力量的人。你当然可以拒绝，但你要明白，将埃萨克人从这个星球上抹去，是一件简单的事，让他们继续活下去，和我的世界共存，反而困难得多。你希望我选择简单的解决方法，还是困难的一种？"

奥拉德斯发出赤裸裸的威胁。一个人的选择关系到数十亿人的生死，一个人的卑躬屈膝换来一个种族的生存。卡利纳姆感到心头一沉，他从未想过这样的情形，来得太突然，茫然间有些不知所措。

"这是露西的想法？"他茫茫然地发问。

奥拉德斯一笑。"露西的就是我的。难道你不明白，是我控制着赛忒吗？"

不等卡利纳姆回答，奥拉德斯的音调陡然升高。"现在是表演时刻，你会看到这个星球上最漂亮的死亡。"

说话间，两道白亮的光迹从漆黑的山体上猛然冲出，那不是带来死亡的光线武器，它不断扭动，有着实在的形体，就像两条粗大的锁链，又仿佛花坛山伸出的两只手臂。山上山下，各种粗细的光线也同时发射，数十道死光指向同一个目标。一瞬间，天空几乎亮如白昼，被攻击的黑色风暴号散发出五颜六色的光晕。它的护盾正竭力抵挡这猛烈的袭击。

长长的两道锁链仿佛两个尖利的锥子，向着黑色风暴号刺去。仿佛无形中有人反复地挥动它，尖锥一遍又一遍地向船体碰撞。每一次都激起一片灿烂的光。每一次，尖锥都会在船体表面溅射，锥头扭曲变形，然而一旦收回，马上恢复原状。黑色风暴号的船体似乎并没有遭受损伤，然而每受一次攻击，船体就向地面下降一分。天上两条巨大的胳膊似乎想将黑色风暴号摁到地上去，而黑色风暴号努力地抵抗着。

无数细小的光点绕着白亮的锁链盘旋,那是瑟利的战士正在攻击锁链,试图挽救他们的母舰。

奥拉德斯不过是虚张声势,黑色风暴号不会被轻易毁灭。

卡利纳姆默默地为远方的瑟利舰队鼓劲。

突然间,一只尖锥刺透了浮在空中的彩色光球,几乎同时,剧烈的爆炸在不远处响起,火光映红半边天空,脚下的大地震荡不停。

卡利纳姆一阵心悸。黑色风暴号真的会被毁灭?

天空中黑色风暴号的光亮陡然间变得昏暗,奥拉德斯两条白亮的锁链显得格外刺目。

"洛克总是这么喜欢拼命。"奥拉德斯不紧不慢地说。

话音刚落,刺入到黑色风暴号的尖锥迸发出猛烈的光。能量的巨流顺着锁链传递,白得耀眼,仿佛天空裂开了巨大的缝隙。白光消失,锁链也随之消失得干干净净。

黑色风暴号在向地面坠落。

"很遗憾,没能让你看见它在空中爆炸。洛克还挺犟。"

话音刚落,一团红色火光落在附近,剧烈的爆炸掀起滔天烟尘,下坠的黑色风暴号仍旧在发动攻击。

残余的一条锁链并不停滞,继续向黑色风暴号刺去,这一次,它没有能够穿透,然而飞船的下坠却更为迅速。

"他用两败俱伤的法子,毁掉我的一条胳膊。"奥拉德斯缓缓点头,"看,他失去了反重力系统,下坠很快。让我们看看洛克的天生神勇能不能拯救他的船吧。也许他更喜欢摔成肉饼而不是被烤成焦炭。"

卡利纳姆望着那披着火光下坠的飞船,不由感到焦虑。

闪着幽光的碟形兽翩然而至,露西站立其上,掠过卡利纳姆身边。"为了欧菲亚,去挑战他,讽刺他像个残废,激怒他。"轻悄的细语钻入卡利纳姆耳中，卡利纳姆不由一愣，露西已然飘过。碟形兽悬浮在奥拉德斯的宝座旁，露西站立一旁，娇小玲珑，相形之下，奥拉德斯的身躯显得格外庞大。

黑色风暴号勉强停止下坠，飞船上发射出一道道红光，指向追逐而来的锁链。锁链上火星四溅。忽然间，仿佛被某种东西刺痛，锁链飞快地收缩，转眼间没入地面，消失得无影无踪。

中途放弃，这不像奥拉德斯的作为。一定发生了一些超出奥拉德斯把握的东西。卡利纳姆等着奥拉德斯会说些什么。

"它逃了。"奥拉德斯说，"该死的忒弥西来了。"

远方天空里，两颗星星变得巨大，正飞快靠近黑色风暴号。黑色风暴号正缓缓撤退。

"露西，我需要追逐他们的能力。什么时候，我们才能开始移动？"

"一旦你消化了整个花坛山就可以指向下一个目标。我们已经完成了一半。"

"才只有一半……我要立即，马上！"奥拉德斯怒吼，"记着是我的仁慈让你活到今天，别忘了只有我才能让你在这个星球上继续活下去，还有让你的小男人活下去。"

他睥睨着卡利纳姆。"怎么样，你亲眼目睹这神奇的时刻。看见没有，黑色风暴号，瑟利的坚固堡垒，我只用一个小指就可以将它抹去。这远远不是全部。到我这边来，我会让你成为欧菲亚最强大的统治者，你和露西也可以重新在一起。"

卡利纳姆看了露西一眼，露西默默回望着他，微微点头。

一个埃萨克人可以被杀死，但不能失去尊严。

最可怕的力量也不能让他屈服，最致命的诱惑也不能让他放弃。

"你在吹牛，你没有击败黑色风暴号。你在这里就像一个废物，除了守着花坛山,哪里也去不了。你已经成了行走的尸体,赛忒的傀儡,永远的囚犯,你是个骗子,叛徒,这个星球上最无耻的人……"卡利纳姆高声咒骂,期待激起奥拉德斯的怒火。

虽然他并不明白露西为什么要他这样做,然而他相信露西。

奥拉德斯果然勃然大怒。"你的死期到了。"他凶狠地说,眼珠的颜色转为碧绿,就像两点飘忽的鬼火。

"伟大的奥拉德斯,他太弱小,不值得你亲自动手。"露西操纵着碟形兽向前,挡在奥拉德斯和卡利纳姆之间。

"他必须死,任何人胆敢冒犯,只有死路一条。这是第三次,绝对不可原谅。"奥拉德斯冷冷地拒绝,"让开。"

"要求决斗。让他站起来决斗。"卡利纳姆听见了低低的细语,声音仿佛游丝般钻进耳朵,细不可闻却又异常清晰。那是露西在向他传递消息。

"如你所愿,伟大的奥拉德斯。"露西说着驱动碟形兽转到奥拉德斯身侧。卡利纳姆的视线跟随着她,她也紧紧地盯着卡利纳姆,仿佛在催促着什么。

卡利纳姆将视线挪到奥拉德斯身上,直直地盯着他的眼睛。

"和我决斗!"卡利纳姆大声说出来,"我要求一次决斗。如果你真是这个世界最伟大的战士,那就走下来,和我决斗,但恐怕你连站也站不起来。"

奥拉德斯眼中的火焰从碧绿转为黄色,最后变成淡淡的一点红色。他并没有反驳,反倒陷入了沉默。卡利纳姆感到几分奇怪,又有几分不祥的预感。他抬眼看了看露西,露西正看着奥拉德斯,神情专注。

卡利纳姆不由握紧了雷神火。

猛然间,三米外的地面上什么东西蠢蠢欲动,它就像一株奇特的植物，正从地下生长出来。卡利纳姆后退两步，紧紧地盯着眼前冒出来的东西。无论那是什么，肯定不怀好意。

很快，它形成了一个脑袋的形状。它是一个人！不，人形的赛忒兽，它和赛忒兽一样浑身漆黑，只有两只眼睛透着红光。

它的面孔居然和奥拉德斯长得一模一样！两只眼睛圆睁，逼视着卡利纳姆。

卡利纳姆感到一阵紧张，端起雷神火指着对方，却犹豫着不知道是否该开火。

正在生长的黑色奥拉德斯丝毫不在意卡利纳姆的存在，只是不断地生长，脖子、胸口、胳膊、手臂、腹部、大腿、小腿……它就像一个从地下钻出的鬼魂，不着片缕，像是鬼的石像雕塑。当全部的身体都钻出地面，它开口说话："卡利纳姆，来吧，证明你自己。能让我亲手杀死，这是你作为一个勇士的荣耀。"这是奥拉德斯的声音和语调！他让自己在一具赛忒的躯体上复活过来。

卡利纳姆瞥了一眼那座椅上的人，端坐的奥拉德斯似乎已经失去了知觉，眼中的光亮凝固不动，仿佛冻结一般。

奥拉德斯依附在一个赛忒的躯体上，他的本体仿佛成了雕塑。那赛忒的躯体，和奥拉德斯本人一般无二，甚至包括脸上阴鸷的笑意。唯一的区别是，他全身漆黑，是一个确定无疑的人形赛忒。

奥拉德斯伸手，四指屈伸，招呼卡利纳姆向前。

卡利纳姆不再犹豫，端起雷神火。爆裂微晶射出，眼前瞬间变成一片火海。卡利纳姆不得不蹦跳着向后翻滚，避开那灼人的热浪。

熊熊火焰褪去，赛忒奥拉德斯的身影浮现出来。它的手掌向前平推，无形的护盾挡住了微晶的爆炸。它不需要任何武器和护具，它的身体就是武器。

卡利纳姆再次射击。这一次，他将爆裂微晶倾泻而出，十多个微晶闪着微弱的光芒，仿佛一小串流星。这一次，没有爆炸，没有火光。奥拉德斯的手掌轻轻摇摆，微晶似乎产生了感应，在空中转起圈。它们绕着奥拉德斯的手掌移动，完全落在他的掌握之中。

奥拉德斯露出一丝微笑。"想尝尝这爆裂微晶的滋味吗？用忒弥西给你的武器杀死你，这该是一件多么美妙的事。"

卡利纳姆并不惊慌，他将雷神火摔在地上，飞快从绑腿上掏出匕首。身子半蹲，摆出格斗的姿态。

奥拉德斯露出些微惊讶的表情。"在这样的时刻还不放弃，你让我吃惊了，卡利纳姆。你那简单的头脑难道不知道什么叫做不自量力吗？"

他伸手向前，盘旋的微晶聚集起来，形成一团小小的发光的球。

卡利纳姆眼睛眨也不眨地盯着奥拉德斯的手，一旦那手轻轻挥动，这小球就会像一枚威力巨大的炸弹，把一切都炸成粉末。他突然有些后悔将雷神火摔在地上，虽然爆裂微晶对奥拉德斯毫无威胁，至少雷神火还可以当作盾牌抵挡一阵。眼下，后悔已经太晚。他全神贯注，留意着奥拉德斯的动静，盘算着两人之间的距离。

希望，还有那么一丝希望，冲上去将匕首扎进他的胸膛。就算成了一个赛忒，他的胸腔里，总该有一颗心脏吧。

奥拉德斯的手掌缓缓地转着，微晶环绕着手掌，光芒越发明亮。他居然在微笑！漆黑一团的脸上挂着轻蔑的微笑，就像一只猫正在欣赏老鼠的困斗。

卡利纳姆压抑着怒火，冷冷地盯着他的手，身子绷得像一张弓。

忽然间，奥拉德斯的身体微微一颤，脸上露出难以置信的表情。紧接着身子像是泄了气一样瘫倒，他的脸扭曲变形，鼻子眼睛都挤作一块，然后融化掉，像烂泥一样掉下来。瘫倒在地上的躯体飞速腐朽，眨眼间，一个挺拔的武士成了一堆土。盘旋在空中的微晶失去了依托，光芒很快消失，静悄悄地下坠，落进土堆里。

这突如其来的变故仍旧让卡利纳姆心惊肉跳。他警觉地抬起视线。

奥拉德斯的身体土崩瓦解，他的身后站着一个瑟利武士，明亮的盔甲熠熠生辉。

是鲁修！他用铁拳击穿了奥拉德斯的身体，将奥拉德斯变成了一堆黑土。

卡利纳姆正想说话，鲁修却叫了起来："拦住露西！别让她穿上翰亚的铠甲。"他高声叫着，似乎竭力想转身，身子却仿佛被某种魔法定住，丝毫不能动弹。

卡利纳姆的视线越过鲁修。端坐在宝座上的奥拉德斯仿佛成了干尸，惨不忍睹，束缚着座椅的锁链正层层打开，暴露出最里边的东西。露西飘然向前。

"露西，不要！"卡利纳姆一边大声叫喊，一边向前冲去。

露西的手指轻轻地碰触在奥拉德斯的尸体上，尸体瞬间成了粉尘，消散在空气中。原本穿戴在尸体上的盔甲飞了起来，悬浮空中。

卡利纳姆快步冲向前，却一个趔趄，摔倒在地。一根不知道哪里冒出来的绳索横在地上。卡利纳姆抬头，露西正望着他，眼里充满无限柔情。"卡利纳姆，再会了！"话音刚落，悬浮盘旋的盔甲向她聚拢而来，恰到好处地穿戴在她的身上。

一瞬间，整个花坛山都在震颤。

卡利纳姆眼前闪过一道亮光。露西仿佛化作了一道光，向着天空飞去。

各式各样的赛忒兽破土而出，它们以不可思议的速度生长，长出獠牙，长出翅膀，长出庞然可畏的躯体，然后振翅高飞。明朗的夜空里，到处都是赛忒兽飞舞的影子。

眼前的一切仿佛梦魇，卡利纳姆只觉得脑子里一片空白。他趴在地上，不知道该做什么。

"卡利纳姆！"他听见喊声。

鲁修跑了过来。

"忒弥西马上就来接我们，我们要去追露西。"

"什么？"卡利纳姆感到奇怪，"她去了哪里？"

"天穹城。"

"她要去天穹城？"卡利纳姆仍旧感到疑惑。

"所有赛忒都害怕欧菲亚之光，只要毁掉天空之钥，欧菲亚之光就熄灭了，防护欧菲亚星球的钢铁经线也会失去作用。"鲁修脸上带着一丝悲戚，"她是个赛忒，也许还是撒壬的化身，天空之钥就是她最大的敌人。"

一刹那间一股寒意从头顶直贯脚底。天空之钥，露西想毁掉天空之钥！还有什么比这个更好的解释呢？

卡利纳姆翻身而起，捡起雷神火。

鲁修抓住他。"准备好，我要飞了。"

两个人穿越赛忒兽群。兽群不断向着天空扩散，丝毫不理会两人的存在。

卡利纳姆望着眼前不断掠过的各种奇特的怪兽，怔怔出神。

露西，她毕竟还是一个赛忒啊！一个赛忒，究竟会有怎样的灵魂？

第二十章　梦断天穹

无论语言的描述多么形象，也抵不上一次亲眼目睹。

赛忒无疑是这个世界上最神秘、最强有力的力量，比瑟利更神秘，更强大。

忒弥西正在进行会议，四个神情严肃的瑟利将军显示在巨大的屏幕中，听着忒弥西的计划。洛克也在其中，他收起一贯漫不经心的神情，脸上满是杀气。也许那才是他的真正面目。

卡利纳姆并不明白忒弥西到底要这些将军们做什么，但那一定和花坛山源源不断涌出的赛忒兽有关。有一点至少他听得很明白，忒弥西会带着他和鲁修赶回天穹城去阻挡露西。

露西是无法阻挡的，她就像一道光划破黑色的夜空。

忒弥西结束了会议。

"我们马上出发。"她简短地说。

快速舰一阵摇摆，仓促之间，飞船用一种不稳定的姿态在飞行。

忒弥西看着鲁修。"现在我们来谈谈你的事，是那个叫做露西的赛忒控制了你，是吗？"

鲁修的脸色有些苍白,然而仍旧勇敢地迎着忒弥西的视线。"是的。"

"她没有把你异化成赛忒?"忒弥西用怀疑的眼光打量着鲁修。

"没有。我想没有,她能控制我,但她没有这么做。"鲁修的脸色更为苍白。

"我们会知道的。"忒弥西淡淡地说,"但是有一些消息也许对你有利,赛忒兽群仍旧避开飞瀑镇。它们距离小镇至少有五公里远,从不去骚扰它。"

她的视线转移到卡利纳姆身上。"至少,这个露西对她熟悉的东西会手下留情。"

卡利纳姆无言以对,扭头看着一边。

"她利用了你们。"忒弥西继续说,"她利用你们才能达到现在的目的。当然,这不是你们的错,奥拉德斯要承担更大的责任。"她的目光在两个人身上扫视。"坐下休息吧,我们还有两个小时,可以把事情完整地梳理一遍。然后,我们会看到天穹城,希望我赶到的时候,一切还没有不可收拾。我们开始吧,我想知道你们身上发生的每一个细节,关于露西和奥拉德斯的每一个细节。"

忒弥西的语气郑重其事,吐出的每一个字都带着慑服人心的力量。卡利纳姆希望自己能躲得远远的,避开她的锋芒,然而此刻,除了面对,别无选择。

"卡利纳姆,你先来。"忒弥西直接点了他的名。

卡利纳姆点头,开始回忆。从突击队被围困开始,他开始讲述鲁修的计划,讲到突击队的壮烈牺牲,如何孤身一人走上花坛山,然后看见赛忒蝇眼兽矩阵和它的惊人威力,最后在山的平顶上,见到奥拉德斯。

短短几个小时,几次在生死线上挣扎。回想起来,仿佛事情已经过去了很久,发生在另一个世界。

"最后我看见了鲁修,他杀死了奥拉德斯,但是杀死奥拉德斯之后,他不能动弹,于是喊我去阻挡露西。"卡利纳姆说着,想起了露西最后的眼神。她的眼神并不冰冷,充满着一个女孩的柔情,也透着一丝绝望。

"你会杀死她吗?"卡利纳姆突然中断讲述,向忒弥西发问。

忒弥西微微一愣,随即毫不犹豫地回答。"为了维持欧菲亚的和平,绝不能允许撒壬复活。"

"撒壬?露西会是撒壬吗?"

"我不知道,但是她拥有一些撒壬才有的能力,虽然目前看起来比撒壬要弱得多。"

"死去的撒壬真的能够复活?"

"不是你想象的那样。赛忒和我们不同,它们只有一个意志,所有的意志汇聚在一个实体身上,这个实体就成了撒壬。杀死撒壬,它们就成了遍地的化石,它们可以被某种方式唤醒,重新汇聚到同一个意志中去。"忒弥西看着卡利纳姆,"撒壬不是一个人,她是一个共同的意志,她就是整个赛忒群。唯一的问题仅在于这个群体到底有多大。我们收到情报,外太空的赛忒群有活动的迹象,很可能形成了新的撒壬。露西太危险,她随时可能聚集更大的赛忒群,拥有更强大的力量。她随时可能成为撒壬。"

忒弥西几乎一字一顿:"我决不能允许撒壬出现在欧菲亚的土地上。"

卡利纳姆垂下视线。"我明白。"

他继续陈述发生的一切,包括露西穿上翰亚的盔甲,然后化作一道光离去,整个花坛山开始活化,鲁修带着他来到快速舰上。

忒弥西眉头微蹙,陷入沉思,似乎在咀嚼整个故事。片刻之后,她开口发问:"你说露西穿上了翰亚的铠甲,才让花坛山整体活化?"

"是这样。"卡利纳姆毫不犹豫地回答。

"这事有些蹊跷。"忒弥西的眉头拧得更紧,"如果她需要翰亚的铠甲才能控制赛忒,这倒是一件很奇怪的事。"

"她的确需要铠甲。"鲁修插入到对话中,"她自己告诉我的。"

忒弥西看着鲁修,眼中充满疑惑。

"我被她唤醒的时候,她告诉我奥拉德斯会向瑟利舰队发动攻击,她会给我一个唯一的机会杀死奥拉德斯。"鲁修看了忒弥西一眼,继续说,"我问她为什么要这么做,她说她要得到翰亚的铠甲,只要奥拉德斯穿着它,她就无法得到它。"

"然后呢?你同意她的计划,杀死了奥拉德斯。"

"是的。但我也没有选择的余地。如果不杀死他,露西会继续帮助他增强力量,直到将所有的赛忒都活化。而且我还想,杀死了奥拉德斯,我还可以有机会阻止露西……"

"她侵入过你的意识?"忒弥西打断鲁修。

"没有……"鲁修不是那么肯定,"但是,我也不确定……"

"你同意去杀死奥拉德斯,你用什么方法杀死他?"

"露西给我的方法,可以瓦解赛忒微晶。我用强力穿刺扎入他的身体,然后他就瓦解了,他是赛忒之身……"鲁修仿佛突然间意识到什么,遽然间停下话语,带着一丝惶恐看着忒弥西。

"怎么样瓦解赛忒微晶?"忒弥西几乎一字一顿地问。

鲁修的额头上渗出一层汗珠。"我不记得,但是我肯定,露西给了我一个方法。"

"她对你的了解比你自己要深入得多!"忒弥西缓缓地说,并不继续追问,"事情结束,你要去赛忒研究院进行一次全面检查。如果赛忒的确影响了你的微晶,后果是很严重的。"

鲁修一凛。他明白忒弥西的意思，那些在撒壬之战中受到感染的一部分人变异了，被禁闭隔离，他们的城市"飒因"成了禁区。那等于是彻底的放逐。

鲁修默默点头。

"到了天穹城，你要跟在我身边，不要自行接近赛忒。"忒弥西似乎放心不下，继续叮嘱。

"遵命！"

忒弥西的视线回到卡利纳姆身上。"如果露西需要翰亚的铠甲才能控制赛忒兽，这说明她的力量有局限。也许她是一个撒壬的未完成体，和落在这个星球上的赛忒群之间存在隔阂。这对我们本来是件好事，但是既然她得到了翰亚的铠甲，这件事也不再重要。她能唤醒这个星球上所有的赛忒，如果这事真的发生了，那就是欧菲亚的末日。"

忒弥西挪开视线，看着一旁，似乎在自言自语："如果她真的毁掉天空之钥，会发生什么？"忒弥西不再说话。她的心里一定已经有了答案，忧心忡忡的样子显露无遗。

卡利纳姆也不知道该说些什么。

"先休息，希望我们还能赶上。"忒弥西说着在一旁坐下，拉过横杆将自己固定在位置上。

"我们会看到结果的。"她说了最后一句，然后闭上了眼睛。

鲁修虽然有些忐忑不安，也还是闭上眼睛，仿佛在休息。

卡利纳姆却无法合上眼。

露西真的会毁掉天空之钥，让整个欧菲亚的赛忒都复活吗？她真的会成为撒壬，成为一个无恶不作的魔鬼？

卡利纳姆的眼前仿佛又浮现出露西的面孔，她正扭头望着自己，眼里充满温情，让人无法拒绝。那是一个多么美丽的女人，一个牵挂着他，爱着他的女人。

然而她是一个赛忒,她可能成为嗜杀成性的撒壬。她是一个魔王!

卡利纳姆心潮起伏,望着舷窗外的天空怔怔出神。

不知不觉间,窗外的天空逐渐变得明亮。太阳出现在云海之上,散发着艳丽的红色光芒。遥远的天际线上,一道细小的闪光直贯天顶。天空之钥正在喷吐光芒。

"还好,天空之钥安然无恙。我们赶回来还算及时。"忒弥西不知道什么时候醒了过来。

她站起身。"我和鲁修先行一步,飞船会把你送到空港,有人会来接你。"

不等卡利纳姆回答,她便向后舱走去,鲁修紧紧地跟着她。

舱门霍然打开,强劲的冷风直灌进来,吹得人脸上生疼。忒弥西的盔甲自动将她包裹得严严实实,她顶着风走到舱门边,毫不犹豫地跳出舱去,鲁修紧随其后。

舱门关闭,一切恢复平静。透过舷窗,可以看见忒弥西和鲁修身上闪着蓝光,向天穹城飞驰而去。

卡利纳姆不由有些焦急,恨不得飞船马上就能在天穹城停靠。忽然间,他留意到自己的左手,握着一旁的横杆,因为用力而微微有些颤抖。他松开手,用力过度的手掌心里都是汗液。

不能这么紧张!

他深深吸气,闭上双眼,强制自己平静下来。

心静如水,如果无法控制情绪,就失去了绝大部分希望。

现在,只能等待。

飞船剧烈地晃动两下。

到港了。卡利纳姆睁开眼睛,天空之钥就在舷窗外,高高耸立,仿佛利剑刺透蓝天。剑身散发着不一样的浅红光芒,时而有青紫的电光扫过。

战斗马上就要开始！他感到无比平静。

"卡利纳姆阁下。"飞船驾驶员和他通话。

"嗯？"

"忒弥西议长要求我们把您送到这里，您可以下船了，有人正在等您。"

舱门打开。卡利纳姆将雷神火抓在手里，熟练地套在胳膊上，站起身，大步跨出舱门。

两个侍卫模样的人正等着他。

"卡利纳姆阁下，忒弥西议长吩咐我们带您去国宾馆休息。等事情了结，她会和您会面。"

卡利纳姆微微有些意外。他到这里来，不是来做客。赛忒兽正在攻击天空之钥，正是需要帮忙的时候。而且，他也放心不下露西。

"我是来战斗的，"他向眼前的侍卫说道，"带我去天空之钥。"

"忒弥西议长阁下指示我们带您去国宾馆。"侍卫回应。

卡利纳姆四下张望，这里显然刚刚经历了一场激烈的爆炸，到处都是残断的墙体，两艘梭船正好停靠在泊位上，被爆炸撕裂了船体，皱巴巴地横在一旁。

"我哪里也不会去，只会去那里。"他抬起雷神火，指了指天空之钥。牡丹街，他想起了那条街的名字，"带我去牡丹街。"

"牡丹街进入一级警戒，所有人都已经疏散，没有秋明长老的许可，任何人不得接近。"侍卫仍旧不紧不慢，似乎那并不是一件什么了不起的事。

卡利纳姆决意不再理会他们，迈开步子，向着天空之钥的方向跑去。

"卡利纳姆阁下……"侍卫高声叫喊，然而声音戛然而止，终止于一声惨叫。卡利纳姆心中一惊，回头望去，一只两人高的赛忒兽不知什么时候出现在那儿，铜铃般的眼睛正瞪着自己。

它的样子像极了一头披着铁甲的虎犀。之前发出惨叫的侍卫躺在它的爪下，已经成了一摊血肉。剩下的侍卫掉头就跑，赛忒虎犀兽也并不追赶，只是死死地瞪着卡利纳姆。

卡利纳姆凝神屏气，将雷神火缓缓横在胸前。

虎犀兽发出一声低沉的吼叫，突然间掉头，几个起落，即刻消失在废墟中。

露西看见我了！卡利纳姆想。

所有赛忒兽的眼睛就是她的眼睛。她在哪里呢？他望向天空之钥，露西一定在那里，忒弥西也一定在那儿。必须立即赶过去。

他转过身子，甩开大步，在废墟间狂奔起来。

从空港到牡丹街，原本并没有通路，然而一切被爆炸破坏得千疮百孔，反倒让寻路变得容易——认准方向，一直向前。他很快跑过几个街区，贴近天空之钥。战斗仍旧在进行，他见到零零星星的瑟利武士在废墟间追逐赛忒兽，而赛忒兽神出鬼没，总是在各种意料不到的位置出现。

赛忒兽并不攻击他，瑟利的武士们也并不关注他。他仿佛孤身一人在废墟间奔跑，成了一个无关紧要的局外人。

然而，还有谁比他更关心这场战斗的结果？

结果不在于外围的赛忒兽和瑟利武士谁胜了一场，结果在天空之钥，在露西和忒弥西那儿。

卡利纳姆竭尽全力奔跑，迫切地希望能赶上这场最终决战。

他再次看见了虎犀兽。这种赛忒兽躯体高大威猛，却不可思议地灵活。它轻易摆脱两个瑟利武士的围攻，潜入废墟，就在瑟利武士想去追赶的时刻突然暴起，铁爪硬生生地穿透一个武士的躯体。它的身上挨了两记重击,然而似乎并没有受到任何影响,几个起落,消失不见。

这里的赛忒兽比花坛山那些更强壮,更聪明。

并不是露西把它们从花坛山带到这里,它们来自战争纪念馆和赛忒研究院,露西的到来唤醒了这些沉睡的化石。

这些赛忒兽不足以毁掉天穹城,但是足够制造混乱,尤其是在天空之钥附近。它们让所有的守卫措手不及。

露西抛下花坛山的赛忒群,独自来到这里,就是为了这个措手不及。她需要一个机会毁掉天空之钥。

然后呢?

卡利纳姆在各种崎岖的废墟间上蹿下跳,不断向着那巨大的世间奇迹靠近,各种念头也不断地冒出来。

"卡利纳姆!"忽然他听见一声喊声。

鲁修正在不远处,悬浮半空,身上的铠甲发亮。

"看见露西了吗?"卡利纳姆开口就问。

"她进了天空之钥,忒弥西跟着她。"

"她们在决斗?"

"她们的确在战斗。"

"忒弥西没让你帮忙?"

"我在这里防范赛忒兽进入天空之钥,再说,我也帮不上忙。"鲁修顿了顿,"她们的力量超出我太多。"他的眼里露出一丝沮丧,稍纵即逝。"我在这里监视外边的动静,不让赛忒兽攻击天空之钥主体。"

卡利纳姆并不多话。"从哪里能进去?"

鲁修一怔。"你要进去?你不能去,一次爆炸你就完了。"

"我得去看看。不看见露西向她问个明白,我不甘心。"

鲁修瞥了一眼闪闪发光的高塔。"太危险了,你不能控制微晶,没法感觉到预警。"

"告诉我从哪里进去，我自己去就行。埃萨克人从来不怕危险。"

鲁修仍旧犹豫，卡利纳姆再次恳求。"看在朋友的分上，帮我的忙！"

鲁修在卡利纳姆身旁降落，抓住他的胳膊。"我带你过去。"说着，他飞了起来，带着卡利纳姆越过一片废墟，向着高高伫立的巨塔靠过去。

白色的巨塔仿佛一堵看不见边际的墙，延伸到无穷高远处。墙根一个小小的方孔悄无声息地打开，鲁修带着卡利纳姆穿入其中。

门后是一个蓝色的水晶世界，一切东西都呈现出冰蓝的质感，仿佛冻结万年的古老冰石，透着寒气。

他正站在巨石中央，四面八方每一丝空间都被冰石填满，无路可走。这一定是错觉！他无法相信眼睛，只有伸手向四周试探。四周都是空的。

"跟我来！"鲁修拉着他。

他顺从地跟着鲁修，在这里，他几乎就是一个瞎子。

然而他还是看到一些东西。无数个身影在无数片镜子中晃动，经过反反复复的镜像，整个世界成了一个巨大的虚像，让人头晕目眩。

在这里，鲁修不是通过眼睛看东西。瑟利人有微晶，如果没有鲁修，他根本就无法进入这巨塔深处。

卡利纳姆闭上眼睛，任由鲁修拽着自己。

似乎走过了一段漫长的路。

"睁开眼睛吧，现在好了。"鲁修说。

卡利纳姆睁开眼睛。眼前似乎是一个蓝宝石镶嵌而成的洞窟，闪烁着华丽的光彩，只是它们不再像镜子一般将一切都反射回来。终于能够用眼睛看清东西，他暗暗松了口气。

华丽的洞窟宽敞得像一个广场，除了壁上闪闪发亮的蓝色晶石，什么都没有。

洞窟里安静得能听见心跳。

忽然间，墙壁上的闪光变得规律，细微的光芒就像水一般在水晶的墙体中流动，宛如活的生命。它们顺着不可见的管道流动，彼此间相互交错，互不干扰，然后墙体缓缓地由蓝转白再转红，最后就像一个红灯笼般发出艳红的光。

这里的一切都很有趣，然而卡利纳姆并不感兴趣。

"忒弥西和露西在哪里？"他扭头问鲁修，不等鲁修回答，他已经找到答案。

抬头向上，洞窟层叠而上，就像一个个水晶球，每一个水晶球都有着不同的颜色。到了远处，球体变得细小，成了一颗颗五颜六色的珠子。珠子串成五彩的链条，一直延伸，消失在肉眼看不清的地方。两个细小的人影正在那儿。

没有鲁修的帮助，是绝对上不去的。卡利纳姆不由看着鲁修，不等他开口，鲁修点了点头。"我带你上去。"说着架住卡利纳姆的胳膊。

卡利纳姆只感到脚下一空，身子腾空而起，直直地向上飞了起来。

眼前掠过各种各样的光彩，除了光彩，还是光彩。突然间，身子一轻，然后是重重的落地，他不由自主地蹲下缓解冲劲。

视线穿透地面，他正半蹲在一块透明的玻璃上，脚下的一切一览无余。直直的通道带着迷幻般的色彩，无限深远，令人头晕目眩。原始的恐惧感仿佛一只冰凉的爬虫从脊柱直抵脑后。卡利纳姆深深吸气。

鲁修站在一边，靠在墙角。

卡利纳姆站起身,抬头看去。

两个人影如风一般彼此追逐,她们的动作如此之快以至于只在稍有停顿的时刻才能看清动作。

这不是人的躯体能够承受的动作。卡利纳姆明白过来,为什么鲁修声称帮不上忙,她们几乎像是两个鬼魅。

"你看见了,那就是露西。"

露西穿着紫红的连体衣裳,裙裾飘飘,她飞快地贴着墙体转动,每一缕裙裾仿佛都在膨胀,猛然间爆发,放射出无数的游丝,仿佛长着眼睛一般向忒弥西包裹而去。

忒弥西的盔甲金光闪闪,她的手中拿着类似长杖的武器,双手持握。只见金光一闪,她瞬间转移了方位,手中长杖发射出炽烈的白光,刺破弥漫的游丝,直击露西。露西在间不容发之时躲闪过去,身后的墙体上燃起一团小小的火焰,很快消失,留下一个细小的疤痕。

"她们怎么能这么快?!"卡利纳姆不由问道。

"露西是赛忒,她不是血肉之躯。"鲁修回答,似乎有意无意地在提醒他。

"忒弥西呢?"

"我们在天空之钥里边,忒弥西能够控制天空之钥,在这里她能拥有巨大的力量,让自己的身体也超出平常。"鲁修向四周张望,"这里的空间充斥着微晶,忒弥西能够很好地控制它们。"

说话之间,头顶的战斗又经历了几个回合。露西似乎有些焦躁,眼神逐渐变得凶狠。偌大的紫红色裙裾缓缓地收缩,而双肩上隆起两个银色球体。突然之间,两个球体从她的身体上脱离,划出两条银色的弧线,向着忒弥西奔去。忒弥西不慌不忙,长杖高举,杖头发射出两道电光,射向飞来的两个小球。剧烈的闪光充斥了整个空间。

卡利纳姆不由自主闭上眼睛,他感觉到胳膊上的异样,雷神火自动触发，保护了他。

当他再次睁开眼睛，露西和忒弥西悬浮不动，彼此对视。她们忽然之间退出了剧烈的交锋，进入对峙。

忒弥西手中的长杖不知什么时候已经变成一把双尖的匕首，被紧紧握在手中，锋刃上寒光闪闪。就在她面前不远，一个小小的银球正放射着紫光，在忒弥西身前形成一张隐约的光网。那似乎是一道屏障，暂时将两个人隔绝开。在她身边不远处，另一个小银球被一劈两半，静静地飘浮。忒弥西成功地毁掉了一个小球而漏掉了另一个。露西似乎成功了一半，却停了下来。

"不要徒劳了，你不可能从我这里得到天空之钥。"忒弥西说。

露西的脸上露出诡异的笑容。"我已经明白了。"她的装束缓慢地变化着，逐渐变得有些像忒弥西，她继续变化，最后，她几乎就像另一个忒弥西，身着金甲，唯有双手空着。

卡利纳姆惊讶得不能自已，两个忒弥西，如果不是看着露西的变化，他根本无法将她们分辨开。

"可惜，还是差了一点。"露西一边微笑着，一边再次变化，她很快回转到原本露西的模样，这一次，她不再穿着紫红的连衣裙，而是穿着黑色的盔甲，翰亚的铠甲，她展露出真正的模样，"如果得不到它，那就毁掉它。"她微笑着说，似乎那是一件再寻常不过的事。

忒弥西的脸色一沉，几乎就在同时，卡利纳姆感到脚下传来一阵震动。

"卡利纳姆，我们必须马上离开。"鲁修一把拉住卡利纳姆，"跟着我，我去找最近的出口。"

"怎么了？"卡利纳姆感到事态紧急，却不知道到底发生了什么，不由有些焦急。

"露西要毁掉天空之钥。"鲁修的话音刚落，脚下又是一阵震动。

卡利纳姆有些疑惑，露西悬浮空中，纹丝不动。她怎能攻击到天空之钥？

忒弥西发出一声呐喊，匕首向前挥出，一道金光闪过，形成一个弧形，弧形的光仿佛一个巨大的锋刃，势不可挡，向前劈去。隐约的紫色光网没能挡住这凌厉的弧形的光，它穿透光网的中央，正正地击中银球，一瞬间，银球碎成粉末。

露西的脸上掠过一丝惊诧。

忒弥西纵身向前，手中匕首甩出，仿佛一支银箭般射向露西。

"卡利纳姆，快走！"鲁修拉着卡利纳姆。卡利纳姆却一把推开他，向前跑去。

这是最后的时刻，如果错过，他将再也见不到露西。至少现在，他还可以再说一句话。

忒弥西转眼间已经贴近露西身边，露西不断闪避，躲开攻势。

"你休想从这里逃掉。"忒弥西一边攻击，一边说。

"还有两分钟，足够毁掉这个又大又傻的建筑。"露西毫不示弱。

整个天空之钥持续不断地震荡。突然间，一面墙开裂，大大小小的晶石碎块纷纷下落。卡利纳姆举起雷神火，护住头部。

"露西……"他大声叫喊起来。

喊声吸引了露西的注意。"卡利纳姆？"她的脸上难掩惊讶，伸手在身前一划，一道隐约的力场格开忒弥西的匕首，然后一个纵身，向着卡利纳姆而来。

一块巨大的晶石正向着卡利纳姆砸下来。卡利纳姆就地一滚，躲开石头，当他有些狼狈地站起身，露西已近在眼前。

"卡利纳姆，你在这里？"露西脸上露出笑容，"我以为再也见不到你了。"

当露西开口说话，脚下的震荡停了下来。忒弥西已经做出攻击的姿态，见震荡停止，也松弛下来，缓缓降落，在不远处看着这边。她向鲁修做了个示意，鲁修腾空而起，朝墙体上现出的圆孔洞钻了出去。

"露西，我们回到地面上去，只要你放弃赛忒的力量，我来保护你。"卡利纳姆说。

露西莞尔一笑。"你是一个好人，卡利纳姆。可是，那不可能。"她扭头看着忒弥西，"那不可能。"

她回过头来，看着卡利纳姆。"我必须要走了，不然，这位女战士会杀死我。"她凑上前，"给我一个告别吧。"

她闭上眼睛，抬起下颌，湿润的双唇微微翕张，等待着卡利纳姆。

如果这是最后的告别，那么就勇敢一点。

卡利纳姆吻了下去。露西的嘴唇温暖而柔软。他抱住她的身子，娇小的躯体似乎绵软无力。一种奇特的感觉涌上来，他只希望时光就此停止，他能抱着她，吻着她，哪怕世界到了尽头，也没有什么可怕。

然而这令人难舍的感觉不过持续短短几秒。露西忽然推开他。"我要走了。"她的眼里万般不舍，"谢谢你，卡利纳姆，你让我体会到一种不同的东西。但是我必须走了，更多的人想杀死我，他们已经快到了。"

她扭头盯着忒弥西。"这一次，就让这建筑留着好了。我会再来的。"她的语气很平静，却带着一种冰冷的调子，让人不寒而栗。

卡利纳姆正想开口，忒弥西却抢在了前面。"露西，公平合理，我可以让你使用天空之钥。"

说话间，头上的穹顶蓦然变了颜色，卡利纳姆抬头望去，只见一片深邃纯粹的蓝，似极深的潭水，又像一块巨大的圆形宝玉。

"你在欧菲亚活不了多久,虽然你可以重生,但一切记忆都会失去,你将不再是现在的你。我可以给你一次机会,让你回去,回到你来的地方。这是对你放弃毁坏天空之钥的报偿。"忒弥西平静地说。

突如其来的变化让露西意外。"我怎么能相信你呢?我看过你的思维,你想杀死我,这是你最强烈的愿望。"露西反诘。

"我该说得明确一点,你现在逃走,留在欧菲亚,对我更不利。所以,你走,我不阻拦。但是别指望你能控制天空之钥,只有让我送你走。"

"你送我走?"露西眉头微蹙,"让我的生命掌握在你的手中?"

忒弥西郑重地点头。

"我不相信你。"露西微笑,转向卡利纳姆,"我能相信她吗?她给我打开这时空之门,如果穿进去,我的生命就在她的掌握之中。刚才她还想着要杀死我,现在又要把我的生命掌握在手里,这像不像一个太低级的陷阱?"

卡利纳姆望着忒弥西,后者正严肃地看着他。这是一个关系重大的选择,忒弥西是个好人,然而他不确定对于露西来说,她是否还是一个好人。

"留在欧菲亚你会死?"卡利纳姆问。

"任何生命都有一死。"露西回答,"但是没错,我留在欧菲亚,能够活的时间不长。"

"那是多久?"

"三个月。"

卡利纳姆沉默下来。

露西保持着微笑。"她做出了正确的估计,三个月后,我的确会重生,只不过那是完全的新我。我不会记得任何事,包括你,卡利纳姆。我也不再需要这身铠甲,我可以重新召唤赛忒,汇聚新的力量。

这是这位女战士所害怕的事,是吗?"她转向忒弥西。

忒弥西沉默着,算是默认下来。

"但那对我也同样是可怕的事。"露西向忒弥西点头,"我们都想避免最糟糕的情形,你已经保留了这个笨拙的建筑,我却还是失去了逃走的机会,这不公平。"

"是的,所以我给你公平,我用天空之钥送走你。但我决不可能让你自己掌握天空之钥。"忒弥西说得平静而坚决。

"你要我把命运交到你的手中,这怎么可能?"

"我会兑现诺言,但是否相信我,那是你的选择。如果你选择留下,我们只能用再一次战争来彼此对话。那个时候,你会被彻底毁灭。当然,你会给欧菲亚带来再一次杀戮。这是一个双输的局面。"

两个女人,一个黑甲,一个金甲,遥遥相望。她们经历了生死相搏,然后是唇枪舌战,最后只剩下沉默的对峙。

卡利纳姆站在两者之间,一阵惶然。

让露西走是最好的选择,无论对露西还是欧菲亚。然而,只要忒弥西食言,露西将被彻底杀死,全盘皆输。这对欧菲亚是最好的结局,谁也不能保证忒弥西在承诺和一次干净彻底的胜利之间会如何选择。她是否真的能够抵抗那美妙的诱惑,兑现对敌人的承诺?

"忒弥西,你要确保露西活着。"他向忒弥西叫喊起来。

"我只能保证她在天空之钥的发射过程中不会受到任何有意伤害。时空之门会送她去目的地,后边的一切,只有她自己来保全。"

"你起誓。"卡利纳姆继续喊着。

"我的话就是誓言。"忒弥西说着靠过来,她并没有攻击的动作,露西也并不防范。她在卡利纳姆身边轻轻落地,头部和颈部的盔甲缩了回去,露出头颅。

"也许这样可以让你安心一些,你可以用我做人质。如果有意外,你可以随时割断我的喉咙。"她拉起卡利纳姆的手,"把你的匕首架在我的脖子上,也许这能够让你对我的承诺多一些信心。"

忒弥西的举动出人意料,卡利纳姆不由愣住。他向露西看去,露西也正看着他,眼里满是关切。他毅然下了决心。

"露西,走吧!如果忒弥西说谎,她将背叛自己的心。她不会背叛自己。我相信她!你可以相信我。"

露西嫣然一笑。"你是我的朋友,唯一的朋友。你让我不再感到孤独,我用我全部的身心相信你。"她望着卡利纳姆,无限的柔情似乎要从眼里荡漾出来,"再见,卡利纳姆!"她说着飘升起来,全身的戎装化作洁白无瑕的长裙,在碧蓝的天顶下格外醒目。她微笑着,笑容甜美,一双眼睛天真无邪。依稀间,卡利纳姆仿佛看见了那个,躲在黑黑山洞里的女孩,那时的眼里正是这种神情。这是露西想让他看见的样子。

她碰触到头顶的那一汪深潭,身体隐隐发光,突然不见,只在原地留下一个依稀的轮廓。

碧蓝的深潭瞬间变成绚丽的白色,然后消失掉,就像从未存在过。天空之钥恢复了本来面目。一副完整的盔甲无中生有般出现在半空中,缓缓降落,被壁上伸出的几只长臂抓住,拉到一边固定起来。露西抛下了翰亚的铠甲。

卡利纳姆望着空荡荡的穹顶,怅然若失。

"都结束了,卡利纳姆。"忒弥西在他身边轻语。

"你杀死了她,还是送走了她?你可以说实话,没有任何人能威胁你,我只想知道真相。"卡利纳姆正视着忒弥西,等着答案。

"我从未打算背叛自己的心,这一点你说得很对。她穿透了七十五个光年,那不算太远,如果从银河的尺度来说。"忒弥西平静地回答,"而且,一旦她进入通道,我也根本没有办法杀死她,最多,只能让通道提前关闭，但那不过是让她提前掉出通道而已。这除了增加仇恨不能让任何东西变好。欧菲亚之光只点亮了三十年，她抵达的位置也没有这种对她来说致命的光线，所以，她很安全。"

卡利纳姆望着忒弥西，她神色自若，坦然地看着自己。她的话值得信任。

"她离开我们七十五光年？那是什么意思？"卡利纳姆问。

"是的，按照光的速度要走七十五年，那么长的距离。"

"听起来很远。"

"和你曾经经历的距离相比，那遥远得像是一个梦，对我来说也像一个梦。"

"这一切都像一场梦。"

卡利纳姆抬头望着穹顶，那里空空如也。然而，他知道，他的内心已经被某种渴望填满。

"忒弥西，能送我过去吗？"

忒弥西一怔，稍稍犹豫，随即回答："这对你将不是秘密，我们正在制造星际飞船，眼下欧菲亚还没有能够进行星际穿梭的飞船，但是不久的将来，我们就会把人送到更远的星系。"

"会是多久？"

"二十年，十五年，或者五年。这取决于我们的联盟拥有多少资源。一个高度联合的欧菲亚，卡利纳姆，你可以帮我实现它。"

卡利纳姆微感意外，看着忒弥西。"你说是联盟？"

忒弥西微笑着说："不错，如果你希望瑟利能在五年内把你送到七十五光年之外的地方，欧菲亚必须集中全世界的力量，值得一试。卡利纳姆，一个人的一生中能遇到这样的事，那就再美妙不过了。"

卡利纳姆沉默半响，缓缓点头。"我同意。我好像也没有其他的选择。"他一字一顿，郑重其事。

忒弥西微笑着伸手抓住他的胳膊。"跟我来，我有些东西要给你看。"

忒弥西带着他飞出天空之钥。他们从天空之钥的顶部飞出来，整个天穹城尽收眼底。一个个巨大的圆台载着宏伟的城市，在金色阳光的照耀下熠熠发光。忒弥西带着他向下俯冲，很快接近圆台。他看见了舰队，恢弘的舰队展露出摄人心魄的力量，绵亘不断的舰队包围着天空之钥，仿佛浮动的长城。他们从飞船间一掠而过，继续下降，猛然间，一个黑影落入眼中。巨兽从地下探出半个身子，躯体比天空之钥还要粗大，它伸出四条触手般的肢体，牢牢抱住天空之钥，似乎正在努力将天空之钥连根拔起。

之前露西和忒弥西对峙，是它攻击了天空之钥。卡利纳姆顿时明白过来。

忒弥西带着卡利纳姆落在巨兽的头顶。

四下里散落的瑟利武士汇聚而来。

"露西把天穹城所有的赛忒聚成了这一只怪兽，让我们猝不及防。如果不是因为你，她已经毁掉了天空之钥。"忒弥西低声说。

武士们陆续赶到，白色，青色，金色，看上去熙熙攘攘。忒弥西举起卡利纳姆的手。"我荣幸地宣布危机解除，我们成功地挫败了赛忒的偷袭。我也要代表瑟利议会感谢我们的埃萨克盟友卡利纳姆，没有他的帮助，我们无法成功。让我们为胜利欢呼，为卡利纳姆欢呼！"

"万岁！"瑟利战士们呼喊起来，喊声如潮水般汹涌。这呼喊感染着卡利纳姆，他突然感到自己仿佛正站在粗陋的木台上，接受着族人山一般的呼喊。在这样的时刻，瑟利人和埃萨克人一样，从内心迸发出汹涌蓬勃的热情。

他的视线在人群中逡巡。他看见了鲁修，后者向他点头，他抬手致意。

他的视线扫过脚下巨大的黑色怪兽,黑洞洞的眼睛里空无一物,露西是它的主宰,它的灵魂。她已经在七十五光年之外的地方。

他转身望着天空之钥。高耸的巨塔几乎望不见顶端,张开的四片花瓣正散发着淡淡的青紫色的光。他仿佛看见了自己的将来。

他的梦在这里中断。

他的梦将从这里开始。

尾　声

"保重！"埃可姆说着在卡利纳姆胸口捶了一拳。卡利纳姆还以颜色。

埃可姆点点头，转身回到送行的队伍中去。从始到终，他的脸上没有一丝笑容。

埃可姆继承他的父亲已经六年，六年的时间里，他从来没有笑过，但在他的带领下，金光族的实力越来越强，成了第五大族。他绝不友善，却也不粗鄙鲁莽，就像经过精密设计的冰冷机器，不折不扣地执行钢铁般的意志。有谣言说他接受了瑟利人的改造，成了半个瑟利人，对待这样的谣言，他用自己的方式回应——亲手拧掉任何一个谣言传播者的头。

埃萨克战士排成整齐的队列，一个个精神饱满，斗志昂扬，就连手中的武器也端得无比整齐，看上去就像一条条黑色的直线。这是埃可姆严格训练的成果，他依靠这个纪律严明的队伍，无往不胜。埃可姆举起右手，身后的方阵发出整齐的枪械机关碰撞的声音，战士们高举武器，枪口朝天。数万的战士同声呐喊："特鲁西！"

"特鲁西！特鲁西！……"喊声震天，卡利纳姆却有些麻木，只是举起手来，象征性地挥了挥。

埃可姆的手臂挥下，喊声顿时停了下来。远处响起隆隆的炮声，阵列后方，爆炸的火光熊熊。战士们枪口朝天，开始放枪。爆裂的枪声响做一团，震耳欲聋。

埃萨克人开枪做最后的告别。这是最高的礼遇。

在枪炮声中，卡利纳姆转身走进飞船。

鲁修正等着他，见他进了舱门，微微点头，问道："可以出发了吗？"

"走吧！"卡利纳姆简单地回答，找到位置，将雷神火从背上甩到身前，坐下后横在膝上。他透过舷窗向外看。

"卡利纳姆，他们还在放炮呢！"斯土姆从座椅后探出头来，这难得一见的盛况让他兴奋不已，"埃可姆这次动真格的了！"

卡利纳姆嗯了一声，不置可否，只是看着窗外。

鲁修向驾驶舱发出指令，飞船缓缓上升，地面上的人飞快地变小，很快再也无法分辨面目。

"据说埃可姆会接替你的位置？"鲁修很随意地问。

"这是埃萨克部族大会的决定，忒弥西也同意了。"

"他过于冷酷。"

"他有自己的原则，埃萨克人愿意服从他。"

"如果你留在这里，他们更愿意服从你。你不会拧掉别人的脑袋。"

卡利纳姆转过脸去，看着鲁修。"是想劝我留下吗？埃萨克人可不在乎掉几个脑袋，他们早已经习惯了。你们也会习惯的。"

鲁修微微一笑。"我有一个消息要告诉你，关系到你的旅程。"他结束了关于埃可姆的讨论，抛出一个悬念，带着一丝玩笑的意味看着卡利纳姆。"

　　卡利纳姆点了点头。"快说吧,在我出发之前,你还有十六个小时。"

　　鲁修也不再卖关子。"我会跟你一块儿上希望号。一队空骑兵,三十六人,加上我,三十七个。"

　　卡利纳姆不由愣住,他根本没有听说任何关于此事的消息。希望号上的技术人员全是瑟利人,但没有一个瑟利的武装人员,他对瑟利议会的信任深为感激。此刻,他却听到了瑟利空骑兵也要上船的消息。

　　而且,鲁修不是一个普通的瑟利空骑兵,他是天穹守护,誓言保护天穹城。

　　"你不是在开玩笑吧?忒弥西说过要你帮助她组建联盟中立军。"

　　"这是个政治问题,没有我她也能很好解决。"

　　卡利纳姆皱起眉头。"我要问问忒弥西。"

　　"不用问她,我已经得到她的同意,也得到议会的授权。现在,我想得到你的同意。"

　　卡利纳姆用询问的眼神看着鲁修。

　　鲁修回视卡利纳姆。"不要误会,这不是议会的主意,他们也很在意你的想法,所以让我自行来和你商量。如果你同意,我会带人上船,如果你不同意,我会留在天穹城。"

　　"已经有三艘飞船被送出去了。"

　　"是的,但跟你的船不一样。这事还有一些私人性质,你要去找露西,我也要找她。她侵入到我的头脑,控制过我,在赛忒研究院这么多年,我一直在研究赛忒和瑟利之间的关联,我相信已经可以抵抗她,还有什么比找到她更好的方法,可以证明我自己?"

　　"如果你失败呢?"

"至少你可以保证我不会变成赛忒。"

卡利纳姆心中一动，似乎回到了八年前的那个晚上，鲁修也是这样说，然后他们冲向黑魍魉的花坛山。那个晚上决定了后来的一切，如果没有鲁修，一切都会不同。

是的，他想带着一支纯粹的埃萨克队伍去寻找露西。旅途艰险，然而这些埃萨克人会毫无疑问地忠诚于他，瑟利战士则完全不同，他们可能会造反，还可能被赛忒控制。然而，鲁修又不一样，他是一个朋友。

"为什么现在才提呢？"半晌之后，卡利纳姆发问。

"因为我需要时间解除誓约，只有解除了誓约，我才能和你谈这事。"

"解除誓约？"

"是的，天穹守护的誓约。我已经不是天穹守护了。我的身份是一个自由空骑兵，那三十六个人，是我家族的卫队。如果你不同意，我可以让他们留下，我一个人上船也行。"

"你发了誓还能够废除？"

"也不能算是废除吧，只是忒弥西给我了特赦。她下达了指令，寻找露西关系到欧菲亚的未来，我可以不遵从守护誓约离开天穹城。离开的那天，我的天穹守护身份就被消除。"

"成为天穹守护是你一直的梦想。"

"不错，但人会变，梦想也会变。"

"你这是让我为难。"

鲁修笑了起来。"不为难的，就不是朋友了。"

卡利纳姆略为思忖。

"你可以上船，但是有言在先，我是船长，你必须服从命令。而且你只能带十二个人，我们不是去打仗，旅途可能很漫长，人多了碍事。"

"没问题。"鲁修一口答应下来,"他们已经在一号空港等候,我通知十二个人上船。"

卡利纳姆点点头,不再说话。这突如其来的变故让他有种说不出的感觉,仿佛有一股气憋在胸口,闷得慌。

虽然欧菲亚联盟已经存在了五年,瑟利和埃萨克之间,总还是有些隔阂。如果不是因为自己和忒弥西之间的私人友谊,不是因为自己这么些年来四处奔波,为联盟出了大力,希望号不可能交给一个埃萨克人掌握。他仿佛听到内心深处的一声叹息。

如果有时间,他可以留下来,继续维持局面,然而他不能再等。他已经三十三岁,距离四十五岁的预期寿命只剩下短短十二年。十二年的时间,他要去欧菲亚人从来没有到过的远方,经历一些不可预知的事。他要去找那个深深扎在心底的影子——她永远不会老,而他的时间却不多了。

飞船扶摇直上,舷窗外的颜色变得黯淡,星星慢慢显露出本来面目。瑟利的飞船技术进步飞快,五年的时间,他们就能从地面直飞太空,这是一样了不起的技术成就,相比之下,埃萨克人几乎从未进步,只是在这五年间,全球的和平让婴儿像暴雨后的蘑菇一样疯长,人口大量增加,全球的埃萨克人口增加了两成,更多的土地,更多的城市,新的老的部族都在大地上迅速扩张。天空属于瑟利,大地属于埃萨克。

飞船继续上升,地平线在远方变得弯曲,曲度越来越大,最后成了圆形。欧菲亚星球的轮廓暴露在眼前。在这美丽的星球上,土地辽阔,然而更多的星球表面覆盖着海洋。

海洋属于埃蕊。

这个亲近水的种族刻意保持着神秘,他们在联盟中只有两个席位,也并不热心联盟事务。然而他们的确控制着海洋。卡利纳姆想起了利德思亚,当年的孩子应该已经长大成人,他是否真的成了一个碧海武者?

他想起了飞瀑镇,自从上一次战役之后,他再也没有回到那个小镇上去。梅尼死了,她的棺木沉入了深深的潭水,关于飞瀑镇的一切都成了封存的记忆。

他突然有些后悔。那个他从小生活的房子,还有花园里常年盛开不败的花,梅尼的身影在花丛间穿梭。他的心头感到一丝酸楚,八年来,他不知疲倦地奔波,每次想回飞瀑镇,总因为太忙而没能成行。

这可能是最后一次从天空中望着欧菲亚。飞瀑镇,可能再也回不去了。

在最后的时刻,人总会想起那些最有价值的东西。卡利纳姆抿了抿嘴唇,深深吸了口气。

梅尼,我会回来看你的!他想起这句话,每一次离开镇子远行,他都会这样和母亲说。而梅尼则总是斜倚在门边,带着微笑向他点头。

"我会回来的。"卡利纳姆轻轻地说。他望着舷窗外的欧菲亚,似乎正在和母亲道别。

"希望我们的运气足够好!"鲁修听见他的悄声细语,随口接了一句。

"我会回来的。"卡利纳姆又说。这一次,他说得更确信一些。

十个小时的飞行不知不觉过去。一号空港从一颗小小的亮星变成了一个庞然巨物,方形的主体,两条长长的停靠臂依附其上,它就像一个巨人张开双臂,怀中拥抱着数以百计的飞船。穿梭机正缓缓地靠近空港泊位,新建的漫跃启动平台在空港上方,像是一个微微发亮的圆盘,能让船舰以超越百倍光速的速度穿越宇宙。圆盘边缘,一艘黝黑的大船不时闪光,那是希望号,它将承载着两百名埃萨克勇士踏上险途。再有两个小时,能量充满投射基座,这圆盘会变得闪闪发亮,就像月光下荡漾的水波。然后,希望号会没入其中,在将近一年之后,他们会抵达一个神秘的地方,七十五光年之外。遥远的距离之外,什么命运会等着他们?

卡利纳姆盯着神奇的空港出神。

"卡利纳姆阁下,忒弥西阁下要和您对话。"一个声音打断他的遐思。

卡利纳姆抬起手腕,腕表自动扫描他的眼睛,然后弹出一块小小的玻璃,忒弥西的头像出现在眼前。

"卡利纳姆,按照你的要求,我简化了出发仪式。"忒弥西开门见山。

"好,我很快就到。"

"鲁修已经和你说了他要上船的事?"

"是的,我同意了。但是,你不留着他统领联盟中立军吗?"

"他认为和你一道冒险更重要。我同意他的意见。"

"那就好。只要你没有意见,我欢迎他成为希望号的一员。"

忒弥西一笑。"很好,那么一会儿见。"

"一会儿见。"卡利纳姆说完关闭了通信。穿梭机传来一阵轻微的震荡,船体和空港合在一起,气密门嘶嘶作响。

十分钟后,卡利纳姆站在红红的地毯前,鲁修和斯土姆跟在他身后。

地毯的那一端,政要林立,联盟数得上号的人物都来了。埃萨克三大族的代表站在左边,瑟利的家族代表站在右边,为了和埃萨克人对比不显得太矮,他们都穿着各式的礼仪盔甲,看上去一片色彩斑斓。忒弥西居中站立,她穿着银饰的长裙,头顶银色的月牙冠,浑身上下闪闪发亮。众多政要衬托着她,仿佛众星捧月。

卡利纳姆想起她身着戎装的样子,他觉得那样的忒弥西更顺眼。

眼前的红地毯有近五十米,欢迎的人群挤满了贵宾厅,摆满丰盛食物的长桌环绕一周,琳琅满目,额外增添了喜庆的色彩。这就是简化的出发仪式?忒弥西是不是在开玩笑?

他硬着头皮走上地毯。

欢迎的人群爆发出热烈的掌声和欢呼。是的,他们有理由喝彩,这是一项成功的合作,瑟利人提供飞船,而埃萨克勇士踏上探险之旅,更重要的是,卡利纳姆将离去。无论是瑟利还是埃萨克三大族,不少人都盼着他就此消失。卡利纳姆环视四周,看见一张张或熟悉或陌生的面孔,他们各怀心思,有的真诚,有的阴鸷,有的表面阳光内心黑暗,有的面孔冷漠心肠柔软……他仿佛洞悉他们的内心。无论他们有多少种想法,他只有一个想法。他微笑着,向每一个人致意。

大厅里的气氛迅速地热烈起来,旋转的小机器带着美酒飞到人群中,为每个人的酒杯满斟,人们品尝美酒,享受美食,彼此间谈论这一次旅途的伟大以及对欧菲亚未来的影响。这像一个盛大的沙龙晚会,人们在高谈阔论,卡利纳姆却觉得无所适从,只得站在尽量不引起注意的角落里,等着一切快点结束。

忽然间他感觉到异样,扭头看去,隔着人群,忒弥西正看着他。喧嚣的人群成了模糊的背景,忒弥西在他的眼中格外清晰。她微笑着,仿佛看出自己的心思,微微点头。卡利纳姆用一个无奈的表情回应。

忒弥西站在高处。"诸位,"她的声音不高,却清晰地传递到现场的每一个角落,"虽然我们都对卡利纳姆和他的勇士万分不舍,但他们将代表欧菲亚踏上征途,让我们为他们干杯,并把最美的祝福送给他们!"忒弥西说着高举酒杯,仰起脖子一饮而尽。

"干杯!"人群中爆发出热烈的回应,此起彼伏。人们纷纷举起酒杯,向卡利纳姆致意。几个埃萨克领袖痛快利落地喝干杯中酒,走过来和卡利纳姆击胸问候。

忒弥西走下高台,来到卡利纳姆身边。

"让我们送勇士进入飞船,他的飞船和他的勇士正等着他。漫跃启动基座已经准备就绪,我们将目睹这历史性的一刻。"她高声宣布。

"好!"舱室里一阵喧哗。

卡利纳姆看了忒弥西一眼,忒弥西向他点头,几乎就在同时,身后传来舱门开启的声音。

通向希望号的道路已经打开,卡利纳姆转身走向洞开的舱门。鲁修和斯土姆跟了上去。

人群中爆发出热烈的掌声。

卡利纳姆在舱门前回过身来,环视人群,右手抚着左肩,以埃萨克人的方式向在场所有人致敬。

圆形的舱门缓缓闭合,将一切隔绝在外。重力场逐渐变化,脚下慢慢失去依靠,变得轻飘。最后,他们完全失去重量,漂浮起来。

卡利纳姆面对着闭合的舱门,久久不动。

"卡利纳姆,该上船了。"鲁修提示他。

卡利纳姆转身,斯土姆和鲁修就在眼前。前边不知道会有怎样的艰难险阻,但是有两个可靠的伙伴在身边,总让人觉得心安一些。

"我们走!"他伸手抓着壁上的扶手,用力摆动胳膊,身子就像一条游鱼般向前滑去。鲁修和斯土姆调转身子,依次跟着他。

他们很快靠近了接驳区,这里是空港和希望号相接的地方。他们将在这里返回空港中,然后通过筒桥进入希望号。

一刹那间,就像是被什么东西紧紧拽住,身子猛然一沉。他们重新回到了重力控制区,越往前,重力便越大,最后,当身子几乎贴在地板上，重力也恢复到了正常。

卡利纳姆双手撑地，稳住身子，缓缓站起来。抬起头，他看见一个背影。一身闪亮的银色长裙，头顶着月牙形的银冠，浑身散发着淡淡的光辉。她正站在巨大的舷窗前，望着希望号。

"忒弥西！"卡利纳姆难以掩饰惊讶。

忒弥西转过身，脸上带着微笑。"卡利纳姆，我来送你上船。"

鲁修和斯土姆先后落地，站起身。

"鲁修，你们先上船，我还有一些话要和卡利纳姆说。"

鲁修和斯土姆顺从地跨进筒桥。

接驳区只剩下两个人。

"忒弥西，多谢你来送我。"卡利纳姆抢先开口。

忒弥西点点头，迈开步子，款款向前，最后在距离不到两米的位置站定。

她看着卡利纳姆，上下打量，就像在欣赏一件喜爱的事物。卡利纳姆不由感到纳闷。

"我终于还是要失去你了。"忒弥西终于开口说话。

这句话有太多可能的含义，卡利纳姆从来不认为忒弥西对自己有那方面的意思，他困惑地看着忒弥西。

"你是最好的埃萨克盟友，对你的离开，我深感遗憾。"这话听上去有些像外交辞令，然而忒弥西真挚恳切，丝毫没有敷衍的调门。

不等卡利纳姆回应，她又接上一句："不过，我知道是留不住你的。你属于那儿。"她的眼睛向希望号一瞥。

卡利纳姆不知道该说什么，只有报以沉默。

忒弥西微微一笑，"我来这里，是为了和你交代一些只有我们两个人才知道的事。"

卡利纳姆点头。"是关于露西?"

"没错，那一次露西进入天空之钥，我有机会杀死她，然而我没有。我给了你承诺，便会遵从承诺。"

"你一直是个言而有信的人。"

"但是我为什么一定要遵守诺言呢？如果我杀死她，你根本无法觉察。"

"那么你就要背叛自己的心两次，先打破承诺，然后欺骗我。这对你太难了！"卡利纳姆直言不讳。

忒弥西不由笑了起来。

"或者还有一种选择，那就是直接把我杀掉。杀死露西，杀死我，这秘密只有你一人知道，你还是英雄。只不过，这样你就很难组成欧菲亚联盟。埃萨克人不会轻易相信你。"卡利纳姆曾经考虑过这个问题许多次，虽然他从不曾怀疑忒弥西的承诺，然而多年来反复的思考让他更明白自己的价值所在，"我是那个最合适的人，出现在了最合适的地方。为了欧菲亚联盟的梦想，你也不会把我杀掉。"

忒弥西点头。"你在政治上进步很快，但还是没有触及真正的答案。"

"那真正的答案是什么？"卡利纳姆望着忒弥西，眼神锐利，"我马上就要出发，现在就是最后的时刻，如果你想让我知道，那就告诉我吧！"

他望着忒弥西，内心充满懵懂的希望。如果那不是事关重大，忒弥西决不会在这最后的时刻和他说这些。无论那是什么，一定和露西有关。

忒弥西凝视着卡利纳姆，嘴唇轻启。

"爱！"这个字眼从忒弥西的双唇间吐出，清晰无比。"爱？"卡利纳姆望着忒弥西，希望她能说得明白一些。

"你爱着露西，无论她是否赛忒，她是否可以主宰一个星球的生死,在你的眼里,她就是你爱的那个女孩。如果她被我杀死,你会成为我的敌人,瑟利的敌人。你会带着埃萨克人打上天穹城。"

卡利纳姆默然。他会这么做吗?他不确定。然而,有一点确定无疑,如果他知道忒弥西杀死了露西,他不会再为瑟利做任何事。也许他还会成为埃萨克人的领袖,成为埃蕊人的座上宾,然而绝不会有欧菲亚联盟。

"但相比你的爱,露西的爱更重要。"忒弥西接着说,"如果不是因为她爱着你,她可能已经成功地毁掉了天空之钥。虽然她再也没有机会逃走,但是她可以将欧菲亚搞得天翻地覆,无数的人会死掉,就像当初终极撒壬降临的情形一样,甚至更严重,欧菲亚再也没有机会恢复生机。"

忒弥西重重地强调:"我希望你明白其中的含义,如果撒壬也能爱上一个人,而我还要去扼杀这种爱,那我简直太蠢了。"她看着卡利纳姆,"最重要的事我必须向你说个明白,不要简单地理解爱的字面意思。赛忒并不是人,也许你喜欢露西,因为她是一个美丽的姑娘。然而她并不是一个真正的女人,不会对你产生男女之爱。她爱你,在乎你,为了你,她改变了做法。这一切的背后,究竟是为了什么?她为什么会爱?"

卡利纳姆有些困惑地看着忒弥西。

"她是一个孤独的存在物,明白吗?"忒弥西字斟句酌,"很难说这一定对,但是我反复揣测,只有这样才是比较可能的答案。你能让她免于孤独,如果不是机缘巧合遇到你,她的世界没有任何对话者。一个没有对话者的世界,存在又有什么意义?也许我们还能得到肉体的快乐,但是赛忒根本没有肉体。毁灭一切成了它的本能,因为除此之外,它不知道自己该做什么。然而当她遇上你,和你对话,这个世界就截然不同了。"

她直视着卡利纳姆的眼睛。"你明白了吗？"

一刹那间，仿佛有一扇窗子在头脑深处打开，卡利纳姆理解了忒弥西的话。

赛忒吞噬一切，毁灭一切，它们从不对话，更不会妥协。露西和一般的赛忒不同，她是一个对话者，而她唯一的对话对象，就是自己。

寻找露西，不仅仅是寻找爱人，还在寻找一条途径，一座桥梁，架设在欧菲亚人和赛忒之间。

卡利纳姆脸色凝重，缓缓点头。

忒弥西笑了笑。"如果赛忒也可以爱上一个人，那我们的未来就多一点希望。相信我，对赛忒来说，这也是一个更好的选择。如果赛忒毁灭一切，到了最后无可毁灭，它们只能毁灭自己。"

卡利纳姆心潮起伏。他忽然想起梅尼说过类似的话。暴力最好的结果不过是把一切压得粉碎，然后失去所有，而只有爱才能征服人心。

忒弥西和梅尼妈妈，两个截然不同的女人把同样的道理说给他听。露西就像一团火般温暖灼热，让他的生命充满蓬勃的活力，而忒弥西和梅尼，她们就像是生命的甘泉，滋养着他。

"我明白，忒弥西。"卡利纳姆坚定地说。

"好！"忒弥西伸出手来，她的手上不知道什么时候多了一个巴掌大的方盒，"这是最后的礼物，卡利纳姆，也许在最后的关头，你会需要它。"

卡利纳姆伸手接过，四四方方的盒子上没有任何标记，他正想打开看看。

"不！别动它。"忒弥西制止他，"这是扭转你躯体的盒子，一旦打开它，它将会改造你的躯体，你会成为一个能操控微晶力量的人，你会和希望号融为一体。希望号可以成为你的另一个躯体。"

她看着卡利纳姆。"这样的诱惑是不是太大了？"

卡利纳姆默然。这是巨大的诱惑，一个拥有微晶的躯体，一个能够控制希望号的躯体，这简直像一个再美妙不过的梦。微晶术，自从露西走后，他再也没有去想过这样的事。他明白，一个埃萨克人拥有微晶，这是不可触犯的禁区。忒弥西却正准备这么做。也或许只有忒弥西，才有能力创造出这样的特例。

也许因为前路太过坎坷，危机重重，他注定无法活着回来。所以这算不上触犯禁忌，所以忒弥西才要避开所有人，在最后的时刻交给他。卡利纳姆一笑。"诱惑往往也是危险。"

"说得不错。千万记住，你的敌人是赛忒，它们拥有控制微晶的能力，如果你到了必须借助微晶力量的那个时刻，你在它们面前就格外脆弱。"

"我会记住的。"卡利纳姆很小心地捧着盒子，注视着它，就像看着一样珍贵无比的宝物。

"还有，"忒弥西顿了顿，盯着卡利纳姆的眼睛，"埃萨克人的躯体被塑造成排斥微晶，这样东西能改造你的躯体，但是会造成极大的痛苦，我不能完全预期那是什么样的后果，但其中最大的可能，你会感觉到幻觉，在同伴的眼中会变成一个疯子。"

卡利纳姆愕然。"那为什么要给我？"

"因为我曾答应过你，也因为这方法可能在最后关头能救你的命。"忒弥西认真地说，"你必须活着，为了欧菲亚，为了露西。"

卡利纳姆不知该说些什么，捧着盒子，看着忒弥西。

希望号发出闪光，庞然的船坞缓缓转动，正将希望号推上发射轨道。

忒弥西向后退了几步，靠着舷窗站立。"我祝福你，我的战友。

你是我最好的战友之一，然而我终于还是要失去你了。我相信一切都无法阻挡你，前方充满凶险，赛忒无处不在，你要小心。"

"我会的。"卡利纳姆回答，他低下头，伸手在额头上画出一个圆形，按照埃蕊人的方式给忒弥西祈福。

他突然想起什么，伸手从背上取下雷神火。"帮我在上面写几个字吧。"

"写什么？"忒弥西笑着问。

"忒弥西赠卡利纳姆。"

"需要写上去吗？"忒弥西问。

"当然要。也许我再也见不到你了。"

忒弥西微笑着伸手。雷神火的表面浮起一层光亮，光亮聚集在中间的枪管上，慢慢地转变。当光亮褪去，枪管上留下了微微凸出的字迹。

卡利纳姆把枪管转过来看了看，除了他刚才说的，忒弥西还多写了一句。

找到露西——这是忒弥西加上的话。

"我会的。"卡利纳姆说完向忒弥西点头，把雷神火甩在背上，转身跨进筒桥。

希望号缓缓从船坞脱离。

巨大的能量漩涡在前方成形，希望号缓缓向前，它将进入漫跃能量轨道内。

"别了，欧菲亚！"卡利纳姆伫立在舰桥上，内心默默地呐喊。

他直视着眼前绚烂的光影，发出了另一个声音："露西，我来了！"

希望号没入能量轨道基座，就像缓缓沉入水中的巨轮。

一阵炫光之后，它随着圆盘的辉光一道闪耀。

忒弥西仍旧站在接驳区。当希望号化作一道闪光，她收到了那最后的信号，那是希望号向整个星球发出的广播，卡利纳姆的宣言，埃萨克人新的战歌。

她听着战歌铿锵的鼓点，神情肃穆。埃萨克人怀着复杂的心情踏上了征途，瑟利人又何尝不是如此？

她发送了一个命令给联盟广播部，命令在全球播放这首战歌。很快整个星球上都回荡着那深沉厚重的旋律。天上的城市，地上的城市，海中的城市；行走在街道上的人们，行进在田野间的人们，漂浮在水中的人们；整个星球的人们都停下来，倾听希望号最后的声音。

他们轻声应和。

"欧菲亚，我生长的地方；山河壮丽，秀美如画。

欧菲亚，我热爱的故土；飞船纵横，川流如梭。

欧菲亚，我离你而去，带着铁与火奔向前方。

欧菲亚，终有一天，飞船载着我的尸骸，魂归故乡。"

（全篇完）

作者介绍：

　　江波，1978年生，2003年发表科幻处女作，迄今发表中短篇科幻小说百万余字，代表作有《湿婆之舞》《时空追缉》等。2012年出版首部长篇小说。长篇小说《银河之心》三部曲、《机器之门》，均为近期华语原创佳作。屡次荣获银河奖、华语科幻星云奖，是中国科幻"更新代"代表作家之一。

光渊制作团队

封面图案：张亚平
视觉设计：郑雪辰、尹川旸
插图：黄凡、李彦、郑雪辰、张亚平、尹川旸、代剑斌、梁雷、琳莉
故事监制：余卓轩
美术监制：李彦
世界观设定：光渊创意团队